国家出版基金项目
NATIONAL PUBLICATION FOUNDATION

世界汉学诗经学

法国诗经译介史

夏传才　王长华　主编

刘国敏　李慧　著

河北出版传媒集团
河北教育出版社

图书在版编目（CIP）数据

法国诗经译介史 / 刘国敏，李慧著．-- 石家庄：河北教育出版社，2021.3

（世界汉学诗经学 / 夏传才，王长华主编）

ISBN 978-7-5545-6259-8

Ⅰ．①法… Ⅱ．①刘… ②李… Ⅲ．①《诗经》－翻译－历史－法国 Ⅳ．① I207.222

中国版本图书馆 CIP 数据核字（2020）第 266285 号

书　　名　法国诗经译介史
　　　　　FAGUO SHIJING YIJIESHI

主　　编　夏传才　王长华

作　　者　刘国敏　李　慧

出 版 人　董素山

策　　划　郝建国

责任编辑　王艳荣

装帧设计　牛亚勋

出　　版　河北出版传媒集团
　　　　　河北教育出版社　http://www.hbep.com
　　　　　（石家庄市联盟路705号，050061）

印　　制　河北荣恩印刷有限公司

开　　本　787毫米×1092毫米　1/16

印　　张　20

字　　数　285千字

版　　次　2021年3月第1版

印　　次　2021年3月第1次印刷

书　　号　ISBN 978-7-5545-6259-8

定　　价　70.00元

丛书编委会

编写说明

一、编纂《世界汉学诗经学》的缘起和宗旨

习近平总书记在2015年主持中央政治局学习会议上发表《提高国家文化软实力》的讲话，要求我们把弘扬中华民族跨越时空、超越国度、富有永恒魅力的优秀文化成果传播出去。

我国是世界上文明辉煌的民族，是文化传承从未中断的唯一的文明古国。中华文化成果早在公历纪元之初即已传播到东亚和中、西亚，最初外传的是经孔子编辑整理的儒家经书，其中当以《诗经》的影响较为普遍。《诗经》于5世纪外传入朝鲜半岛和日本，也较早传到印支半岛，在世界文化史上形成东亚汉学文化圈。而汉、唐时则通过丝绸之路西传，先至中东，再远到罗马，但译为拉丁文和欧洲各主要国家文字，则自17世纪开始。18世纪欧洲兴起汉学热，《诗经》是世界汉学研究的热点。我国的《诗经》与希腊史诗、莎士比亚戏剧，在国际文学界并称人类古代三大文学杰作，且早已在世界上传播，有世界各主要语种的译本，有历代的研究专家和论著，有世界各个国家的读者。

习总书记指出，提高国家文化软实力，要努力提高国际话语权。要加强国际传播能力建设，精心构建对外话语体系。提高国际话语权，我们首先要了解各国对我国已经传播出去的文化元典是如何传播的，有过哪些主要译本

和评论。在19世纪后期世界汉学中心转入美国后，西方各国一些学者采用新的方法研究，产生了一些可供我们借鉴的新成果。不了解世界各国学者过去和现在的话语，如何提高国际话语权?

《诗经》外传东亚各国一千多年了，译传西方四百年了，了解他们接受的历史、评论和研究成果，知彼知己，才可能发表我们自己的有效的话语，才可能有所借鉴，这是我们中国人应该做的工作。遗憾的是，四百年来没有人认真系统地来做这个工作，只有蜻蜓点水式的粗略概述，近百年中只有两三本并不高明的译本。

我不知道中国社科院是否建立了专门研究世界汉学的机构，但知道没有进行研究《诗经》西传的工程。部属北京外国语大学建立了外国汉学研究中心，他们的研究人员正集中于“四书”的研究工作。《诗经》的世界各国接受史及其具体的研究成果译介，目前还没有人做。我在2013年成功地完成了心脏搭桥手术，它的有效期是五年。我决定利用这有限的残年，主编《世界汉学诗经学》丛书，为国家填补这项空白，为提高国家的文化软实力和国际话语权，竭尽绵薄。

二、丛书主编的基本情况

丛书定名为《世界汉学诗经学》。

主编：夏传才（1924—2017），中共党员，中国作家协会会员。河北师范大学教授，中国诗经学会原会长，退休后专职写作。1984年获河北省社会科学优秀成果奖，1992年获国务院特殊津贴（终身）专家。1993年当选中国诗经学会会长，任职二十年，主持大型国际学术研讨会九届，建立了国际学术界联系网络，与海外老中青三代学者有一定的友好情谊。2013年任主编的《建安文学全书》出版，被列入2010—2020年国家古籍整理重点项目，获河北省社会科学研究特别荣誉奖。2014年任主编的《诗经学大辞典》出版，列入“十二五”国家重点图书出版规划、国家出版基金项目和《2013—2025国家辞书编纂出版规划》。

三、丛书各卷设计体例

（一）世界各主要语种各成一卷。

（二）每卷内容叙述各语种国家的《诗经》接受传播史。

（三）主要译本或重要《诗经》学文献。

（四）重要论文的翻译。

（五）重要论著的评介。

四、分卷和撰写者介绍

世界汉学《诗经》学现存各国文字的译本和论著，因此以不同语种分卷。拟有下列各卷：

（一）《英语世界的诗经学》

撰写人：张万民，香港城市大学教授，博士生导师。主要研究方向：中西文化交流、海外汉学、《诗经》诠释史、中国文学批评史。

所谓的英语世界，主要以英国、美国为主，略及加拿大、澳大利亚等英语国家。有些英语国家以外的欧洲学者，也曾发表英文论著，本书也做出一定的介绍。此外，中国的香港地区曾是英国汉学发展的重要基地之一，对于回归之前香港学者有关《诗经》的英文著作，本书也做了一定的介绍。

（二）《法国诗经译介史》

撰写人：刘国敏，重庆旅游职业学院讲师，西南大学博士在读。主要研究方向：法国汉学、中法文化交流。

李慧，北京外国语大学欧洲语言文化学院讲师、拉丁语教研室主任，意大利罗马大学东方文学与文化博士。主要研究方向：明清传教士汉学、法国汉学及拉丁语、古希腊语言文学。

《诗经》是17世纪由法国传教士用拉丁文翻译传入欧洲的，18世纪才有法文译本，且现在能翻译拉丁文的人很少。本书则以时间为序，梳理了17世纪至20世纪中期这一历史阶段《诗经》在法国的译介轨迹，所涉及文本包括译介者国籍为法国及以法语书写的主要文献。

（三）《日本诗经学要文校录》

撰写人：王晓平，天津师范大学教授、博士生导师。主要研究方向：比较文学与比较文化、中日比较文学。

他在日本大阪帝冢山大学任教九年，专研日本《诗经》学史，曾著《日本诗经学史》一书。本书着力于日本藏《诗经》写本的释录与研究，整理了日本诗经学的主要文献资料，对于丰富《诗经》的世界性意义，推动《诗经》研究的国际交流具有重要意义。

（四）《韩国诗经学概要》

撰写人：付星星，贵州大学副教授、硕士生导师，南京大学文学博士，曾以公派人员身份留学韩国高丽大学。主要研究方向：汉文学研究、域外《诗经》学。

［韩国］金秀炅，韩国国立公州大学汉文教育系助教授，文学博士。主要研究方向：韩国《诗经》学。

韩国《诗经》学是东亚《诗经》学之林的独特品种，是作为主流的中国《诗经》学的对话者、比较者、补充者的“异域之眼”，具有丰富的诗学内涵与思想史意义。

夏传才

2016年8月

补记：

由于夏传才先生于 2017 年 2 月 7 日因病辞世，此前他亲自主持的这套《世界汉学诗经学》丛书中除王晓平先生负责撰写的一种外，其他各种当时各作者还都在撰写之中。这原本是中国诗经学会会员众所周知的一项学会学术工程，作为先生的学生，也作为中国诗经学会的继任会长，先生生前主持而未完的工作我责无旁贷必须接过来，必须完成好。正如夏先生所言，这是一项前人没有做过的创新性工程。书稿经过各位作者的辛勤努力终于完成了，结稿后我们又请相关语种专家学者认真审读，对提出的意见建议一一作了修改。尽管如此，我还是对这套丛书持战战兢兢的谨慎态度。现在，我们把她呈现在大家面前，希望能够获得夏先生在天之灵的首肯，也希望得到学界同仁朋友的首肯。敬请海内外方家同行批评指正！

王长华

2020 年 3 月 20 日

前　言

他山之石，可以攻玉。

中国经学本身拥有悠久而深远的历史，海外汉学界对中国经学的翻译研究已取得了相当显著的成果。在“国学热”不断升温的今天，传统文化的价值与意义的显现，当放置于跨文化比较研究的平台中；在中国文化走向世界的今天，我们需要一种文化和学术的自觉，中国学术的重建，海外汉学是不可舍弃之领域。他者的视角，为我们提供了更为广阔的研究范式，中国的经学阐释学，当聆听他者的声音，拓宽视野，从全新角度进行考量。

《诗经》是中华文化的瑰宝，是中国古老文明的代表性典籍，也是全人类重要的文化遗产。法国诗经学拥有几百年的历史，是西方诗经学的源头，在世界汉学诗经学中亦占据重要的地位。从传教士对《诗经》只言片语的介绍、“断章取义”的选译直至全译本的出现，专业汉学家融合新的研究方法进一步深入地研究，《诗经》在法国的译介与传播亦经历了漫长而曲折的历程。在几百年的译介史中，不同历史文化语境下，译介的主体、内容、途径、受众和效果在各个时期都有所区别，不同译本的译者背景、底本选择、翻译策略、传播途径、不同历史阶段的意识形态等多重因素都会影响译本的传播与受众。通过对法国《诗经》译介史的梳理，放置于法国汉学史框架之下进行宏观描述，探求不同学术诠释背后的文化立场，分阶段阐述其演进发展的轨迹，有利于挖掘《诗经》外译的多重价值；研究域外译者翻译中国古代文化典籍的方法与策略，总结其在域外传播的规律，对构建学科发展体系和翻译实践都具有重要的参考价值，亦可为该领域的研究提供新视角和新方法。

本书以时间为序梳理了自传教士汉学时期起至20世纪中叶这一历史阶段里《诗经》在法国的译介轨迹，遵从《世界汉学诗经学》丛书的编纂体例：1. 概述。2. 主要译本和研究著作拍摄书影，写出介绍和提要。3. 重要译本序言和重要论文翻译为中文。本书所涉文本包括译介者国籍为法国及以法语书写的主要文献，即如孙璋译本虽是拉丁文译本，但其本人为法国传教士，也归为此列；另有如徐仲年，本为华人，但其《古今中国文学选集：诗歌、小说、戏剧、哲学、历史》是作者在法期间以法语写成，内有关于《诗经》的译介，也归在此书中。20世纪中叶之后，法国传统汉学衰微，虽一度复苏，但持续时间不长，《诗经》已不再成为重点关注对象，即便是文学研究，也更多转向其他文本，故此后的文本，本书未作探讨。

“中学西传”过程中，翻译起着不可替代的作用。翻译是不同文化之间传播与交流的主要途径，文化通过翻译促进自己的变迁与发展。通过典籍外译，中国的文化、历史、文学、思想等逐渐在欧洲传播开来，并对欧洲的思想文化，尤其是启蒙运动产生了重要影响。中国的思想与文化在事实上参与了对方的学术进程，又以“它山之石”的身份促进自身的学术发展，形成了“交错的文化史，双方的历史、文化和思想都已经不能在原有的框架中加以解释（张西平，2019）”。也就是从这一角度出发，对典籍外传历程的梳理与文献的翻译研究，有助于在全球史的视野下，把握自身学术的嬗变。碍于学力与精力所限，本书主要着眼于对《诗经》在法国的译介历程的梳理，并附上了重要汉学家对《诗经》研究的论文的中译文，缺乏对《诗经》在法国的接受史与影响史的研究，法国的《诗经》研究还有许多值得挖掘和探究的内容。

刘国敏

2019年11月3日

目　录

导　论

自16世纪初，葡萄牙人叩开中国的大门，随之而来的西班牙、意大利等国的传教士进入中国，掀起了西方对华传教的第三次高潮。[①]传教士的终极使命是传教，然而却不同程度地开启了汉学研究，西方汉学由此受孕而诞生。最初的传教士汉学家著作，如西班牙传教士门多萨（Juan Gonsales de Mendoza，1545—1618）的《大中华帝国史》（*Historia del Gran Reino de la Chine*）、卫匡国（Martino Martini，1614—1661）的《中国上古历史》（*Sinicæ Historiæ Decas Prima*）及利玛窦（Matteo Ricci，1552—1610）等人的著作，为欧洲人打开了一个新的天地，激发了他们对东方的兴趣。路易十四即位后，法国国力逐步强盛。1664年，路易十四的心腹大臣柯尔贝贝（Jean-Baptiste Colbert，1619—1683）开始创建东印度公司，开通与西方的交流，并介入远东传教。加之南怀仁（Ferdinand Verbiest，1623—1688）在病重之时，向西欧发出呼吁增派传教士，他的呼吁迎合了法王路易十四向世界，尤其是向东方扩张的野心，促使路易十四决定向中国派遣有"国王数学家"之称的耶稣会士。1700年11月30日，耶稣会在华法国传教会正式成立，张诚（Gerbillon Jean François，1654—1707）出任会长，不再受葡萄牙"保教权"的辖制，由法国人自行管理，法国在华耶稣会士人数激增。虽然在绝对数量上法国耶稣会士一直低于葡萄牙人，但前者大多学识渊博，成为向西方翻译传播儒家经典的中坚力量，法国汉学逐渐独领风骚，直至20世纪中叶。

① 第一次为唐朝的景教活动，第二次为元朝的"也里可温教"活动。

《诗经》作为“五经”之首，既是我国文学的源头，其包罗万象、丰富多彩的内容，亦是一部周族从后稷到春秋中叶的发展史。它从各个角度反映了古代中国的社会生活，“《诗经》可能是一本最能展现远古东方人民生活道德、习俗、信仰的一本书。它为道德家、历史学家提供了重要的信息，为传教士提供了帮助”，[①]是汉学家们乐此不疲的研究对象。

法国诗经学拥有几百年的历史，是西方诗经学的源头。自法国汉学草创之初，《诗经》就已成为传教士们翻译研究的重要典籍，是最早引入法国的中国古典文学翻译作品之一，它既是当时欧洲探求中国历史、政治、宗教思想的重要文本，又是文学作品的典范，其译本的数量、质量及其影响，在早期文本译介中堪称翘楚。任何文本的译介和接受，都有其特定的历史背景和文化心态，法国诗经学隶属于法国汉学，法国汉学家们对于《诗经》的诠释与选译，都与法国汉学的阶段性发展特征休戚相关，法国诗经学不可能独立于法国汉学而存在，对法国诗经学史的梳理，当放置于法国汉学史的框架之下进行。[②]

一、法国汉学草创时期对《诗经》的译介

1687年，路易十四派遣的五位“国王数学家”耶稣会士——洪若翰（Jean de Fontaney，1643—1710）、张诚（Jean françois Gerbillon，1654—1707）、李明（Louis-Daniel Le Comte，1655—1728）、刘应（Claude de Visdelou，1656—1737）、白晋（Joachim Bouvet，1656—1730）取道宁波登陆，然后经扬州到达北京，开启了在中国传教的征程，“形成了独立于葡萄牙会士之外的一个特别的集团。他们越来越想显示自己的本领和加

① Séraphin Couvreur. *Cheu King*. Kuangchi Cultural Group, 2004, Préface.

② 关于法国汉学史的著作请参阅：许光华：《法国汉学史》，学苑出版社，2009年；[法]戴仁编：《法国中国学的历史与现状》，耿昇译，上海：上海辞书出版社，2010年；张西平：《欧洲早期汉学史》，北京：中华书局，2009年；耿昇：《法国汉学史论》，北京：学苑出版社，2015年，等等。

强自己的力量”[①]。1697年，白晋归国，带去了康熙赠给路易十四的49卷汉籍，又招募了马若瑟（Joseph Marie de Prémare，1666—1736，又名温古子）、雷孝思（Jean-Baptisde Régis，1663—1738）、巴多明（Dominique Parremin，1663—1741）等十名法籍耶稣会士乘坐“安菲特力特”（L'Amphitrite）号于1659年11月入华。白晋物色的另一批法籍耶稣会士如傅圣泽（Jean-François Foucquet，1665—1739）、殷弘诸（François-Xavier d'Entrecolles，1662—1741）等则搭乘德奥热（M. des Augers）指挥的舰队于1698年1月出发，1699年5月转乘英国船“萨拉加利”（Saragally）号于7月24日抵达厦门。整个18世纪，几乎每年都有一艘或几艘船只往来于中法之间，沟通中西文化交流，使得18世纪的欧洲弥漫着“中国风”或“中国趣味”。

来华的法国耶稣会士们大多具有较深厚的文化修养和专长，尤其是“国王数学家”们肩负着双重使命：一是传教，二是考察中国的科学。然而相比葡、西、意籍传教士，法国耶稣会士在传教事业上，除了在开始有过“短暂的兴旺”外，并“没有很多成功的记录”，而在汉学研究上却成就斐然。[②]法国耶稣会士的汉学研究与“礼仪之争”也有很大关系。“礼仪之争”主要涉及两个方面：一是译名之争，二是祭祖祭孔。利玛窦认同以孔子为首的古儒，反对宋明理学，他以“天主”“上帝”“天”等词来译“Deus”，并用天主教神学诠释古儒哲学，使其符合天主教教义。利玛窦去世后，龙华民（Niccolo Longobardi，1559—1654）率先发难，挑起译名之争，反对用“六经”中的“天”“上帝”等对译“Deus”。随着多民我会、方济各会等不同修会陆续入华传教，反对祭祖、祭孔，“礼仪之争”由耶稣会内部之争演变为多个修会之间的争论，并传入欧洲，1700年左右在欧洲掀起了轩然大波，巴黎与罗马成为“礼仪之争”的中心城市。遵循“利玛窦规矩”的耶稣会士为捍卫自己的利益与传教策略，翻译儒学经典，撰写了大量的论文与著作阐述中国的历史、语言、政治、哲学和社会生活情况

① ［法］叶理夫：《法国是如何发现中国的》，《中国史研究动态》1981年第3期，第29页。

② 忻建飞：《世界的中国观》，上海：学林出版社，1996年，第126页。

等。他们的汉语水平相对较高，对中国文化也有比较深入的了解，他们根据自己的考察和研究撰写著作，将中国介绍给欧洲，较之于早期的西方传教士描述中国的著作更为准确、翔实，成为中西文化交流的桥梁，开创了西方汉学研究的“草创时期”。[①]

早期的中国文献翻译以“四书”“五经”为中心。作为“五经”之首的《诗经》，无可厚非地成为传教士翻译研究的重要典籍。白晋先是研习《易经》，后将索隐之法述及《诗经》研究，著有《诗经研究》（*Dissertation sur le Che-King*）。巴多明、雷孝思、傅圣泽（Jean-Françoise Foucquet，1665—1741）、赫苍壁（Julien-Placide Hervieu，1671—1746）等都曾选译《诗经》。马若瑟曾译《诗经》（*Odes Chinoise du Chi king*）八首，分别是《周颂·敬之》《周颂·天作》《大雅·皇矣》《大雅·抑》《大雅·瞻卬》《小雅·正月》《大雅·板》和《大雅·荡》，所有稿本均藏于法国国家图书馆。杜赫德（Jean-Baptiste du Halde，1674—1743）曾将马若瑟译《诗经》八首收入法文版《中华帝国全志》（*Description géographique, historique, chronologique, et physique de l’Empire de la Chine et de la Tartarie Chinoise*）第二卷（1735年）[②]第308–317页。在发表马若瑟的译作时，杜赫德对《诗经》做了简要的介绍，他打破《诗经》风、雅、颂的分类法，把《诗经》中的诗分为五种不同的类型：对人的赞歌、反映王朝风俗的诗、比兴的诗、颂扬高尚事物的诗、不符合孔子教义的可疑的诗。

自宋君荣（Antoine Gaubil，1689—1759）、韩国英（Pierre-Martial Cibot，1727—1780）[③]起，基督教阐释色彩逐渐褪色。有着“18世纪最伟大的汉学家”“耶稣会最博学者”之称的宋君荣曾译过《诗经》（*Livre des*

① 张国光等：《明清传教士与欧洲汉学》，北京：中国社会科学出版社，2001年，第5页。

② 《中华帝国全志》于1735年在巴黎出版，全书共四卷：第一卷记中国各省的地理及从夏至清23个朝代的历史大事记，第二卷记述政治、经济，并论述中国的经书、教育和科举制度，第三卷记述宗教、道德、医药、博物等，第四卷是对中国满、蒙等少数民族的研究，并已涉及藏族和朝鲜族。本书于1736年在海牙出了第二版，不久，英、德、俄译本相继问世。——许光华：《法国汉学史》，北京：学苑出版社，2009年，第68页。钱林森先生在《中国文学在法国》一书中注的是1736年，当是该书的第二版。

③ 也有学者音译为“西伯”“希伯”。

Vers)，还运用其中的资料来研究中国的天文学史。韩国英、钱德明（Jean Joseph-Marie Amiot，1718—1793）在《中国丛刊》（*Mémoires concernant l'histoire, les sciences, les arts, les moeurs, les usages des Chinois par les missionnaires de Pékin*）[①]发表的相关论文对《诗经》做了较全面而客观的介绍，并有对《诗经》篇章的选择。

任何文本的翻译都脱离不了历史的语境，这一时期的法国诗经学明显地带着早期传教士汉学的色彩，传教士的终极目的在于传教，而对《诗经》的研究常比附基督教的教义，虽然后期韩国英等人表面上似乎不具备“索隐”的特色，开始关注《诗经》的民俗文化，然而亦是为了更好地了解中国，以便更好地传教。且这一时期公之于众的《诗经》译本，皆为篇章的翻译，《诗经》全译本的出版只得留待下一阶段。

二、学科的确立和发展时期对《诗经》的多样化探究

1. 法国专业汉学的确立与发展

18世纪后期，清政府采取了更为严厉的禁教政策，加之1773年耶稣会自身的解体，原有在华耶稣会士逐渐去世，使得中法交流的实际联系已被切断，法国汉学也随之进入相对沉寂的阶段。直至1840年鸦片战争之后，中国被迫打开门户，各国传教士又相继涌入中国。

19世纪初期，传教士虽然不再有新的输入，但法国汉学却并未就此停止，热衷于中国文化的汉学家们无法直接到达中国进行考察，他们便把精力转向于18世纪传教士们带回去的中国文献，孜孜不倦地进行翻译和研

① 也译作《中国杂纂》。全称为《北京传教士关于中国历史、科学、艺术、风俗习惯之论考》。1776年刊出第一卷，直至1814年止，历时38年，共刊出16卷。由法国国务大臣贝尔坦（Henri Bertin，1720—1792）资助出版，他指定巴德教士（Charles Batteux，1713—1780）与布雷基尼（Louis Georges Oudard Feudrix de Bréquigny，1714—1795）负责该书的编纂工作。但第七卷是由东方学家德经（Joseph de Guignes，1721—1810）负责编纂。该刊主要收集清中期居住在北京的传教士们的各类汉学著作和中法“文学通讯”的信件，汇集成册，其内容包罗万象，涉及中国的政治、天文、文学、历史、医药、花鸟、物产等。

究，推动了学科的正式确立和进一步发展。

1814年12月11日，法兰西学院（Collège de France）的教授们决定开设“汉学讲座”，由雷慕沙（Jean-Pierre Abel Rémusat，1788—1832）担任首任教授，主持“汉文与鞑靼文、满文语言文学讲座”（La chaire de langues et littératures chinoises et tartaresmand choues），这一举措标志着法国汉学的正式确立，汉学研究开始摆脱传教士汉学的框架，在西方教育体制中，汉学开始作为一门独立的学科出现，在研究方法和研究内容上都日趋专业化和学术化，形成了职业汉学家队伍：儒莲（Stanislas Julien，1797—1873）、毕欧（Édouard Biot，1803—1850）、德里文（Marie-Jean Léon d’Hervey de Saint-Denys，1823—1892）、巴赞（Antoine Bazin，1799—1863）等，有着卓越的成就。同时，19世纪50年代之后，传教士、外交官等极大地扩充了法国汉学家的队伍，如顾赛芬（Séraphin Couvreur，1835—1919）、戴遂良（Léon Wieger，1856—1933）、费赖之（Louis Pfister，1833—1891）、古兰（Maurice Courant，1865—1935）、哥士耆（Alexandre Kleczkowski，1818—1889）、微席叶（Arnold Jacques Vissiere，1858—1930）等。

学科的确立、职业汉学家队伍的形成，推动了教学和研究机构的成立。继法兰西学院开设汉学讲座之后，法国东方语言文化学院（Institut national des langues et Civilisations orientales）也于1843年10月22日正式开课，主持该讲席的第一位教授是知名的汉学家和翻译家巴赞。该校除开设汉语课程外，还开设中国历史、地理、哲学、美学等课程。与法兰西学院的学术报告式的讲座相比，东方语言文化学院则是有体系的教学。很快，该校的汉语教学就成了法国汉语教学的重镇，培养了许多杰出的汉学家。

1868年，巴黎高等实验学院（École Pratique des Hautes Études）由杜吕易（Victor Duruy，1811—1894）创办，设立四个学系。1886年增设第五系，1947年又设立了第六系。其中四、五、六系负责汉学研究，也开设汉学讲座。1888年，法兰西远东学院（École Française d’Extrême-Orient）创立；1900年，里昂大学（Université de Lyon）开设汉语课程。这些教学和研究机构的成立都促进了法国汉学乃至欧洲汉学的发展。

学会的建立和刊物的创办亦促进了法国汉学的发展。19世纪的学会主要是由雷慕沙协同德国汉学家克拉普洛特（Julius Heinrich Von Klaproth，1783—1835）在巴黎发起建立的汉学研究学会——亚细亚学会（Société Asiatique），并创办有刊物《亚细亚学报》（*Journal Asiatique*），为广大汉学家提供了发表论文的园地。19世纪创办的另一份目前仍在出版的刊物《通报》（*T'oung Pao*），创刊者是考狄（Henri Cordier，1849—1925）和施古德（Gustave Schlegel，1840—1903）。《通报》主要刊出研究东亚各地，尤其是关于中国的历史、地理、语言等方面的文章，也有书评和汉学家的生平传略，以英、德、法文同时刊出。这是第一份国际性的汉学杂志，促进了汉学的国际交流。法兰西远东学院也于1901年创办了《河内法兰西远东学院学报》（*Bulletin de l'École Française d'Extrême-Orient*），每年出版一卷，主要研究中国和印度。

2. 这一时期法国诗经学的发展与繁荣

1830年，巴黎著名德裔汉学家尤利乌斯·冯·莫尔（Julius von Mohl，1800—1876）编辑整理出版了法国耶稣会士孙璋（Alexandre de la Charme，1695—1767）于1733年翻译的拉丁文本《诗经》（*Livre des Vers*），成为欧洲第一本《诗经》全译本。该译本的出现，让更多的欧洲汉学家关注了《诗经》这一诗歌总集，出现了专题性的论文，并将新的研究方法用于《诗经》研究中，扩大了《诗经》研究的内容，且有了更为客观的评价。

1838年，法国著名汉学家爱德华·毕欧（Édouard-Constant Biot，1803—1850）①对此书译文重新作注后再版印行，同年在《北方杂志》（*Revue du Nord*）第二期发表了关于《诗经》研究的首篇专论。1843年11月，毕欧还撰写了《根据〈诗经〉探讨中国古代的风俗民情》（*Recherches sur les mœurs anciennes des Chinois, d'après le Chi-king*）一文，他把《诗经》视为百科全书，拟出二十个标题进行论述，他认为《诗经》是“东业传给

① 亦有学者译为“比奥”。

我们的最出色的风俗画之一，同时也是一部真实性最无可争辩的文献”。

毕欧之父，让-巴蒂斯特·毕欧（Jean-Baptiste Biot，1774—1862）是一位著名的天文学家、数学家和物理学家，他也曾关注中国天文学。他于1862年出版了《论印度和中国的天文学》(*Études sur l'astronomie indienne et sur l'astronomie chinoise*)，其中收录的《中国古代的天文学简史》(*Précis de l'histoire de l'astronomie chinoise*)，亦有对《诗经》的译介。

法国专门研究东方的学者德里文侯爵（Marie-Jean-Léon Lecoq, Baron d'ervey de Juchereau, Marquis d'Hervey de Saint-Denys，1822—1892）在著作《唐代的诗》(*Poésies de l'époque des T'ang*，1862）的导言《中国的诗歌艺术和韵律》(*L'art poétique et la prosodie chez les Chinois*）中有对《诗经》的评价。1867年，朱迪特·戈蒂耶（Judith Gautier，1845—1917）编译了中国诗集《玉书》(*Le livre de Jade*)，其中选译了《诗经》中的部分诗篇。

专业汉学家的介入和传教士汉学家一如既往的探索，逐渐揭开了中国文学文化神秘的面纱，还原其本来面目。《诗经》全译本的问世、对《诗经》原文本的翻译探究、民俗学方法的阐释等，令法国诗经学褪掉了教会色彩，有了新的挖掘和发展。19世纪下半叶，《诗经》的法文全译本问世，法国《诗经》研究开始步入新的时期。法国汉学家鲍吉耶（Jean-Pierre Guillaume Pauthier，1801—1873）[①]于1872年翻译出版了法国诗经学史上第一本完整的《诗经》法译本（*Chi-king, ou Livre des vers*），[②]该文本直接译自中文著作，序言译自朱熹的《诗序辨说》。但该本注释比较简单，其影响不大。

第二个法文全译本《诗经》是耶稣会传教士顾赛芬（Séraphin Cou-

① 亦有学者译为“鲍狄埃”。

② 欧洲最早拥有本民族语言的全译本是1833年德国汉学家吕克特（Freidrich Rüchert，1788—1866）根据孙璋拉丁译本转译的德文本，名为《〈诗经〉：出自孔夫子的中国诗集》(*Schi-king. Das chinesische Liederbuch aus Konfuzius*, Altona, 1833）。第一本俄文全译本则是1855年由西维诺夫（Д. П. СиВилов，1789—1871）所译。第一本英文全译本理雅各（James Leggle，1814—1897）于1871年在伦敦出版的《诗经》(*The She-King*）。

vreur，1835—1919）于1896年在河间府[1]出版的中文、法文、拉丁文三种文字对照本，是法国诗经学史上最流行的版本，至今已再版五次：首版于1896年在河间府出版，随后分别于1926年在河间府出版，1934年在河间府出版，1966年台湾光启出版，2004年在台湾光启再版，2010年在美国Kessinger（凯辛格）出版。顾赛芬在前言里说，他翻译《诗经》的目的与翻译《四书》的目的一样，就是"为了弄明白中国学校里教的是什么"。他认为："《诗经》可能是一本最能展现远古东方人民生活、道德习俗和信仰的一本书。它为道德家、历史学家提供了重要的信息，为传教士提供了救助。"[2]顾赛芬的法文、拉丁文准确优美，忠实于中国官方所推崇的朱熹学派的诠注。葛兰言认为顾赛芬的译本是"按现代的普遍的解释"，是"正确的反映"，因而"他的翻译是可贵的"。[3]

三、法国汉学的繁荣与法国诗经学的鼎盛

19世纪末20世纪初，法国涌现出一批有世界性影响力的汉学大师，研究领域进一步拓宽，除语言、文字、历史、文化、文学、艺术外，法国学者对宗教、哲学、经济等领域都有广泛的涉猎和深入的研究。沙畹（Édouard Chavannes，1865—1918）、伯希和（Paul Pelliot，1878—1945）、马伯乐（Henri Maspero，1883—1945）、葛兰言（Marcel Granet，1884—1940）等泰斗级汉学家将法国传统汉学推向巅峰。这一时期的汉学家们大多具有深厚的学术功底，又大多到过中国，不少人客居中国多年，既有着早期传教士汉学家们对中国文化的感性认识，又有科学的实地考察。随着新兴学科领域的发展，汉学家们将神话学、民俗学、社会学、宗教学等学

① 今河北沧州。

② Séraphin Couvreur. *Cheu King*. Kuangchi Cultural Group, 2004, Préface.

③ Marcel Granet. *Fêtes et chansons anciennes de la Chine.* Editions Albin Michel, Paris, 1982, Introduction.

科的研究方法融入汉学研究中，实现了跨学科的阐释与融合，拓宽了汉学研究的视野。法国汉学产生世界影响的同时，法国汉学家又充分吸收他国汉学研究成果，促进法国汉学的繁荣发展。

20世纪初，法国汉学的繁荣也必然带来法国诗经学的进一步发展，法国对《诗经》呈现更多角度的透视，从文学、音乐学、民俗学、语言学等多方面进行研究，文本不再仅限于单纯的翻译或篇章式的研究，开始出现了研究《诗经》的专著，进一步推动了法国诗经学的发展。如1903年，拉卢瓦（Louis Laloy，1874—1944）出版了《中国音乐》（*La Musique chinoise*），其中译介了《诗经》数首，将《诗经》作为歌谣研究，主要在"宗教音乐"（*Musique religieuse*）和"民间音乐"（*Musique populaire*）两节中。于贝尔·奥托（Hubert Otto）于1907年在香港出版了《炉边几小时，〈诗经〉——中国古典诗歌的书》（*Quelques heures au coin du feu, Cheu-king ou le livre des vers, un des Classiques Chinois*）。葛兰言用社会学理论和分析方法来考察中国古代社会、文化、宗教和礼俗，进行田野调查，采用对比研究方法，将视野拓展到文本以外，对《诗经》进行阐释，于1919出版《古代中国的节庆与歌谣》（*Fêtes et chansons anciennes de la Chine*），成为法国《诗经》研究史上的经典之作。

20世纪初，许多中国人留学法国，用法语撰写学位论文。如曾仲鸣（Tsen, Tsonming，1896—1939）于1922年在里昂完成的博士论文《中国诗史论》（*Essai historique sur la poésie chinoise*），其中第一章便是对《诗经》的介绍。徐仲年（Hsu, Sung-nien，1904—1981）于1933年出版的《古今中国文学选集：诗歌、小说、戏剧、哲学、历史》（*Anthologie de la littérature chinoise des origines à nos jours: la poésie - le roman - le théâtre - la philosophie - l'histoire*），在论述先秦诗歌的部分中对《诗经》进行了译介。

此外，张正明（Tchang Tcheng-Ming，1905—1951）于1937年在上海、巴黎出版的《诗经中的对偶律》（*Le parallelism dans les vers du Cheu king*），对《诗经》的语言、文字进行探究。

四、二战后的法国汉学

第二次世界大战中，三位有影响的法国汉学大师葛兰言、马伯乐和伯希和先后去世，给处于鼎盛状态的法国汉学造成了巨大损失，加之二战后西方国家对新中国采取了孤立主义政策，法国的汉学研究呈下滑趋势。但在戴密微（Paul Demiéville，1894—1979）的带领下，法国汉学界打破了这种万马齐喑的局面，逐渐走出困境，获得复苏和新生。

戴密微学识渊博，他研习并能够熟练运用诸多与汉学有关的语言：汉文、越南文、日文、梵文、藏文、俄文以及其他欧洲语言。他治学严谨，兴趣广泛，在中国古典哲学、佛教、道教、敦煌学、语言学、中国古典文学等方面都有重要成果，在汉学界享有盛誉。他的著述极为丰富，专著、论文及书评约300种，如《中国古诗选》（*Anthologie de la poésie chinoise classique*）、《吐蕃僧诤记》（Le Concile de Lhasa）、《郭象〈庄子〉注》（*Le commentaire de Tchouang-Tseou par Kouo Siang*）、《汉学研究选（1921—1970）》（*Choix d'études sinologiques*（1921—1970）等。在中国诗歌方面，他从研究敦煌经卷开始，继而转入禅宗、禅意诗、文人诗，他对中国古典诗歌的评价观点独到，考察深入细致，推动了二战后法国对中国古典文学研究的发展。

20世纪60年代以来，法国独特的外交政策以及戴高乐时期的对华政策为法国汉学的发展带来了新的契机。一批新的汉学教学和研究机构相继成立，汉学家们对学科发展进行了反思，把目光从古代中国转向了当代中国。1959年“当代中国研究文献中心”（Centre de Recherche et de Documentation sur la Chine Contemporaine）成立，标志着法国汉学研究走出古典，进入现当代研究领域。1960年“东亚语言研究所”（Centre de Recherches Linguistiques sur l'Asie Orientale）成立，1975年国立东方语言文化学院成立“中国研究中心”（Centre d'Études Chinoises）。此外还有其他的一些汉学研究机构相继成立。这些研究机构的研究内容都以中国现当代为主，涉及中国的社会、政治、经济等诸多领域。

一批由老一辈汉学家培养起来的汉学家也保持了法国传统汉学研究的优势，其中谢和耐（Jacques Gernet，1921—2018）的成就颇大。谢和耐师承戴密微，1975年被任命为法兰西学院的教授，主持中国社会和文化史的讲座。他写过许多专著和论文，其中以《中国社会》和《中国与基督教》两部著作影响最广。侯思孟（Donald Holzman，1926—）、吴德明（Yves Hervouet，1921—）等对中国古典文学亦有深入的研究。

这一时期《诗经》亦有译著出版，如多米尼克（Dominique Hoizey）曾选译《诗经》（*Le Livre des Poèmes*，1994），参照的底本是江苏古籍出版社1984年版金启华的《诗经全译》；许渊冲先生1999年出版的《中国古典诗词三百首》（*300 Poèmes Chinois Classiques*）中翻译了《诗经》五十首。研究性的著作，则如朱利安（François Julien，1951—）的《影射的价值：论中国传统里诗歌诠释的原则范畴》（*La valeur allusive: des catègories originales de l'interprètation poètique dans la tradition chinoise*）和《迂回与进入》（*Le Dètour et l'Accès*）两部著作有对于“比”“兴”的论述。但总体而言，这一时期的《诗经》研究在法国汉学中所占比例较小，因此本书不做专述。

第一章　草创时期的法国诗经学

第一节　16世纪末至18世纪法国对《诗经》的译介与研究

16世纪末至18世纪末的法国汉学处于草创时期，中西文化的交流得益于以耶稣会士为主的传教士们。法国汉学中的法国诗经研究同样处于起始阶段，传教士大多是节译《诗经》，唯有孙璋（Alexandre de La Charme，1695—1767）完成了全译本，却由于各种原因，译稿寄回法国之后一直被搁置，直至19世纪才被发现，而后刊出。①

传教士汉学家学习、翻译中国经典是他们了解中国的一种方法，更是他们传教的一种手段，其目的是利用中国经典来证明基督教义。

> 耶稣会会士强调他们是学者……他们努力地学习汉语并通过语言和文字——在本地学者的协助下——将自己的信息表达出来……当他们介绍他们的基督宗教信息时，他们强调基督宗教与绅士阶层各种现有的信仰有一些相似之处。他们指出，在传统经典中有一些好像提及

---

① 传教士的著作寄回欧洲之后，大多未能刊行，其原因笔者认为，一是在于当时欧洲的书籍出版并不自由，需要诸多审核。二是耶稣会士的著作出版多仰赖于在法耶稣会士或是各自交好的学者，是否值得出版很大程度上取决于对方的喜好与学术视野。三是，18世纪欧洲掀起的中国热，更多的是一种猎奇的心态，艰深的著作不为浮泛的公众品位所喜（毕诺，2005），人们更喜欢一些游记之类的描述。

上帝的章节。[①]

耶稣会士们阅览群经以穷究符合基督教教义的言论，他们从中国经籍中发现“上帝”等词，寻找中国古代对上帝信仰的蛛丝马迹，如利玛窦《天主实义》引用《周颂》《商颂》和《大雅》的《文王》《大明》诸篇中“天”“上帝”，来比附基督教中的“Deus（上帝）”：“吾天主乃古经书所称上帝也。……历观古书，而知上帝与天主，特异以名也”[②]，有意识地淡化两者之间的区别，由此获得中国文人志士们的认同而扩大其影响，传播教义。《诗经》位居五经榜首，其中不少诗篇都有“天”“上帝”的字眼，传教士们就从《诗经》中努力寻找福音书的“证据”，用来附和基督教义，甚至解说从《诗经》中可以窥见耶稣来华的迹象。白晋、马若瑟等索隐派[③]传教士将此种做法发挥至极致。因着传教士们的这种特殊身份、固有的神学背景及其传教的终极目的，对《诗经》的翻译研究的重点并不在文学批评，而是无可避免地带上了传教色彩，成了这一时期的法国《诗经》译介的典型特征，至宋君荣、韩国英时，这种色彩逐渐褪色。[④]

最早对《诗经》进行翻译的是法国耶稣会士金尼阁（Nicolas Trigaut,

---

① ［美］赖德烈：《基督教在华传教史》，雷立柏等译，香港：香港汉语基督教研究所道风书社，2009年，第157页。

② 《利玛窦中文著译集》，上海：复旦大学出版社，2001年，第21页。

③ “Figurism”（索隐派）一词，最初出自法国人文学者尼古拉·弗雷烈（Nicolas Fréret，1688—1749）讥讽白晋、马若瑟、傅圣泽等人诠释中国上古文献的做法及其观点，即在先秦儒家经典和道家典籍中寻找与基督教上帝之启示的踪迹。索隐派思想是基督教对《旧约》的一种索隐式的注释方法，此方法研究的是《旧约》中记录的具体事件所蕴含的象征意义，并以此揭示圣经《旧约》中所隐藏的、未来的信仰秘密发展情况以及教会的历史发展。白晋用这种西方释经的方法来研究中国的古典文献，一是通过对部分汉字的象形化解释，来证明中国古代先贤们早已认识基督教的“事实”；二是通过对部分汉字、先秦典籍，尤其是《易经》及其卦图的阐释，“证明”中国人早已有着基督教的传统。马若瑟、傅圣泽等都用此法，并称白晋为“先生”。——参阅刘耘华：《诠释的圆环——明末清初传教士对儒家经典的解释及其本土回应》，北京：北京大学出版社，2005年，第259页；张西平：《欧洲早期汉学史——中西文化交流与西方汉学的兴起》，北京：中华书局，2009年1月，第514-551页；全慧：《“索隐派”的集大成者——白晋未刊作品考释》，《国际汉学》2014年第1期，第120-125页。

④ 以下人物排序参照费赖之著：《在华耶稣会士列传及书目》中传教士列传序（冯承钧译，北京：中华书局，1995年）。

1577—1628）。1626年（明天启六年）他在杭州刊印了拉丁文《中国五经》（*Pentabiblion Sinense*）一册，并附注解，成为最早在中国本土刊印的中国经籍西文译本，但是该译本已遗失。

康熙年间，法国传教士进入中国，以白晋、马若瑟为首的传教士开始对中国古代经籍进行索隐式的译介与研究，巴多明、雷孝思、孙璋、傅圣泽、宋君荣、韩国英等都对《诗经》有所研习。然而他们的著作大多都是选译，且未曾刊布，唯有孙璋完成了全译本，可该译本直至19世纪才得以刊布。马若瑟的《诗经》八首是首个与欧洲读者见面的译本，韩国英、钱德明的论文则推动了《诗经》在法国的进一步传播。

白晋著有《诗经研究》（*Dissertation sur le Che-King*），[①]该手稿现藏于法国国家图书馆。白晋先是研习《易经》，后将索隐派方法用于《诗经》研究，"对《诗经》中的诗篇进行'再思''再释'，从中发现许多和《圣经》中的故事、人物相吻合的特殊事例"[②]。最为著名的例子就是白晋对《大雅·生民》的解读，《生民》中有"履帝武敏歆"而"载生载育，时维后稷"的句子，即传说中姜嫄履帝足迹而怀孕生后稷的故事，白晋做如下解读：

> 当她鼓足勇气献上牺牲时，内心充满了崇高的爱的意愿，这种爱来自意欲拯救众生的天上的丈夫，她缓步踏着至亲至爱的人的足迹前行，全神贯注地等待他的神圣的意愿和决定。她内心纯真的祭献之情在上帝眼前散发一股沁人心肺的气味，神灵的美德瞬时便进入她的体内，她那处女的腹中突然感到一阵骚动，其子后稷就这样孕育在她的

---

① 费赖之《在华耶稣会士列传及书目》（*Notice Biographiques et Bibliographiques sur les Jésuites de l'ancienne mission en Chine*）中引述博纳蒂（Bonnetty）《诗经研究》一编；全慧认为应指的是《〈诗经〉先知诗一首》（*Expositio unius odae propheticae libri canonici xi kim*），藏于耶稣会罗马档案馆Jap. Sin. IV. 5F，参见全慧：《"索隐派"的集大成者——白晋未刊作品考释》，《国际汉学》2014年第1期。

② 钱林森：《18世纪法国传教士汉学家对〈诗经〉的译介与研究——以马若瑟、白晋、韩国英为例》，《华文文学》2015年第5期，第13页。

腹中了。[①]

李奭学先生认为：

> 白晋的诠释罔视古来中国注家之见，不但拒绝视之为初民宗教仪式‘男女野合’的托词，更不以儒家传统的德行或政治寓言视之，反而认定这是历史事实，乃所谓“不婚而孕”（virgin birth）的东方典型。由于姜嫄受孕和《福音书》中圣母怀胎的故事十分近似，她遂由周人的母系始祖变成了白晋笔下玛利亚的“化身”（figura），堪称世人或生民之母。[②]

白晋除采用“因事模拟”的“托喻”法之外，还大胆地采用了“字源托喻法”，用以比附基督教之教父，如他对《生民》中“后稷呱矣”一句进行阐释时，他将“呱”字解为“啼”也。“啼”字从“口”，附以“帝”字，由此他认为《生民》歌咏的是“道成肉身的圣子的哭声”，也就是降世为人的“上帝的哭声”。[③]再如，他据许慎《说文解字》中：“皇，大也。从自。自，始也。始皇者，三黄，大君也。”进而发挥阐释为：“皇从白，为古自字，即皇字也，自王也。天之主宰，苟非自有，何以自王，何以皇天二主宰之。”在《古今敬天鉴》中，认为《小雅 · 正月》“有皇上帝”中的“上帝”同为己教的天主。[④]白晋对于《诗经》的此种穿凿附会之解读

① ［法］雅瓦莉（Cyrille Javary，1947—）《神农后稷》（*Hou Ji Prince Millet, l'agriculteur divin*），载《尚蒂伊国际汉学讨论会文集》第91–106页，巴黎，1974年。转引自钱林森：《18世纪法国传教士汉学家对〈诗经〉的译介与研究——以马若瑟、白晋、韩国英为例》，《华文文学》2015年第5期，第10–19页。

② 李奭学：《中国晚明与欧洲文学：明末耶稣会古典型证道故事考诠》，香港：生活 · 读书 · 新知三联书店，2010年，第219页。

③ 钱林森：《18世纪法国传教士汉学家对〈诗经〉的译介与研究——以马若瑟、白晋、韩国英为例》，《华文文学》2015年第5期，第14页。

④ ［法］白晋：《古今敬天鉴》，载［加拿大］郑安德编：《明末清初耶稣会士思想文献汇编》第19册，北京大学宗教研究所，2000年，第23页。

俯拾皆是，他对《诗经》的解读、考诠，远离了《诗经》的本来面貌，究其原因，他对于中国经籍的解读之初衷也并非出自文学层面的考量，而是以此寻求中国古籍中“上帝”之遗迹，是为传教服务的手段之一，由此而附带的鲜明的索隐色彩也成了法国早期诗经学的典型特征。

巴多明也曾著有《六经说》(*Une Notice exacte des 6 King*) 6卷，《六经说》包括我们所熟知的五经，即《诗经》《书经》《礼记》《周易》《春秋》，巴多明还加上了《周礼》，于1735年9月28日曾寄送给梅朗(Jean-Jacques Dortous de Mairan，1678—1771)，在信中他写道：“我很荣幸寄给您中国的年表，开始打消您的疑虑。我很高兴，当您阅读五月我寄给您的信件时，您很满意。我同时随信寄给您中国的经书，一共有六本，有一篇短的注释……”但梅朗说：“他寄的中文文本的注释并没有稀奇的。”①巴多明“认为《诗经》不存在伪经或异文的可能”，他认为《诗》三百篇可以被压缩为一句公正的话：“即要谨防认为它会导致某些不体面的行为。”巴多明还翻译了顺治帝命人翻译《诗经》时的一篇短序：

> 在思考《诗经》时，人们便会看到它只不过是一种思想的指导而已。其中展示了人心，强调了理智与公正。它所赞成的一切，都会促使我们成为最优秀的人并在道德中前进；它所抨击的一切，都会鼓励我们抑制傲慢者的思想……事实上，我们必须读《诗经》，以解决理论与风俗。正是它告诉我们，什么是强化人的思想与心，或者是把人领向正路之外的东西。②

马若瑟曾译《诗经》(*Odes Chinoise du Chi king*)八首，分别是《周颂·敬之》《周颂·天作》《大雅·皇矣》《大雅·抑》《大雅·瞻卬》《小

---

① Louis Pfister. *Notice Biographiques et Bibliographiques sur les Jésuites de l'ancienne mission en Chine, 1552-1773*. Chang-Hai, Imprimerie de la Mission Catholique, 1932, p. 514.

② ［法］杜赫德编：《耶稣会士中国书简集》第四卷，耿昇译，河南：大象出版社，2005年，第49–50页。

雅·正月》《大雅·板》和《大雅·荡》。所有稿本均藏于法国国家图书馆。杜赫德曾收入法文版《中华帝国全志》第二卷中（1735年）第308-317页。[①]

雷孝思著有《诸经说》(*Notice sur les king*)，该稿曾寄给杜赫德，但并未刊布。宋君荣神父曾致德利勒（Guillaume Delisle，1675—1726）信说："孝思之《诸经说》完全与《易经》译本不同。此本在杜赫德神父处，为其描述诸经提供材料。杜赫德神父所说十分浅薄，我不明白他为什么要遗弃孝思的著作而不转录。"[②]

傅圣泽也翻译过《诗经》(*Che-king*)，并附有解说，他也将基督教教义用于阐释中国经典。如雷慕沙所说：

> 诸教师中最盼在中国文字中发现基督教之秘迹者，莫逾于圣泽，彼谓其眩惑之极至于迷乱。不特以中国诸经中载有明白预言，而且以为有时在其中发现基督教之根本教理。竟谓中国古籍中之某山，即是耶稣被钉于十字架之山。誉文王周公之词，即是誉救世主之词；中国之古帝，即是圣经中之族长。[③]

赫苍壁曾选译《诗经》。马若瑟在《中国古籍中之基督教主要教条之遗迹》[④]中曾说："苍壁曾用神秘解说，将《诗经》翻译，纵未全译，至少

① 下文有详细叙述，此处不再赘述。

② Louis Pfister. *Notice Biographiques et Bibliographiques sur les Jésuites de l'ancienne mission en Chine, 1552-1773.* Chang-Hai, Imprimerie de la Mission Catholique, 1932, p. 535.

③ Rémusat. *Nouv. Mél.*, t. II, p. 258–259.

④ 《中国古籍中之基督教主要教条之遗迹》(*Selecta quædam vestigia præcipuorum religionis christianæ dogmatum ex antiquis Sinarum libris eruta*)，拉丁文写本，藏巴黎国家图书馆，四开本，六十五页。该书记录了索隐派传教士对中国古籍的研究。Sionnet曾在《一八三七年基督教哲学年鉴》(*Annales de philosophie chrétienne*）十四至十八卷中撰有论文五篇述其内容。Paul Perny 曾将此书译为法文，刊于同一《年鉴》中题为"*Vestiges des principaux dogmes Chrétiens Tirés Des Anciens Livres Chinois*"。此外印有单行本两百册，巴黎，一八七八年。

应译有一大部分。"[①]

宋君荣是一位极为博学的耶稣会士和汉学的真正奠基人，有"18世纪最伟大的汉学家""耶稣会最博学者"之称。雷慕沙认为："传教中国诸传教士中，于中国文学造诣最深者，当推马若瑟与宋君荣二神父。此二人之中国文学，非当时之同辈与其他欧洲人所能及。"[②]他曾译过《诗经》，1749年将手稿寄回欧洲，一直存放在教堂未曾刊布。宋君荣《中国天文史略》（*Histoire abrégé de l'astronomie chinoise*）一书中也有对《诗经》的研究，其附录的一部分便是"《诗经》中之日蚀"。[③]对诸经的态度，宋君荣曾对白晋、马若瑟的解说提出异议，然而其用意并不是反对在中国经书中寻求教义的证明，而是不赞同对经书进行过于自由的解释。

韩国英在《中国丛刊》第一卷（1776）中收入了他以《中国古代论》（*Essai sur l'antiquité des Chinois*）为题的论文，对《诗经》做了较全面而客观的介绍。第四卷（1779）中韩国英发表了《记华人之孝》一文，该文收进了《诗经》中的《小雅·常棣》《大雅·文王》《郑风·将仲子》《小雅·祈父》《大雅·大明》等篇的法译。第八卷、第九卷中韩国英著有《论中国的语言文字》（*Essai sur la langue et les caractères des Chinois*）一文，在其冗长的注释中有对《诗经》的译介研究，包括法国诗经学史上首次对《诗序》的部分译介。

钱德明曾在《中国丛刊》第二卷中发表了《由载籍证明中国之远古》（*L'Antiquité des Chinois, prouvée par les monuments avertisements*），[④]钱德明以远古传说、《易经》中伏羲画卦、《书经》《诗经》《春秋》等经文及司

---

① Louis Pfister. *Notice Biographiques et Bibliographiques sur les Jésuites de l'ancienne mission en Chine, 1552—1773*. Chang-Hai, Imprimerie de la Mission Catholique, 1932, p. 583.

② Rémusat. *Nouv. Mél.*, t. II, p. 262.

③ 《中国天文史略》，编入苏熙业神父辑刊第二册，1729年巴黎刻，四开本，附有注释。后有附录五：1. 中国干支；2.《书经》中之日蚀；3.《诗经》中之日蚀；4.《春秋》首见之日蚀；5. 公元31年之日蚀。

④ 笔者曾误将此文认为是韩国英《古代中国论》的续篇，见拙文《诗经在法国》（光明日报，2018年4月16日），此处特指出以勘误。

马迁《史记》证明中国上古史之可信，将其上溯至帝尧以前。钱德明对《诗经》做了较为客观而详细的介绍，他阐述了周王朝的分封制，认为“风”诗的收集是为了国王了解民情。“根据诗歌内容判断领地内的人民是否安居乐业，如果是，就沿用现有的统治方式；如果诗歌的主题与道德和良好的风俗、恒久不变的规则不符，就应该改变自己的统治方式。”[①]钱德明还将这一习俗与法国的民间诗歌风俗进行比较，“同样在法国，我们可以根据传唱最广泛的、最流行的、最愉快的歌曲来判定不同省份人们的道德、天性和性格”。[②]根据法国不同省份的“公、侯、伯、子、男爵”以封邑的名义敬献给皇帝的所有歌曲、诗歌和民歌，也同样可以了解其治下的情况。不同地区的诗歌风格、呈现思想的方式、所蕴含的主旨、唱诵的旋律都不同。“出自尼泊尔人或里昂人的诗歌绝不同于那些出自郎格多克人或普罗旺斯人的诗歌，勃艮第人的表达方式绝不与芒什人相符，布列塔尼人的歌唱调子也异于洛林人和弗朗什—孔泰人。”[③]他认为根据不同的王国，法国也“可以将这些最有特点的诗歌整理成一本可靠的诗集，也可以将这一部文选称为我们的‘国风’，称为法国人的《诗经》的第一部分”[④]。关于“雅”，韩国英认为“雅”代表着正义（juste）、正直（droit）、得体（convenable），“雅”即尊敬（respect）、崇敬（vénération），“雅”是对伟大理想、崇高事物的威严的体现等。“小雅”和“大雅”考虑的主题要比简单的“国风”的层次高得多，这些主题以更严肃的方式来对待，以更庄严的声调来演唱。[⑤]钱德明还对雅乐的演奏场合进行了说明。在他看来，《诗经》中的“颂”主要是对上天、祖先和古代道德高尚的大人物（君子）

① Joseph-Marie Amiot, L’Antiquité des Chinois, prouvée par les monuments avertisements. *Memoires concernant I’Histoire, les sciences, les Arts, les Moeurs, les usages des Chinois par les Missionaires de Pékin*, Tome II, 1777. p. 74.

② 同上书，第76页。

③ 同上书，第77页。

④ 同上书，第79页。

⑤ 同上书，第80页。

的赞歌、圣歌。[①]他根据自己的理解对“颂”诗的内容作了说明，并根据《诗经》中本身对“颂”的分类做了介绍。随后，他对《诗经》的流传也做了简要地介绍。

1773年，耶稣会解体。钱德明作为最后一位在华耶稣会士，他去世之后，中法文化交流几乎中断，汉学研究的主体渐渐转变为法国本土专业汉学家，在19世纪初，他们对法国专业汉学的确立与发展做出了重要贡献。

第二节 杜赫德与马若瑟《诗经》(八首)

一、杜赫德对《诗经》的介绍

杜赫德1674年2月1日生于巴黎，1692年9月8日进入耶稣会，1708年在巴黎书院任教。随后杜赫德被选为郭弼恩（Charles le Gobien，1653—1708）的继承人，专门负责收集整理各国耶稣会士们的信函。1743年杜赫德逝世于巴黎。杜赫德学识丰富，治学严谨，其主要功绩是整理出版了18世纪的三大汉学著作之二：《耶稣会士通信集》和《中华帝国全志》。《中华帝国全志》，于1735年在巴黎出版，全书共四卷：第一卷记中国各省的地理及从夏至清23个朝代的历史大事记；第二卷记述政治、经济，并论述中国的经书、教育和科举制度；第三卷记述宗教、道德、医药、博物等；第四卷是对中国少数民族的研究，并已涉及藏族和朝鲜族。本书于1736年在海牙出了第2版，不久，英、德、俄译本相继问世。杜赫德“是一个文笔简朴、严谨，有判别力和韧性的人，始终受着理性和真理的支配”。他在作品中，一方面以自己的丰富感情和博大的胸怀，兼收并蓄，容纳他人的观点；另一方面，他又“精炼了这部作品，纯化了这部作品”，因为传教士们

① Joseph-Marie Amiot, L'Antiquité des Chinois, prouvée par les monuments avertisements. *Memoires concernant l'Histoire, les sciences, les Arts, les Moeurs, les usages des Chinois par les Missionaires de Pékin*, Tome II, 1777. p. 82.

DESCRIPTION
GEOGRAPHIQUE
HISTORIQUE, CHRONOLOGIQUE,
POLITIQUE, ET PHYSIQUE
DE L'EMPIRE DE LA CHINE
ET
DE LA TARTARIE CHINOISE.
ENRICHIE DES CARTES GENERALES ET PARTICULIERES de ces Pays, de la Carte générale & des Cartes particulieres du Thibet, & de la Corée, & ornée d'un grand nombre de Figures & de Vignettes gravées en Taille-douce.
Par le P. J. B. DU HALDE, de la Compagnie de JESUS.
TOME SECOND.
A PARIS,
Chez P. G. LE MERCIER, Imprimeur-Libraire, rue Saint Jacques, au Livre d'Or.
M DCC XXXV.
AVEC APPROBATION ET PRIVILEGE DU ROY.

《中华帝国全志》第二卷书影

的作品“太古色古香和太具有中国式风格，而这会使法国人感到刺耳”。[①]

杜赫德在刊布马若瑟的《诗经》八首时对《诗经》做了简要地介绍，这可能是我们见到的法国人最早介绍《诗经》的文字。[②]他认为中国经学家的诠释系统相互矛盾，他打破了传统的“风”“雅”“颂”的分类，按《诗经》中的诗歌内容分为五类：一是对那些因为自己的才能、美德而著名的人物的赞歌，二是反映王朝风俗的诗，三是比兴的诗，四是颂扬高贵

① 阎宗临：《杜赫德的著作及其研究》，闫守诚：《传教士与法国早期汉学》，郑州：大象出版社，2003年，第49-50页。有关《中华帝国全志》一书的研究可参阅：[法]蓝莉：《请中国作证：杜赫德的〈中华帝国全志〉》，许明龙译，商务印书馆，2015年。

② 18世纪法国世俗汉学家傅尔蒙（Étienne Fourmont，1683—1745）1714年9月7日宣读、1720年发表的《关于中国诗歌》（*De la poésie chinoise*）一文，虽然征引了一首所谓《诗经》四言诗，据考证，这纯粹是误读。钱林森：《18世纪法国传教士汉学家对〈诗经〉的译介与研究——以马若瑟、白晋、韩国英为例》，《华文文学》2015年第5期，第17页。

的甚至崇高事物的诗，五是不符合孔子教义的可疑的诗。他对每一类诗都作了简要说明，但并没有具体的例证。从杜赫德对《诗经》的介绍可以看出，“虽然传教士对《诗经》的探究重点不在文学，但当首次接触到这部文化经典时，又不可能绕过文学的切入点，而首先集中在《诗经》这部经书的文学性质的考辨上”[①]。但由于时代、水平、学识背景等多方面因素的制约，杜赫德对《诗经》的见解还比较粗浅，无法真正地阐述清楚《诗经》的文学原貌。然而得益于《中华帝国全志》一书在欧洲的巨大影响，西方人由此开始认识《诗经》，杜赫德在法国《诗经》译介史乃至欧洲《诗经》译介史上都具有开拓之功。

二、马若瑟对《诗经》的译介

（一）马若瑟生平及著作简介

马若瑟，又名温古子，法国著名来华耶稣会士。1666年7月17日，马若瑟出生于法国的瑟堡城（Cherbourg），1683年加入耶稣会。1697年，白晋作为康熙特使被派往法国，招募了一些新的法国耶稣会士和他一起返回中国，马若瑟于1698年3月7日与白晋及另外七人一起登上了“安菲特利特”号，于11月7日到达广州。1699年，马若瑟被派往江西传教。1714年，白晋为了推进他的《易经》研究，通过康熙帝将傅圣泽和马若瑟召回北京，两年后马若瑟返回江西传教。1724年，雍正禁教，几乎所有传教士都被驱至广州。马若瑟不得不离开他在江西省的传教点，南行广州，于1733年迁居澳门，1736年在澳门去世。

马若瑟著述颇丰，他是“于中国文学造诣最深者”。[②]其主要著作有《汉语札记》（*Notitia Lingae Sinicae*）、《六书析义》（*Véritable sens des 6 classes de caractères*）、《中国古籍中之基督教主要教条之遗迹》《赵氏孤儿》（*L'Orphelin de la maison de Tchao*）、《书经》（*Extraits traduits du Chou-*

---

① 钱林森：《18世纪法国传教士汉学家对〈诗经〉的译介与研究——以马若瑟、白晋、韩国英为例》，《华文文学》2015年第5期，第11页。

② Rémusat. *Nouv. Mél.*, t. II, p. 262–265.

ET DE LA TARTARIE CHINOISE. 309

ODES CHOISIES DU CHI KING.

PREMIERE ODE.

Un jeune Roi prie ses Ministres de l'instruire.

JE sçai qu'il faut veiller sans cesse sur soi-même; que le Ciel a une intelligence à qui rien n'échappe; que ses Arrêts sont sans appel. Qu'on ne dise donc pas qu'il est tellement élevé & si loin de nous, qu'il ne pense guéres aux choses d'ici-bas. Je sçai qu'il considére tout; qu'il entre dans tout, & qu'il est sans cesse présent à tout. Mais hélas! je suis encore bien jeune; je suis peu éclairé, & je n'ai pas assez d'attention sur mes devoirs; je m'applique cependant de toutes mes forces, & je tâche de ne point perdre de tems, ne désirant rien avec plus d'ardeur, que d'arriver à la perfection. J'espere que vous m'aiderez à porter un fardeau si pesant; & que les bons conseils que vous voudrez bien me donner, ne serviront pas peu à me rendre solidement vertueux, ainsi que je le désire.

SECONDE ODE.

A la loüange de Ven vang (a).

C'Est le Ciel qui a fait cette haute Montagne, & c'est *Tai vang* qui l'a renduë un desert: cette perte vient uniquement de sa faute: mais *Ven vang* lui a rendu son premier éclat. Le chemin où celui-là s'étoit engagé, est rempli de dangers: mais la voïe de *Ven vang* est droite & facile. Posterité d'un si sage Roi, conservez cherement le bonheur qu'il vous a procuré.

TROISIEME ODE,

à la loüange du même.

CElui qui seul est Roi & Suprême Seigneur, abaisse sa Majesté jusqu'à prendre soin des choses d'ici-bas. Toûjours attentif au vrai bonheur du monde, il promene ses regards sur la face de la Terre. Il voit deux peuples qui ont abandonné ses Loix, & le Très-Haut ne les abandonne pas encore: il les examine, il les attend; il cherche par tout un homme selon son cœur, & il veut étendre lui-même son Empire. Dans ce dessein, il arrête avec amour ses yeux vers l'Occident. C'est-là qu'il doit habiter, & regner avec ce nouveau Roi.

(a) *Ven vang*, selon les Interpretes & les Historiens, étoit pere de *Vou vang*, Fondateur de la troisiéme race. *Ven vang* signifie proprement Roi de Paix.

马若瑟《诗经》译文

king）、《诗经》（八首，*Huit odes traduits du Che-king*）、《经书理解绪论》等。

（二）马若瑟对《诗经》的翻译及索隐式解读

马若瑟所选译的篇目皆出自“雅”“颂”，全文标题冠以“八首颂歌”，选用“ode”一词，即“颂歌”之意。马若瑟所选译的这八首诗的内容多为颂扬周王族祖先或是劝诫、规谏君王大臣的诗篇，用以彰显德行，讽喻弊端。马若瑟作为索隐派的代表人物，在中国经书与古籍中寻求古老的传说。

> 若瑟研究中国古代史采用一种特殊方法，后此有传教士数人曾采用之。其法则在中国之经书与古籍中寻求最古之传说，凡有不明之段落，历代意见分歧之解释，《诗经》中之譬喻，《易经》中之卦爻，咸加利用，以备传教之引证。[①]

由马若瑟的身份背景及其来华目的，我们并不难理解他何以选译这些诗篇，《诗经》中“雅”“颂”篇目常有“上帝”“天”等词。

> 若瑟之传教热忱，鼓励其研究中国语言文字。其研究与一般传教士异，盖其志不仅在肄习传教必须之语文，而尤注重于寻究中国载籍中之传说，有裨于宗教者予以利用，发挥教理，若瑟此类研究，成绩甚优，甫数年即能用优美的中国文字著书立说。[②]

对于马若瑟所选取的迻译策略，笔者试图回译中文，尽可能还原马若瑟译文之义并附上《诗经》原文，以便对照分析：

---

① ［法］费赖之：《在华耶稣会士列传及书目》，冯承均译，北京：中华书局，1932年，第521页。
② 同上。

ODES CHINOISES DU CHI KING

《诗经》的诗

PREMIÈRE ODE

第一首

Un jeune Roi prie ses Ministres de l'instruire

年轻的国王请求大臣的教导

周颂·敬之

Je sçai (sais) qu'il faut veiller sans cesse sur soi-même; que le Ciel a une intelligence à qui rien néchappe; que ses Arrêts sont sans appel. Qu'on ne dise donc pas qu'il est tellement élevé et si loin de nous; Qu'il ne pense guéres (guère) aux choses d'ici-bas. Je sçai (sais) qu'il considère tout; qu'il entre dans tout; et qu'il est sans cesse présent à tout. Mais hélas! je suis encore bien jeune; je suis peu éclairé, et je n'ai pas assez d'attention sur mes devoirs; je m'applique cependant de toutes mes forces, et je tâche de ne point perdre de temps, ne désirant rien avec plus d'ardeur, que d'arriver à la perfection. J'espère que vous m'aiderez à porter un fardeau si pesant; et que les bons conseils que vous voudrez bien me donner, ne serviront pas peu à me rendre solidement vertueux, ainsi que je le désire.

我知道应该时刻审视自己，上天有着任何事物都无法逃离其耳目的智慧，他的禁令不可改变。我们不要说他高高在上，遥不可及，他从不关心下面的琐事。我知道他洞悉一切，无处不在。但是啊，我还年轻，见识浅薄，不够重视自身的责任；然而我会尽全力去实施，不容热情消逝，克制欲望，达到完美。望诸位能帮助我挑起如此沉重的重担，望诸位给我提供好的建议，如我所渴望的，成为德行坚定的人。

敬之敬之，天维显思，命不易哉。无曰高高在上，陟降厥士，日监在兹。维予小子，不聪敬止。日就月将，学有缉熙于光明。佛时仔肩，示我显德行。

SECONDE ODE

第二首

A la louange de Ven vang[①]

文王颂

周颂·天作

C'est le Ciel qui a fait cette haute Montagne, et c'est Tai vang qui l'a rendue un désert, cette perte vient uniquement de sa faute, mais Ven vang lui a rendu son premier éclat. Le chemin où celui-là s'était engagé, est rempli de dangers, mais la voie de Ven vang est droite et facile. Postérité d'un si sage Roi, conservez chèrement le bonheur qu'il vous a procuré.

这是上天建造的高山，是太王将它夷为沙漠，这种损失仅是因为他（太王）的过错，但是文王就此始建功业。太王开辟的道路充满了危险，然而文王的道路却笔直而平坦。这位睿智国王的子孙后代们，要珍惜保留他为你们谋到的福祉。

天作高山，大王荒之。彼作矣，文王康之。彼徂矣岐，有夷之行。子孙保之。

TROISIÈME ODE

第三首

à la louange du même

同样地对（文王的）赞颂

大雅·皇矣

Celui qui seul est Roi et Suprême Scigneur, abaisse sa majesté jusqu'à

① 原注：文王，根据诠释家和历史学家的说法，是武王的父亲，是第三族（troisième race）的建立者。"文王"本义是"和平的王"。

prendre soin des choses d'ici-bas. Toûjours (toujours) attentif au vrai bonheur du monde, il promene (promène) ses regards sur la face de la Terre. Il voit deux peuples qui ont abandonné ses lois, et le Très-Haut ne les abandonne pas encore: il les examine, il les attend; il cherche par tout un homme selon son coeur, et il veut étendre lui-même son Empire. Dans ce dessein, il arrête avec amour ses yeux vers l'Occident. C'est là qu'il doit habiter, et régner avec ce nouveau Roi.

这是唯一的王，至高无上的主，降下威仪，关照世间万物。他的目光注视着世间，一直关注人间真正的幸福。他看着两国人民被他们的统治者抛弃，但至高无上的主从不会抛弃他们。他审视着，期盼着；他到处寻找心仪的人选，希望他扩张自己的帝国。怀此意图，他把慈爱的目光转向西方。他决定居住在那里，同这位新的君王一同统治。

皇矣上帝，临下有赫。监观四方，求民之莫。维此二国，其政不获。维彼四国，爰究爰度？上帝耆之，憎其式廓。乃眷西顾，此维与宅！

Il[①] commence donc par en ôter toutes les mauvaises herbes, et il nourrit avec soin les bonnes; il émonde ce que les arbres ont de trop, et il met entre eux un bel ordre; il arrache les roseaux, et il cultive les mûriers. Le Seigneur va rendre aux hommes leur premier vertu; tous leurs ennemis s'enfuiront devant eux; le Ciel veut se donner un égal[②]. Jamais volonté ne fut plus absolue.

---

① 原注：根据古代中国诗歌的风格，所有的这个词都应理解为“譬喻”，《诗经》里到处都是相似的譬喻。

② 原注：“配”这个字是“同伴、伙伴”“平等的”意思。有时也理解为“配偶”。诠释家们认为这里指的是上天指定配偶给文王，《诗经》中也称之为“天配”，上天的意中人。

他从除去枯草开始，细心照料良木，修剪多余的枝杈，让它们有序地生长；他拔除芦草，种植桑树。上帝给人们带来明君，所有的敌人都在他们面前逃走。上天想给他赐予一个配偶，他从此不再是一个人（稳固家国）。

作之屏之，其菑其翳。修之平之，其灌其栵。启之辟之，其柽其椐。攘之剔之，其檿其柘。帝迁明德，串夷载路。天立厥配，受命既固。

Le Seigneur regarde cette sainte Montagne; c'est un séjour de paix, aussi n'y croît-il aucun des bois dont on fait les armes. C'est un Règne éternel; aussi n'y voit-on que des arbres dont les feuilles ne tombent point. C'est l'ouvrage du Très-Haut; il a mis le cadet à la place de l'aîné: il n'y a que Ven vang, dont le coeur sache aimer ses frères, il fait tout leur bonheur et toute leur gloire, le Seigneur l'a comblé de ses biens, et lui a donné tout l'Univers pour récompense.

上帝省视圣山，这是一个和平安宁的居所，也没有任何人将树木制成武器。这是一个永存的王国；人们所见的全是不落叶的常青树。这是上帝的杰作，他让幼子代替长子：唯有文王，他的内心爱着他的兄弟，尽其幸福和荣耀。上帝满意于他的品行，赐予整个疆域以作奖赏。

帝省其山，柞棫斯拔，松柏斯兑。帝作邦作对，自大伯王季。维此王季，因心则友，则友其兄，则笃其庆。载锡之光，受禄无丧，奄有四方。

Le Seigneur pénètre dans le coeur de Ven vang[①] et il y trouve une vertu secrètte et inexplicable, dont l'odeur se répand partout. C'est un merveilleux assemblage de ses dons les plus précieux: l'intelligence pour régler tout; la sagesse pour éclairer tout; la science, pour enseigner; le conseil, pour gouverner; la pieté et la douceur, pour se faire aimer; la force et la majesté, pour se faire craindre; une grâce enfin & un charme qui lui attirent tout les coeurs; vertus toujours les mêmes, et incapables de changer. C'est comme un apanage qu'il a recu du Très-Haut, c'est un bonheur qu'il a répandu sur sa postérité.

上帝深入（审视）文王的内心，他发现了（文王）蕴藏于心、无以言表的美德，芬芳四溢。这是最宝贵的天赋的奇妙汇集：才智可管理一切；睿智照亮一切；传授知识；建言兴邦；孝道、仁慈，使人相互友爱；武力、威严，使人相互畏惧；终于以恩泽、魅力吸引了所有人的心，道德永存，不会更改。这如同接受自上天的福祉，这是惠及子孙的福泽。

维此王季，帝度其心，貊其德音。其德克明，克明克类，克长克君。王此大邦，克顺克比。比于文王，其德靡悔。既受帝祉，施于孙子。

Le Seigneur a dit à Ven vang: Quand le coeur n'est pas droit, les désirs ne sont pas réglés, et on n'est pas propre pour sauver l'Univers. Vous êtes parfaitement incapable de ces défauts. Montez donc le premier sur la Montagne, afin d'attirer tout le monde après vous. Voilà des rebelles qui n'obéissent pas à leur Souverain, se croyant au-dessus des hommes, ils les tyrannisent, armez-vous de ma colère, déployez vos étendards, rangez vos

① 原注：原文中是“王季”，但是最好的诠释者认为这应该是个错误，应该说的是“文王”，因为在这里所有谈论的，只应是文王而非别人。

troupes, remettez partout la paix, & fixez le bonheur de votre Empire, et répondez à ce que l'Univers attend de vous.

上帝对文王说："当心不正时，欲望就不能被控制，自己就不能拯救天下。您当是完美而不会有这些缺点的。您当率先登上高山，以便吸引众人追随于您。那些不顺从于君王的叛徒，自认为高于人民之上，欺压百姓，以我之怒拿起武器，扬起军旗，整顿军队，恢复和平，使您的帝国安乐，以回应天下对您的期待。"

帝谓文王：无然畔援，无然歆羡，诞先登于岸。密人不恭，敢距大邦，侵阮徂共。王赫斯怒，爰整其旅，以按徂旅，以笃于周祜，以对于天下。

Aussitôt Ven vang, sans quitter sa Cour, monte sur le haut de la Montagne. Rentrez dans vos cavernes, esprits rebelles; c'est ici la montagne du Seigneur; vous ne pouvez y être admis. Ces vives sources sont les eaux pures, où les Sujets de Ven vang se désaltèrent; ces plaisirs ne sont pas pour vous. Ven Vang a choisi cette montagne; il a ouvert lui-même ces clairs ruisseaux; c'estlà que tous les peuples fidèles doivent venir; c'estlà que tous les Rois doivent se rendre.

文王没有即刻离开宫廷，而是登上山顶。逆贼，滚回你们的洞穴里；这是上帝的高山，你们不可侵占。这纯净的水源，是给文王的臣民所饮，不是你们的。文王选定了这座山丘，他自己开凿了这些清澈的溪流；所有忠诚的百姓都来到这里，所有的王都归顺于他。

依其在京，侵自阮疆。陟我高冈：无矢我陵，我陵我阿；无饮我泉，我泉我池。度其鲜原，居岐之阳，在渭之将。万邦之方，下民之王。

Le Seigneur a dit à Ven Vang:① j'aime une vertu pure et simple comme la vôtre: elle ne fait pas grand bruit; elle n'a pas grand éclat au-dehors, elle n'est point empressée, elle n'est point fière; on dit que vous n'avez d'esprit et de lumières, que pour vous conformer à mes ordres. vous connaissez votre ennemi, unissez contre lui toutes vos forces, préparez vos machines de guerre; attelez vos chars, allez détruire le Tyran; chassez-le du Trône qu'il usurpe; chariots armés, ne vous pressez pas; murs élevés, ne craignez rien; Ven vang n'est pas précipité dans sa marche; sa colère ne respire que la paix; il prend le Ciel à témoin de la bonté de son coeur: il voudrait qu'on se rende sans combat, et il est prêt de pardonner aux plus coupables. Bien loin qu'une si grande douceur lui attire aucun mépris, jamais il ne parut plus digne d'être aimé. Mais si l'on ne ne② se rend pas à tant de charmes, ses chariots arrivent avec grand bruit; le Tyran se confie vainement dans la hauteur et la force de ses murailles; Ven Vang l'attaque; il le combat; il en triomphe; il détruit son cruel Empire, et bien loin qu'une telle justice le rende odieux, jamais l'Univers ne fut plus disposé à se ranger sous ses lois.

上帝对文王说：我喜欢像您这样纯粹、淳朴的美德，它不喧嚣，不外耀，不骄不躁，您没有灵识与光芒，只会遵循我的法则。您熟知您的对手，联合您所有的力量攻击他们，准备战斗的器械。驾驶您的战车，去摧毁暴君；将他从权力的宝座上驱逐；战车徐徐，高举武器，无所畏惧。文王的步伐并不焦急，他的怒气只平静地表现出来，他以他内心的仁慈向上天证明：他只希望没有战争，他准备宽恕罪魁祸首。他的仁慈并未带来任何的轻视，从未显露出不值得被爱戴。但

---

① 原注：朱熹的一个弟子说了一段非常精彩的话。他说："然天命文王，不特此也。帝谓文王，尔有明德，予实眷念之。盖德之未至者，犹有声色之可寻也。尔则实听中涵，号令之不事也，喜怒之不形也，何有声色之大乎？德之未纯者，犹有夏革之长乎？且又不作聪明，以循天理。有识也而不自用其识，有知也而不自用其知。惟奉帝则以周旋而已。凡此，皆尔之明德，而惟予之所眷念者也。"——译者按，此段出自清朝姜文灿的《诗经正解》。

② 译者按：原文中两个"ne"，当为误印。

如果不因其魅力而臣服，便驾着战车滚滚而来。暴君徒据高点和城墙的力量，文王攻打他、与之战斗并获胜。他（文王）摧毁了残暴的帝国，如此的正义不会让人憎恨，没有人在他的治下再敢来犯。

帝谓文王：予怀明德，不大声以色，不长夏以革。不识不知，顺帝之则。帝谓文王：询尔仇方，同尔弟兄。以尔钩援，与尔临冲，以伐崇墉。

临冲闲闲，崇墉言言。执讯连连，攸馘安安。是类是祃，是致是附，四方以无侮。临冲茀茀，崇墉仡仡。是伐是肆，是绝是忽，四方以无拂。

QUATRIÈME ODE

第四首

Conseils donnés à un Roi

对一位国王的建议

大雅·抑

Un extérieur grave et majestueux est comme le Palais où réside la vertu; mais on le dit, et il est vrai; aujourd'hui les plus ignorants en savent assez pour voir les défauts d'autrui, et les plus éclairés ne sont aveugles que sur leurs défauts propres.

仪表威严而庄重，犹如道德所栖居的宫殿；但人们说，他是真实的。如今最愚笨的人却是明智的，能看到别人的缺点，最聪明的人却对自己的缺点视而不见。

抑抑威仪，维德之隅。人亦有言：靡哲不愚。庶人之愚，亦职维疾。哲人之愚，亦维斯戾。

Celui qui n'exige rien de personne au-dessus de ses forces, peut enseigner l'Univers, et le vrai sage fait ce qu'il veut du coeur des hommes. Ne formez point de dessein où il entre le moindre intérêt; donnez de si bons ordres, que vous ne soyez pas obligé de les changer; ayez un certain air de probité et de vertu, qui répond à ces deux points, afin de servir de modèle à tout le peuple.

对他人没有过高要求的人，可以教化天下，真正的智者做顺应民心的事。从不为私利而谋划，下达了如此美好的政令，您不会被迫去改变，您有着正直而美善的仪容，而这仪容正符合您的正直和德行，使您成为全民的典范。

无竞维人，四方其训之。有觉德行，四国顺之。讦谟定命，远犹辰告。敬慎威仪，维民之则。

Mais hélas! ces sages leçons ne sont plus d'usage: tout est renversé, on est comme enseveli dans une ivresse honteuse, et parce que l'ivresse plaît, on ne pense plus au bon ordre, on n'étudie plus les maximes des anciens Rois, pour faire revivre leurs sages lois.

但是啊！人们不再使用这些智慧的忠告：所有的都被颠覆，人们都似乎沉迷于酒色，因为醉酒让人兴奋，人们不再思考良好的秩序，不再学习先王的准则，复兴先王的明法。

其在于今，兴迷乱于政。颠覆厥德，荒湛于酒。女虽湛乐从，弗念厥绍。罔敷求先王，克共明刑？

L'auguste Ciel, dites-vous, ne vous protège plus; mais il n'aime que ceux qui sont déclarés pour la vertu; vous êtes au milieu du courant, craignez qu'il ne vous entraîne. Veillez sans cesse sur les moindres choses, en observant exactement l'heure du lever et du coucher, et en prenant soin que votre maison soit toujours propre; vous rendrez le peuple diligent à votre exemple en tenant vos chars et vos chevaux, vos soldats, et vos armes en bon état, vous éviterez la guerre, et écarterez les Barbares.

您说，庄严的上天，不再佑护您。他只爱那些宣扬美德的人，您（就像）在水流中，担心被冲走。您要不停地关心每一件琐事，准确地遵守起床和休息的时间，并注意您的房屋是否一直（保持）干净。您要成为民众的表率，并让您的战车、您的马匹、您的士兵、您的武器保持良好的状态，您要防备战争，驱逐蛮夷。

肆皇天弗尚，如彼泉流，无沦胥以亡。夙兴夜寐，洒扫庭内，维民之章。修尔车马，弓矢戎兵，用戒戎作，用逷蛮方。

Perfectionnez votre peuple, et observez le premier les lois que vous lui donnez; vous vous épargnerez par-là bien des chagrins. Surtout pesez mûrement vos ordres, et ayez un soin extrême de votre extérieur; alors tout sera paisible, tout sera bien. On peut ôter une tache d'un diamant, à force de le polir: mais si vos paroles ont le moindre défaut, il n'y a pas moyen de l'effacer.

改善您的百姓（的状况），您要率先遵守您为他们制定的法律。由此您可免除忧虑。尤其要权衡您的政令，要特别注重您的仪表。然后一切将会变得安宁而美好。人们可以通过抛光除去钻石的瑕疵。但是如果您的言论有一点点的错误，却难以消除。

质尔人民，谨尔侯度，用戒不虞。慎尔出话，敬尔威仪，无不柔嘉。白圭之玷，尚可磨也；斯言之玷，不可为也！

Ne parlez donc jamais qu'avec grande réserve, et ne dites pas: ce n'est qu'un mot. Songez qu'on ne peut retenir votre langue; et que si vous ne la retenez vous-même, vous ferez mille fautes. Les paroles pleines de sagesse sont comme la vertu, cela ne demeure point sans récompense: par elle vous assistez vos amis, et tous les peuples qui sont vos enfans, deviennent vertueux, en suivant d'age en age vos maximes.

不要轻易开口，而要有所保留，不要说：这仅仅是一个字。要想到人们不能约束住您的舌头：要谨记如果您不能自我约束，您将犯成千的错。充满了智慧的言论就像美德，没有不得到回报的；以其相助您的朋友，所有的百姓都是您的子民，让（他们）变得品德高尚，子子孙孙都会记住您的箴言。

无易由言，无曰苟矣。莫扪朕舌，言不可逝矣。无言不雠，无德不报。惠于朋友，庶民小子。子孙绳绳，万民靡不承。

Lorsque vous êtes avec de sages amis, composez-vous tellement, qu'on ne voye rien dans toute votre personne que de doux et d'aimable; dans votre domestique, qu'il ne vous échappe rien de déréglé. Enfin, quand vous êtes seul dans le lieu le plus secret de votre logis, ne vous permettez rien de honteux; ne dites pas: personne ne me voit①: car il y a un Esprit intelligent qui voit tout: il vient lorsqu'on y pense le moins, et c'est ce qui doit nous tenir dans une attention continuelle sur nous-mêmes.

当您与您智慧的友人在一起时，您让人们所能见到唯有您温和与友好的表情。在您的仆人面前，您要避免任何的过失。最后，当您一个人在住宅最私密处独处时，您也不能允许发生任何的不光彩的（事），不要说："没有人看见我。"因为有可视一切的神灵，当人们未多思量时他就来了，我们自己要一直保持谨慎。

① 原注：这是朱熹的注解："无曰此非明显之处，而莫予见也。当知鬼神之妙，无物不体。甚至于是，有不可得而测者。不显示监，犹惧有失，况可厌射而不敬乎。此言不但修之于外，又当戒谨恐惧其所不睹不闻也。"

视尔友君子，辑柔尔颜，不遐有愆。相在尔室，尚不愧于屋漏。无曰不显，莫予云觏。神之格思，不可度思，矧可射思。

Votre vertu ne doit pas être commune, il faut arriver à la plus haute perfection, réglez si bien tous vos mouvements, que vous ne vous détourniez jamais du chemin le plus droit; ne passiez point les bornes que la vertu vous prescrit, et fuiez tout ce qui pourrait la blesser. Proposez-vous à tout le monde comme un modèle, qu'il puisse imiter sans crainte. On rend, dit le proverbe, une poire pour une pêche. Vous ne recueillerez que ce que vous aurez semé. Vous dire le contraire, c'est vous tromper: c'est, comme on dit, chercher des cornes au front d'un agneau naissant.

您的德行不应是平凡的，而要至臻完美，妥善管理您的所有举止，永远不能偏离大道。不要超越您所规定的道德界限，远离一切的伤害。建议您尽力成为所有人可放心效仿的模范。常言道：投之以桃，报之以李。您只收获您播种所得的。对您说反话，是在欺骗您，就好比人们所说的，在新生羔羊的头上找角。

辟尔为德，俾臧俾嘉。淑慎尔止，不愆于仪。不僭不贼，鲜不为则。投我以桃，报之以李。彼童而角，实虹小子。

Une branche d'arbre, qui est simple et pliante, prend toutes les formes qu'on lui donne; un homme sage possède l'humilité, fondement solide de toutes les vertus. Parlez lui des belles maximes de l'antiquité, il s'y soumet incontinent, et tâche de les mettre en pratique. Au contraire l'insensé s'imagine qu'on le trompe, & ne veut rien croire. Chacun suit ainsi son penchant.

简单而柔韧的树枝，可以变成人们想要的任何形状。智者保有谦逊，它是坚实的道德根基。告诉他先代美好的箴言，他马上接受并付诸实践。相反的，愚蠢的人认为人们欺骗了他，什么也不相信。每个人都跟随自己的喜好。

荏染柔木，言缗之丝。温温恭人，维德之基。其维哲人，告之话言，顺德之行。其维愚人，覆谓我僭，民各有心。

O! mon fils, vous ignorez, dites-vous, le bien et le mal; ce n'est pas en vous tirant par force, que je veux vous conduire à la vraie vertu; mais c'est en vous donnant des preuves sensibles de tout ce que je vous dis; ce n'est pas en écoutant simplement mes leçons, que vous deviendrez sage; c'est en les pratiquant de tout votre coeur. Reconnaître, comme vous faites, votre incapacité, c'est une excellente disposition pour être bientôt en état d'instruire les autres; car du moment qu'on n'est plus rempli de soi-même, ni enflé d'un vain orgueil, ce qu'on apprend le matin, on le met en exécution avant la fin du jour.

哦，我的小子啊，您说，您不知好坏。这不是用蛮力拉您，而是要通过我告诉您的所有的不可忽视的证据，将您引向真正的美德。这不是简单地听从我的教训，而是您要全心全意地去实践以成为贤人。像您所做的，认识到您的无能，这种优秀的品质有助于及早进入教诲他人的境界。只要人们不再自满，不骄傲自负，那么早上学的东西，人们在一天结束前就会去实施。

於乎小子，未知臧否！匪手携之，言示之事。匪面命之，言提其耳。借曰未知，亦既抱子。民之靡盈，谁夙知而莫成？

Le Tien suprême distingue clairement le bien et le mal: il hait les superbes, et fhérit les humbles; il n'y a pas un seul instant où je ne puisse offenser le Tien: le moyen donc d'avoir un moment de joie dans cette misérable vie? Elle passe comme en songe, et la mort vient avant qu'on soit désenchanté. Voilà ce qui fait ma douleur. Je n'oublie rien pour vous instruire, et vous m'écoutez à peine. Bien loin d'aimer les leçons, elles vous paraissent peut-être trop rudes. Vous dites que vous n'êtes pas dans la saison d'être si sage: mais si vous n'embrassez maintenant la vertu, comment y arrriverez-vous dans une caduque vieillesse?

至高无上的天能清晰地辨别好与坏：他痛恨傲慢，珍爱谦恭。没有一刻我会冒犯上天，这是在悲惨的一生中获得一时快乐的方式吗？一生如同在梦中，死亡在梦醒之前便已到来，这就是我所痛苦的事。我谨记着教导您，但您几乎不听我的话。您不爱听这些教训，它们可能看似对您来讲太严厉。您说你并未到如此明智的年纪，但是如果您现在不拥抱美德，您又如何能在年老体衰时获得呢？

昊天孔昭，我生靡乐。视尔梦梦，我心惨惨。诲尔谆谆，听我藐藐。匪用为教，覆用为虐。借曰未知，亦聿既耄！

O! mon fils, je ne vous prêche que les grandes maximes des anciens Rois. Si vous écoutez mes conseils, vous n'aurez jamais aucun sujet de vous repentir. Le Ciel est en colère, vous craignez qu'il n'éclate contre vous et votre Peuple; vous avez dans les siècles passés de fameux exemples de sa conduite. Le Seigneur ne s'écarte jamais dans ses voies. Soyez bien persuadé que de ne pas entrer incessamment dans le chemin de la vertu, que je viens de vous ouvrir, c'est attirer sur vous et sur votre Empire les plus grands malheurs.

哦，我的小子！我只能以先王伟大的箴言来劝告您。如果您能听我的建议，您将永远不会后悔。上天已经发怒，您担心他会对您和您的子民爆发（怒气）。您知道几个世纪以来有关他的行为著名的例子。上天永远不会离开他的大道。请相信，如不立刻进入我刚刚为您开启的美德之路，将给您和您的帝国带来巨大的不幸。

於乎小子，告尔旧止。听用我谋，庶无大悔。天方艰难，曰丧厥国。取譬不远，昊天不忒。回遹其德，俾民大棘！

CINQUIÈME ODE

第五首

sur la perte du genre humain.

关于人类的堕落

大雅·瞻卬

Je lève les yeux vers le Ciel, il paraît comme de bronze. Nos malheurs durent depuis longtems; le Monde est perdu; le crime se répand comme un poison fatal; les filets du péché sont tendus de toutes parts; et l'on ne voit point d'apparence de guérison.

我抬起眼看向上天，他看起来冷酷无情。我们的不幸已持续了很久。世间已沉沦，罪恶就像致命的毒药一样蔓延，罪恶的网四散开来，人们看不到一点恢复的迹象。

瞻卬昊天，则不我惠。孔填不宁，降此大厉。邦靡有定，士民其瘵。蟊贼蟊疾，靡有夷届。罪罟不收，靡有夷瘳。

Nous avions d'heureux champs, la femme nous les a ravis. Tout nous était soumis, la femme nous a jetés dans l'esclavage. Ce qu'elle hait, c'est l'innocence; et ce qu'elle aime, c'est le crime.

我们原有的幸福的田野，被这个女人侵占。一切曾听从于我们，而这个女人却把我们扔进奴隶中。她所憎恨的是无辜的（人），她喜欢的是罪恶。

人有土田，女反有之。人有民人，女覆夺之。此宜无罪，女反收之。彼宜有罪，女覆说之。

Le mari sage élève l'enceinte des murs; mais la femme qui veut tout savoir, les renverse. O! qu'elle est éclairée! c'est un oiseau, dont le cri est funeste; elle a eu trop de langue, c'est l'échelle par où sont descendus tous nos maux. Notre perte ne vient point du Ciel, c'est la femme qui en est cause. Tous ceux qui n'écoutent point les leçons de la sagesse, sont semblables à cette malheureuse.

睿智的丈夫高筑围墙，但想要知道一切的女人则将其倾覆。哦！她是多么有见识啊！就是一只叫声不祥的鸟。她是长舌妇，我们所有的灾难从此降下。我们的衰亡不是来自上天，而是这个妇人造成的。所有不听圣贤教训的人，都如同这个不祥的人。

哲夫成城，哲妇倾城。懿厥哲妇，为枭为鸱。妇有长舌，维厉之阶。乱匪降自天，生自妇人。匪教匪诲，时维妇寺。

Elle a perdu le genre humain: ce fut d'abord une erreur, et puis un crime: elle ne se reconnaît seulement pas, et dit: qu'ai-je fait? l'homme sage ne doit point s'exposer[①] aux périls du commerce; ni la femme se mêler d'autre chose, que de coudre & de filer.

她丢失了人性：先是犯点错误，然后变成罪恶。她只是自己并不承认，还说："我做了什么？"聪明的男人不会将自己置身于公事的危险中，也不会让女人参与除缝纫和纺纱外的其他事情。

鞫人忮忒，谮始竟背。岂曰不极？伊胡为慝！如贾三倍，君子是

① 原注：哪怕是对经学家而言，此处也几乎是无法理解的。因此我不能保证此书的翻译（的正确性）。可能原文已被毁坏，也可能是隐含了我们尚未发现的其他意思。

识。妇无公事，休其蚕织。

D'où vient que le Ciel vous afflige? Pourquoi les Esprits Célestes ne vous assistent-ils plus? C'est que vous vous êtes livré à celui que vous deviez fuir, et que vous m'avez quitté, moi que vous deviez uniquement aimer; toutes sortes de maux vous accablent; il n'y a plus aucun vestige de gravité & de pudeur. L'homme s'est perdu, et l'Univers est sur le point de sa ruine.

上天缘何折磨您？为什么神灵不再相助您？是您让自己卷入您应该避开的事中，您离开了我，我应该是您唯一所爱。各种罪恶压倒您，全无庄重与廉耻。人都已迷失，宇宙正走向毁灭。

天何以刺？何神不富？舍尔介狄，维予胥忌。不吊不祥，威仪不类。人之云亡，邦国殄瘁。

Le Ciel jette ses filets, ils sont répandus partout; l'homme est perdu; voilà ce qui m'afflige. Le Ciel tend ses filets, ils ne sont pas loin; c'en est fait, l'homme est perdu; voilà ce qui fait toute ma tristesse.

上天撒下它的网，四散开来。人类已迷失，这让我很痛苦。上天铺开它的网，它们并不远，完成了，人都已迷失，这让我心伤。

天之降罔，维其优矣。人之云亡，心之忧矣。天之降罔，维其几矣。人之云亡，心之悲矣！

Ce ruisseau si profond a une source, d'où il est sorti; ma douleur lui ressemble: elle est profonde, et elle vient de bien loin. Il n'a plus ce qu'il possédait[①] avant sa chute, et il a enveloppé tous ses enfants dans son malheur. O Ciel! vous pouvez seul y apporter remède: effacez la tache du père; et sauvez la postérité.

这条如此深的河流有一个源泉，由此发源。我的悲伤也像它一样，是如此的深，来自很远的（地方）。他不再拥有他衰落前一切，他也将他所有的孩子牵连入不幸中。哦，上天！您是唯一可拯救（世间）的（人）：清除父辈的污点，拯救子孙后代。

觱沸槛泉，维其深矣。心之忧矣，宁自今矣？不自我先，不自我后。藐藐昊天，无不克巩。无忝皇祖，式救尔后。

SIXIÈME ODE

第六首

Lamentations sur les misères du genre humain.

对人民苦难的哀叹

小雅·正月

Qu'il[②] tombe tant de grêle dans cette saison, c'est un prodige. La douleur blesse mon âme, quand je vois les désordres des pécheurs. Peuvent-ils aller plus loin? Regardez le triste état où je suis réduit; ma douleur croît à chaque instant. Ayez quelque égard aux soins que je me donne; la tristesse me tue, et je suis obligé de la cacher.

这个季节降下这么大的霜，是一件怪事。当我看到罪人带来的骚乱时，我的心灵痛苦忧伤。他们能去得更远些吗？请看这令人悲伤的世道，自此我（的快乐）被不断缩减，而我的痛苦时刻都在增长。请

① 原注：关于上天，朱熹注："惟天高远，虽若无意于物，然其功用，神明不测。虽危乱之极，亦无不能巩固之者。幽王苟能改过自新，而不忝其祖，则天意可回，来者犹如必可救，而子孙亦蒙其福矣。"

② 原注：像这首诗的开头和四言诗及七言诗的开头一样，在古诗中有许多地名。这种风格更高贵，更诗意，这种审美情趣贯穿《诗经》始终，并一直延续至今。

对我的担心有些许关心：悲伤（将）杀死我，我不得不将其隐藏。

正月繁霜，我心忧伤。民之讹言，亦孔之将。念我独兮，忧心京京。哀我小心，癙忧以痒。

J'ai reçu la vie de mes parents: ne me l'ont-ils donnée, que pour que je fusse accablé de tant de maux? Je ne peux ni avancer ni reculer. Les hommes exercent leurs langues à se flatter, ou à se détruire; et quand j'en parais affligé, je suis l'objet de leurs railleries.

父母给了我生命：难道给我生命仅仅是为了让我被痛苦折辱？我既不能前进也不能后退。人们操练着言语自吹自擂或自我毁灭。当我受到折磨时，我便是他们嘲笑的对象。

父母生我，胡俾我瘉？不自我先，不自我后。好言自口，莠言自口。忧心愈愈，是以有侮。

J'ai le coeur rempli d'amertume, en voyant une telle misère; les plus innocents sont le plus à plaindre; d'où peuvent-ils espérer du secours? Où vont s'arrêter ces Corbeaux? Qui sont ceux qui doivent leur servir de proie?

看到这些苦难，我心里充满了悲伤。最无辜的人最可怜，他们希望能从哪里寻求帮助？这些乌鸦会到哪里止息？谁是它们的猎物？

忧心惸惸，念我无禄。民之无辜，并其臣仆。哀我人斯，于何从禄？瞻乌爰止？于谁之屋？

Voyez cette grande forêt: elle n'est pleine que de bois propre à être jeté au feu. Le Peuple accablé de tant de maux regarde le Ciel, et semble douter de la Providence. Mais quand l'heure d'exécuter ses Arrêts sera venue, nul ne pourra s'y opposer. C'est l'Etre suprême, c'est le seul Souverain: quand il punit, il est juste, et on ne peut l'accuser d'agir par haine.

看这一片大森林：它只长满了适合扔进火海的木柴。难以忍受痛苦的人们看着上天，似是怀疑上帝。但当执行判决的时刻到来时，没有人会反对。这是至高无上的、唯一的主：当他惩罚时，他是公正的，人们不能出于仇恨而指责他。

瞻彼中林，侯薪侯蒸。民今方殆，视天梦梦。既克有定，靡人弗胜。有皇上帝，伊谁云憎？

Mais les Impies regardent comme bas ce qui est haut, et comme haut ce qui est bas. Quand donc finiront leurs excès? Ils appellent les sages vieillards, & ils leur disent en riant: expliquez-nous vos songes. Ils sont couverts de péché, et ils se croyent être sans reproche. Parmi les corbeaux comment distinguer le male de la femelle?

但是亵渎神明的人把高的视作低的，把低的看成高的。他们这种过分的行为何时才能结束？他们称智者为老头儿，他们对他笑着说："请给我们解释一下你们的梦。"他们被罪恶覆盖，自认为不会被责难。一群乌鸦中，如何辨别雌雄？

谓山盖卑？为冈为陵。民之讹言，宁莫之惩？召彼故老，讯之占梦，具曰予圣，谁知乌之雌雄！

Quand je pense au Maître de l'Univers, à sa grandeur et à sa justice, je m'abaisse devant lui, et je tremble qu'il ne me reprenne. Cependant toutes mes paroles partent du fond de mon coeur, et sont conformées à la raison. Les méchants ont des langues de serpent pour déchirer les gens de bien, et ils sont tranquilles.

当我想到世界之主，想到他的伟大和正义时，我在他面前放低姿态，我因怕他责备而颤抖。然而我所有的言论都源于我的心，是符合正理的。恶人用毒舌诋毁善良的人，而善良的人们却保持沉默。

谓天盖高？不敢不局。谓地盖厚？不敢不蹐。维号斯言，有伦有脊。哀今之人，胡为虺蜴？

Voyez cette vaste campagne: elle n'est remplie que de mauvaises herbes qui fortent de son sein. Le Ciel paraît se jouer de moi, comme si je n'étais rien; et il exige un compte exact, comme si j'avais encore quelque chose exposée à la rage de mes ennemis. Ai-je la force de m'en délivrer?

看这片广袤的田野：它长满的只是深根的野草。上天似乎在愚弄我，好像我什么都不是；他要求一个确切的交代，好比我仍有一些东西暴露在敌人强烈的欲望中。我是否有力量摆脱它？

瞻彼阪田，有菀其特。天之抓我，如不我克。彼求我则，如不我得。执我仇仇，亦不我力。

Mon coeur est plongé dans la tristesse: il est étroitement serré par la douleur. D'où viennent donc tous les désordres qui naissent aujourd'hui? L'incendie va toujours croissant, et il est impossible de l'éteindre. Ah! malheureuse Pao se, c'est toi qui as allumé le feu qui nous consume.

我的内心陷入悲伤之中：它被痛苦紧紧的缠绕。今天所有的混乱都源自于哪里？火一直在燃烧，不能熄灭。哎，可憎的褒姒，是你点燃了烧毁我们的火。

心之忧矣，如或结之。今兹之正，胡然厉矣。燎之方扬，宁或灭之？赫赫宗周，褒姒威之。

Songez sans cesse à votre dernière heure. Le chemin où vous marchez est obscur, il est glissant, il est dangereux. Vous traînez un Char richement chargé; que faites-vous? Hélas! vous brisez les deux côtés de ce Chariot, vous laissez périr toutes vos richesses; et quand tout est perdu, vous criez au secours.

最后的时刻请您不停地想。你所走的道路是黑暗、湿滑而又危险的。您拖着满载的战车：您在干什么？啊！您弄坏了战车的两边，您让您的财富都消失了，当所有的都失去了，您才喊“救命”。

终其永怀，又窘阴雨。其车既载，乃弃尔辅。载输尔载：“将伯助予！”

Ne brisez point les côtés du char, ayez grand soin de ses roues; veillez sur vos gens; ne laissez pas périr un si précieux trésor; ne vous exposez point dans les endroits où il y a du péril. Mais hélas! Je parle en vain; on ne pense pas seulement à ce que je dis.

不要弄坏战车的两边（拦板），小心它的车轮，注意您的人民，不要让如此珍贵的财富消失，不要将自己暴露在危险的地方。但是啊！我说这些都是徒劳，人们一点儿也想不起我说的话。

无弃尔辅，员于尔辐。屡顾尔仆，不输尔载。终逾绝险，曾是不意。

Les méchants croyent être bien cachés; mais c'est comme les poissons qu'on tient en prison dans un Etang, ils ont beau s'enfoncer dans l'eau, on les voit tels qu'ils sont de dessus le rivage; mon affliction est extrême à la vue de leur misère.

恶人自认为隐藏得很好，但这就像我们把鱼监禁在池塘一样。他们徒劳地深陷水中，在我们的眼中，它们就像在岸上一样。看到它们的痛苦，我极度悲伤。

鱼在于沼，亦匪克乐。潜虽伏矣，亦孔之炤。忧心惨惨，念国之为虐！

Ils passent leurs jours dans la joie; ils se font servir des vins exquis et des mets délicats; leurs festins ne finissent point; ils assemblent des compagnons de leur débauches; ils ne parlent que de noces & de plaisirs. Considérez que je suis demeuré seul, et que je suis contraint de cacher jusqu'à mes larmes.

他们在欢乐中度日，享用着美酒佳肴。他们的筵席没有止境：荒淫放荡的同伴聚集在一起，花天酒地。想我孤零零的一个人，被迫掩藏我的泪水。

彼有旨酒，又有嘉肴。洽比其邻，婚姻孔云。念我独兮，忧心殷殷。

Les plus petits vers ont leurs troux; les plus vils insectes trouvent leur nourriture; et le Peuple meurt aujourd'hui de faim & de misère. O Ciel! qui nous envoie justement tous ces maux, voyez comme les méchants sont dans l'abondance, et prenez pitié des justes, qui sont dans une nécessité extrême.

最细小的虫子都有自己的洞穴，最卑贱的昆虫也能找到自己的食物，而黎民百姓如今却死于饥饿与苦难。哦，天啊！谁把这些罪恶带给了我们，看看这些富裕的恶人，可怜一下我们极度需要的正直的人吧。

佌佌彼有屋，蔌蔌方有谷。民今之无禄，天夭是椓。哿矣富人，哀此惸独！

SEPTIÈME ODE

第七首

Exhortation.

劝告

大雅·板

Le Très-Haut semble avoir changé sa clémence en fureur: le Peuple est réduit au dernier malheur. Il n'y a plus de bonne foi dans les paroles. On ne pense plus à ce qui ne passe point. Les moins méchants, avec des vues très-bornées, manquent encore de sincérité et de droiture. Voilà ce qui attire la colère du Seigneur, et ce qui m'oblige de vous en avertir.

至高无上的主似乎已将他的宽容转为了愤怒：百姓（数量）在不幸中减少。言语中不再真诚。人们不再认为什么都不会发生。不那么邪恶的人，眼界有限，仍然缺乏真诚和正义。就是他们引起了上帝的愤怒，是他们迫使我警告您。

上帝板板，下民卒瘅。出话不然，为犹不远。靡圣管管，不实于亶。犹之未远，是用大谏。

Le Ciel paraît sourd à nos prières; il faut donc être saisi de crainte et de douleur. Le Ciel est en courroux; il faut donc s'examiner et s'amender sans délai. Que vos paroles soient pleines de douceur, afin de gagner le coeur des Peuples; mais qu'elles soient animées de force, afin d'arrêter la cause de ces maux.

上天好像对我们的祈祷充耳不闻，我们被害怕和痛苦掌控。上天充满了愤怒，必须立刻自我反省和改正。为了赢得民心，但愿您的言辞温和。但为了遏止罪恶的源头，您须言辞激烈。

天之方难，无然宪宪。天之方蹶，无然泄泄。辞之辑矣，民之洽矣。辞之怿矣，民之莫矣。

Bien que mon emploi soit différent du vôtre, je suis cependant homme comme vous; je ne cherche qu'à répondre à vos plus justes désirs. Ecoûtez-moi donc attentivement; je ne vous dirai rien que d'important, ne le méprisez pas. Vous savez l'ancien Proverbe, qui veut qu'on recueille avec soin les herbes les plus viles, et qu'on ramasse le bois, qui ne paraît bon qu'à brûler.

尽管我与您的职务不同，但我也是像您一样的人。我只是试图回应您最合理的要求。请认真听我说，我只对您说重要的话，不要轻视它。您知道那句古谚语：它告诫我们要悉心收集最低贱的野草，还让我们拾集看起来只能被烧掉的木头。

我虽异事，及尔同寮。我即尔谋，听我嚣嚣。我言维服，勿以为笑。先民有言，询于刍荛。

Le Ciel est en courroux: ce serait le comble de la folie que de n'en faire aucun cas. Je vous parle dans toute la sincérité de mon coeur, et vous vous en mocquez. Vous dites que je suis un vieillard trop timide, et vous demeurez tranquille au milieu du péril; mais à la fin le mal sera sans remède.

上天很愤怒：(不要做任何荒谬透顶的事。)任何时候都无动于衷，简直荒唐透顶。我出自全部真心对你说的话，您完全不在乎。您说我是一个胆小的老人，您身处危难，亦保持平静。但罪恶最终将无法补救。

天之方虐，无然谑谑。老夫灌灌，小子蹻蹻。匪我言耄，尔用忧谑。多将熇熇，不可救药。

Le Ciel est en courroux, et votre Palais n'est rempli que de flatteurs. Il n'y a plus aucune gravité dans les moeurs, et les gens de bien sont contraints de se taire; le Peuple se porte aux dernières bassesses; et l'on n'ose découvrir la cause de tant de maux. Hélas! tout se perd, et l'on n'écoute point les sages.

上天很愤怒，您的官廷里全是奉承者。品行再无庄重可言，好人被迫保持沉默。人民处于最卑劣的境地中。人们不敢揭露罪恶的缘由。哎！所有的都失去了，人们一点儿不听智者的话。

天之方懠。无为夸毗。威仪卒迷，善人载尸。民之方殿屎，则莫我敢葵。丧乱蔑资，曾莫惠我师。

Le Ciel pénètre dans le fond des coeurs, comme le jour dans une chambre obscure. Il faut tâcher de répondre à ses lumières, comme deux instrumens de musique parfaitement d'accord. Il faut s'unir à lui comme deux Tablettes qui paraissent n'en faire qu'une. Il faut recevoir ce qu'il donne, du moment qu'il ouvre la main pour donner. Ne dites pas que je vous parle en vain; rien n'est plus aisé au Ciel que de nous éclairer; mais par nos passions déréglées nous lui fermons l'entrée de nos âmes.

上天深入人的内心，就像日光照进黑屋。我们必须努力回应他的光芒，就像两种乐器完美地合奏一样。应当像两块板（璋和圭）只能彼此合二为一一样。当他张开双手赐予的时候，应该接受他的赠予。不要说我对您说的都是无用的，没有比上天照耀我们更容易的。但由于不受管制的欲望，我们向他（上天）关闭了（照耀）我们灵魂的通道。

天之牖民，如埙如篪，如璋如圭，如取如携。携无曰益，牖民孔易。民之多辟，无自立辟。

Les sages du premier ordre, c'est comme l'enceinte qui nous environne. Les sages du second rang, c'est comme les murs qui nous défendent; vos voisins sont comme une garde devant votre porte; vos alliés sont comme le tronc qui vous sert d'appui; et vos parents sont comme une forteresse, qui vous met en assurance. Mais il faut que votre coeur soit à la vertu sans réserve, si vous voulez conserver tous ces biens; car si vous négligez la sagesse, tous ces secours étrangers vous abandonneront, et vous demeurerez seul. Y a-t-il un état plus terrible?

最好的智者，就像环绕着我们的围墙。次一些的智者，就像保卫我们的城墙。您的邻居就像您门前的士兵，您的盟友就像支撑您的树干一样，而你的父母就像堡垒一样，让你处于安全之地。但是您想要保留所有这些好处，您的心必须毫无保留地向着美德。因为如果您有所懈怠，所有这些外在的助力都会放弃您，您就成为孤家寡人。还有比这更糟糕的吗?

价人维藩，大师维垣，大邦维屏，大宗维翰。怀德维宁，宗子维城。无俾城坏，无独斯畏。

Soyez donc saisi de crainte, en voyant la colère du Ciel toute prête à tomber sur vous. Ne vous laissez pas vaincre à la mollesse et aux plaisirs; tremblez que le Ciel est intelligent; soit que vous entriez ou que vous sortiez, il considère tous vos pas. On compare sa vue à la clarté du matin; c'est qu'il éclaire jusqu'à vos plus petites démarches.

要敬畏上天将要降下的愤怒，不要被奢侈逸乐攻克。敬畏上天的睿智，不论是进还是出，他都在察看您的步伐。我们把他的目光比作晨曦，照耀您最小的步伐。

敬天之怒，无敢戏豫。敬天之渝，无敢驰驱。昊天曰明，及尔出王。昊天曰旦，及尔游衍。

HUITIÈME ODE

第八首

Avis au Roy.

王的劝告

大雅·荡

O Grand et suprême Seigneur! vous êtes le souverain Maître du monde; mais que votre Majesté est sévère, et que vos ordres sont rigoureux! Le Ciel donne, il est vrai, la vie et l'être à tous les peuples de la terre; mais il ne faut pas entièrement compter sur sa liberalité & sur sa clémence. Je sais qu'il commence toujours en père, mais je ne sais pas s'il ne finira point en juge.

哦，至高无上的主！您是世间的主宰，但您是多么严厉，您的命令是多么严酷啊！上天——真实存在的上天，赐予了世间所有人类以生命和存在，但不应该全指望他的宽容与仁慈。我知道他一开始永远是慈父，但我并不知道他是否会成为判官。

荡荡上帝，下民之辟。疾威上帝，其命多辟。天生烝民，其命匪谌。靡不有初，鲜克有终。

Ven vang s'écrie: hélas! Rois de ce monde, vous êtes cruels, et vos Ministres sont des tigres et des loups; vous êtes avares, et vos Ministres sont autant de sangsues. Vous souffrez de telles gens auprès de vous. Vous les élevez aux premières Charges; et parce que vous avez obligé le Ciel à faire tomber sur vous un esprit de vertige, vous mettez ces scélérats sur la tête de vos sujets.

文王大喊："啊！"世间的王，您残暴冷酷，您的官员都是虎狼；您贪财吝啬，您的官员像吸血鬼一样。您容忍您身边的这些人，您把他们提升至一等大臣。正因为您把这些恶棍置于您的臣民头上，才迫使上天降下昏聩在您身。

文王曰咨，咨女殷商！曾是强御，曾是掊克。曾是在位，曾是在服。天降滔德，女兴是力。

Ven vang s'écrie: hélas! Rois de ce monde, sitôt que vous vous voulez approcher de vous quelque homme sage, incontinent les méchants jurent sa perte, et ils répandent mille faux bruits, pour couvrir leur haine de prétextes spécieux. Vous les écoutez, vous les aimez: c'est loger dans votre Palais une troupe de brigands; et voilà pourquoi les imprécations du Peuple n'ont point de bornes.

文王大喊："啊！"世间的王，您一旦想要靠近某些智者，坏人立刻就宣称他们的损失，他们传播了成千虚假的谣言，用似是而非的借口来掩盖他们的仇恨。您听从他们，您爱他们：这就是将一群强盗安置于您的宫殿。这就是为什么人们的祸殃没完没了。

文王曰咨，咨女殷商！而秉义类，强御多怼。流言以对，寇攘式内。侯作侯祝，靡届靡究。

Ven vang s'écrie: hélas! Rois de ce monde, vous êtes à l'égard de votre pauvre Peuple, comme des bêtes féroces & affamées; et vous mettez toute votre habileté à trouver des conseillers encore plus méchants que vous;

ne vous appliquant nullement à la vertu, vous êtes sans appui véritable; & toute votre vie n'étant que mensonge, vous n'avez pour savoir que des trompeurs.

文王大喊："啊！"世间的王，您对于贫苦的百姓来说，就像是凶猛而饥饿的野兽一样。您将您所有的才干都用于寻找比您更加卑鄙的谋士，您完全不施行美德，您没有真正的支持者。您的一生都只有谎言，您只知道这些骗子。

文王曰咨，咨女殷商！女炰烋于中国，敛怨以为德。不明尔德，时无背无侧。尔德不明，以无陪无卿。

Ven vang s'écrie: hélas! Rois de ce monde, les murmures de votre peuple sont comme les cris de cigales, et la colère bouillonne dans le milieu de son coeur. Vous touchez au dernier malheur, et vous ne changez point. La peste est dans le sein de l'Empire, et gagne jusqu'aux barbares les plus éloignés.

文王大喊："啊！"世间的王，人们的低语就像蝉鸣，愤怒在他们的心中沸腾。您触及了最后的恶，而您却毫不更改。瘟疫在帝国内部（肆虐），连最遥远的蛮夷也被波及。

文王曰咨，咨女殷商！如蜩如螗，如沸如羹。小大近丧，人尚乎由行。内奰于中国，覃及鬼方。

Ven vang s'écrie: hélas! Rois de ce monde, ce n'est pas le Seigneur que vous devez accuser de tant de maux, ne vous en prenez qu'à vous-mêmes. Vous n'avez point voulu écouter les sages vieillards; vous les avez tous écartés; mais bien que vous n'ayez plus auprès de vous de ces hommes respectables, vous avez encore les lois; que ne les suivez-vous, pour détourner les fléaux qui sont prêts de vous accabler.

文王大喊："啊！"世间的王，带来如此多的罪恶的是您自己，不应该谴责上帝。您一点也不愿听智慧的老者的话，您把他们全部赶走。然而尽管在您周围不再有这些值得尊敬的人，您仍有律法。但愿您不要跟随他们，以使那些即将降临于您的灾难离开。

文王曰咨，咨女殷商！匪上帝不时，殷不用旧。虽无老成人，尚有典刑。曾是莫听，大命以倾。

Ven Vang s'écrie: hélas! Rois de ce monde, on le dit, et il n'est que trop vrai; ce qui a fait mourir ce bel arbre, ce n'est point qu'on en ait rompu les branches, ou qu'on en ait abattu les feuilles, c'est que la racine était jetée et pourrie. Comme vous devez vous regarder dans les Rois qui vous ont précédé, et qui vous ressemblaient; de même vous servirez un jour d'exemple à ceux qui viendront après vous. Plus le monde vieillit, et plus il a d'exemples fameux pour s'instruire, et il n'en devient pas meilleur.

文王大喊："啊！"世间的王，人们说的，千真万确，造成这棵美丽的树死的原因不在于树枝被砍掉，或树叶被打掉，是因为根被扔掉和腐烂了。正如您应该对照与您相似的先王来看自己，同样的，有一天您也会成为您后人的例子。世界越年久，它就有越多显著的例子来教育自己，而世界却不会变得越来越好。

文王曰咨，咨女殷商！人亦有言：颠沛之揭，枝叶未有害，本实先拨。殷鉴不远，在夏后之世！

综观以上译文，就内容来看，除了最后一首《大雅·荡》漏译了"文王曰咨，咨女殷商！天不湎尔以酒，不义从式。既愆尔止，靡明靡晦。式号式呼，俾昼作夜"一节，其余皆采取意译的方式，一一对照每节进行翻译。马若瑟大体上把握住了原诗之意，对其中某些词还进行了注解，虽然注解相对简单，但对当时的读者而言仍有重要的作用。译本显示出了马若瑟较高的汉学造诣及汉语水平，由此也得到了后世学者的一致好评。

但马若瑟的文本也不乏误读，如《周颂·天作》中“大王荒之”一句，马若瑟将“荒”字译成了“荒漠”（désert），而“荒”在这里的意思其实是“治”，由此导致了进一步的曲解，第三句就译成了“这种损失仅来自他的错误”（cette perte vient uniquement de sa faute），而第三句之本意为“上天在此生万物”[①]；马若瑟的进一步曲解又引出了“彼徂矣岐”一句的曲解，进而影响了对全诗主旨的把握。所以马若瑟根据文意重拟标题时就出现了偏颇，且在对标题的注释中，认为“文王，是第三族的建立者”，用了“race”（族）一词，而非“dynastie”（朝代、王朝），马若瑟大概并不清楚作为中国古代历史上的夏商周“三代”，此“代”当是“朝代”之意，而不可视作“族”讲。再如《大雅·抑》中：“无竞维人，四方其训之。”“无”在此是发语词，“竞”是强盗，“维人”指的是“贤人”，“训”是“顺从”，而马若瑟将其译为“Celui qui n’exige rien de personne au-dessus de ses forces, peut enseigner l’univers.”（对他人没有过高要求的人，可以教化天下）。马若瑟将“无”理解成具有实在意义的“无”，即“没有”的意思，将“训”译为“enseigner”（教授），都源于其对原文意义的不充分理解。这样的例子，通过上文中文的回译文与中文原文的比较，可发现多处令人惊讶的曲解之处，有些可能是为比附教义而有意为之，而有些就应是缘于他自己对原文的误读。

同时，通过译文及少量的注释，我们还可发现，马若瑟的几首译文都有涉及“天”“上帝”，马若瑟多译为“Le Ciel”“Seigneur”。译者的身份、固有的学识与文化背景都决定了译文内容、译介策略等的选择。马若瑟是“索隐派”的代表人物，其译文的“误读”与“变异”大概是有意为之。马若瑟曾就“心”字有三个点和一条曲线组成得出结论说，这个字代表了

① 此段《天作》的中文解释参照程俊英：《诗经译注》，上海：上海古籍出版社，2009年9月；朱熹：《诗集传》，北京：中华书局，2011年1月，第300页。

圣父、耶稣基督（圣子）和圣灵。他说："这些东西都是我深思熟虑的结果，他们并不是错误的，其对错完全取决于读者采取接受它们还是拒绝它们的态度。"[①]以《大雅·皇矣》为例，马若瑟将标题译为"同样的赞颂"（à la loüange du même），该文紧接第二首《文王颂》，所以此处依然理解为是"同样地对文王的赞颂"。但是通读《大雅·皇矣》全文，并据朱熹注："皇矣八章，章十二句。一章、二章言天命大王，三章、四章言天命王季，五章、六章言天命文王伐密，七章、八章言天命文王伐崇。"[②]此诗并非仅仅是歌颂文王的，马若瑟在文本翻译时，其中并未提到"大王""王季"，全部译文中唯有"帝"（Seigneur）和"文王"，"文王"则是上帝所中意的，且赐予了"天配"；甚而至于原文中有"维此王季"一句，马若瑟在翻译时，也直接意译成了"文王"，并注云此处是错误，并冠以"最好的诠释家"之说。再如马若瑟将《大雅·瞻卬》释为"关于人类的堕落"，将原诗中的"鞫人忮忒，谮始竟背"译为"她丢失了人性，先是一个错误，而后变成'罪恶'"，"人之云亡"译为"人已迷失"，面对此种情况，最后一段亦并未按中文原意译出，而是说"唯上天可拯救"。又如将《小雅·正月》标题释为"对人民苦难的哀叹"，正文中描述人民遭遇苦难，将"有皇上帝，伊谁云憎"释为"上帝的惩罚是公正的，我们不能憎恨指责他"等。马若瑟在仅八首的《诗经》译文中，反复强调上帝、昊天的权威与公正，反复灌输人类的"堕落""苦难"，以图寻求与天主教教义的契合之处，以此证明"上帝""天主"在中国早已存在。马若瑟汉学研究的"整个体系包含着相信中国古籍中有圣三位一体的神秘启示和道成肉身的观点"[③]。

马若瑟对经书研究的索隐特色在其余作品《经书理解绪论》（*Essai*

---

① 李新德：《明清时期西方传教士中国儒道释典籍之翻译与诠释》，北京：商务印书馆，2015年，第149–150页。

② 朱熹：《诗集传》，北京：中华书局，2009年9月，第248页。

③ ［丹麦］龙伯格：《清代来华传教士马若瑟研究》，李真、骆洁译，郑州：大象出版社，2009年，第165页。

d'introduction préliminaire à l'intelligence des King）和《三本小册子》（*Tria opuscula*）等中也很突出。《经书理解绪论》一书分为三个部分。第一部分阐述了中国保存的经书的数量及各自的名称，包括他们的源流、作者及各学说的概述；第二部分是从各经书中选出的相关学说的例子；第三部分则探讨现今的中国人是如何失去对这一系统的理解及他们对难以理解的经书学说陷入了怎样错误的深渊。有学者认为马若瑟只写了该书的第一部分，其余部分当是傅圣泽所作[①]。《三本小册子》分别是：《作为一个传教士，对中国古典文献是否可以而且应该按天主教教义来理解》《将十二端信德用之于中国》《怎样应用〈五经〉和解决其中的问题》。

然而，纵然马若瑟所译《诗经》只有八首，且充满了索隐色彩，但他的《诗经》译文大概是首个在欧洲出版并产生了影响的译文。因此，马若瑟在法国《诗经》译介史乃至中法文学交流史上亦有不可磨灭的功劳。

附：杜赫德对《诗经》介绍的译文

《诗经》

一等经书中的第三本（Troisième Livre Canonique du premier Ordre）

（杜赫德）

"诗"（chi）这个字，是诗歌（vers）的意思，因为这本书中收录的都是描述"三代"王朝统治下各诸侯国的道德、风俗和诸侯王的行为准则的颂诗（Odes）、圣歌（Cantiques）及诗歌（Poësies）。一些诗只有三节，重复表述同样的思想，除了看起来一节比一节深入外，就像没有多大区别的"三天"一样；另一些诗歌呈现出更庄重更典雅的风格。诗的节是没有限制的，最多的一节有十句。

中国的经学家们并没能顺利地解读这些诗歌：他们诠释的体系相互矛盾，而且这一体系也没有与这如此古老的珍贵遗产一样的荣耀。

① Louis Pfister. *Notice Biographiques et Bibliographiques sur les Jésuites de l'ancienne mission en Chine, 1552-1773.* Chang-Hai, Imprimerie de la Mission Catholique, 1932, p. 526.

（一方面），人们在书中对美德给予大量的赞颂，我们从中发现大量睿智的行为准则，同时孔子也对它做了很高的评价，肯定了书中说理的纯洁、神圣；（另一方面），一些诠释者认为这部著作被其中的一些不好的篇章败坏了，因为从中可以找到一些无神论的、荒诞的篇章，使其被视作假的，不可靠的。然而这些诗歌在帝国享有很高的权威。《诗经》的文体是晦涩难解的，这种障碍可能源于它的文笔简洁、散布于作品中的隐喻及大量的古代俗语。但是同时因为这种障碍（晦涩难解），才赢得了博学者的重视和崇敬。

我们可以把这些诗分成不同的五类：

第一类是对那些因为自己的才能、美德而著名的人物的赞歌。根据训言，人们习惯在重要仪式、献祭、葬礼和祭祀祖先的仪式上歌唱。

第二类是反映王朝风俗的诗，就像小说一样，由个人写作，但不唱诵，只是在觐见帝王或丞相时吟诵。这些诗描绘了朴实的道德风俗画面，指责黎民的缺点，弹劾管理庶民的诸侯王。

第三类是比兴的诗，因为这些诗歌是用比喻、对比的手法进行阐释的。

第四类是颂扬高贵的甚至崇高事物的诗，因为它们开篇通常采用独创大胆的叙述方式，激发读者的赞赏，使其做好准备，以便能更加专注于后面的内容。

最后第五类是不符合孔子教义的可疑的诗。在此我附录几首马若瑟神父翻译的《诗经》中的诗，以此说明这部著作的观点。

第三节　韩国英的《诗经》译介

一、韩国英生平及其论著简介

韩国英，1727年8月15日出生于法国中部高原的利摩日市（Limoges）。16岁加入耶稣会，1756年成为神父。他曾经教授人文学学科，修习哲学与神学课程之后，他请求来中国传教。1758年3月7日，韩国英自法国洛里昂（Lorient）启程，乘坐"阿让松"（Argenson）号战舰前往中国。1759年7月25日在澳门登陆。此时，北京传教团方面希望韩国英和同行的方守义（J. -F. -Marie-Dieudonné d'Ollieres，1722—1780）可以尽快抵达京城以弥补北京传教团的人员空缺，二人便随即启程，于1760年的6月6日抵京。韩国英此后二十年一直在京生活至去世，终生未能再返回故国。

韩国英一生著述颇丰，遗留著作、译作有60多种，都收录在《中国丛刊》中。其文章涉猎广博，包括博物、医学、社会、历史、政治、语言文字、翻译，等等。他的主要作品有：《古代中国论》《论中国人的孝道》《论中国的语言文字》《中国陶器》《中国植物图谱》《论玉石》（*Notice sur les pierres de yu*）、《论天花》（*De la petite vérole*）、《论中国古人之长寿》（*Essai sur la longue vie des hommes dans l'antiquité, spécialement à la Chine*）、《大学》《中庸》译文。[①]

二、韩国英对《诗经》的翻译研究

韩国英对《诗经》的翻译研究主要载录在《中国丛刊》[②]的第一卷、

---

① 韩国英的详细生平及著作请参阅：［法］费赖之：《在华耶稣会士列传及书目》，冯承均译，北京：中华书局，1986年，第938至952页；刘婷：《来华耶稣会士韩国英与中国文化的西传》，北京外国语大学硕士论文，2015年。

② 各卷卷目请参阅张西平：《儒学西传欧洲研究导论》，北京：北京大学出版社，2016年，第111–120页。

MÉMOIRES
CONCERNANT
L'HISTOIRE, LES SCIENCES,
LES ARTS, LES MŒURS, LES USAGES, &c.
DES CHINOIS,
PAR LES MISSIONNAIRES DE PE-KIN.

TOME HUITIEME.

A PARIS,
Chez NYON l'aîné, Libraire, rue du Jardinet, vis-à-vis la rue Mignon, près de l'Imprimeur du Parlement.

M. DCC. LXXXII.
AVEC APPROBATION, ET PRIVILEGE DU ROI.

《中国丛刊》(第八卷)扉页

第四卷、第八卷、第九卷的几篇论文中，均是在研究其他内容时引用《诗经》作为佐证，并没有专门的篇目进行研究。

《中国丛刊》第一卷（1776）刊载了韩国英的《古代中国论》。该文原计划是：列举文人对于古代之立说，列举尚存于世之古籍，介绍后来撰修太古史之史家，嗣言有人拟上溯至宇宙创造时之神话时代，最后审查立国与有史之初应断自何时。前四篇成此“论”之第一部分，末篇盖为绪言。但其后他似曾经深思熟虑，改变了原先的安排。关于此文，格鲁贤认为：“是为耶稣会士最重要之撰述，最堪注意者，其意见与其同辈颇有分歧。[①]”韩国英在《古代中国论》中（《中国丛刊》第一卷）阐述了四种类型[②]的中国古书时谈及了《诗经》。这一节里，他对《诗经》作了简要地介绍。他认为《诗经》是第三本古老的典籍，是由孔子编辑整理的三百首诗，并解释了“风、雅、颂”的内涵。

> “国风”（Moeurs des Royaumes）是皇帝在召见他们（诸侯）时下令在民间收集的诗或歌谣；目的是通过人们所写的诗歌，通过这些声音，了解及评判公众道德的状况、人们的喜好、各诸侯国的才能等。第二部分题为“雅”（Excellence），分为“大雅”（Ta ya & grande excellence）和“小雅”（Siao ya & petite excellence），包括颂歌（odes）、歌谣（chansons）、圣歌（cantiques）、哀歌（elégies）、讽刺诗（satires）、喜歌（epithalames）等。第三部分名为“颂”（Song & Louanges），收集的是祭祀时人们所唱的颂歌，是祭祀时唱的圣歌；商朝的诗歌只在这一部分里出现，《诗经》的其余诗篇全是周朝时所作。[③]

他认为这些诗歌是如此的美丽，如此的和谐，这种古老、亲切而雄伟的声音在很长一段时间占据了统治地位，这些道德习俗的画面是如此的朴素，如此的奇特，它们为《诗经》的真实性提供了足够的证据。

第四卷（1779）中韩国英发表了《论中国人的孝道》一文，首先阐述了中华民族对于“孝”字的古今义解，所参照的是《礼记》《孝经》等著作的内容。然后列举古今著名的孝行，引证古今诗文、祭文。其中，韩国

① ［法］费赖之：《在华耶稣会士列传及书目》，冯承均译，北京：中华书局，1995年，第941页。

② 第一类：《易经》《书经》《诗经》《礼记》《乐经》《春秋》。第二类：《仪礼》《周礼》《大学》《中庸》《孟子》《论语》《孝经》和《尔雅》。第三类：《道德经》等。第四类：《神农本草经》《黄帝内经》等。

③ Pierre Martial Cibot, Essai sur l'antiquité des Chinois. *Mémoires concernant I'Histoire, les Sciences, les Arts, les Moeurs, les Usages des Chinois par les Missionaires de Pékin,* Tome I, 1776, p. 43.

英摘录了《诗经》中的《小雅·蓼莪》(*Le fils affligé*：悲伤的儿子)《鄘风·柏舟》(*La jeube veuve*：年轻的寡妇)《小雅·常棣》(*Le frère*：兄弟)《大雅·文王》(*Louages de Ouen-ouang*：文王颂)《郑风·将仲子》(*La bergère*：牧女)《小雅·祈父》(*Le général d'armée*：将军)《大雅·思齐》(*Louanges de Tai-Gin, Mere de Ouen-ouang*：文王的母亲，大任颂)进行佐证。韩国英所选的诗文既有"国风"，又有"小雅""大雅"的篇章，采用意译的方式，译文大体符合原意。

《中国丛刊》第八卷刊载了韩国英的《论中国的语言文字》一文，文章试图证明四千年来中国语言文字几乎没有变化。正文之后是冗长的注释，常因为一个字的解释而将内容扩展到地理、人口、文学、艺术、法律、风俗、习惯等方面。他这种"过度的啰唆有时使得他的行文没有吸引力"。[①]《中国丛刊》第九卷刊载了同名的《论中国的语言文字》，详细地叙述了文字的发明、起源、六书和在道德、艺术、历史、宗教、风俗习惯上的使用，并论述了古今书籍等。文本之后同样附有较多的注释。第八卷、第九卷的《论中国语言文字》之后的注释中都有对《诗经》的译介和说明。如第八卷中第211页的注释26翻译了《鄘风·相鼠》，第240页的注释51翻译了《小雅·常棣》。[②]在第九卷的注释69中，关于诗歌的起源，韩国英引用了《诗序》，这可能是法国诗经译介史上首次对《诗序》的译介：

> la vue des objets sensibles réveille les passions; les passions émues font germer les pensées, excitent les désir; l'âme cherche à les manifester au dehors par des paroles. Toutes les paroles n'en expriment pas la force avec la même vivacité, elle les choisit, elle les cadence, elle y ajoute des soupirs & des modulations: de-là la poésie. Mais comme elle ne suffit pas

---

① 龙伯格：《韩国英——中国最后的索隐派》，高建惠译，《国际汉学》2005年第2期，第59–63页。

② 此文的《诗经》译介在注释中，较为散乱，后文不再转录，请参阅《中国丛刊》第八卷、第九卷的注释。

quelquefois pour exprimer toute l'impétuosité des sentiments, elle a recours au chant, aux gestes, aux mouvemens du corps les plus animés: de-là la musique & la dance... La poésie est le langage des passions; voilà d'où lui vient cet attrait victorieux qui charme les esprits & attendrit les coeurs... Nos anciens Empereurs s'en servaient pour persuader le devoir & faire aimer la vertu. Mais hélas! Si elle a contribué quelquefois à fléchir le Ciel par ses cantiques, à consacrer le souvenir des Sages, & à éclairer les pas de la timide innocence, combien de fois aussi n'a-t-elle pas eté fatale aux peuples! etc.

诗者，志之所之也，在心为志，发言为诗，情动于中而形于言，言之不足，故嗟叹之，嗟叹之不足，故咏歌之，咏歌之不足，不知手之舞之足之蹈之也。……情发于声，声成文谓之音……先王以是经夫妇，成孝敬，厚人伦，美教化，移风俗。

三、韩国英《诗经》译介简评

韩国英被称为“中国最后的索隐派”①，他在《古代中国论》中虽然对《诗经》做了较为客观的介绍，他关注到了《诗经》作为中国古代文化的源头这一特征，较为准确地介绍了“风”“雅”“颂”的真正内涵。他对中国诗歌的语言也有初步的研究和探索，认识到汉语与欧洲语言翻译中的困难，他认为中国人写的诗是一种完全不同于欧洲语言的另一种语言系统，“要在不放弃‘诗性’的条件下翻译这些诗句几乎是不可想象的”②。韩国英的《诗经》译介相比前人，已有很大的进步，但是终究未能脱离其索隐特色。

① 龙伯格：《韩国英——中国最后的索隐派》，高建惠译，《国际汉学》2005年第2期，第59-63页。

② Pierre Martial Cibot. *Diverses Pieces en vers et en prose, sur la piété filiale. Mémoires concernant l'Histoire. les Sciences, les Arts, les Moeurs, les Usages des Chinois par les Missionaires de Pékin*, Tome IV, p. 168.

在《论中国人的孝道》中，为了说明“华人之孝”，他引用《邶风·柏舟》《郑风·将仲子》等诗，翻译时从其旧说：“《柏舟》，共姜自誓也。卫世子共伯早死，其妻守义，父母欲夺而嫁之，誓而弗许。故作是诗以绝之。”韩国英将题译为《年轻的寡妇》，描述了一位忠于夫君的年轻寡妇，因忠孝而两难，故而“作是诗以绝之”，以凸显其忠孝。

> 在这里将《将仲子》《柏舟》这样一些实际上抒发普通人纯真朴实的爱情歌唱，及《常棣》《蓼莪》《祈父》这样一些表现社会底层一般人生活理想诗章，力图跟歌颂文王、母后的颂歌体融为一体，统统纳入中国人之“忠孝观”框架下加以审视，彰显其美德善行，旨在证明古代中国人的传统思想与基督教教义并无矛盾。[①]

韩国英对《诗经》译介的索隐特色在其《论中国的语言文字》一文的注释中尤为明显。在第九卷的《论中国的语言文字》编号40处对“神圣的童贞女”的注释中，韩国英引用了《诗经》中的《大雅·生民》《鲁颂·閟宫》，讲述后稷出生的故事：

> lorsque l'homme naquit, Kiang-yuen fut sa mère. Comment s'opéra ce prodige? Elle offrait ses voeux & son sacrifice, le coeur affligé de ce que le fils ne venait pas encore. Tandis qu'elle était occupée de ces grandes pensées, le Chang-ty l'exauça. A l'instant, dans lendroit même, elle sentit ses entrailles emues, fut pénétrée d'une religieuse frayeur, & conçut Heou-tsi. Le Poëte continue, le terme de Kiang-yuen etant arrivé, elle enfanta son premier né connu un tendre agneau, sans déchirement, sans efforts, sans douleur, sans souillure. Prodige eclatant! Miracle divin! Mais le Chang-ty n'a qu'à vouloir, & il avoit exaucé sa prière en lui donnant Heou-tsi... Cette

① 钱林森：《18世纪法国传教士汉学家对《诗经》的译介与研究——以马若瑟、白晋、韩国英为例》，《华文文学》2015年5期，第15页。

tendre mère le coucha dans un petit réduit à côté du chemin, des boeufs & des agneaux l'echauffèrent de leur haleine, les habitans des bois accoururent malgré la rigueur du frois, les oiseaux volèrent vers l'enfant comme pour le courir de leurs aîles: lui cependant poussoit des cris, mais des cris puissants qui étaient entendus au loin...

厥初生民？时维姜嫄。生民如何？克禋克祀，以弗无子。履帝武敏歆，攸介攸止。载震载夙，载生载育，时维后稷。……诞寘之隘巷，牛羊腓字之。诞寘之平林，会伐平林。诞寘之寒冰，鸟覆翼之。鸟乃去矣，后稷呱矣。实覃实訏，厥声载路。(《大雅·生民》)

grandeur! ô sainteté de Kiang-yuen! ô que le Chang-ty a bien exaucé ses désirs! Loin d'elle la douleur & la souillure. Arrivée à son terme, elle a enfanté Heou-tsi dans un instant.[①]

赫赫姜嫄，其德不回。上帝是依，无灾无害。弥月不迟，是生后稷。(《鲁颂·閟宫》)

韩国英认为，姜嫄生后稷一事如同维吉尔《牧歌》中所述的波里奥（Pollion）之子的诞生，他还引用古时评论家的观点给这次神奇的生产加了很多注释。他写道："一位熟谙中国古史的传教士认为，这首诗多处引用了一位尊敬后稷的诗人的话语，就像维吉尔赞颂曾预言过一次处女产子的库玛（Cumae Sibylla）的预言一样。"[②]他同样采用"字源托喻法"将汉字拆分，比附教义，如在同一注释中，他将"姜嫄"两字拆分，认为"姜"字上下两部分都喻指"圣女"，他说："就像在欧洲的字典里一样，我们亦可以在中文找到丰富的字进行验证，如同我提出'姜嫄'的字一样。"[③]在

① Pierre Martial Cibot. *Essai sur lse caractères. Mémoires concernant l'Histoire, les Sciences, les Arts, les Moeurs, les Usages des Chinois par les Missionaires de Pékin*, Tome Neuvième, p. 387.

② 同上。

③ 同上书，第388页。

这一条长长的注释后，韩国英插入了一句朋友的评论。他的友人认为他在探究词的起源方面走得太远了。但韩国英认为他的友人不进行验证不能否认“女”就是我们的圣母！[①]如此看来，韩国英的《诗经》探究与其前人终究是一脉相承的。

韩国英承袭了前人的索隐特色，是源于时代以及他自身的传教士身份。他钻研中国传统文化，目的是更好地为传教服务，然而韩国英在《古代中国论》中对《诗经》的阐释和说明，对“风”“雅”“颂”的较为准确的介绍，可能是欧洲诗经学史上首次对诗经做出的较为客观而符合原意的介绍。同时，他看到了《诗经》中所蕴含的巨大的文化价值，他认为从《诗经》中可以找到许多独一无二的细节，帮助人们了解古代的风俗民情，其真实性足以与历史学家所提供的媲美。从这一意义上说，韩国英对《诗经》的译介和研究开始脱离索隐的特色，开启了对《诗经》民俗的关注，并对后来法国《诗经》学史上的民俗研究产生了重要的影响。

附一：韩国英《古代中国论》节译

《中国丛刊》（第一卷 1776）

《诗经》是第三本经书，是孔子（公元前484年）根据周王室收集保存的诗歌选取整理的三百首诗的诗集。这部诗集分为三个部分。第一部分题为“国风”（Moeurs des Royaumes），是天子下令诸侯巡访帝国时在民间收集的诗或歌谣，目的是通过人们所写的诗歌，通过这些声音，了解公众道德的状况、人们的喜好、各诸侯国人民的才能等。第二部分为“雅”（Excellence），分为“大雅”（Ta ya & grande excellence）和“小雅”（Siao ya & petie excellence），包括颂歌（odes）、歌谣（chansons）、圣歌（cantiques）、哀歌（elégies）、讽刺诗（satires）、喜歌（epithalames）等。第三部分名为“颂”（Song &

① Pierre Martial Cibot. *Essai sur lse caractères. Mémoires concernant l'Histoire. les Sciences, les Arts, les Moeurs, les Usages des Chinois par les Missionaires de Pékin*, Tome Neuvième, p. 389.

Louanges），收集的是祭祀时人们所唱的颂歌。只有几首是商朝时的颂歌，其余的，根据注解，都属于周朝。我们需继续去考证直至所有的意见都有据可循：我们的博学者都一致认为一些证据可以追溯至文王、武王和周公时期，即公元前12世纪末，其他的追溯至帝国统治直至孔子的时代，这部伟大而特别的诗集汇集了那一历史发展阶段中珍贵、不朽的作品。很显然，从中可以得到诸多独一无二的细节，帮助我们了解随后漫长世纪中的习俗；我们还能从中找到从君主至牧民的整个国度里更为有趣、丰富、多样的细节。因此，我们的历史学家有理由充分的利用它。我们不坚持援引证据以证明《诗经》的真实性。三百篇诗歌在所有样式、各种风格中不会引起冒昧的猜想，好比历史学家的摘录是唯一能证明他讲述的事实一样。此外，这些诗歌是如此的美丽、如此的和谐，这种古老的、亲切而雄伟的声音在很长一段时间占据了统治地位，这些道德习俗的画面是如此的朴素、如此的奇特，所有这些特点足以证明这部诗集的真实性。毋庸置疑，在其后的时代看不到有什么诗作堪与这些古代的颂歌相比，且不说有什么可与之等同之处。我们没有那么多的行家可以在《诗经》、品达和贺拉斯之间比较，但就神性、天道、美德等方面而言，我们敢说，这部诗集堪比大卫的《诗篇》。因为它语言壮美，思想高尚，使人心境平复，心醉神迷。

附二：钱德明《由载籍证明中国之远古》节译

《中国丛刊》（第二卷 1777）

《诗经》是古老的诗书。我说的是“诗书”（livre des Vers），而不是“诗”（Vers），因为它是一部优秀的诗集，由国家采集的犹如古老的智慧结晶，是原始的、朴素的道德风俗的最真实展现。

这部符合教规的诗集由四个部分组成：

第一部分称为“国风”。这是一些不同主题的诗歌。

在谈论这些诗歌的具体细节之前，请允许我先追溯一下“周朝”。这一帝国（的君主），授予封地给周王族一脉杰出的王子们，周朝替换商朝时被废黜的皇族，以自己的学问或意见辅佐帝王的智者，以及在战争中伸出援助之手的战斗英雄。这些封地（授予给）被冠以不同称号的诸侯或公爵。

这些被授予的爵位或诸侯都臣属于周天子。他们秉承周天子的命令，定期带着他们的敬意朝见周天子，汇报他们的治理（情况），聆听周天子的训令。觐见时，他们还必须带去他们各自诸侯国或封地内最新流行的诗歌。这些诗歌被呈给天子，天子把他们交付给采诗官或掌管帝国教育的其他大臣。他们认真地阅读和审查，并给这些诗歌配乐、评注，评判这些平民百姓愉快歌唱的诗歌所产生的地方的德行是善良的还是败坏的。他们向周天子汇报，等待指令。周天子在与他的臣相商议之后，命令大臣和官员创作一些乐曲，这些乐曲隐藏着所提供的诗歌的主题，根据它们是值得称颂还是指责，从而进行赞颂或弹劾（王公诸侯）。这些乐曲，配上诗歌，有时也是分开的，在大型的仪式或天子召见诸侯时进行唱诵。

退朝之前，周天子以久居上位的威严，很严肃地给王公、诸侯以意见，是停止还是继续他们的管理方式。根据诗歌内容判断领地内的人民是否安居乐业。如果是，就沿用现有的统治方式；如果诗歌的主题与道德和良好的风俗恒久不变的规则不符，就应该改变自己的统治方式。

看吧，先生，最准确的真相，这就是“国风”，是《诗经》的第一部分。这仅仅是歌谣（chansons），或者说，我们愿意的话，这就是民歌（vaudevilles），但是这些诗歌，所有的这些民歌，却是为在周朝统治下中国封建政府广大组织结构的基础服务的。

那些只是致力于名字，或者是表面内容的人，只是通过现代某些阶层每日所写的文献来认识古代的人，还有些责怪或是轻视那些不符合他们自己的意见、不符合他们所看见的或者是不符合他们考虑事物的风格的人；那些对艺术一无所知，让自己置于听一听，而后付之一笑的人，毫无疑问，应该学习君主制的古代立法家们，他们是如此的值得赞颂，他们用诗歌来支撑立法最难的部分。但是这些读过《荷马史诗》的人，那些懂得犹太人习俗的人，知道哲学真谛的人，那些绝不会因与几个世纪来流行的态度迥然不同就加以嘲笑的人，面对中国人仍保留着古风的简单纯粹时，他们将由衷欣赏、学习中国人的生活态度。

我说得太多了。如果我今天提出，我们可以同样在法国，根据传唱最广泛的、最流行的、最愉快的歌曲来判定不同省份人们的道德、天性和性格，我相信你们不会嘲笑我的建议。

我要暂时停止一会儿我延展的思绪。我将尝试进一步深入。

我想，法式快乐是要让位于中式快乐，还是说两者是一回事，法国人的戏谑、玩笑会变得像中国人一样严肃、沉稳。这没有什么不可能。因为，毕竟，人们是那样做的，我想只要坚持，多点耐心，我们就能将我们期待的变成习惯。在这种假设下，看透《诗经》的道德准则，了解它们蕴含的思想，我想不是一大批物理学家或者代数学家，也不是汇集法兰西科学院的博学者、精通各种文学体裁的人，而是一些重要的、有丰富阅历的人物，他们在世界贸易中、在事务管理上老成，善于识人。

我想起这些因为王的信任而让他们视察王国道德风俗的智者们，想象他们谨小慎微地检视法国不同省份的公、侯、伯、子、男爵以封邑的名义敬献给王的所有歌曲、诗歌和民歌，(想象智者们）审视这些与诸侯所管辖的大小不同的地域或疆域相称的主题乐曲。我认为，如果我自己读这些所有的诗歌，我可以从中找出所有不同的内容，如风格、呈现思想的方式、它们所蕴含的主旨、唱诵的旋律。我相信这些出自布尔日人或里昂人的诗歌绝不同于那些出自郎格多克人或普罗旺斯人的诗歌，勃艮第人的表达方式绝不与芒什人相符，布列塔尼人的歌唱调子也异于洛林人和弗朗什-孔泰人。我在此谈论的并不是每个省份特有的方言，我想谈论的仅仅是所有的以法语书写的这些诗歌，即使语言除外，也打上了不同的印记；一些地区是虔诚或者说是道德真谛的主题，而另一些地方则是纯粹讽刺、讽喻或者是讥讽政府及所属政权的诗歌；其他的一些是表达对时光流逝、真正的或所谓的不幸的抱怨；还有为数不少的描述乡村或小国人民真正的或被夸大的灾难的苦涩，还有一大部分围绕纵酒狂欢的或节日的主题而叙述。

这些被负责汇报的重要人物融为一体的诗歌，又无疑为他们评判诗歌的创作者或吟唱乐事的人提供了做出合理判断的内容。他们不能背离真实，他们呈给国王的大致是以下内容：陛下，您治下的这里的人民是在虔诚地履行他们的义务，那里的人民是尖刻的、咄咄逼人的；这些是不满意的，那些是不顺从的、懒惰的，另一些沉于女色，荒于酒令。

对于这些陈述，天子随后告知各个诸侯这些好或坏的行为，用这次召见的机会向他们传达命令，一些他们应该怎么做的有用的建议和他们需要纠正的东西。他对一些（诸侯）说："直至现在，你们在你们的国度还是维持着良好的秩序，你们的臣民有好的道德，他们是明智的：一如既往地继续你们对他们的关注。"他对另一些说："似乎你们的子民并不爱戴你们，你们对他们过于苛刻；你们应该注意要当他们的父亲而不是主人。"另一些，天子劝勉他们不要再容忍无耻的懒惰的人消磨时光。他命令他们从事公众事业，清理一些旷野，运输泥土去多沙的地方使土地肥沃，不时地给予百姓不错的景象，不要忽略任何事，一句话，让他们忙碌起来。还有一些，让他们遵守法律，重振纪律，纠正恶习。总而言之，所说的这些判定责任义务的条例应当与王国整体的好的方面相符，特殊利益应该立即顺从。

之后或之前，这些劝诫、勉励，在庄严帝国的各个机构实施，如果人们唱各个省份的民歌，人们唱加上显示（劝诫）等特征的歌曲，那么毫无疑问，王子或其他的诸侯就会因为害怕被嘲笑，而管理好各自的臣民。每年都遵循同样的习俗，都举行同样的仪式，天子就会很好地了解他王国里好的或不好的一些变化。如此，根据王国的不同，我们也可以将这些最有特点的诗歌整理成一本可靠的诗集，我们也可以将这一部文选称为我们的“国风”，成为法国人的《诗经》的第一部分。

《诗经》的第二、三部分称为“雅”：第二部分称为“小雅”，第三部分称为“大雅”。“雅”代表着正义（juste）、正直（droit）、得体（convenable），“雅”的意思与尊敬（respect）、崇敬（vénération）一致，“雅”是伟大理想、崇高事物的威严的体现，等等。小雅、大雅关注的主题要比简单的“国风”的层次高得多，这些主题以更严肃的方式来对待，以更庄严的声调来演唱。庄重、合乎礼仪就是其灵魂，对合法权利、帝国仪式的尊重，对道德的爱，对恶习的厌恶，甚至对微末责任的履行的关注，都是主要的主题。

“小雅”和“大雅”不再像“国风”一样是一些任意主题的诗歌或民歌，（“小雅”和“大雅”）这类不同种类的节奏变化的诗歌是为了彰显一些才能、一些美德、一些具有实用性倾向的道德或一些有美德的人物。这些篇章不是无名氏写的，也不是像国风一样是诸侯王子从帝国底层带来的，而是天子命令专门的人员编写的。雅乐由帝国专门负责仪式的部门唱诵。《诗经》的第二部分，“小雅”，在以下几种情况下演唱：诸侯王子到达庄严的宫廷觐见时；当他们公开进入数天后，给他们介绍宫廷，以示对其喜爱时；当他们向皇帝表达敬意后，在举行护送仪式时；当使节，或邻国使节进入时，当他们被引见时，当他们退出，公开召见后离开时；当王子或高官在大型仪式到达宫廷时，或因为一些重大事件被专门问政召见时。

《诗经》的第三部分“大雅”，是召集诸侯王子、邻国使节、帝国王子、大臣在大殿觐见，宫廷大臣、各部门安置好，等待皇帝到来时演奏。人们还会摆放用具、上菜肴，所有为大型宴会仪式做准备时，在宴会马上要开始时，在宴会进行时，以及宴会结束，等待皇帝退朝时演唱。这些如此唱诵的篇章，是独立的大型音乐、舞蹈，这些大型的音乐、舞蹈构成了九个部分之外的一个整体，就像一次宴席有它的八种服务一样。

最后，《诗经》中第四个部分称之为"颂"。"颂"的意思是对某人或某事写成诗用来唱的颂词（Panégyriques）、赞歌（Louanges）、颂歌（Éloge）。《诗经》中的"颂"主要是对上天、祖先和古代道德高尚的大人物（君子）的赞歌、圣歌。

一些歌曲是当皇帝祭祀上帝或天的时候唱的；另一些是在宗室，通过恭敬的仪式，皇帝向他的祖先表示庄重的敬意时唱的；还有一些，通常是当君主率领宫廷大臣、诸侯王子、外邦使节在专用的地方向所有的神、向他们国家特别显赫的大人物献祭时唱的。

人们把"颂"分成三类：周颂，是对周王朝的领袖人物的颂歌或圣歌；也有些称"鲁颂"，因为这些诗是在鲁国唱的，鲁国是由周公的后代统治的，周公是武王的哥哥，鲁国是由武王赐予周公的封邑。这些颂歌同样都是颂扬周朝的祖先的。人们还加上了"商颂"，是承袭于商朝的周朝对商朝初期一些皇帝的颂歌：一是因为这些颂歌是古老的，人们唱的这些歌是公元前1440年的诗，也就是周王朝之前的三百年；二是出于对成汤的尊重，这些颂歌通常都是颂扬美德；三是为了区别这位大人物的后代与其他并不是王族的小的君主。

并不是我们认为的那样，中国的《诗经》一开始就有。孔子进行了大量的删节，他从他的时代里的三千篇，只保留了在这部诗集中的311篇。他扔掉了其他的，他在国风的许多诗中，找出一些主题只稍显不庄重，合乎礼仪，对青年人而言没有危险的诗；另一些是因为其寓意已经不再能听到；最后他同时找出了那些只隐含着对特定行为的讽刺，已经被隐藏的记忆深深地遗忘的诗歌。"雅"和"颂"的收集是可信的，也就是说，这些颂歌、赞歌多数在孔子之前（就存在），他找到大量差不多述说同样的事情的篇章，它们反复阐述同一主题。如果将所有的都录入一本书里，人们想要留给子孙后代亦是无用的。另外，多少长久以来已废除的习俗的讽喻已不再听到，或者说因为一国之内的道德变化而变得乏味，孔子只将他认为最明白易懂的、最好的选进他的诗集里。几个世纪之后，这些诗歌同样是只有对古代有专门研究的人才能理解。如此，我们不得不对《诗经》的“博大”特意做一本字典。孔子之后，周朝灭亡，秦始皇焚书，《诗经》是其中一本被焚烧的书，像其他的书一样消失了，但是汉代的时候又被重新找到。一位叫毛苌的文人在废墟中找到它，让它复活，将它公之于众，与今天所见的基本相同。出于对这一重大善行的感激，有一些人也将《诗经》称为“毛诗”，也就是说，“毛收集的诗”。

第二章　法国诗经学的发展

第一节　19世纪初至19世纪中叶法国对《诗经》的译介研究

19世纪初，法国汉学学科确立，为法国诗经学的发展提供了良好的契机。专业汉学兴起，法国《诗经》译介的教会色彩逐渐褪色，还原了《诗经》的面貌，并加入了新的研究方法。欧洲第一个《诗经》全译本——孙璋《诗经》拉丁文全译本的问世，对法国诗经学乃至欧洲诗经学的发展产生重大的影响，促进了汉学家们对《诗经》的学术型研究。这一阶段法国对《诗经》译介和研究相互促进，向深度和广度发展。主要的论著有：

法国耶稣会士孙璋于1733年翻译了拉丁文本《诗经》(*Confucii Chi-king, sive liber carminum*)，附有详细注释，原稿收藏于巴黎国家图书馆。小布罗塞（Marie-Félicité Brosset，1802—1880）于1828在巴黎出版了《论〈诗经〉和中国古代诗歌》(*Essai sur le Chi-king et sur l'ancienne poésie chinoise*)。1830年，巴黎著名德裔汉学家莫尔编辑全名为《孔夫子的诗经》(*Confucii Chi-king sive liber carminum, ex latina P. Lacharmi interpretatione*)，交德国斯图加特和蒂宾根（Stuttgartiae et Tubingae）的科塔（Cottae）出版社出版，这是刊行于欧洲的第一本《诗经》全本，莫尔为此书撰写了序言，并编辑了两个索引。译本注释约占全书的三分之一，对法国诗经学乃至欧洲诗经学都产生了深远的影响。

1838年，法国著名汉学家爱德华·毕欧在《北方杂志》（*Revue du Nord*）第二期发表了关于《诗经》研究的首篇专论《〈诗经〉，即诗歌经典》（*Le Chi-king ou le livre des vers*）。1843年11月，他还撰写了《根据〈诗经〉探讨中国古代的风俗民情》（*Recherches sur les mœurs anciennes des Chinois, d'après le Chi-king*）一文。毕欧把《诗经》视为百科全书，他认为，《诗经》是“东亚传给我们的最出色的风俗画之一，同时也是一部真实性最无可争辩的文献”。他根据译文拟出“中国人的体格特征”“服饰”“建筑与居室”“狩猎”“捕鱼”“农牧业”“食物和炊制”“常用金属”“精制材料”“军队—战争”“政府组织机构—显贵”“宗教信仰”“命运—占卜”“原始天文学”“宗教典礼和仪式—（对上帝、神的）崇拜”“结婚手续”“家室习俗”“惩罚”“谚语和成见”“历史材料”二十个标题，论述《诗经》时代的风俗民情。

法国专门研究东方的学者德里文侯爵通过从“中国文学寻找社会风貌最突出的特征”这一方法，探讨《诗经》所揭示的中国上古文明。他认为，“《诗经》里的一切，不论是文体、韵律还是选择的主题都是原始的”，并将《魏风·陟岵》与《伊利亚特》进行对比分析。他认为《诗经》以及《尚书》的《尧典》《舜典》反映了上古时期中国人最主要的性格特征：“热爱和平，热爱劳动，热爱家庭，服从君王，敬重长者，在生活的大小场合都很严肃，温顺而坚忍不拔，毅力坚强，用于自卫而不图寻衅。”[①]

毕欧之父让-巴蒂斯特·毕欧（Jean-Baptiste Biot，1774—1862）是一位著名的天文学家、数学家和物理学家，他也曾关注中国天文学。他于1862年出版了《论印度和中国的天文学》（*Études sur l'astronomie indienne et sur l'astronomie chinoise*），其中收录了《中国古代的天文学简史》（*Précis de l'histoire de l'astronomie chinoise*）。老毕欧在论述中国的天文学史时，认为“中国的天文学是如此的普遍，而不会被忘记”，他引用了《诗经·大

① Marquis d'Hervey de Saint-Denys. *Poésies de l'époque des T'ang*. Pan's. Amyot, éditeur. p. XV-XVI.

雅·灵台》[①]（第272页），认为周武王的灵台（Tour de l'Esprit）即是中国的天文台；认为《小雅·雨无正》中“提到了公元前776年著名的日食，首次提供了中国古代纪年天文学的确切日期”。老毕欧还对《诗经》作了简要介绍。他在文中提到，他对《诗经》的介绍参考了儒莲给他的资料和他的儿子爱德华·毕欧的《根据〈诗经〉探讨中国古代的风俗民情》一文。他首先就《诗经》的辑录和流传做了简要的叙述，其次介绍了《诗经》的组成部分，并就“风、雅、颂”的含义和内容都做了阐释。老毕欧认为：“人们就《诗经》所添加的大量的注释，其意义在今天也不再显著，在《诗经》时代，大量的比喻无疑是有着巨大的价值，但是评论家们都避开其意思和应用，而忙于解释和发挥。”[②]

1867年，朱迪特·戈蒂耶编译出版了中国诗集《玉书》（*Le Livre de Jade*），其中选译了《诗经》中的部分诗篇，她在其中译介《魏风·硕鼠》《卫风·伯兮》（*La fleur d'oubli*，遗忘之花）、《郑风·将仲子》《郑风·女曰鸡鸣》和《齐风·南山》。戈蒂耶的翻译被喻为“不忠的美人”[③]，她并未遵循于原诗的结构、形式和意义，是一种“创造性叛逆”的改写。然而，戈蒂耶却是真正将《诗经》作为文学作品来关注的先驱，《诗经》在戈蒂耶的视角下不再是传教士眼中用以传教的钥匙，也不再是毕欧、德里文心中的道德风俗宝库，她惋惜于孔子编订时只留了305首，放弃了抒情与激情的诗篇。

---

① Jean-Baptiste Biot. *Études sur l'astronomie indienne et sur l'astronomie chinoise,* Lévy frères, 1862, p. 272.

② 同上书，第316–321页。

③ 孟华：《“不忠的美人”——略论朱迪特·戈蒂耶的汉诗“翻译”》，《东方翻译》2012年04期。

第二节　欧洲第一本全译本《诗经》

一、孙璋的生平及著作简介

孙璋于1695年出生于法国里昂，1712年进入耶稣会。完成学业后，他获准赴中国传教。1728年，他抵达中国，在北京生活了近39年。遗憾的是，关于他在华的传教生活，几乎没有留下任何详细记录。他精通汉语和满语，据说他能够相当熟练地用这两种语言写作。他在清朝与俄罗斯的外交往来中曾担任翻译工作。1754年，他担任北京耶稣会的财务员（Procureur de la Mission）之职。1767年7月28日，孙璋在北京逝世，年72岁①。

孙璋留下了大量手稿，分别藏于法国、德国和中国的图书馆和档案馆。有关这些著作的研究甚少。孙璋1731年2月2日发大愿的宣誓文件在西湾子教区被发现，还有两份多语字典抄本也来自该教区。这或许是因为，在耶稣会士们绝迹之后，遣使会神父将不少法籍耶稣会士神父的书和稿件转移到了那里，以避免这些资料被没收充公②。

除了《诗经》拉丁文译本以外，孙璋的著作还有：

1.《性理真诠》六卷本（*Philosopihae naturalis vera explicatio, 6 vol, Pékin*, 1753）。本书的内容分三部分，第一部分讨论人灵本质，即“灵性之体”；第二部分探讨人灵之根源，即“灵性之源”；第三部分讨论人灵的宗

---

① 关于孙璋的生平和著作，本文参考了以下著作：Joseph Dehergne. *Repertoire de Jesuites de Chine de 1552 à 1800*. Rome: Institutuum Historicum Societatis Iesu, 1973, P. 139 N. 440; Robert Streit-Johannes Dindinger, *Bibliotheca Missionum VII: Chinesische Missionsliteratur 1700-1799*, Franziskus Xaverius Missionsverein Zentrale in Aachen, 1931, no. 3887. Louis Pfister. *Notices biographiques et bibliographiques sur les Jésuites de l'ancienne mission de Chine, 1552-1773*, vol. I, Shanghai: Imprimerie de la Mission Catholique, 1932, 1934, P. 721, N. 324. ［法］费赖之：《明清间在华耶稣会士列传（1552—1773）》，梅乘骐、美乘骏译，上海：上海光启出版社，1997年。

② ［法］费赖之：《明清间在华耶稣会士列传（1552—1773）》，梅乘骐、美乘骏译，上海：上海光启出版社，1997年，第883页。

向及达此宗向的方法。通过假想的两位学者的对话，作者逐步展开论述和推理，最后得出，人生宗向的途径是宗教，天主教是唯一真教这一结论。此书虽引起了一些争议，且文体略显深奥，但不失为一部出色的著作。

2.《〈礼记〉法译本》手稿。

3. 薛应旂编著的明朝简史《甲子会纪》的法译本和注释手稿。手稿现藏于慕尼黑图书馆（Catal, t. VII, No. 1320）。

4.《汉-蒙-法词典》（*Dictionarium Sinico-Mongolico-Gallicum*）六卷本手稿，共800页。手稿扉页上有法文字迹："法、汉、满-蒙四语词典"。

5.《拉汉词典》（*Dictionnaire latin-chinois*）。与其说是一部词典，不如说是拉丁语—汉语短句集。这一部和上一部词典均来自蒙古，这些稿本可能是在耶稣会被解散期间被带去蒙古的。

6.《观察记录》（*Observations*）手稿，是1737年由戴进贤（Ignaz Kögler，1680—1746）、徐懋德（Andre Pereira，1689—1743）、孙璋和宋君荣4位神父在北京对木星卫星的观测记录，收录在《特雷武回忆录》的附录中（*Mémoires de Trévoux, janvier, 1740*）。

7.《观察记录》（*Observations*）手稿，是1728年测得的地磁偏角，存于巴黎天文台图书馆。

8. 孙璋神父致苏熙业神父（P. Souciet，1671—1744）的信件，存于巴黎天文台图书馆。

二、孙璋《诗经》译本简介

孙璋于1733年至1752年间完成了《诗经》的拉丁文散文体译文。该译文手稿在孙璋去世后与其天文学手稿混杂在一起，被长期搁置在巴黎天文台图书馆，后来经由法国汉学家雷慕沙的学生——来自图宾根的东方学家尤利乌斯·冯·莫尔整理，1830年才由斯图加特和图宾根的科塔出版社出版，题名《孔子的诗经》，即诗歌集，由孙璋神父翻译。原稿现存于巴黎国家图书馆No.1082。孙璋翻译时充分参考了满文译本，而且为了追求尽量贴近原文，其译文略为晦涩难懂。意大利籍法国汉学家约瑟夫-马利·嘉乐里（Josephe-Marie Callery，1810—1862）认为："这是最难理解、最无聊的作品，是汉学研究中的一件憾事。"[①]但是莫尔、毕欧和理雅各的观点更为公正，莫尔说：

> 那个将整部《诗经》译为拉丁文并加以评论的是耶稣会的孙璋神父，由于他自己不在乎名气，他一直没有受到关注。他十分博学，精通汉语和满语，他没有留下任何生活的轨迹，就连这部杰出的著作也一样，他似乎是于1733年开始编写这部著作的……[②]

该译本被公认为是最早的《诗经》西文全译本，孙璋的译本有三篇拉丁文序言：《编者序》《顺治皇帝满译本序》和《欧洲译者序》。《编者序》是冯·莫尔所作，是对欧洲的《诗经》研究和翻译史的详细、全面的梳理，对于研究早期《诗经》西传史有重大价值；《顺治皇帝满译本序》是顺治十一年（1654年）出版的《诗经》满译本序言的拉丁文译文；《欧洲译者序》为孙璋所作，序言首先描述了该译本的翻译过程，然后就《诗经》及其写作时代背景进行介绍，最后是对中国古诗格律知识的简介。"孙璋神父的翻译，以及其中优秀的笔记，允许所有接受过普通教育的人能够与古代中国对话，并研究与在西亚和欧洲大相径庭的社会的原始道德习俗。"[③]孙璋的译本对后来弗里德里希·吕克特（Friedrich Rückert，1788—1866）的德译本、理雅各的英译本、顾赛芬的法译本都有深远影响。

---

① Pfister. *op. cit.*, p. 723.

② Julius von Mohl. *Prefatio editoris*, in *Confucii Chi-king, sive liber carminum, ex latina* P. Lacharme interpretatione, p. IX-X.

③ Edouard Biot. *Le Chi-king ou le livre des vers*, Revue du Nord, 1838.

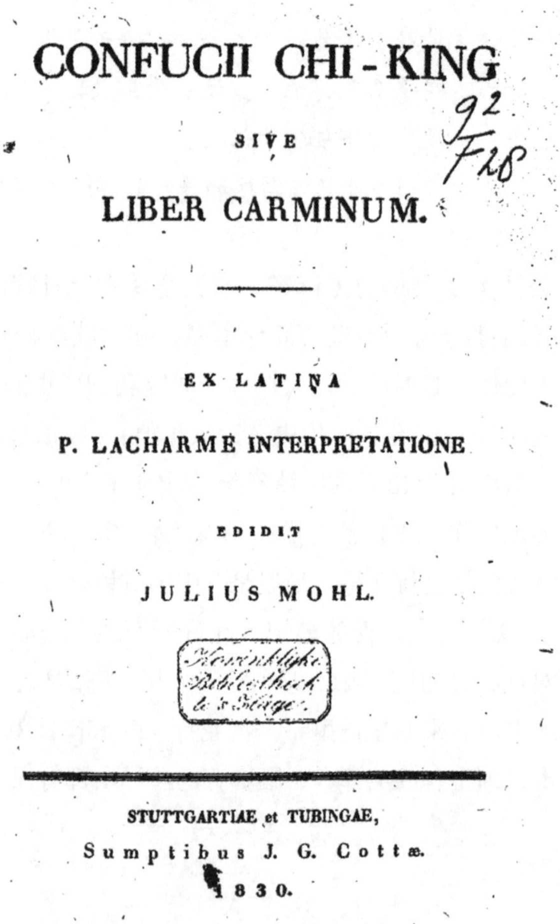

CONFUCII CHI-KING

SIVE

LIBER CARMINUM.

EX LATINA

P. LACHARME INTERPRETATIONE

EDIDIT

JULIUS MOHL.

STUTTGARTIAE et TUBINGAE,

Sumptibus J. G. Cottæ.

1830.

图一　孙璋翻译的《孔子的诗经》扉页

PRAEFATIO INTERPRETIS EUROPAEI.

Bene refert Pater Couplet in libri qui inscribitur: Confucius Sinarum philosophus, prooemiali declaratione, de Chi-king carminibus disserens his verbis. Est.... horum poematum magna auctoritas, at stylus sane difficilis et obscurus; obscurum facit brevitas semper laconica et saepe metaphorica et proverbiis antiquissimis ornata etc. Et quidem numeris stricta oratio quocumque idiomate scribatur longe est intellectu difficilior quam illa quae numeris soluta est oratio; quid igitur de carminibus Sinicis, in tanta Sinensis linguae difficultate dicendum? Eo accedat Chi-king carminum singularis obscuritas. Ego igitur, cum carmina illa latino idiomate reddenda meditarer, laborem viribus meis longe majorem suscipere mihi videbar. Quod tamen mihi temeritati minus vertant velim, non destiti ab incepto; et quae conatus sum, perfecisse mihi aliquantum videor. Sed qua mente, quibus adjumentis opus tam difficile aggressus sim, quem interpretandi modum secutus sim, brevi dicam.

Cum hic Pekini beneficiis regiis alamur et Ludovicus magnus hanc nostram missionem gallicam in Sinis erexerit eo consilio ut missionarii Galli, qui in Sinensi vinea Domini operam suam collocant, horis subcisivis obser-

图二 孙璋《欧洲译者序》

CHI-KING

SIVE

CARMINUM LIBER CLASSICUS.

PARS I.

KOUE-FONG DICTA

SIVE

IN VARIIS SINAE REGNIS DECANTATAE CANTILENAE.

CAPUT I.

TCHEOU-NAN DICTUM

SIVE

CANTILENAE REGNI TCHEOU AD AUSTRUM POSITI.

Ode I.

(Epithalamium).

Aves Tſu-kiou in aquaticis terris mas et foemina ambae vices agunt suas cantando. Plenam majestatis, oris splendore et eximia virtute puellam vir sapiens matrimonio jungere gaudet.

Inaequali altitudine plantam King-tsai dictam, modo ad dextram, modo ad sinistram usque ferri videmus, quo aqua in qua adcrevit, ipsam impellit. Puellam nostram vigilando, dormiendo exoptant, cumque hanc sibi velint in uxorem, necdum obtinuerint, ipsam vel inter quiescendum, sive vigilent, sive dormiant, usque co-

CHI-KING. I

图三 译文正文首页

附：孙璋译本序言译文

编者序

（p. v）公元前六世纪，中国各地政治纷乱，风俗伤败，学术废弛，孔子为此哀伤，于是决定为国家之病带来良药。他从古代作品中选取一切能够重新唤起传统秩序的内容，并将这些内容集中在六部书中，以让后人学习治国方略、道德规范以及更有益的学问。其中有一部已经失传了，其他五部从那时起成为中国的根基和准则。《易经》探讨的是学问，《书经》和《春秋》中包含历史和国家治理方面的内容，《礼记》记录了仪典规范，而《诗经》是关于风俗的，这些经典被传承了下来。关于《诗经》，我将进行十分简要的介绍。

（p. vi）《易经》和《书经》中有关于公元前十二世纪建立的周朝王室的非常详尽的记录，在这些记录中，关于如何治理国家的内容受到后人的推崇。文王和他的儿子认为诗歌是不应被忽略的，且有必要创作新的诗歌，用于在公共和私人仪典中演唱，以使人民浸润于道德的教化中。此外，为了更好地了解各诸侯国的风俗，他们命令各诸侯每年向天子献上当地人民喜爱的诗歌。他们的继任者也有同样的喜好，经过多年，他们收集了各个民族、各个国家的诗歌，保存在官方的档案馆中。孔子找到了其中的三千首，并从中选取三百一十一首，以期为他同时代的人展现作为榜样的古代美德以及应该被厌弃的恶行。这就是经典中排第三的《诗经》，它被完整地保存了下来，除了其中六首的诗句已遗失，只有标题和音乐节律被保存了下来。《诗经》中诗歌的种类很多，从私人生活到国家事务等各类主题，几乎无所不及。（p. vii）其中不少是为王公创作，向我们展示了他们自己的生活、情感、思想以及隐秘的心思；其他是由百姓创作的，表达了普通人的喜悦、悲伤、欲望、困难、家庭的和睦与分歧，对统治者的赞美和批评。有一些诗非常古老，是在周朝统治之前，也就是距今三千年前时创作的（参见《商颂》，第四卷，第三章）。大多数则是周朝的诗歌，最晚的创作于公元前七世纪。

关于《诗经》的命运、被大火焚烧的经历、它的复原以及关于《诗经》的评论，雷孝思神父在《易经》的第一部分中做了很好的介绍。其他学者也对诗经有所论述，如弗雷列（Freret）（《法兰西铭文与美文学院论集》，卷十五[1]），杜赫德（《中华帝国全志》，卷二[2]），钱德明（《中国杂纂》，卷二，自74页起，自220页起[3]），格鲁贤（Grosier）（《中国概述》，第四版，第705页[4]），马士曼（Marshman）（《中国言法》，赛兰坡，1814，第四卷，第543–556页[5]），小布罗塞的一部短作《小布罗塞关于〈诗经〉的论述》（巴黎，1828，第1–28页[6]）。（p. viii）《诗经》中的很多诗篇都被翻译成了欧洲语言并且被出版。如果我没说错的话，第一个是杜赫德神父在《中华帝国全志》（第二卷，第308页之后的17页）中出版的七首诗的法语翻译（我不知道译者是谁）[7]。之后，韩国英神父在一部关于“孝”的作品中发表了另外七首诗的法语翻译（《中国杂纂》卷四，第171–176页[8]），它们分别是《诗经》中的II. 5. 8. I. 4. 1. II. 4. 1. II. 1. 4. I. 7. 2. III. 1. 1. III. 1. 6.[9]同样，他还在一部关于汉语的小文中加上了其他

---

① *Mémoires de l'acadmémie des Inscriptions et belles lettres* vol. 15. 译按：这是作者所引作品信息的原文，作者将之列入正文中，用括号标出。译者将作品标题译为中文，也放入括号中，为了避免括号内内容过长，影响阅读的连贯性，将原文标题放入脚注，方便学者查阅。

② *Description de la Chine* vol. II.

③ *Mémoires consernant les Chinois etc.* vol. II. p. 74. sq. et 220.

④ *Description de la Chine* 4. p. 705.

⑤ *Clavis Sinica*, Serampou 1814. 4. p. 543–556.

⑥ *Essai sur le Chi-King par M. Brosset*, jeune. Paris 1828. p. 1–28.

⑦ 我认为是殷铎则神父翻译的。

⑧ *Mémoires concernant les Chinois vol.* IV. p. 171–176.

⑨ 钱德明神父似乎是这部作品的作者，从前言中我们得知该作品的作者已于1780年8月8日去世，这是韩国英神父去世的日子（参见Biogr. univ. Cibot条目）。

三四首(《中国杂纂》卷八,第198、199、240页[①]),而格鲁贤神父在中华帝国描述中再次出版了这几首(第705页之后,第四版)。著名的威廉·琼斯(Guilielmus Iones)在《加尔各答学会学报》第二册[②]中加入了几首诗歌的片段(应该是I. 5. 6. I. 1. 6. II. 4. 7.)(《研究》二,第199页起,伦敦第8版[③])。(p. ix)马礼逊(R. Morrison)在他的汉语词典的第一部分中赞赏了《诗经》,并且将或长或短的诗歌片段以中、英对照的形式呈现出来(第452页,诗I. 15. 5;第493页,诗I. 11. 4;第526页,诗II. 3. 7;第529页,诗I. 6. 2;第607页,诗I. 10. 10;第631页,诗I. 3. 17;第655页,诗I. 10. 2;第836页,诗I. 4. 3。其他诗歌的片段参见第434、455、467、475、486、491、495、500、504、513、523、557、585、591、593、599、601、606、617、619、622、626、627、643、647、701页)。朗德莱斯(Landresse)把诗II. 4. 7. 的拉丁语和法语译本出版了(《亚洲学报》卷一,第78-87页[④]),最后小布罗赛在上文提到的口碑不错的作品中发表了七首《诗经》中的诗篇,它们是诗I. 7. 7; I. 7. 13; I. 7. 15; I. 15. 3; II. 1. 4; III. 1. 7; IV. 3. 2。——然而,将整部《诗经》译为拉丁文,并加以评论的是耶稣会的孙璋神父,由于他自己不在乎(名气),他一直没有引起注意。他十分博学,精通汉语和满语,他没有留下任何生活的轨迹,就连这部杰出的著作也一样,他似乎是于1733年开始编写这部著作的,后来并没有完成(参见《铭文与美文学院论集》卷十五,第539页[⑤])。(p. x)作者完成作品的时间并不确定,据说直到1752年时他还生活在北京。如果我没说错的话,我所用的在北京完成的手稿,正是由孙璋神父所写;手稿共有71页,曾属于德利勒(Delisle)的藏

① *Mémoires consernant les Chinois* vol. VIII. p. 198, p. 199, p. 240.

② *Secondo volumini Actorum societ. Calcutt.*

③ *Researches* II. p. 199. sq. ed. Lond. 8.

④ *Journal asiatique* vol. I. p. 78–87.

⑤ *Mém. de l'acad. des inscriptions* vol. 15. p. 539.

书，之后属于船舶部，现在属于巴黎天文馆。汉语词是根据葡萄牙语发音系统转写的，而我将它们以法语的发音规则重新转写。我加了两个所有诗歌汉语标题的索引，一个是根据汉语《诗经》原来的顺序排列，另一个是根据字母顺序排列。

尤利乌斯·冯·莫尔

写于巴黎，1829年12月

序

顺治皇帝为满译本《诗经》所作（p. xi）

关于《诗经》我认为，这部书不仅是人类智慧的结晶，更是人类情感在诗作中鲜活的表达；是从最深刻的人性中挖掘出来的、被传唱的诗歌。这部书既能教会我们修饰外表的高雅，又能传达给我们滋养灵魂的美德；有些诗歌为我们提供必须模仿的典范，有些诗歌则告诉我们必须摒弃的糟粕。书中那些庄重、高雅的诗句，大多与最高殿堂的仪典、国家的制度和皇帝的生活有关；而那些以通俗、大众的风格吟唱的诗歌，则表现了农民、市民的生活百态。无论这些诗歌风格如何优美，主题如何丰富，重要的是，它们起到了引导一切的作用，教育我们达到品行的廉正。孔子说:《诗经》能净化和引导灵魂。孔子以这简短的话语概括了主题丰富的三百首诗。这部书和它蕴含的道理将我们纳入义务的规范，向我们展示了正确的行为准则，让我们将眼光投向理性之光；（p. xii）这部经典为我们指明我们应该具备何种品质，以何种心思来行动，并且激励我们向这个方向行进。正直的、远离欲望的君子若以这种方式来服务他的君王，便永远不会辜负君王的信任，永远不会改变对父母的孝心；以这两点为基础，一切事物的真正秩序和正确的行为准则得以建立；在这极为庞大的语言资料之中，《诗经》的意义正是寓于这两点中。鉴于这部经典有如此巨大的作用，我以我的赞赏来修饰它，并作此序言。

顺治十一年

（1655年）

欧洲译者序（p. xiii）

柏应理神父在他的《中国哲学家孔子》一书的前言中如此高度评价《诗经》：这是众多诗歌中最有影响的一部，其风格非常艰深和晦涩，晦涩的原因是语言的简洁，而这简洁之中又充满了各种比喻和极为古老的格言。此外，凝练的话语还有字数限制，这比那些没有字数限制的文句更难懂。那么对于用如此之难的汉语写就的中国诗歌，需要说明什么呢？在我考虑把这些诗歌译成拉丁文时就认为这个工作是远超过我的能力范围的。然而我所希求的与我自己的关系并不大，我并没有从一开始就停下来，我认为我已完成了不少我当初尝试着做的事。带着这样的想法和一些帮助，我艰难地推进了翻译工作，下面我将简短地介绍一下我翻译的方式。

我们在北京得到了皇家的资助，路易十四国王建立了我们法国的传教团，以便让我们这些在中国进行传教事业的法国传教士能够观测星象，（p. xiv）将汉语典籍译成欧洲语言，以及从事其他诸如此类的有用的科学活动。我们的传教士投入了大量的精力和热情来进行这些活动，我也尝试参与其中，如观察天文和翻译中国书籍。《诗经》非常适合理解中国古代文化，于是我开始翻译这部作品。从《诗经》中我体会到，任何古老的民族对上帝的信仰都是更加古老的。这些诗歌大部分是在周朝时写作的，而其中很多是从更久远的古代流传下来的。因此，我将这部远古时代的伟大作品的译本献给对古代有兴趣的人，并添加若干注释来帮助理解。

我依据的是极为著名的宋朝人朱熹的阐释，尽管我也读了不少其他人的。我从非常有学问的学者那里听过《诗经》的通俗的阐释，此外我还通晓满文，参考了满文《诗经》译本。这部满译版《诗经》是在顺治皇帝命令下，由精通两种语言的学者们翻译的，他们将诗歌从语句的翻译引向了宗教信仰。由于满语与欧洲语言的差距不那么大，没有汉语中那么多模棱两可的（p. xv）、空泛的概念和不确定的意义，对满语的掌握对于我理解汉语文献的含义有很大帮助。至今为止，在那些将汉语书翻译成欧洲语言的人中，有不少将中国阐释者的话与原文混淆，从而导致译文并不忠实，这种情况是我所尽量避免的；如果我在译文中加了在汉语原文中没有的一些内容，我会将这些内容用括号标出，看到这些内容的读者就不会将我的话和中国学者的话一并评价，如此一来，诗歌的本义将更为清晰；事实上，我力求紧密地贴近原文，因为我宁愿让译文晦涩，也不想让译文不忠实：如此一来，我将《诗经》这部书，这部古代的、自然的、原初的著作不加人工修饰地带给欧洲。

《诗经》简介

关于《诗经》的一些信息在两篇前言中都有了大致的介绍，然而在这里还是有必要进行更详细的说明。这是一部由孔子编纂的古代诗歌集，共分四部分。第一部分名为“国风”，是普通百姓吟诵的诗歌，由王公们下令收集整理。这些诗歌极好地展现了国家的风貌，使那些服从国家统治的人能从这些诗歌中了解到不同国家的不同风俗文化，使行为不端的人得到纠正，好人得到赞扬。这些诗歌会传颂各国的大小王侯，（p. xvi）皇帝通过对音乐的加工来审阅文学和保护文学。公元前771年，平王开始执政时，这个传统已经衰落了，孔夫子为了补救，以同样的方法来收集诗歌，希望伟大的言语或事件通过这些诗歌被纪念，通过阅读这些诗歌来将他的学生们引向美德，把恶人从恶行中劝离。然而对于那些他不喜欢的、与自己目的相悖的诗歌，他都将它们摒弃。

第二部分名为“小雅”，第三部分名为“大雅”，为周朝人所作，这些诗歌有的歌颂帝王的美德，有的赞扬王公贵族，有的是王侯向天子致谢或祈求福祉，有的描绘亲人葬礼仪式之后的宴会，有的反对天子和国家统治，有的介绍农业，有的包含国家治理方面的文献，有的为国家遭受的灾难痛惜，等等。

第四部分名为“颂”，是葬礼诗，是在周朝天子和鲁国王公的统治时期，以及商朝王公祭奠他们的祖先时演唱的。毫无疑问的是，这部书在中国真实且完整地流传到今天，并毫发无损地逃过了焚书这一劫。除了只有愚笨的人才会拒斥的、见证全人类文化的内容以外，（p. xvii）很多诗歌还包含一些我拒绝谈论的话题以及冗长和肤浅的内容①。

鉴于《诗经》几乎全是关于周家族和周王朝的内容，在此有必要介绍一些周家族以及周朝时国家的情况。

周朝历代天子表——从后稷到平王

后稷是尧帝管理农业的官员。

从后稷开始了周氏族。

公刘是后稷的后裔，他逃离了夏朝最后一位王桀的统治。

亶父是公刘的后代，称自己为周，从此周家族得名。

他的儿子是王季，王季继承了统治。

文王继承了他的父亲王季的统治。

文王的儿子武王在公元前1046年登上王位。

成王在公元前1042年继承父亲武王的天子之位。

其子康王于公元前1020年继承天子之位。

公元前995年昭王继承了康王的天子之位。

昭王溺水身亡，他的儿子穆王公元前976年即位。

穆王之后是共王，公元前922年执政。

共王的儿子懿王于公元前899年执政。

① 古代的风俗（一些残暴的风俗）被记录在诗行中，并被背诵记忆。古人们背诵《诗经》，因此它比其他书更容易保存和流传。

公元前891年懿王之子孝王执政。

公元前885年孝王之子夷王执政。

公元前877年夷王之子厉王执政。

公元前827年厉王之子宣王执政。

公元前781年宣王之子幽王执政。

公元前770年幽王被刺之后，其子平王继位。

中华帝国简介[①]——从商朝最后一位王纣王到下一王朝周朝的平王

在夏、商、周三代，中国服从唯一的主宰和君王，然而整个国家被天子指定的王分割为若干区域或小国，而且王位可以由他们的儿子继承，他们同时服从天子的统治并为其服务。周朝时期在中国有1800个小国或地区，它们中的大多数只有非常小的领土。（p. xix）商纣王的残暴和荒淫激起了人民对他的仇恨，文王那时在诸王中实力十分强大，他以谨慎、公正和仁义赢得了人心，诸侯开始反对应被推翻的纣王，辅佐应被推上王位的文王，并开始进行谋划；在他们准备的过程中文王去世了，于是各诸侯开始支持文王的儿子——继任者武王。起义的那天，武王率领极其强大的军队向都城疾行，在今天河南省卫辉府境内的牧野，一个离首都不远的地方，与纣王开战；武王获胜，安然无恙，纣王却逃进火海。武王无人反对，众望所归地登上了王位，并将最好的统治带给国家；通过他的治理，国家屹立，并在成王和康王统治下达到兴盛，40年中没有刑罚；然而在此之后，天子的权威开始衰落；沉迷于狩猎的昭王废弛国务，后来夷王和厉王父子在位时，国家险些灭亡。厉王孱弱愚钝，给诸侯极少的利益，为众人所鄙视，他残暴奢靡，（p. xx）为众人所憎恨，起义者四处寻找他，要置他于死地，他只能极力躲藏。在此之后是空位期，厉王在躲藏中死去，衰微的家族唯一的儿子周宣王继承王位，在宣王的治理下，国家恢复了秩序，他值得称赞；然而他的儿子周幽王与其父不同，贪图女色，因

---

① 译者按：prospectus，不应是psospectus，原书印刷错误。

迷恋妃子褒姒，废掉王后及王后之子的储君之位，将国家和自己置于危险之中，在与蛮夷和跟随被废储君的诸侯作战时被杀。被废的王储重新成为王国继承人，这就是平王，在他的统治下，各诸侯的力量和权力都有所增长；他将国都从陕西省迁到河南省，几乎中断了王朝的联系，如此一来，曾经追随天子的人，抓住的只是权力的影子而已。

中国诗歌

现在应该介绍的是中国诗歌以及《诗经》中的诗歌。

《诗经》中的诗歌是颂诗，共分三类：第一种叫“兴”、第二种叫“比”、第三种叫“赋”。在第一种中，在引出一个话题之前，首先开始介绍的是来自自然的事物和与主题相近的事物；与主题相近的事物常常并不十分明显，中国文人也需下很大功夫来找到那些从诗歌开场白引向诗歌主题的材料。（p. xxi）这需要细致的分析，后世文人须以写作主题来考量。第二种是用比喻的方法，而第三种则是用直接的话语来表述，没有模棱两可。

颂诗的诗节中，诗行都是双数；每一行的字数几乎都是双数；每一节一般有四行，诗行中包括多个词语。那些在同一诗节中的诗行，有一些以同样的韵结束，另一些则不是。

作诗的规则在不同朝代中几乎都不同，在此介绍若干。需要知道的是，在汉语中无论是什么词或音节（汉语词是单音节词），它都有五个声调中的其中一个声调。这些声调中，第一个叫作“平声”；其他四个调在作诗的时候都叫作“仄声”。“平声”，或者说发平声的音节，几乎可看作是拉丁语的长音节。仄声音节可以说好像拉丁语中的短音节。拉丁语在短音中没有区别，然而汉语的短音却有不同音调的区分，或尖、或重、或低、或高。

现在回到主题，今天的诗歌有这样的规则，在作诗时，第一行要以平声结尾，第二行以仄声结尾，第三行又以平声结尾；之后，第一行以平声结尾，第二行以平声结尾，第三行以仄声结尾。接下来的四行诗是平仄交替结尾；（p. xxii）然后第一行以仄声结尾，第二行以平声结尾，第三行以仄声结尾，以此类推；今天的规则可以用这些词语来概括：平仄平，平平仄，仄仄平仄，仄平仄。其他时代的诗韵规则我就不再赘述了。

关于每一行诗中的词语或音节数量，不同的时代都有不同的规则。今天的诗行比较流行采用奇数音节，或五言，或七言。明朝，也就是本朝之前的朝代，较为流行的是偶数，或四言，或六言。

《诗经》有时根据这种方式，有时却根据那种方式。一些诗行的平声在句中间，另一些在句尾，一些则在句首；我们已经多次提到，中国文人自己都不太明白古诗了。

关于今诗我还要补充的是，我不久前得知以上所说的规则与其说适用于真正的诗，不如说适用于抒情歌，真正的诗作规则如下：共分八行，每行包含七个字，第一、第三、第五个字随意；而第二、第四和第六个字在第一行中为平、仄、平，在第二行为仄、平、仄，第三行同第二行一致，第四行平、仄、平，第五行如第四行，第七行为仄、平、仄，第八行为平、平、平。第一行、第二行、第四行、第六行和第八行的应该以同样的有节奏的音来结尾。

第三节　毕欧对《诗经》的民俗学研究

一、毕欧生平及著作简介

毕欧，1803年出生于法国巴黎，其父也曾涉足汉学研究（主要是中国天文学），所以在汉学史上有人称其为小毕欧。年轻时毕欧曾作为自由学生在巴黎路易大帝中学（Lycée Louis-le-Grand）学习古典学和数学。1822年毕欧进入巴黎综合理工大学（École Polytechnique）。1825年至1826年，他协助其父亲完成在意大利、伊利里亚和西班牙的科学考察。回到法国之后，他开始了铁路工程师的职业。1833年，他决定学习中文，师从儒莲，潜心研究中国历史和语言，开始了新的职业。1847年，毕欧当选为铭文与美文学院院士（Academie des Inscription et Belles-lettres）。1850年，毕欧在巴黎去世。

毕欧一生写了大量的论文，涉及中国的科学、天文、地理、气候、教育、工艺等，影响很大。其主要的论著有《关于远古时代中国领土所有权的条件》（*Mémoire sur la condition de la propiété territoriale en Chine depuis les Temps les plus anciens*，1838）、《诗经，即诗歌经典》（*Le Chi-king ou le livre des vers*）、《中国公共教育和儒学史》（*Essai sur l'histoire de l'instruction publique en Chine et de la corpolation des letters*，1847）、《根据〈诗经〉探讨中国古代的风俗民情》，还翻译了《周礼》等。

二、毕欧对《诗经》民俗文化的研究

（一）《诗经，即诗歌经典》（*Le Chi-king ou le livre des vers*）

1838年，毕欧在《北方杂志》上发表了题为《诗经，即诗歌经典》的论文。毕欧在文中谈到了他之所以转向对中国古籍的研究，是因为他所着手进行的从古至今的中国社会经济和文明阶段的研究，指引他去研究以这一问题为主题的中国古书。从古书中选择《诗经》研究，是因为："《诗经》是最著名的作品之一，就像是东亚曾传递给我们的一幅风俗画，同时，对该著作真实性的争议可能也是最少的……这部诗集以其古朴的风格，毫无修饰地、毫不夸张地向我们展示了上古中国的风俗民情。"[①]孙璋神父的全译本及其注解的重新发现并出版，为毕欧的阅读提供了可能。"孙璋神父的翻译，以及伴随的优秀的笔记，使得所有接受过普通教育的人能够与早期中国对话，研究与在西亚和欧洲大相径庭的社会的原始道德习俗。"[②]

毕欧在文中简要叙述了《诗经》的编纂与流传，对《诗经》的"风、雅、颂"都作了阐释。他将《诗经》中诗的风格及内容与古希腊的诗歌进

---

① Édouard Constant Biot. *Le Chi-king ou le livre des vers. Revue du Nord,* 1838, p. 219.

② 同上书，第222页。

行比较，认为“《诗经》中的诗歌总体而言都是平淡、单调的颜色”[①]，但是这种平淡与单调，“在《大雅》里变得深暗而忧伤”。在毕欧看来，《诗经》关注的多是爱情与个体的生活，与古希腊地区的诗歌中所描述的战争与妒忌成鲜明的对比。我们“在阅读这些诗歌时应当更加注重实质而非形式，它们的主题和叠句经常让我们想起我们的山歌”。[②]

毕欧通过对《诗经》的分析，归纳总结出了《诗经》的内容，在此翻译了反映人民生活的《郑风・女曰鸡鸣》《魏风・陟岵》，歌颂农业的《魏风・伐檀》《小雅・无羊》，有关战争的《小雅・采薇》《豳风・破斧》《小雅・何草不黄》，并对《诗经》中的战争诗与希伯来的诗歌进行了比较，认为“《诗经》中这些关于军队的诗歌中哀叹、悲伤与近乎同一时期的充斥于希伯来历史中的歼灭、报复形成了强烈的对比”。[③]

他说：“《诗经》中的诗歌为我们显示了中国人生活的永恒的图画，他们识得钟、鼓、陶器或土瓮，懂得酿酒等。”“《诗经》中到处都保留了古今相似的习俗”[④]，他以现今的婚俗习惯与《诗经》时代相同的婚俗为例进行说明。此外，毕欧还以《小雅・斯干》为例阐述中国人轻视女童这一观念的局限性。

毕欧同时还关注到了《诗经》中诗歌的韵脚。他认为：“如此久远的对韵的认识在世界大事记中是惹人注目的。”《诗经》中诗歌可能是被指定要如此演唱，就好像“在山上放牧时所唱的牧歌一样，通常也是押韵的”[⑤]，而这种押韵其实是对羊叫声的一种模仿。

在毕欧看来，“作为一部诗集，与希腊诗歌杰出的构思相比，它并没有突出的特征。对于欧洲人而言，因为其不连贯的思想，这部书的阅读是令人疲乏的；但是作为道德风俗的画卷，它完全在其他古书之上，同时它是

① Édouard Constant Biot. *Le Chi-king ou le livre des vers. Revue du Nord,* 1838, p. 224.

② 同上。

③ 同上书，第231页。

④ 同上书，第232页。

⑤ 同上书，第236页。

一座可以从中挖掘东亚历史的宝库”。[1]因此，毕欧对《诗经》的关注重点在于民俗方面。

我国自古便有采诗以观民风的习俗。《国语·周语》记载：“天子听政，使公卿至于列士献诗。”《礼记·王制》则载：“天子五年一巡守……命大师陈诗以观民风。”班固在《汉书·艺文志》中云：“古有采诗之官，王者所以观风俗、知得失、自考正也。”《诗经》正是本着这种“观风俗、知得失、自考正”的目的从各地收集编订而成的，那么其内容必然有对时代习俗和社会风貌的反映。除去《诗经》作为文学作品的特性，毕欧特别关注《诗经》所显示的民风民俗，并试将民俗学方法应用于对《诗经》的解读中，开启了对《诗经》的民俗学[2]研究。毕欧应用这一方法，在1843年发表了一篇关于《诗经》的论文。

（二）《根据〈诗经〉探讨中国古代的风俗民情》

1. 毕欧视野中《诗经》时代的风俗民情。

1843年，毕欧在《亚洲研究》发表了《根据〈诗经〉探讨中国古代的风俗民情》。毕欧把《诗经》视为百科全书，认为《诗经》是“东亚传给我们的最出色的风俗画之一，同时也是一部真实性最无可争辩的文献”，且相比于《书经》《左传》《国语》等其他中国古籍，《诗经》更容易用于研究中国的古代风俗。毕欧把自己比作一位旅行者，挖掘探索《诗经》。他以孙璋的译本为主要的阅读蓝本，根据自己在阅读过程中所做的笔记，将相似的事件归类，同时旁征博引，从《书经》《易经》《史记》《周礼》《中华帝国全志》《中国丛刊》及传教士的其他游记中选取例子予以佐证，分二十个小标题进行阐释：中国人的体貌（Constitution physique

---

① Édouard Constant Biot. *Le Chi-king ou le livre des vers. Revue du Nord,* 1838, p. 237.

② “民俗”一词最早见于英国，它源自英语的folklore。它的原本含义是“民众的知识”或“民间的智慧”（The Lore of Folk），作为科学名称可直译为“关于民众知识的科学”。民俗是人们生活形态的真实反映，举凡生活中衣、食、住、行、育、乐的内涵与形式，以及其间思想、行为、仪式、活动的记录与形成，都是民俗学探讨的主题。民俗学（folklore）一词却是1846年才由英国考古学家汤姆斯（W. J. Thomas）首先提出。在此之前，民俗学在德国被称为人民学（volkskunde），在英国及欧洲其他国家被称为大众古俗（popular antiquities）或俗文学（popular literature）。

des chinois）、服饰（Habillements）、建筑与住宅（Construction et Habitations）、狩猎（Chasse）、捕鱼（Pêche）、农牧（Culture et Pacage）、居民的食物和食材的准备（Nourriture habituelle et Préparation des substances alimentaires）、常用的金属（Métaux employés）、精制的材料（Matières travailliées）、军队—战争（Armes—Guèrre）、政府机构—头衔或爵位（Organisation générale du gouvernement—Dignités）、宗教信仰（Croyances religieuses）、命运—占卜（Sort—Augures）、原始天文学（Astronomie primitive）、典礼和宗教仪式—祭祀（Cérémonies et Solennités religieuse—Culte）、婚姻的繁文缛节（Formalités du mariage）、家庭内部习俗（Mæurs intérieures）、惩罚（Punitions）、谚语和前例（Proverbes et Préjugés）、历史材料（Documents historiques）。前十九个标题的内容“形成中国古代道德风俗的一幅缩略图”。[1]为了便于读者更好地理解，他在最后加上了“历史材料”这一节的内容，同样是从《诗经》篇章中总结、摘录出来的。

在毕欧所描述的古代中国的风俗情中，我们看到：中国的美人“手如柔荑，肤如凝脂，领如蝤蛴，齿如瓠犀，螓首蛾眉，巧笑倩兮，美目盼兮”。头型如螽斯，额角隆起，头发是黑色，所以中国人被称为“黎民”。官员因官职不同有不同材质、不同颜色、不同花纹的服饰，不同的季节也有不同的穿着打扮；王室之家、达官显贵还有各式各样的配饰。房屋的墙壁通常是用泥土建造，建造方法如同法国南部称之为“黏土建筑”（pisé）的方法。平民百姓只能用质量不好的木板，甚至在更早之前，中国人没有房屋，而是居住在石洞之中。狩猎、捕鱼等都是重要的生存方式，灌溉农业主要建立在黄河流域的广阔冲积平原，主要的谷物有稻、黍、稷、麦、菽，不同的谷物在不同的季节里播种和收割。这一时期已出现了带犁铧的犁、锄头或铲、镰刀等农具。人们还会时时地除草、除虫，毕欧认为这是中国土地繁殖力惊人的一个重要原因。他还从《诗经》中总结出了一些周朝农业的规律特征。农户还会自己种植瓜果和蔬菜以及提取染料的植物。

① Édouard Constant Biot. *Le Chi-king ou le livre des vers. Revue du Nord,* 1838, p. 437.

随着农业的发展，人们的食物已较为丰富，除了作为主食的谷物之外，鸡、鱼、猪肉、狗肉、牛肉、羊肉及动物的内脏等都是餐桌上的菜肴。大型宴会上，人们还会准备八道不同的菜肴。《诗经》时期已出现了“酒”，毕欧还归纳出了酿酒的方法和贮存的方式以及喝酒的容器。

金、银、铁、铅、铜这些金属在《诗经》时代已被开采，象牙、宝石等成为权贵之家的常戴的饰品。每一个朝代与国家都拥有军队，都少不了战争，毕欧在此节详细地论述了中国式的军队与战争，包括《诗经》时期军队的建制、征兵制、战车、武器配备以及《诗经》中所提及的一些战争。政府的机构、等级次序也是毕欧所关注的对象。

《诗经》中的“天”“上帝”等敏感的词汇是《诗经》引起传教士关注的最初原因，毕欧也认为《诗经》的一些诗中以不容置疑的方式指出对上帝、对至高无上的主的信仰，专辟“宗教信仰”一节进行说明。一些传教士对中国是否有着对至高无上的主的信仰很不确定，毕欧认为原因在于中国人对“天”的表达，因为相对于“上帝”而言，中国的评论家们更喜欢用“苍天”。毕欧同时还列出了《诗经》中所涉及的其他的神。除了对“天”“神”的崇拜和信仰，中国古人还喜欢占卜。毕欧对占卜的方式进行了说明。同时，《诗经》中还有一些原始天文学的迹象，毕欧指出了《诗经》中所谈及的星宿，还有公元前776年的那一次日食以及古人通过太阳的影子来确定住宅的位置的方法。①

① 毕欧曾撰写了多篇有关中国天文学的论文。1841年他曾向法国科学院提交了《根据中国记录编纂的公元前7世纪至17世纪中叶这二千四百年来在中国观测的流星、星陨总表》(*Catalogue général des étoiles filantes et des autres météores observé en chine pendant 24 siècles, depuis le VIIe siècle avant J. C. jusquáu milteu du XVIIe. de notre ère, dressé d'apnès les documents chinois*)，此书曾于1846年在巴黎皇家印刷厂出版。1846年，毕欧还出版了《1230年至1640年在中国观测的彗星表》(*Catalogue des comètes observées en Chine depuis l'an 1640 de notre ère*)。毕欧还曾受巴黎天文台经度局的委托，研究当时保存在巴黎天文台的宋君荣手稿和钱德明手稿，于1847年撰写了《宋君荣神父与钱德明神父的手稿》(*Notice sur des Manuscrits inédits du père Gaubil et du père Amiot*)，该文在毕欧去世后由其父整理，于1850年发表于《博学者杂志》(*Journal des Savants*)，其中宋君荣的手稿涉及中国恒星表的研究和中国与欧洲记年的换算。——参阅韩琦、段异兵：《毕欧对中国天象记录的研究及其对西方天文学的贡献》，《中国科技史料》第18卷，第1期，1997年。

祭祀仪式是现今中国人依然保留的仪式，毕欧对周朝时的祭祀仪式进行了较为详细的说明，包括仪式的具体流程以及随后的宴会上演奏所用的乐器等。婚姻习俗是重要的社会习俗之一，毕欧对周朝时的婚俗做了阐释，同时还引用《琵琶记》作为印证，婚礼在桃花盛开的时节举行。周朝时期对神圣的婚姻有特别的规定，必须要符合礼节。毕欧同时还提及了《诗经》中的弃妇诗，人们对男婴、女婴的差别待遇。

毕欧认为《诗经》里虽然总体是和平的，但是在《诗经》时代依然有惩罚，毕欧注意到了“寺人”，并对此作了注。他认为，《诗经》的语言是丰富而生动的，许多的谚语都出自于此，中国人一直都沿用着，毕欧也列举了其中的一些。毕欧还从中选取历史材料，他认为这些材料比《书经》的陈述更有条理，同时也是司马迁《史记》的基础材料。“历史材料”一节让读者清晰地把握了中国上古朝代的更迭与发展。

毕欧还标注了引文的出处：“如有需要，可以在文本里核对，至少来说，对于孙璋的译文，我是做了细心的查询。”①标注时，他没有遵循中国的传统方式，以每首诗的前几个字作为标题而译出，而是根据孙璋神父的翻译以数字形式给出标注，即“第X部分第X章第X首”这种形式，更利于不懂中文的人查阅。毕欧还根据自己阅读的笔记建立了一个《诗经》中涉及的动植物的表格，但因为有太多的不确定的地方，因此改变初衷，并没有在此刊载。

2. 毕欧研究中的不足。

毕欧所参照的文本主要是孙璋的译本，孙译本又参照的是满文译本，其中虽有注，但是还是有很多值得商榷的地方，因此导致了毕欧在归纳总结时出现了误读，如毕欧在论述“服饰”一节时，其中有一句：

> Les veuves devaient couper leurs cheveux（p. II, ch. IV; ode 1）, en conservant seulement une mèche de chaque côté de la tête.②

寡妇需要剪掉她们的头发（第一部分第四章第一首：《鄘风·柏

① Édouard Constant Biot. *Le Chi-king ou le livre des vers. Revue du Nord,* 1838, p. 309.

② 同上书，第315页。

舟》），只在头的两边各留一绺。

此条源自《鄘风·柏舟》中“髧彼两髦”。“髧”：发下垂的样子。“两髦”：古代男子未成年时头发的式样，前额头发分向两边披着，长齐眉毛；额后则扎成两绺，左右各一，叫作两髦。此句本义是“额前垂发的年少郎”。[①]

孙璋译本从其旧说，诗序曰：“《柏舟》，共姜自誓也。卫世子共伯早死，其妻守义，父母欲夺而嫁之，誓而弗许。故作是诗以绝之。”毕欧因此也产生了误读，认为是寡妇须保持的习俗。

同时，毕欧在标注时也出现了一些错误，如在讲“中国人的体质”时，他提到人们对男子的形容，原文是：

> On estimait, pour les hommes, «le teint très-coloré, comme si le visage avait été frotté de rouge de plomb»（minium）.（p. I, ch. II, ode 5）[②]
>
> 人们是这样形容男子的：“脸色很红润，脸上就像被涂上了铅一样（铅丹）。”（第一部分第二章第五首，《召南·甘棠》）

且看《召南·甘棠》：

> 蔽芾甘棠，勿翦勿伐，召伯所茇。
> 蔽芾甘棠，勿翦勿败，召伯所憩。
> 蔽芾甘棠，勿翦勿拜，召伯所说。

根据译文，再参看《召南·甘棠》，没有相符合的原句，此句当是指《邶风·简兮》中“赫如渥赭”（脸儿通红像涂了赤土一样）。

再如“捕鱼”一节：

> Les filets étaient en bambou mince（p. I, ch. VIII, ode 9, et p. II, ch.

---

① 程俊英：《诗经译注》，上海：上海古籍出版社，2004年4月，第67页。

② Édouard Constant Biot. Recherches sur les mæurs anciennes des Chinois, d’après le Chi-king. *Journal Asiatique,* 1843, p. 312.

II, ode 12）①

网是竹制的捕鱼笼（第一部分第八章第九首：《齐风·敝笱》及第二部分第二章第十二首）。

此处当有误，《小雅》第二章一共只有十篇，且包括笙诗在内。

对“颂”的部分的标注也较为混乱，有的地方标注是将“颂”分为三章，周颂全归为第一章，再分成三节，如：第四部分第一章第二节第八首：《周颂·载见》（第318页，p. IV, ch. I, art. 2, ode 8）；但有时在标注时又直接将“颂”一起分为五章，如：

Les arcs étaient en bois sculpté（p. I II, ch. II, ode 2）, et garnis de soie verte（p. IV, ch. IV, ode 4）②

弓是用木头雕刻的（第三部分第二章第二首），用绿丝捆绑（第四部分第四章第四首）。

根据意思，后半句应指的是《鲁颂·閟宫》中的“朱英绿縢”一句，但这句却标注为p. IV，ch. IV，ode 4（第四部分第四章第四首），此种混乱对于不甚熟悉《诗经》的读者而言不免引起困惑。

毕欧还忽视了《诗经》的文学特性，他认为：“作为一部诗集，与希腊诗歌杰出的构思相比，它并没有突出的特征。对于欧洲人而言，因为其不连贯的思想，这部书的阅读是令人疲乏的。”③在他的眼中，《诗经》仅是一座道德风俗的宝库。同时，毕欧在论述中已显露出欧洲中心主义的倾向，甚至于认为西方人的头脑比中国人更为发达。

任何一篇文章总会受到时代的限制及各种因素的影响，毕欧的功劳及影响远远盖过了他的瑕疵。他用民俗学方法，较详细、完整地归纳总结出了《诗经》中所反映的上古时期中国的社会习俗。

---

① Édouard Constant Biot. Recherches sur les mæurs anciennes des Chinois, d’après le Chi-king. *Journal Asiatique,* 1843, p. 322.

② 同上书，第319页。

③ 同上书，第238页。

他让我们参观了上古时代的中国，展现了一个不复存在的古老社会。通过他，我们了解到当时的房屋是泥土建的，式样就像法国南方的干打垒构筑物。房屋大梁的材料是竹子或松柏。黄河下游广阔的大平原上已经采用灌溉来种植农作物。牛羊是有权势的家族的主要财富。从那个时代起，人们已经使用犁、铲、长柄镰刀和短柄镰刀。我们与他参与了当时家庭生活的一切细枝末节，从一日三餐到最常用食物的准备，可谓详细备至。①

毕欧以小标题的形式进行分类叙述，并且注释出处，以便读者查阅，

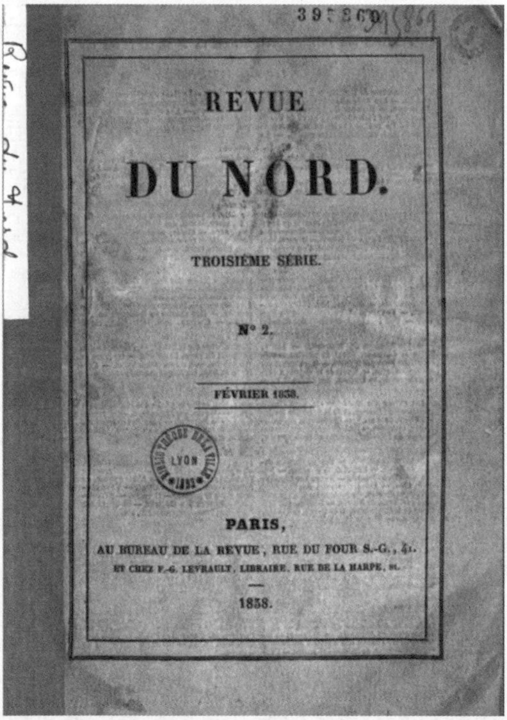
REVUE

DU NORD.

TROISIÈME SÉRIE.

N° 2.

FÉVRIER 1838.

PARIS,

AU BUREAU DE LA REVUE, RUE DU FOUR S.-G., 41.

ET CHEZ F.-G. LEVRAULT, LIBRAIRE, RUE DE LA HARPE,

1838.

《北方杂志》(1838) 扉页

① Le Marquis d'Hervey de Saint Denys. *Poésies de l'époque des Thang*. Amyot, Paris, 1862. p. XIII.

认为“此种形式能让读者充分思考他所做的比较”[①]，尤其是对于中国文化陌生的外国读者而言，毕欧的这种方式让读者清晰明了地把握了《诗经》中的社会道德、民俗，更能激发读者阅读原文的兴趣。他正式开启的这种民俗学的方法，对后来的顾赛芬、葛兰言等的《诗经》研究都产生了极大的影响。

附一：毕欧《诗经，即诗歌经典》译文

诗经，即诗歌经典

毕欧

《北方杂志》(*Revue du Nord*，1838)

当人们在历史研究中想方设法探究某一民族在特定历史时期内的风俗习惯、社会生活以及文明发展的程度时，一般很难在充斥着大大小小战争纪实的正史里找到构成这一时期民俗画面的特征，反而会在保留他们时代特征的神话传说、故事、诗歌、民谣里得益更多。而且人们通常会在两个相距甚远的时期里，找到历史中似乎并没有的特殊风俗习惯的延续。如此，在一些事例中，我能够选择的是《一千零一夜》，它是古老的，却给现代的旅行者提供了现今最忠实的阿拉伯和波斯的风俗画面；同时，在远征埃及时，法国人重新发现了在《约伯记》(*Job*)里提到的几乎所有的习俗。我着手进行了一系列关于从古至今的中国社会经济和文明阶段的研究，指引我去研究以这一问题为主题的中国古书。《诗经》是最著名的作品之一，就像是东亚曾传递给我们的一幅风俗画，同时，对该著作真实性的争议可能也是最少的。“诗”(chi)这个字的意思是“诗歌”(vers)，“经”指的是构成天朝的信仰和道德的五本神圣的典籍，这两个字连在一起意味着“神圣的诗书”。《诗经》并不是我们所认为的那样，是单一的历史主题的诗歌，而是一本并不是有条理地汇集了很久之前的诗歌集，这些诗歌是

① Édouard Constant Biot. Recherches sur les mæurs anciennes des Chinois, d'après le Chi-king. *Journal Asiatique*, 1843, p. 309.

在中国的城市和乡村传诵的，就如同我们欧洲早期的诗歌乐曲传唱在古希腊一样。这些诗歌的风格是质朴的，主题是变化的，他们为我们真实地呈现了中国早期的通俗歌谣。这种单一的叙述足够引起我们去阅读《诗经》以理解这一特殊的体裁，它没有任何雄伟壮丽的装饰，没有任何我们在大部分东方史诗中所常遇的夸张，而是在简单质朴中指引我们研究古代中国风俗。

中国评论家一致认为，这一诗选类别的构成归功于著名的哲学大师“孔子”(或叫“孔夫子”)，即我们所知道的拉丁名“Confucius”，这一名字是早期在中国的传教士用拉丁文书写创作的。孔子生活在公元前六世纪，大约是柏拉图的时代。这一时期，中国被分属成十个王国，位于公元前1100年周王朝庞大的分封地遗址上。名义上，这些王国的王子作为诸侯，从属于帝国。但是自两个多世纪以后，他们就动摇了这种臣服的关系。他们专断地管理，彼此之间几乎连续不断的战争。在这一混乱时期，人民生活悲惨；强大的人文道德腐朽不堪；以前皇帝制定的神圣礼仪完全被忽视，在遗忘中消逝。孔子，他的一生，都在与这种公众道德的衰微做斗争。为了对抗权势激流，他决心收集保留着古老仪礼传统的专门的书籍，保证社会秩序的基本原则得以永远保留。因此，他编纂了《尚书》，收集的是古代历史传说；《易经》收集的是古代神秘的思辨理论；最后是《诗经》，收集的是古代流行的诗歌，其中一些是皇帝下令以道德教化为主题创作的乐曲。孔子的门生在整个中国宣扬这些书的美誉，不久之后，在所有文人的眼里，这些书都变成了神圣的书。但是在三个世纪之后，中国著名的征服者——秦始皇疲于应付文人的代表们不停地让他遵循这些书中所规定的礼仪，他下令焚烧了这些古书。孔子的这些作品就在禁令中被牵连。然而这场火灾的真实性是有争议的，在此不参与讨论。我满足于就此认同《诗经》的创作是被唱诵的篇章，比起其他的书籍更容易被文人和其他人记住(这一观点)；而且在公元前二世纪初，汉朝时被认出、重新发现时是基本完整的。火灾的时代，《诗经》是写在竹简上的，就像我们刚刚在印度所得的那些古书一样。因此，当文学复苏时，很容易大量复制《诗经》，同时，一些博士官开始评注文本，对于阅读者，甚至对中国人而言，这是必不可少的准备，由此人们才能够理解这部古书中因为它的简洁而产生的令人发愁的（阅读）障碍。由于中国古代的纸张质量较差，无法保留古代的原始手稿，这些博士官的注本流传至今，抄本在一段时间内稍稍远离原始的《诗经》，但却在一定程度上保证了这些最初的文本不会被从古至今的复本篡改。

有关历史的论述的开场白结束后，我急于表明如今对《诗经》的阅读不再只限于能深入理解中文的人这一狭窄的圈子里。现在我们已经有了拉丁文的译本，是由孙璋神父在中国开始和完成的，他在中国著名的入华传教士宋君荣、马若瑟的陪同下，对这一国家的独特的语言进行过深入的学习。孙璋神父于1733年开始他的工作，他完成译本的具体时间我们并不清楚。他对他的翻译做了一系列珍贵的笔记，是对历史片段的阐释，他将诗歌中所指的所有自然界动植物与我们所知的进行了辨认。孙璋神父将他的手稿寄回法国，一直隐藏在巴黎德莱尔（装）地图的纸箱里。直到1814年，雷慕沙重新开始中国研究，一些博学者试图借助中国文本的评注进行困难的工作，翻译一些诗歌，被遗忘的寄件才被想起。幸运的是，1828年，虔诚的东方学家莫尔专注于寻找中国传教士寄来的手稿的踪迹。他发现这些手稿从德利勒的书房里转入到归档海事的收藏品和瞭望台的档案里。在这最后的收藏品中他重新发现了孙璋神父完整的手稿和雷孝恩神父的《易经》译稿，《易经》是另一本经书，充满了神秘和困惑。莫尔赶忙请求让其拥有孙璋神父的手稿，并于1830年在斯图加特出版社出版。孙璋神父是借助于顺治帝令下的满语版本翻译的，顺治是自十七世纪统治中国的清朝皇帝。满语语法与字母语言的语法形式类似，比汉语更加简单和清晰，确切地说，只有一种句法，以固定位置来标明文字在句子中的角色。但是自从欧洲的翻译家更愿意使用翻译本而非原文本时，严肃的批评家担心文本中的误解与错误，随后把对孙璋神父的指责指向满语译本中一些章节的误解或者说歪曲。但是将一些错误的可能性与从事翻译的困难进行比较，更有助于我们公正地对待孙璋神父的工作，就像其他的耶稣会传教士对《诗经》《易经》的翻译一样。除去《诗经》自身的局限，孙璋神父的翻译，以及伴随的优秀的笔记，允许所有的接受过普通教育的人能够与早期中国对话，研究在我们的地图以“已知的古代世界”（monde connu des anciens）命名的这一区域里，与西亚和欧洲大相径庭的社会原始道德习俗。

《诗经》分为四个部分。第一部分称为“国风”，或“王国的诗歌”（chansons des royaumes）。它是由民间的诗歌组成，根据历史记载，是由天子下令在领域内和诸侯封地巡回采集；根据这些诗歌的性质，判断他广袤帝国不同地方的道德状况，由此进行恰当的批评或赞扬。按照惯例，各个王国或附属国的王子要向天子介绍他们辖区的诗歌。天子读这些诗歌并且指派大臣为其添加乐曲，以便更好地审查和细心地保存。这种习俗在公元前十二世纪由周朝立法规定，后来因为天子奢侈逸乐，忽视了他们的巡视而逐渐消失。在公元前781至公元前770年，幽王统治时，诸侯差不多都已独立。帝国的巡视停止，同时也结束了民间诗歌的采集。

第二部分称为“小雅”（petite excellence），第三部分称为“大雅”（grande excellence），包含了大量片段的不同主题的诗歌。其中一些出自周王朝的早期，颂扬各位君王、诸侯，或总的来说是著名的人物的美德；另一些是天子感谢诸侯的乐曲，或是一些在庄严的仪式上唱诵的歌曲。我们能从中发现哪里的君王品行和公众管理是被严厉地指责的，哪里的不幸民众是被哀悼的，还有哪里的农业是著名的，等等。

第四部分称为“颂”，包括周朝天子、之前的商朝天子以及孔子的家乡鲁国的小王在祭祀仪式上唱的歌曲。

我们发现，所有的诗、颂歌或民间歌曲中的突出特征，是家庭生活、私人生活的爱情遵从于绝对的权力。可能，作为他们治理有方的证据，这些意义在诸侯呈献给天子的官方篇章里是很简单的；但是它们反复出现在那些民间歌曲中，过于频繁地出现，以至于我们都不得不将其视为是自这一时期开始在中国人的思想里被反复灌输的。各诸侯国诗歌没有呈现丝毫就像被分成独立政权的希腊的地区与地区、部落与部落间那样。世界的和平、安定，是《诗经》中的所有诗歌所希求的；对劳作和个人生活的热爱，是它们所颂扬的。相反，在希腊的诗歌里，在罗马共和国的作品中，因为公民自治和评议，赞颂的都是政治与战争、是公众的生活。没有人怀疑这最新的政权不再提供多样的风格和思想的活力，《诗经》中的诗歌总体而言都是平淡、单调的颜色，反映了对绝对政权的顺从；但是可能这种顺从比所有好斗的（希腊人）能够谋得更舒适的物质生活。这种文化的差别是中西方古代历史中的最大的界线。然而，中国人以他们共同的血脉形成联盟，依附于中央权力而彼此相识，至高无上的权力是他们安全的保障。这种状况就导致了内心爱情生活的相同特征和对权力的顺从，在这一大国不同地方的诗歌中呈现出来。

现在通过《诗经》中一些诗歌的评注来说明这部诗集总的特色，且在阅读之前，我提醒大家，我们不应该去寻找罕见的隐喻、高尚诗歌的构架，而是（寻找）简单的画面和农耕者主要的纯朴道德风俗。在阅读这些诗歌时我们应当更加注重实质而非形式，它们的主题和叠句经常让我们想起我们的山歌。

第一部分　第七章　第八首

郑风·女曰鸡鸣

女曰："鸡鸣。"士曰："昧旦。""子兴视夜，明星有烂。""将翱将翔，弋凫与雁。"

"弋言加之，与子宜之。宜言饮酒，与子偕老。琴瑟在御，莫不静好。"

"知子之来之，杂佩以赠之。知子之顺之，杂佩以问之。知子之好之，杂佩以报之。”

第一部分　第九章　第四首

魏风·陟岵

陟彼岵兮，瞻望父兮。父曰：“嗟！予子行役，夙夜无已。上慎旃哉，犹来无止！”

陟彼屺兮，瞻望母兮。母曰：“嗟！予季行役，夙夜无寐。上慎旃哉，犹来无弃！”

陟彼冈兮，瞻望兄兮。兄曰：“嗟！予弟行役，夙夜必偕。上慎旃哉，犹来无死！”

第一首诗给我们描述的是一对团结、幸福的夫妇。第二首诗描述了儿子服役后父母的痛惜。下面的另两首乐曲是对农业的颂扬。第一首似乎是与县令或富人的谈话，鼓励人们要好好种地。

第一部分　第九章　第五首

魏风·伐檀

坎坎伐檀兮，置之河之干兮，河水清且涟猗。不稼不穑，胡取禾三百廛兮？不狩不猎，胡瞻尔庭有县貆兮？彼君子兮，不素餐兮！

坎坎伐辐兮，置之河之侧兮，河水清且直猗。不稼不穑，胡取禾三百亿兮？不狩不猎，胡瞻尔庭有县特兮？彼君子兮，不素食兮！

坎坎伐轮兮，置之河之漘兮，河水清且沦猗。不稼不穑，胡取禾三百囷兮？不狩不猎，胡瞻尔庭有县鹑兮？彼君子兮，不素飧兮！

第二部分　第四章　第六首

小雅·无羊

谁谓尔无羊？三百维群。谁谓尔无牛？九十其犉。尔羊来思，其角濈濈。尔牛来思，其耳湿湿。

或降于阿，或饮于池，或寝或讹。尔牧来思，何蓑何笠，或负其糇。三十维物，尔牲则具。

尔牧来思，以薪以蒸，以雌以雄。尔羊来思，矜矜兢兢，不骞不崩。麾之以肱，毕来既升。

牧人乃梦，众维鱼矣，旐维旟矣。大人占之：众维鱼矣，实维丰年；旐维旟矣，室家溱溱。

现在看一些士兵唱的颂歌，是军队的诗歌。当然，它们并非充满激情，一点也不刺激、不吸引人。这一时期的中国士兵同时也是耕作者，是强制服役一段时间。因此，这首诗表现的是士兵回家的欲望，想要结束服役的时间。

下面的诗歌是在北方边境抵抗玁狁或匈奴入侵的士兵唱的。

小雅 · 采薇

采薇采薇，薇亦作止。曰归曰归，岁亦莫止。靡室靡家，玁狁之故。不遑启居，玁狁之故。

采薇采薇，薇亦柔止。曰归曰归，心亦忧止。忧心烈烈，载饥载渴。我戍未定，靡使归聘。

采薇采薇，薇亦刚止。曰归曰归，岁亦阳止。王事靡盬，不遑启处。忧心孔疚，我行不来！

彼尔维何？维常之华。彼路斯何？君子之车。戎车既驾，四牡业业。岂敢定居？一月三捷。

驾彼四牡，四牡骙骙。君子所依，小人所腓。四牡翼翼，象弭鱼服。岂不日戒？玁狁孔棘！

昔我往矣，杨柳依依。今我来思，雨雪霏霏。行道迟迟，载渴载饥。我心伤悲，莫知我哀！

下面两首诗中的第一首诗是周公与远征三年归来的将军的对话。

周公是周朝第一任天子的哥哥，生活在公元前十二世纪。他在远征凯旋途中，遇到了一场猛烈的暴风雨，使他的军队受挫。我没有在此翻译这首诗，因为它太长，它哀悼士兵的痛苦和他们离开如此长时间之后房屋的破败。他的士兵这样回答他：

第一部分　第十五章　第四首

豳风·破斧

既破我斧，又缺我斨。周公东征，四国是皇。哀我人斯，亦孔之将。

既破我斧，又缺我锜。周公东征，四国是吪。哀我人斯，亦孔之嘉。

既破我斧，又缺我銶。周公东征，四国是遒。哀我人斯，亦孔之休。

这首诗是悲伤的，但是它并没有战争诗的特征。这里更多地表示出的是对远征的厌恶。

第二部分　第八章　第十首

小雅·何草不黄

何草不黄？何日不行？何人不将，经营四方？

何草不玄？何人不矜？哀我征夫，独为匪民。

匪兕匪虎，率彼旷野。哀我征夫，朝夕不暇。

有芃者狐，率彼幽草。有栈之车，行彼周道。

《诗经》中这些关于军队的诗歌中的哀叹、悲伤与近乎同一时期的充斥于希伯来历史中的歼灭、报复形成了强烈的对比。中国的诗歌中没有呈现出任何这种可怕的憎恶的迹象。即使发动一场战争，也是针对撼动天平横梁的反叛者，为了维护绝对的权力，与北方的蛮夷部落对抗是为了保护中原的城市居民，而且这些士兵都抱怨披挂上阵。中国人的这一特征自《诗经》时代起完整地呈现出来，即温柔、充满了人文关怀，少战争。

《诗经》中的诗歌为我们显示了中国人个人生活的永久不变的图画，他们识得钟、鼓、陶器或土瓮；他们懂得通过发酵从大米里提取酒液，传教士们称为酒，这是烧酒的一种。他们用犁耕地，耐心地拔除野草，最后将这种耕作方式推广至中国的多个省市。像今天一样，黎民（黑色头发的人民）成为中国人的代称。一般来说，中国人都是这种颜色的头发，金色头发的人就会立刻被认为是一位外族人。

《诗经》中到处都有这种古今习惯相似的痕迹。自这一时期开始，婚姻的联盟是被保护的，个体之间冠以相同的姓氏，并且要知道，以前家族姓氏的数量限制在一百以内，这构成了中国人口的基本元素。道德家在他们的作品中写道：皇帝和大臣在他们的诏令中一直都是用“百姓”来指代所有的中国人，甚至整个中国的面积，就像今天一样，通过另一个短语——“四海之内”来代指。这一短语是源自古老的信仰，人们认为地球是方的，并且四面环海。在中国人的意识里，几乎把中国同整个地球混为一体，认为中国所占据的就是全部。

可以发现，今天的婚姻仪式与周朝时是相似的，甚至是相同的，结婚一个月之后，年轻的妇人要回到娘家住一段时间。根据《诗经》的记载，一年有两次，皇帝要下令在北方地区进行大型的捕猎，军队随行，就像一次军事远征。这种古老的习俗可能是为了获得北方游牧民族的尊重，同时让军队习惯劳累。17世纪满族人康熙重新恢复（这一习俗），这是中国一位著名的皇帝。根据传教士张诚（Gerbillon）测绘的康熙治下的国家地图，在鞑靼地区的这种十万人捕猎是为了把猎物赶向猎人。

除了对占卜者的迷信信仰之外，我们在前面翻译的第二首诗是一个例证；在中国普遍存在着，在《诗经》里也能发现对女童养育的不在乎，在马礼逊（Morrisson）、戴维斯（Davis）和其他居住在广东的英国人描述中，（女童）是令人厌恶的。一个女孩一出生就被认为是令人厌烦的负担，父母要养育她，不能期望她能独自谋生，而且在中国，被杀害的婴儿普遍是女婴。在此，我列举《诗经》中章节，第二部分，第四章，第五首诗：

小雅·斯干

乃生男子，载寝之床。载衣之裳，载弄之璋。其泣喤喤，朱芾斯皇，室家君王。

乃生女子，载寝之地。载衣之裼，载弄之瓦。无非无仪，唯酒食是议，无父母诒罹。

今天的中国还保留着这样的习俗：女婴出生的时候在襁褓中放置瓦。据说以前妇女织布时是用瓦来压丝，同时，将瓦放在小孩身边预示着织布是她将来的主要工作。

我曾说过，《诗经》中的歌谣总的来说被描上了浅淡而单调的色彩。这种色彩在第三部分《大雅》里变得沉暗而忧伤，《大雅》描述的是公元前八世纪至公元前七世纪周王朝衰微时期中国的状况。建立在与我们的中世纪一样的等级规则之上的封建体系全部倾塌，随此瓦解而带来的是道德的败坏：诸侯王和强权者不再受到上层权力的约束，转而接受中华文明周边的蛮人的道德习俗。我没有查询并摘录《诗经》第三、第四部分中的新的证据。它们对这本期刊的读者意义不大。他们知道本诗集所反映出的总的基调已足够。

《诗经》中的诗歌通常都是押韵的，他们对韵的这种认识如此久远，在世界大事记中是引人注目的。既然《诗经》的篇章被指定这样唱，我们猜测在歌谣里也保持了这样的习惯。就如同在山上放牧时所唱的牧歌一样，通常也是押韵的，且往往继类似的道德风俗或地区之后，我们也能在国家内相距甚远的两个地区发现相同的叠句。同样，布雷斯（Bresse）地区的牧羊人用他的节拍和叠句向我重复了巴利阿里（Baléare）习惯上所唱的牧歌。这种韵律模仿的是羊的叫声，且这种曲调最远可传至三百里（lieue：法国古里，约合4公里）。

就风格而言，它不同于我们所听过的诗歌。我之所以说我们所听过的诗，是因为中国的诗歌与我们的诗歌截然不同。这是复杂、晦涩比喻的汇集，对细枝末节的暗喻可能只有最博学者才能辨识。一般的中国人也完全不懂这种手法，这对于努力想要深入中国文字迷宫的欧洲学者而言，多少是一种慰藉。《诗经》的风格比惯常的诗歌要简单得多，但是，不幸的是，它就像中国的其他经书一样，简明扼要而使人发愁。因此，大量的片段只能根据评注才能猜出，然而这些评论家的评注经常变换，我们猜想孙璋应当是不得不这样译，其中的错误可能是（因为）要屈从于译文。

总的来说，《诗经》中颂歌的思想连续性是不显著的，或者说，至少一节向另一节的过渡是生硬的，如同念头穿过孩童的大脑一样。从所有中国文学创作的长期注疏来看，这是它的不足。要归结于何种原因呢？这个问题至今没有解决，但是在这些解决方法中的最重要的因素里，我们可以把汉字书写的形式算上，每一个字都代表了单独的意思，在它所占据的每一句的位置采取语法上的意义。孩童教育的单一世界里，他们要用心学习他们不可能理解的经书中的文字并且没有人给他们解释。中国人评价文学竞赛中的书写，这种独特的喜好，其重要性就如同欧洲人评价绘画一样。最终，博学的生物学家企图通过他们所见过的画像中不同的中国人的头脑形状，与西方人的头脑进行比较，找到头骨与智力上的关联。

以上是《诗经》这部书的简介。作为一部诗集，与希腊诗歌杰出的构思相比，它并没有突出的特征。对于欧洲人而言，因为其不连贯的思想，这部书的阅读是令人疲乏的；但是作为道德风俗的画卷，它完全在其他古书之上，同时它是一座可以从中挖掘东亚历史的宝库，然而直至今天我们美其名曰世界历史的辑录或纲要里都完全给忽视了。

JOURNAL ASIATIQUE

OU

RECUEIL DE MÉMOIRES,

D'EXTRAITS ET DE NOTICES

RELATIFS À L'HISTOIRE, À LA PHILOSOPHIE, AUX LANGUES
ET À LA LITTÉRATURE DES PEUPLES ORIENTAUX;

RÉDIGÉ PAR MM.

BIANCHI, ÉD. BIOT, BORÉ, BURNOUF, CAUSSIN DE PERCEVAL, D'ECKSTEIN,
DUBEUX, FRESNEL, GARCIN DE TASSY, GRANGERET DE LAGRANGE,
DE HAMMER PURGSTALL, HASE, AMÉDÉE JAUBERT, STANISLAS JULIEN,
MAC GUCKIN DE SLANE, J. J. MARCEL, J. MOHL,
S. MUNK, REINAUD, GUILLAUME DE SCHLEGEL, L. AM. SÉDILLOT,
ET AUTRES SAVANTS FRANÇAIS ET ÉTRANGERS,

ET PUBLIÉ PAR LA SOCIÉTÉ ASIATIQUE.

QUATRIÈME SÉRIE.

TOME II.

PARIS.

IMPRIMÉ PAR AUTORISATION DU ROI

A L'IMPRIMERIE ROYALE.

M DCCC XLIII.

《亚洲研究》(1843)扉页

NOVEMBRE 1843. 307

RECHERCHES

Sur les mœurs des anciens Chinois, d'après le *Chi-king*, par M. Édouard Biot.

Le *Chi-king* est l'un des ouvrages les plus remarquables, comme tableau de mœurs, que nous ait transmis l'Asie orientale, et, en même temps, c'est un de ceux dont l'authenticité peut être le moins contestée. On sait que ce livre sacré de vers est un recueil dans lequel Confucius a rassemblé, sans beaucoup d'ordre, des odes ou chansons, toutes antérieures au VIe siècle avant notre ère, et qui se chantaient en Chine dans les cérémonies, dans les fêtes, et aussi dans l'habitude de la vie privée, comme les compositions des premiers poëtes de notre Europe se chantaient dans l'ancienne Grèce. Le style de ces odes est simple; le sujet en est varié, et elles nous représentent en réalité les chants nationaux du premier âge de la Chine.

Le Chi-king fut brûlé à l'époque de l'incendie général des livres anciens, attribué à Thsin-chi-hoang, au IIIe siècle avant notre ère; mais les pièces chantées et rimées qui le composent durent se conserver dans la mémoire des lettrés et du peuple bien plus aisément que les diverses parties des autres ouvrages sacrés. Aussi, à la renaissance des lettres, sous les Han, au IIe siècle avant notre ère, le Chi-

《根据〈诗经〉探讨中国古代的风俗民情》

附二：毕欧《根据〈诗经〉探讨中国古代的风俗民情》译文

根据《诗经》探讨中国古代的风俗民情

毕欧

《亚洲研究》(1843)

《诗经》是最著名的作品之一，就像是东亚曾传递给我们的一幅风俗画，而且对该著作真实性的争议可能也是最少的。我们知道这部神圣的诗集是由孔子整理的关于公元前六世纪的（编排）无多大等级秩序的颂诗或歌谣，这些颂诗或歌谣是在仪礼上、节日里演唱的，有的也是人们日常生活所唱的民歌，就像我们欧洲最早的古希腊诗人所作的曲子。这些颂歌的风格质朴，主题多样，它们真实地呈现了中国古老的民乐。

公元前三世纪，秦始皇焚书时，《诗经》被烧毁；但因为是用于演唱的韵歌，相比于其他的经书，更容易长久地保留在博士官和人们的记忆中。公元前二世纪，汉朝的时候，通过文字识别，(人们）寻找到了基本完整的《诗经》，而《礼记》和其他的经书却被严重地篡改了。与此相近的时期，中国墨水和纸的发明，使得博士官的抄写和注疏增多。由于中国古代的纸张质量较差，无法保留古代的原始手稿，而这些注疏写于距《诗经》第一次编纂的时代较近的时期，因此，(这些注疏）从古流传至今，就给了我们原始文本不会被抄写者篡改的确切的保证。

很显然，该诗集的真实可靠与其形式的简单质朴，呈现出古代中国人民纯粹的原始状态。如果想要对中国古代的风俗做研究的话，(选择)《诗经》相比其他的书如《书经》《左传》《国语》更容易，在这些书（《书经》《左传》《国语》)里，相关的风俗事件和中国古代的社会组织结构已经为众多的道德言论所淹没。正如我们所知，《礼记》即专门的仪式，也被归为经书，《周礼》即周朝的礼仪。这两本文集专门辑录古代习俗，对这两本书的忠实翻译对于研究中国古代习俗开创了新的纪元。但是它们的广博与文章极致的简洁给翻译带来了巨大的困难。有些句子我们找不到准确的方式诠释其意思，只有参阅和斟酌大量的官方出版的注解。儒莲曾翻译《礼记》，但是这个浩瀚的工程需要做大量的准备，大概也需要数年才能全部完成。我翘首等待《礼记》的翻译出版，等待有一天某些有耐心的汉学家翻译《左传》和《国语》的同时，我集中精力进行我对《诗经》的调查研究，因为至少来说，依靠于孙璋神父的拉丁文翻译，文本阅读容易很多。此译本是孙璋神父于18世纪在中国进行的，由莫尔悉心整理出版。我们之所以能从中指出不确定的地方，是因为孙璋神父大部分翻译参照的是满文的《诗经》，这位博学的传教士做了一系列详尽的注释作为补充，对于澄清历史典故是非常有用的，同时，文中提及了（如何）识别动物与植物。

我犹如一个旅行者般挖掘《诗经》，探索公元前六世纪的中国。而且，为了整理好我的笔记，我将我所能收集起来的相似事件归类，以多个标题将我的工作分成很多截然不同的小章节。我标注了引文的出处，同时创作了一个合理的《诗经》表。此种形式能让读者充分思考我所做的比较，如有需要，可以在文本里核对，至少来说，对于孙璋的译文，我是做了细心的查询。少数我从《书经》和与《书经》一样古老的占卜书《易经》中摘录的引文，也同样可以查询。最后，是《孟子》一书的奇特之处，它同样“展示”和关注中国早期原始风俗的场景，与欧洲和西亚有着巨大的差别，在我们的地图上，世界的那一部分称之为“已知的古代世界（Monde connu des anciens）”。

中国人的体质

齐国公主婚礼的颂诗（《卫风·硕人》①）给我们描述了这一时期中国美人的形象。它是这样写的："手如柔荑，肤如凝脂，领如蝤蛴，齿如瓠犀，螓首蛾眉。巧笑倩兮，美目盼兮。"将头的形状比喻为蝉或是螽斯，很明显是指额角隆起（"方广如螓"），是中国人当时的肖像特征。眉毛细长象征寿命长，就像（《小雅·南山有臺②》）中所说的"遐不眉寿"。在《鄘风·君子偕老》中对魏国公主出众的美貌有相似的描述。人们夸赞她额头白皙，黑色头发的形状就像云朵一般（"鬒发如云，不屑髢也"）。黑色的头发，就如我们所了解的现在的中国人一样。三首颂歌里称中华民族为"黑色头发的民族"（黎民。《小雅·天保》和《大雅·桑柔》《大雅·云汉》）。这种称呼在《书经》的第一章里也能找到，《孟子》《左传》和其他的中国古书里都有描述，甚至于今天都是官方通用的称呼。在传教士的叙述中，我们发现并不是所有人的头发和眼睛都是黑色的，这在中国就会立刻被认为是外邦人。《郑风·有女同车》把美丽的妇人的容颜比喻成类似于李花的颜色（"颜如舜华""颜如舜英"）。人们形容男子"赫如渥赭"（《召南·甘棠》）③。

我们在《诗经》里没有找到任何关于中国人的身高的信息，但是我在此处加上《孟子》(liv. II，ch. VI，S5）里的注解："交问文王十尺汤九尺，今交九尺四寸以长。"根据《中国丛刊》第十三卷中钱德明的测量，"尺"，或者说中国尺（pied chinois），在周朝时，大约是20厘米长。上文提到的三个数字分别等于2米，1米80厘米，1米88厘米。

---

① 原注：中国人都以《诗经》中每一首诗的前几个字作为标题。而且，我将这些引述的"诗"称为"主干"。我更喜欢根据孙璋神父的翻译以数字形式给出标注，这种方式更利于不懂中文的人查阅。译者按：毕欧的原文注全是"第X部分第X章第X首"，即partie I[re], chap. v, ode 3这种形式。为了便于阅读，笔者直接在括号里标出了《诗经》章节。

② 译者按：孙璋译本目录遇到笙诗时，并未与其他诗一起连续编号，如此处《南山有臺》在这一章中排第七，但标注的是p. II，ch. Ⅱ，ode 3，只算作第三首诗。这与顾赛芬译文的目录标注是有所区别的，顾赛芬是将笙诗算在内连续编号的。

③ 译者按：此处当有误，根据毕欧的译文，该句当是出自《邶风·简兮》。

询问孟子的人援引的是显著的大人物，我们由此可以断定他的真实性，自上古时期起中国人的身高几乎没有什么变化。

服　饰

一年不同的时节中，官员们共有六种不同的官服（《唐风·无衣》），王子们有七种（《唐风·无衣》）。文王的宫廷（陕西Chen-si）里，官员们穿着用五种不同的丝线缝制的羊毛大衣（《召南·羔羊》）。许多王室中，衣服的下面是用豹的皮毛装饰的（《郑风·羔裘》,《唐风·羔裘》及《桧风·羔裘》）。在陕西（《召南·甘棠》），秦王穿着狐裘大衣，下面用丝线缝制。类似的狐皮衣服，邶国王室的官员也有（《邶风·旄丘》）。王子的衣服通常都是用丝线缝制的（《曹风·蜉蝣》《周颂·丝衣》）。周朝王室官员和王子的衣服颜色是红色的。(《曹风·候人》《小雅·车攻》）。诸侯国的官员穿的是白衫红领的衣服（《唐风·扬之水》）。

王子戴的是“充耳琇莹”的无边软帽（《卫风·淇奥》）。夏天，官员们戴的是用“台”草编制的帽子；冬天，戴的是黑布制成的束发小帽（《曹风·鸤鸠》《小雅·都人士》）。夏天，农耕者戴着斗笠（《周颂·良耜》）。这些帽子都有饰带（《齐风·南山》），就像中国现在的帽子一样。魏国王室的一位公主（《邶风·绿衣》）穿着绿衣红裳。吊唁的时候，帽子和衣服都是白色的（《桧风·素冠》）。

宫廷外，除了红色，衣服的颜色有很多。人们戴着黑色的皮帽（《曹风·鸤鸠》）。丝质腰带的颜色也是各种各样（《曹风·鸤鸠》），用佩钩来固定（《郑风·有女同车》）；腰带都很长。富有的人们在腰带的末端系上佩玉（《小雅·蓼萧》《王风·丘中有麻》《卫风·竹竿》）。当一位富人很乐意迎接朋友的拜访时，他就会赠送给他们珍贵的宝石来装饰他们的腰带（《郑风·女曰鸡鸣》《王风·丘中有麻》）。

王族穿着红色的鞋子（《豳风·狼跋》《大雅·韩奕》）、镀金红鞋（《小雅·车攻》）。一般说来，夏天人们穿葛屦（葛是麻的一种）（《齐风·南山》《小雅·大东》），冬天人们穿皮鞋。在这两首诗（《魏风·葛屦》和《小雅·大东》）中，贫穷的东部人民的数量因为在冬天只有布鞋，忍受不了寒冷而不断减少。寻常的妇女穿着没有染色的素衣，戴着浅灰色的薄纱（《郑风·出其东门》）。

王子和达官显贵戴有“充耳”（《卫风·淇奥》和《小雅·都人士》）。（《鄘风·君子偕老》）精于梳妆的中国妇人在发辫上插入簪子，两边的充耳分别是六块饰玉。梳子是象牙梳，裙子是用差别细微的不同的丝线缝制。诗里所讲的她并不是戴的假发，只是说她的头发是黑色的，像云一般厚。中国妇女对着金属镜子梳妆打扮。

贵妇们将头发梳拢挽起在头的两边，或者把头发卷起（《小雅·都人士》）。头发分散凌乱表明很悲伤（《小雅·采绿》）。寡妇需要剪掉她们的头发（《鄘风·柏舟》），只在头的两边各留一绺。

富人的孩子的腰带上配有象牙针，用于脱衣服时，解衣服的结（《卫风·芄兰》）。同时，他们还戴象牙指环（同一首诗里）。他们的头发分成两束，在头顶竖着扎起，直至成年（《齐风·甫田》）。因为这就像我们的字母YL的形状的这一特征，我们知道这种分开的发型现在通常是中国仆人的发型，十六岁的时候，这些孩子们要戴上弁。（同一首诗）

男人和女人都在头上涂上发蜡（《卫风·伯兮》），并且在旁边戴上象牙梳（《魏风·葛屦》）。我们现在知道的头上抹油的方法是17世纪由满族鞑靼人传到法国的。近来的一位旅行家，李泰国（Tradescant Lay）在《中国人的真相》（*Chinese as they are*）一书提到，“中国孩子的头发经常都是肮脏的”，他同时指出他们的头发由自然而变成毡状，这会产生一些令人厌恶的病。在《诗经》描述的时代，人们可能是为了避免这种毛毡状，所以富裕的人们在头上别着象牙梳。

建筑和住宅

房屋的墙壁通常是用泥土建造。为了打牢地基，人们在预计安置墙壁的地方用力拍打泥土（《小雅·斯干》）。在这块地上，人们用四块木板搭成框架，其中两两相对，并用绳索捆扎牢固（《大雅·绵》）。然后将泥土和稀，盛土于筐，填于木板的间隙之中（同一首诗）。人们用大块的木板将泥土夯实。人们把一定长度的墙筑到一定的高度，不同地方的连接之处都用泥土填补，同时削去凸起部分多余的泥土（同一首诗，同时参看《尔雅》第四章）。然后，人们把框架继续加高，再筑上面的墙。确切地说，正如我们所看到的那样，这种筑造的方式就像法国南部称之为“黏土建筑”（pisé）的方法。商王武丁的丞相——傅说，最先就是从事版筑的瓦工（《尚书·说命》）。这些劳作者通过喊号子相互鼓励。为了建造一座城市，为了建造一所巨大的建筑，人们击鼓以示开工和完工（《大雅·绵》）。

横梁用竹子、松树（《小雅·斯干》）或柏树制作（《鲁颂·闷宫》）。人们砍断树木并修平整。门框也一样是用木头做的（《商颂·殷武》）。穷人们建造小木屋用的是不好的木板（《小雅·我行其野》）。十四世纪之前，中国西部的居民们是没有房子的，他们居住在山洞里。在拱顶处凿穿一条通道，用来放置烟囱排出烟雾。这是文王的祖先古公亶父的第一住所，在陕西的凤翔府（《大雅·绵》）。“古公亶父，陶复陶穴，未有家室。”然而在另一首诗中（《大雅·公刘》）却赋予同一个国家的一位叫“公刘”的先祖，广阔的建筑面积，有大的牛栏，大的羊圈。根据《大雅·绵》和《孟子》记载，西部最早的建筑是被鞑靼人摧毁的。亶父，是公刘的后代，被迫撤离，将他的部落迁徙到南边他的第一个住所。《大雅·绵》这样描述他：他和他的子民建立了新的城市，重新发展被敌人摧毁的农业。

房屋的门是朝西或是朝南开的（《小雅·斯干》），一般是朝西南开的。人们根据正午太阳的影子来定方向，或者是通过子午时已知星宿的轨迹来定位（《鄘风·定之方中》）。冬天，农民用淤泥堵住门缝以此御寒（《豳风·七月》）。

人们反复捶打房屋的地面使其平整；人们搜集大的枯木，在上面铺上竹席，当作床用来睡觉（《小雅·斯干》）。富裕的人们，在房屋的西南角专门辟出一间屋，称为“宗室”（salle des ancêtres）（《召南·采蘋》）。它是用木头柱子装饰的，就像门厅一样。诸侯、王子、官员才有权利建造特有的建筑用来举行他们祭祀祖先的仪式。（《大雅·思齐》《周颂·载见》及《商颂·殷武》[①]）。一条路通向这栋建筑（《陈风·防有鹊巢》），路上的荆棘要细心的清理（《陈风·墓门》）。

城市周围首先要绕着土筑的城墙凿一条护城河。（《大雅·韩奕》和第一章第十首《大雅·文王有声》）。我们在《易经》中也读到过：“城复于隍。”

狩 猎

在人类文明的初期，对于开垦森林的先祖们，狩猎是一种重要的生存方式。通常先民使用的狩猎武器是弓箭。弓是用木头雕刻的（《大雅·抑》），用绿藤捆绑（《鲁颂·閟宫》），可能是为了防潮，人们把它装在皮套子里（《郑风·大叔于田》《小雅·采绿》）。周王室王子们的弓是红色的，这是周朝的颜色。一年中的一些时节，人们举行射箭仪式，每个射手有四支箭用来射靶（《大雅·行苇》）。为了张弓和射箭，狩猎者或弓箭手在左手拇指上戴着金属指环，脱下衣服放在另一只手臂上。（《小雅·车攻》）。

孤独的狩猎者捕捉鹅、野鸭（《郑风·女曰鸡鸣》）、野猪（《召南·驺虞》《小雅·吉日》）、狼（《齐风·还》）、狐狸（《豳风·七月》），在第一个月，或者说年初之时捕捉野兔（《小雅·小弁》《小雅·巧言》《小雅·何人斯》）。他们用猎犬捕猎（《齐风·卢令》《小

① 原注：同样可以参看孙璋根据《礼记》对第一部分第十二章第七首《陈风·防有鹊巢》做的注。

雅·巧言》)。

大型狩猎时，领头人拍打树木赶出猎物。人们在树林的周围布置大网，固定在打在地上的木桩上，专门用来网住兔子，这些兔子是由专门的人赶向猎人的(《周南·兔罝》)。人们还在大型的原野里放火烧草，让猎物聚集，在终点集中射杀。这种猎杀方式，《郑风·叔于田》《郑风·大叔于田》里都有描述。首领登上四匹马的马车，惬意地射杀如此集中的猎物。第四首诗(《郑风·大叔于田》)中对他的勇气给予了赞颂，说他袒身射杀猛虎。

如果有许多人，或是地上没有足够高的树木可以生火时，人们自己围成圆圈，所有人都朝一个中心点迈进，把猎物赶向猎人(《秦风·驷驖》《豳风·七月》《小雅·车攻》《小雅·吉日》)。人们通常围成两个或三个内猎区，将猎物赶向猎人(《易经》art. 8)。这种大型的狩猎一般是发生在第二个朔望月，也就是二月(《豳风·七月》)。人们还会捕捉一群群的鹿(《小雅·吉日》)、野猪(《秦风·驷驖》)、野牛(《召南·驺虞》《小雅·吉日》)[①]。狩猎者给王子们上缴三岁大的野猪，自己保留只有一岁大的小野猪(《豳风·七月》)。人们把射杀的鹿肉用稻草包裹住以便保存(《召南·野有死麇》)。

这种大型狩猎的战斗，18世纪传教士张诚(Jean Franois Gerbillon，1654—1707)陪同康熙皇帝曾有看到(参看杜赫德，第四卷，第293页)。在《诗经》描述的时代，这种狩猎方式在黄河两岸进行，纬度35度周围，在河南、陕西境内大片尚未耕作的土地上。

捕　鱼

捕鱼也是很重要的生存方式之一。人们用钓鱼竿钓鱼(《卫风·竹竿》《小雅·采绿》)，但是习惯上的方式是用渔网(《卫风·硕

① 原注：关于"兕"这个字，一般都译作"rhinocéros"(犀牛)，然而，事实上，这是现代的意义。孙璋神父有时译为"bos sylvestris"，有时译为"rhinocéros"。我认为，尤其是被指挥的大型狩猎，应当是攻猎的野牛群或水牛群(des troupéaux de boeufs sauvages ou bufflse)。

人》《齐风·敝笱》)。人们在河畔钉上木栅，在木栅前安置渔网(《齐风·敝笱》《小雅·小弁》及《小雅·白华》)。我上文提到过的英国的旅行家李泰国写道：他在参观香港时，用渔网网鱼，同广东附近一样。他说人们在海湾岛屿上装置防栅，配上绞盘以便下降和上升渔网，渔网就一直放在水中。这就像是《诗经》里人们使用的防栅。“无逝我梁，无发我笱”，《小雅·小弁》这样描述。网是竹制的捕鱼笼(《齐风·敝笱》及第二部分第二章第十二首①)。就像人们捕捉兔子一样，鱼笼装有袋子(《豳风·九罭》)，当鱼进入就会被捕捉。《召南·采蘩》中有许多种鱼的名字，其中有提到鲤鱼(同时参看《陈风·衡门》)。我们同样可以在鱼塘里找到很多鱼(《周颂·潜》《小雅·正月》)。

捕鱼的习惯促使了船的建造，人们用桨划船(第三部分第五章第一首②)。船是用柏树造的(《邶风·柏舟》《鄘风·柏舟》)，也有用白杨建的(《小雅·彤弓》)。(《大雅·大明》)提到了武王为了渡过陕西的渭河用船建造的浮桥。

农　牧

根据许多诗歌所提供的数据，主要是第一部分，灌溉农业主要存在于黄河流域广阔的冲积平原，从龙门至北直隶海湾，注入大河(《邶风·新台》《小雅·白华》及《小雅·大田》,《周颂·载芟》及《周颂·良耜》)。每一块田地划分给一户佃农，以环绕四周的沟渠作为界限(《小雅·信南山》)，这些沟渠与大的运河相连最后注入黄河。这种完整的灌溉系统在《周礼》中有详细的记载，与《诗经》中所描述的相互印证③。

除了大峡谷之外，特别是陕西西部，山东泰山东部，存在着广

① 译者按：此处当有误，《小雅》第二章一共只有十篇，且包括笙诗在内。

② 译者按：此处有误。第三部分《大雅》一共只有三章。

③ 原注：参看《文献通考》第一部第一页和《周礼·地官》。

阔的森林。周朝的第一代首领，公刘和亶父，最开始在陕西开垦森林（《大雅·绵》《大雅·公刘》）。在《鲁颂·閟宫》中，鲁国居民在泰山周围伐取建筑的木材。《小雅·无羊》中提到成群的牛羊，是权贵家族主要的财富，这是常情！分散在幅员辽阔但人口稀少的地域。放牧的时候，人们在马蹄上套上绊绳（《小雅·白驹》）。

根据人们耕作的地方的指示，我抄录了《诗经》里提到的主要的谷物种类。这些谷物主要是稻谷、小麦、大麦、黑麦、荞麦，后两种称为“黍、稷”，一种近似于小米（le milium globosum），另一种与大麦（l'holcus sorgho）类似。豳国（陕西，西安府，纬度34度）和旧时商王朝（同一纬度，河南东部）土地上的每个朔望月的农务劳作都有描述（《豳风·七月》《周颂·载芟》《周颂·良耜》）。

稻、黍在春天播种，播种时要举行仪式（《周颂·臣工》）。这种耕作仪式是很著名的，《国语》第4卷中也有对这一仪式的描述。秋天同样要举行收获的仪式（《鲁颂·閟宫》）。《周颂·臣工》中提到了在周朝时的夏天，也就是接近四月的时候，是第一次收获的季节，收割冬麦和黍。

主要的农具有带犁铧的犁、锄头或铲、镰刀，在几首诗中都有记载（《小雅·无羊》《周颂·清庙》《周颂·载芟》《周颂·良耜》）。拔除野草或者说锄草有特殊的方式（《小雅·大田》《周颂·载芟》《周颂·良耜》）。人们把禾捆扎成束，燃烧火把，表达对掌管丰收的田神的敬意（《小雅·大田》）。这些灰烬又使土地肥沃。人们同时要除去虫子或害虫。勤奋地除去野草一直都是中国人的管理中所要求的；这是被孔子、孟子规定为必须的事，之后的二十个世纪里一直延续，毫无异议，这是中国土地繁殖力惊人的一个重要原因。这些寄生的野草由此消失。

一般说来，人们每种植两年，就会休耕一年；如果在第二年发现仍有野草的，人们就会很细心地锄去。正如我们的乡村一样，收获是一项重大的工程，同时也是节日的庆典（《小雅·大田》）。这首诗里提到，收获者会留下一些麦穗甚至一束禾，让贫穷的寡妇来拾捡。农官（田畯）也到来与收割者一起欢庆。然后人们要把收获的一部分粮食上交给国家。

从《诗经》中我们可以发现一些周朝农业的规律特征，《孟子》第一章第五节有详细地阐释。他们的祖先公刘部落曾划分土地（《大雅·公刘》）。一位耕作者（《小雅·大田》）说道："雨我公田，遂及我私。"这和《孟子》所描述的古代制度相关，根据描述，一块田地分成九小块，中间那一块是公田，其余的分给八户佃户。《周颂·噫嘻》写道：周朝的第二任天子——成王，任命农官，下令播种；还指出了这块划分的土地纵横都是30里，准确地说是$33\frac{1}{3}$里，也就是1111平方里。这块土地上有1万夫，两个人一起耕犁，也就是说每夫大约$\frac{1111}{10000}$里地；一里大约等于300步，一夫有9999平方步。古代的一亩等于一百平方步，一夫等于一百亩；根据《孟子》的一些章节可知，这是规定的每户佃户的数字。《周礼》中关于良田的划分也给出了同样的数字。

佃户的住所建在被分配的土地中间（《小雅·信南山》），旁边是菜园，种植一些黄瓜、南瓜、甜瓜和其他的一些蔬菜。每一所住宅周围都有桑树、枣树和麻。《魏风·十亩之间》写道：人们在十亩田里细心地照顾桑树，这是房屋附近的植物。麻和相似的植物——纻、菅、葛放在池中浸泡（《陈风·东门之池》）。桑树的叶子用来养蚕（《豳风·七月》）。妇女们特别关心这项教育（《大雅·瞻卬》）。妇女们纺麻和葛，织成粗布和细布（《邶风·绿衣》）。绷架、经纱、纬纱在《小雅·大东》里有提及。

人们栽种靛蓝植物（兰花）或类似的植物用来提取深蓝色的染料（《豳风·七月》《小雅·采绿》）。人们同时还栽种一些植物用来制成红色和黄色的染料（《豳风·七月》）。织物的染料在第八个朔望月时做，也就是接近九月的时节，如同浸麻一样（《豳风·七月》）。冬天的晚上，人们忙于纺线、制线、织布（《豳风·七月》）。人们用各种木材取暖，特别是桑枝（《小雅·白华》）。

居民的食物和食材的准备

稻谷用杵舂（《大雅·生民》）去掉外面的壳。人们用水洗净筛子筛过或扬过的米（同上一首诗及《小雅·大东》），然后用沸水的蒸汽来蒸（《大雅·生民》），同时准备仪式上吃的糕点。麦、黍、稷用同样的方式处理，就如同中国现在还在做的馒头一样。[①]

肉放在炭火上烤，或用铁杆串起来烤（《大雅·生民》《大雅·行苇》），或者像鱼一样放在锅里煮（《桧风·匪风》《小雅·大东》）。人们用酸枣木做的勺舀水到锅里（《小雅·大东》）。《商颂·烈祖》描述了鲤鱼的料理。对于动物的肝或胃有专门的烹饪方法（《大雅·行苇》）。这种偏爱保留至今，就像张诚给我们留下的关于描述康熙皇帝狩猎的那样（杜赫德，第四卷，第293页）。寻常的百姓家里都养猪（《大雅·公刘》）和狗，用来食用。《诗经》里只提到了守卫的狗（《召南·野有死麇》）和猎狗（《齐风·卢令》《小雅·巧言》）；但是根据《周礼》和《礼记》记载，从那时起，人们吃狗肉的习惯就很普遍了。《孟子》有三章（第一篇第一章第13节、第48节；第二篇第七章第42节）都写道：对佃户而言，养狗和猪，用来食用。众所周知，这种吃狗肉的习俗北美印第安也有，中国也保留至今。每户都有鸡棚，养着公鸡和母鸡（《王风·君子于役》及其他）。《诗经》和《孟子》都没有谈及家养的鹅和鸭。我们只能找到对野鸟的提及，由此我们可以推测这些品种还没有被驯养。然而大约公元前一百年，汉代的一位作者认为，《周礼》中所说的家鸟就是鹅和家鸭。

牛肉和羊肉只会出现在拥有羊群或牛群的首领和达官贵人的餐桌上（《小雅·伐木》《大雅·绵》《王风·君子于役》）。大型宴会

① 原注：参看《日本百科全书》（*Encyclopédie japonaise*）liv. CV, fol. 18 v. 和《中国丛刊》（《传教士回忆录》）。

上，人们准备了八道不同的菜肴（《小雅·伐木》）。鳖被看作一道精致的菜肴（《大雅·韩奕》）。每一个佃农的菜园子都会种植黄瓜、南瓜和甜瓜（《豳风·七月》《小雅·信南山》）。人们还会在第八个朔望月时，也就是接近七月末[①]的时候打枣吃（《豳风·七月》）。同一时节，人们剖开大的南瓜（吃）。第九个朔望月时，人们食用黄瓜、甜瓜和锦葵的叶子（《豳风·七月》）。人们通常还会吃笋（《大雅·韩奕》）。

所有关于隆重宴会的描述中都提到了作为日常饮用的"酒"（《郑风·女曰鸡鸣》，第二部分第二章第十四首[②]，《大雅·棫朴》等）。因对酒的嗜好而败坏品行的人会被指责（《大雅·抑》）。跟现今一样，酒是一种用大米发酵的饮料（《豳风·七月》）；酒的配制似乎在《大雅·泂酌》里提及了。这首诗是这样写的："泂酌彼行潦，挹彼注兹，可以馈饎。"第二节写道："泂酌彼行潦，挹彼注兹，可以濯罍。"孙璋是这样翻译第一节第二句的："La vapeur de l'eau bouillante est employée pour faire le vin"（沸水的蒸汽用来制酒）。这其实就是指的蒸馏。这一章让我不太确定的是，因为在（《豳风·七月》）里对用米烹制酒进行了充分地说明，人们在第十个朔望月收获粮食，春天制酒。冬天将米进行发酵，来年春天喝。人们将（发酵的）酒倒入草中或倒入深底的篮子里分离酒糟（《小雅·伐木》）。然后就可以在就餐时饮用（《小雅·伐木》《大雅·旱麓》）。人们把中国的胡椒——椒（《陈风·东门之枌》），放入酒和菜肴中，使其产生香味。

人们把酒装在陶瓮或陶壶里进行储存（《陈风·防有鹊巢》《大雅·韩奕》）。这种陶器并不是瓷器，在那之后的很长时期才出现了瓷器。

《诗经》里并没有提及"奶"这种饮料。《易经》里提到了奶

① 译者按：《豳风·七月》中是夏历和周历并用。因此，前文说第八个朔望月，也就接近九月的时节，而此处则说是接近七月末。

② 译者按：此处有误。第二部分第二章一共只有十首诗。

牛。在现今的中国，人们一般也不喝牛奶。

人们用空心的犀牛角或野兽角喝酒（《小雅·桑扈》《豳风·七月》）。公元前十八世纪，周朝的祖先公刘，在太康之后，或是根据其他（说法），在夏朝的最后一个皇帝——桀之后，公刘是用葫芦瓢儿喝酒。周朝时，王子们是用宝玉酒杯喝酒（《大雅·旱麓》）。隆重的宴会上，酒是用大的容器称为"豆""笾""大房"盛的（《大雅·生民》《鲁颂·閟宫》）；我们可以在《器经图》（*Tsi-king-tou*）这部著作里看到这些容器的形状，宋朝著名的评论家朱熹对经书中提到的容器、兵器和服饰也有描绘。

常用的金属

《诗经》里提到的中国著名的金属主要有金、银、铁、铅和铜。《鲁颂·泮水》指出优质的金属（金）在南部矿区开采，由中国南方的蛮族开采进贡。《大雅·棫朴》谈论的是金饰。《大雅·既醉》里提到了金制马嚼子（freins d'or）；《秦风·小戎》谈及长矛的杆是镀银或镀金的。战马的胸部披着金甲（《秦风·小戎》）。精炼、闪亮的金和铅在《卫风·淇奥》中有提及。《大雅·公刘》讲述了公元前十八世纪，公刘在陕西开采铁矿的事。铁制的兵器和用具在《诗经》的好几处都有提及。

精制的材料

这几首诗（《卫风·淇奥》《大雅·棫朴》《大雅·抑》）中提到了宝石切割和抛光的技术。我之前提到过富裕的孩子佩戴象牙指环（《卫风·芄兰》）。《鲁颂·泮水》指出象牙（大象的牙齿）跟金一样是中国南方的蛮族开采进贡的。弓箭的末端经常都配有打磨过的象牙（《小雅·采薇》）。

军队——战争

我之前说过，狩猎就是一场战争。这个比喻源于北美和中亚沙漠的现实（状况）。蒙古游牧部落的男人们一起离开他们的边境和他们的聚集地，同时身负两个使命：一是在无确定所属的广阔草原狩猎，二是与同在这片草原上狩猎的部落战争。在《诗经》的时代，黄河大峡谷农耕区周围的大部分地区，是汉人和土著部落未分的狩猎区。汉人的军队，与蛮族对抗，轮流狩猎和作战；同一支军队在战争中既要对抗敌人，又要对抗野兽。一些诗歌描述了诸侯或王子率领正规的军队与另一位王子战争的场面；还有一些诗歌描述了军队在边境有规律地设立哨所。这些诗歌的引文可以提供一些中国战术的理念，同时还发现，自最初时期起，中国人在此方面似乎并没有大的进步。除了火器现在已被接受外，诸如其他的事物依然停滞不前。十八世纪，钱德明基于公元前三百年齐国的将领孙子的著作《孙子兵法》撰写了《中国兵法》，发表在《中国丛刊》的第七卷中。

战争时，王国边境或蛮夷部落边境的哨所年复一年从农夫里征兵；这种服役就是真正的徭役，因此，守卫的士兵都很忧伤（《王风·扬之水》《小雅·采薇》）。定期出征服务边界的政令刻在竹块上（简书）（《小雅·出车》）。这一时期的中国军队，就像我们中世纪时的军队，是由佃农组成的步兵，而这些佃农痛苦地抱怨他们的命运（《邶风·击鼓》《豳风·乐山》《豳风·破斧》《小雅·祈父》《小雅·黍苗》），尤其是被率领着在荒芜的北方和南方攻打蛮夷部落的时候（《小雅·渐渐之石》《小雅·何草不黄》）；他们特别害怕北方的猃狁，也就是后来的匈奴人（《小雅·采薇》）。

中国军队必备的是两匹马或四匹马的战车。战车上载着三位穿着护甲的战士：中间的是将领，右边是他的侍从，左边是驾驶者（《郑风·清人》）。步兵跟在战车之后，保护战车（《小雅·采薇》《鲁颂·泮水》）。“战车”（char）这个术语代表着一个团体，就像中世纪时我们的“长枪”（lance）一样。《礼记》中记载：每辆马车有三个骑兵，前面有二十五个步兵在旁边保护战车和马匹，马车后面紧随着七十二个带着轻兵器的步兵；但是这些随从从没有全部到齐过。第四部分第二章第四首（《鲁颂·閟宫》）中记载：一千辆战车只有三万步兵，即每辆战车只有三十步兵。另一首诗《小雅·采芑》中提到三千战车，根据《礼记》的算法，应该就是有三十万士兵。孙璋神父指出，《礼记》中的数字应该是夸大的，就像所有的亚洲作者提供的军队数量一样，我也同意他的说法。官方的在编人员从来就没有满员过。

君主率领两千五百人的守卫队出行，称为“师”。达官贵人有五百人——一“旅”的护卫队（《小雅·采芑》《小雅·黍苗》）。用我们的军队术语，“师”就是“团”（régiment），“旅”就是“营”（bataillon）。六师，也就是一万五千人，组成一支常规的军队（《小雅·瞻彼洛矣》《大雅·棫朴》）。在行军和扎营时，根据常例，把士兵分成左翼和右翼（《大雅·常武》）。一支军队分成三“单”（《大雅·公刘》）。六师一般好像代表一支军队的六排（section）（《大雅·常武》）。《大雅·棫朴》的注解中解释道：“师”即“军”，有一万二千五百人。“六师”是一个集体术语，就像《书经》的一部分章节（《韩诗》的章节，即是韩地的声明；《鲁诗》的章节，即是鲁地的声明）指的“六经”一样。每一支军队的首领都在中间（《郑风·清人》）。

达官贵人或将军乘的是四匹马或六匹马的马车，马匹套在一起成一行。一般说来，更寻常的是四马马车（《召南·摽有梅》《小雅·采芑》《小雅·采薇》《大雅·韩奕》），其中两匹套着辕木，另两匹被系着（《小雅·采薇》）。马匹都穿着护甲（《小雅·采芑》《小雅·车攻》）或两侧以盾牌相护（《秦风·小戎》）。这些将领的马都用金制的马衔（《大雅·既醉》），在马衔的末端配有铃铛（《秦风·驷驖》《小雅·采芑》《大雅·韩奕》）。缰绳也装饰得很富贵（《鲁颂·泮水》），马背上安着游环（《秦风·小戎》《鲁颂·閟宫》）。战车每边都用木板覆盖，用以抵挡敌人的射击（《秦风·小戎》）；内里配备竹席

(《小雅·采芑》)或刺绣的地毯(《秦风·小戎》)。首领战车的车轴用绿丝或皮革包裹(《商颂·玄鸟》),可能是让它更加牢固。车辕用五种颜色的皮革包裹(《秦风·小戎》)。

王子们和正规军戴着头盔。王族的头盔用红丝翎装饰(《鲁颂·閟宫》)。正规军都有一把佩剑(《小雅·瞻彼洛矣》《陈风·东门之杨》),两柄长矛,两张弓(《陈风·东门之杨》《鲁颂·閟宫》)。首领的剑鞘用宝石或其他饰品装饰(《大雅·公刘》《小雅·瞻彼洛矣》)。长枪有三种:矛有4米长(周朝的20尺)(《秦风·小戎》);骐(《秦风·无衣》)有3.2米长(16尺),放置在战车里(《秦风·无衣》);戈(同一首诗,1.2米),步兵使用。这些长度节选自《礼记》的评注。所有的长枪都带有璎珞或枪旗(《陈风·东门之杨》《鲁颂·閟宫》),这些璎珞的颜色都是红色的。

就像狩猎用的弓一样,战弓也是木制并以绿丝装饰(《鲁颂·閟》);首领的弓用象牙饰品装饰(《小雅·采薇》)。此时也有犀牛角制的弓,或者说牢固如犀牛角(《小雅·角弓》《鲁颂·泮水》),这种弓一次可以连射几箭。为了保存好弓,人们把它装在虎皮或寻常的皮革制的囊里(《秦风·小戎》《陈风·东门之池》)。皮囊里可以放两张弓,然后用竹制弓架缠紧,以防潮湿损坏(《秦风·小戎》《小雅·采绿》)。还有一种弓囊是用一种海里的动物称为"鱼"的皮做的,就如同箭袋一样(《小雅·采薇》《小雅·采芑》),可能是海豹皮。

穿有护甲的士兵都有盾牌(《周南·兔罝》《大雅·公刘》)和木柄的战斧(《豳风·破斧》《大雅·公刘》)。步兵通常都配有戈和矛(《豳风·破斧》)。《小雅·车攻》描述了行进中的军队:"萧萧马鸣,悠悠旆旌。"

除了战车外,还有牛拉的四轮货车,负责运输行李袋,紧跟在军队之后(《书经》《小雅·黍苗》);这些袋子有一至两个开口,装着生存物资(《大雅·公刘》)。这些战车在兵营周围卸载和整理(《易经》,第七节)。当最强壮的兵力攻打敌人时,就留下最薄弱的(士兵）守夜看守这些行李。

在第六个朔望月，也就是五月末六月初时，尹吉甫远征攻打玁狁（《小雅·六月》）。一日行军三十里，如果以一里等于18尺，一尺大约20厘米算的话，大约11千米。一支大型的军队有三百辆战车，十辆车组成先遣队（《小雅·六月》）。

旗帜上绘着鸟《小雅·六月》、蛇（《小雅·出车》）。它们挂着铃铛（《小雅·采菽》）和饰带（《大雅·韩奕》）。在王国的军旗上，我们可以看到神圣的龙的图案（《周颂·载见》）。嫡系王子、第二首领或总督，有步兵行列的指挥旗（《商颂·长发》）。这种旗帜的杆子是用牛尾做成的，放置在班长的战车的后面。我们可以在《周礼》或《礼记》看到对这些旗帜的描绘。

士兵戴着有色的护腿甲，用绑腿的带子包裹住（《小雅·采菽》）。孙璋神父说中国的步行者现在还在用。在《秦风·无衣》中，一位秦国的男子为了让另一个士兵在战争中活下来，如果另一个士兵缺少（衣物等）的话，允诺给他提供衣物、鞋子、武器。

一支军队的指挥官称为“祈父”（《小雅·祈父》）或“尚父”（《大雅·大明》）。一些诗（《小雅·采薇》和其他的）中把将军称为“君子”（l'hornme illustre），这些人是王子，达官显贵。

鼓声是出发、攻击、撤离的信号（《邶风·击鼓》《小雅·采芑》）。大鼓表面用一种叫“鼍”的鱼皮覆盖（《大雅·灵台》），根据《日本百科全书》和《礼记·月令》一章的评注，“鼍”可能是一种鳄鱼。战争开始之前，士兵相互激怒，打一场小战。他们跳、喊，用他们的武器相互恐吓（《邶风·击鼓》）。特内（Turner）在他的《西藏旅行记》中给我们描述了类似这样的小战争。

在《大雅·皇矣》中，文王下令攻打城墙，他的士兵们用带吊钩的云梯攀登（上去）。他们把这些俘虏视作反叛者，视其犯错的严重程度给予相应的惩处。他让士兵割下俘虏的耳朵，并仅限于这种惩罚，他被视作是仁慈和公正的。在鲁国（山东南部）（《鲁颂·泮水》)，军队远征归来，在泮宫训练场聚集。人们把割下的俘虏的耳朵献给王子，人们在宣判之前带来戴着锁链的首领，他们被判处相应的罪行。中国人有很少的俘虏，他们会将战败首领处死，割下小兵的耳朵，然后释放他们，作为不体面的标记，或者他们卷土重来时便于辨认。

鲁国都城的训练营坐落于峡谷，种着野芹菜和其他的植物。人们在这里射箭，操练兵器(《鲁颂·泮水》)。在文王的宫殿附近，有类似的地方，称为“辟廱”，专门用于进行体能训练(《大雅·灵台》)。武王的儿子在都城镐京也有同样的训练场(《大雅·文王有声》)。《礼记》注解中提到，人们会在这个专用的地方授予道德的课程(逐字逐句地教授这些礼仪)。《诗经》(《大雅·思齐》)指出通过文王的教育，孩子们都变得合乎礼仪。

政府机构——头衔，爵位

第二首领，即君主的下属是指定的，一般情况下称为“侯”(第三部分第五章第二首[①]《鲁颂·閟宫》)。他们主要分为三个等级，这种特殊的称谓在《诗经》的一些章节中可以找到，根据《书经》和《周礼》，他们是很出名的。在儒莲翻译的《孟子》里也可以看到这些称谓。直接与皇帝相连的最高官员称为“师”(instructeur)，在《诗经》里可以读到(《小雅·节南山》《大雅·烝民》)。紧承“师”是“保”(le ministre)，根据官职总称指定为左、右太保(《大雅·棫朴》)。其中一个在《诗经》中称为“司徒”，掌管民众的管理和人们的教化(《大雅·绵》)；另一个是“司空”，掌管公共建筑(同一首诗)，后稷监管农业(《大雅·生民》)。我们还能在《诗经》中找到“大夫”一词，他们被派往各个诸侯封地的不同地区(《大雅·云汉》《鄘风·载驰》)，“士”是文人或是依附皇帝的上层官员(《大雅·棫

① 译者按：此处当有误，第三部分为“大雅”，一共只有三章。

朴》)。这一时期行政机构的完整描述，只能在《周礼》中看到。我曾经说我要对这一冗长著作进行翻译，但是结果我至今仍未有大的进展。

诸侯——诸爵位之首，会收到两种珍贵宝石做的板，作为身份尊严的象征，其中一种叫“圭”，是长方形的；另一种叫“璧”，是椭圆形(《卫风·淇奥》《大雅·崧高》)。当他们到达宫廷，与君主谈话时，要把它们放在嘴前(《易经，第40节》)。君主一般在一年中的春季和秋季访问各地(《小雅·沔水》)。在第一部分和第二部分的一些诗中都有反映君主在类似的季节里亲自巡回视察不同的封地。这种交替的访问和视察也证明了《诗经》描述的时代里中国疆域并不大。《商颂·玄鸟》中指出商朝时，君主的王国惯常的数字是1000里。但是在第一部分的另一首诗(《卫风·河广》)里写到，从卫国的都城，可以看到宋国的都城，而且在《孟子》(第一篇第三章)里指出，文王的王国面积也很小。“邻国相望，鸡犬之声相闻。”

宗教信仰

《诗经》中的一些诗以不容置疑的方式指出对上帝，对至高无上的主的信仰。《大雅·大明》中文王虔诚地崇拜敬奉上帝，上帝赐给了这位王子和他的种族以繁荣。同一首诗中，武王的同伴在著名的“牧野之战”前对他说：“上帝临女，无贰尔心！”在同一时期，上帝对武王军队的喜爱是众所周知的(《鲁颂·閟宫》)。《大雅·韩奕》指出上帝厌烦夏朝和商朝层出不穷的错误，就让周朝代替了他们。上帝在西部地区指引周朝的前任领袖亶父或太王。上帝保护他们开垦的工程，提升首领的威严。上帝要求在太王的三个儿子中选择一个(成为)统帅。他(上帝)支持他(太王)最小的儿子，他是卓越的智者，他就是文王①。

① 原注：在这首诗的最后一部分，至高无上的主被称为“帝”。我认为这个“帝”一直清晰地表明就是“上帝”，孙璋神父也是这样理解的。

同样，在“颂”的第三部分，是商朝的颂歌，第三首《玄鸟》中，上帝选择著名的、有胆量的成汤统治四方。第四首《长发》颂扬成汤对上帝的敬意，上帝深受感动，让这位有美德的王子成为九州的首领。

《大雅》的一些诗哀叹周朝的衰微和民众的苦难，向“天”或“苍天”抱怨。宣王向至高无上的主——称为“苍天”“天”或者“上帝”祈雨对抗干旱（《大雅·云汉》）。宣王说上帝转移了他对人间的关注，放弃了人间。

一些传教士认为，且最近依然在强调，中国对至高无上的主的信仰一直是很不确定的。这种观点主要源自对“天”的表达上，相对于至高无上的主——上帝，中国的伦理学家更常使用“苍天”。我刚刚转述的这些评论为我们指出，中国古代的思想在（未来）某一天更让人赞同。《诗经》里描绘的上帝是一个公正完美的人，不会怨恨任何人（《小雅·正月》）。

天子是人间的主，是唯一有权祭祀至高无上的上帝的人，而且，根据《国语》《左传》，如果王子们擅自施行这一权利，就是对他们的君主的不敬。《鲁颂·閟官》写道：在周朝衰微之时，鲁东王国的王子在春天和秋天举行了盛大的典礼仪式。他首先向至高无上的主——上帝祝祷，然后向“弃”祝祷，他的另一个名字是“后稷”，尧时的农官。周王族是这一著名人物的后代，向他祝祷就像对上帝祈求他的保护一样。这一首诗里的周公，《商颂·烈祖》中的成汤，以及颂扬他们美德的诗中的文王、武王，都被认为是国家在天上的保护者。

天神以上帝为中心形成了天上的等级制度，就像人间的天子统领诸侯一样。这些天神住在空中并监视着人间的行动。每一个家族都将自己的祖先视为保护神。因此，后稷、文王、武王就是周朝皇室家族的守护神（《小雅·楚茨》《大雅·云汉》）。《大雅·卷阿》是纪念成王的，人们说天神在考察至高无上的王。《小雅·伐木》中，两个朋友（向上天）证明互相友爱，说道：“神之听之，终和且平。”

我们在《大雅·抑》中读道："神之格思，不可度思，矧可射思。"

除了每个家族有特殊的神之外，每座山、每条河都有神（《大雅·崧高》）。每个地区同样都有自己的保护神，每年耕作开始和结束时，要在隆重的仪式上祭祀土地的神。

神在预示宏大的繁荣昌盛时，以虚幻的四足动物的形象出现，叫麒麟，或者是一种虚幻的鸟，叫凤凰。(《周南·麟之趾》)中说文王的三个儿子象征麟的脚、麟的头和麟的角。《大雅·卷阿》颂扬凤凰鸟在成王的统治下露面并闲逛。凤凰（foung-hoang）就是中国的凤凰（phénix）。

命运——先兆

一般说来，建造一座城市或决定所有重要的事情都要向巫师询问(《鄘风·定之方中》)。占卜有两种方式：一种是用一种植物，称为筮；另一种是用龟壳（《卫风·氓》《小雅·杕杜》《小雅·小旻》）。我们不太清楚以前是怎么用筮草来占卜的。现在的人们是左手和右手各执一包这种植物的叶子，背诵一些神秘的词，然后在每一包里各取一些，然后根据数量进行推测。龟壳占卜是把乌龟壳放在火上烧，根据燃烧后留下的裂痕来占卜。(《大雅·绵》)中，亶父在决定把他的部落安置在岐山之下前，就用火烧龟壳进行占卜。年老的官员承担向皇帝释梦的责任（《小雅·正月》）。一些占卜者也向权贵释梦（《小雅·无羊》）[①]。看见喜鹊是好的征兆（《召南·鹊巢》）。相反，看见黑色的乌鸦或红色的狐狸就是令人不快的（《邶风·北风》）。人们不敢用手指彩虹（《鄘风·蝃蝀》）。

① 原注：《周礼·春官》，列举了占卜者及从属于礼部的星相学家的责任。

原始天文学

最初的星宿观察者致力于预言未来，而且是紧随在占卜术之后，我应该指出在《诗经》中找到的最原始的天文学的迹象。关于中国天文的二十八星宿，在这些诗[①]中我找到了八种。它们是参、昴、定或营室、火星或三星，与其相对应的是心、牛、天毕、斗或箕。我们还从中看到了启明星的概念，与天琴相对，以及有关天河——天汉，银河的引文（《小雅·大东》）。最后，在同一首诗里，根据出现在早晚的时间，金星有两种不同的名字。银河也在几首诗中有提及（《大雅·棫朴》《大雅·云汉》）。《小雅·雨无正》里提到了公元前776年的一次日食，形成中国年表第一个确定的标志。天体观察的重要性可以从文王天文台——灵台的声望推断一二（《大雅·灵台》）。部落的全部人员都来协助建造（灵台）。文王之前，他的祖先公刘根据传说，在公元前十七或十八世纪就已经通过观察太阳影子来确定住宅的位置了（《大雅·公刘》）。

典礼和宗教仪式——祭祀

祭祀上帝和天神的盛大典礼一般在二至点和二分点时举行。精确测定一年中这些重大时节也是仪式的一部分，夏至时在国都观察日晷影子的长度，在《周礼·大司斗》中作为神圣的仪式而被提及。周朝时，春祭，即冬至时始，称为“禴”；夏祭，即春分时始，称为“祠”；秋祭，即夏至时始，称为“烝”；冬祭，即秋分时始，称为“尝”（《小雅·天保》《小雅·楚茨》）。皇宫旁边（《大雅·绵》），一处称为“社”的地方是专门用来祭祀土地神的。一年伊始时会祭祀四方的土地神（《小雅·甫田》《大雅·云汉》）。秋天丰收之后会举行类似这样的仪式（《周颂·丰年》）。在《周礼·春官》中可以看

① 原注：第一部分第二章第十首《召南·小星》，第四章第六首《鄘风·定之方中》，第十章第五首《唐风·绸缪》，第十五章第一首《豳风·七月》，第二部分第五章第六首和第九首《小雅·巷伯》《小雅·大东》。

到，执行祭祀各种神的权力是随着爵位和官职的次序而递增的。根据阶层序列，乡村的底层人民只知道祭祀土地和一些低级神。这种规定很容易推广神的信仰，对于见识浅薄的民众而言已经足够合理。

一年里每个家庭都会在同样重大的时节，举行的仪式就是祭祀他们的祖先；之后会有一次大的宴席和节日的庆祝。在这样的仪式上，主要的祖先由指定的孩童——称为“尸”或“公尸”（著名的死者）来代表（《小雅·天保》《小雅·信南山》）。当人们呈上牛肉、水果、酒的时候，这些孩子要保持不动（《小雅·信南山》），根据脱口而出的话预测家族未来的繁荣（《大雅·既醉》《大雅·凫鹥》）。人们认为这些话是从死者的嘴里说出来的。随后，这个孩子参加宴席，至少持续到第二天。①

人们在准备仪式时要沐浴，并且在一段时间内要自我克制不合礼仪的言语和行为（《小雅·天保》）。在宗庙前殿举行祭祀（《小雅·楚茨》），那里存放着家族的族谱（《周颂·载见》）。祭祀期间，人们会烹调好隆重的宴席。一些人用挂着铃铛的刀去除牛羊的皮毛（《小雅·信南山》），另一些人烧烤这些肉。人们取出这些动物的血和油膏，给菜肴加上调料（《小雅·楚茨》《小雅·信南山》）。王子献给祖先的羔羊被染成红色，这是周朝的颜色。王子同时还献上白色和红色的公牛用以祭祀（《小雅·蓼萧》）。

人们邀请家族的朋友来参加宴席，用筐子装上布帛作为礼物送给他们（《小雅·鹿鸣》）。节日期间，人们练习射箭、打靶（《大雅·行苇》），那些中靶的人就倒上满满一杯酒让没有中的人喝（《小雅·宾之初筵》）。宴席上，人们根据宾客的职位和年龄（参看《中庸》第十九章），让宾客坐在首领的左右（《小雅·宾之初筵》）。钟、鼓和其他的一些乐器一起奏出欢乐的乐曲（《小雅·楚茨》）。

中国至今仍用这些乐器作曲。《诗经》中提到的“琴”，有五弦或

① 原注：中国这种以孩童来代表祖先的习俗一直保留至今，可能与灵魂转世的观念相关。

六弦；另一种“瑟”，有二十五弦（《周南·关雎》《小雅·鼓钟》）；钹（《卫风·考槃》），笙，是一种有多根管子的笛子，在吹口处装有可以震动的薄片（《小雅·鹿鸣》《小雅·鼓钟》）；埙，是有六个孔的笛子（《小雅·何人斯》）；篪，是陶铸的小号角，在旁边钻有六个孔；磬，是一种切割成角形的石头：人们用棍子敲击，就像我们的三角形一样，它是与笙一起使用（《小雅·鼓钟》，《商颂·那》）。另外的乐器称为“柷”“圉”（《周颂·有瞽》），它们也像多根管子的笛子。同时，还有几种不同的鼓（《商颂·那》）。《周礼·春官》中对这些乐器有更详细的描述。同时，我们可以参看《中国丛刊》（《传教士回忆录）》第四卷钱德明对中国音乐的回忆录。

一般的乐人都是盲人（《大雅·灵台》《周颂·有瞽》），后一首就说的是盲人的到来。这也让我想起《书经》里关于众所周知的失去民心的仲康的那一章（《尚书·胤征》）：“瞽奏鼓。”《小雅·鼓钟》提到了仪式上的乐曲“雅”和“南”。根据评注，这里的“雅”就是《诗经》“大雅”和“小雅”中的一些选曲。“南”是《诗经》开始的两章《周南》《召南》中的选曲，和周王朝王子们管辖的王畿之地周南、召南有关。

人们也随着乐曲表演舞蹈。“万”舞是庄重的（《邶风·简兮》《鲁颂·閟宫》及《商颂·第三章第一首：那》）；跳乐舞时，手持两种主要的乐器（伴奏）。舞者不停变换自己的身子，一会儿倾斜，一会儿挺直（《小雅·伐木》）。人们跳舞时右手拿着羽毛，左手拿着簧（《王风·君子阳阳》）。《周礼·春官》中列举了一些不同的舞。

显贵到宫廷对君主说（第一部分第一章第六首[①]）：“如山如阜，如冈如陵……如月之恒，如日之升……如松柏之茂。”在特殊的宴席上，宾客会祝愿主人有千年、万年之寿（《小雅·瞻彼洛矣》）。他们会祝愿他高寿如鲐鱼，背有老斑（《大雅·行苇》）；八十高寿，精力

① 译者按：此处当有误，按作者注，是《周南·桃夭》，但根据译文，当是出自《小雅·天保》。

充沛如五十，保持康健一万一千年（《鲁颂·閟宫》）。

婚姻的繁文缛节

婚礼都会有类似的欢庆。当两个家族愿意联姻时，由一个男人和媒人在两家间达成协议（《齐风·南山》《豳风·伐柯》）。这种习俗至今在中国甚至俄罗斯的中部都还存在。媒人是未婚夫的代表，就像《豳风·伐柯》里说的："伐柯如何？匪斧不克。取妻如何？匪媒不得。"在十四世纪的一部戏剧《琵琶记》中，媒人带着斧头到访，（斧）就像她工作的徽章一样，在《诗经》的这一章中也有提及。评论家并没有指出说在古代带着斧的这种习俗是否是媒人的标志。《琵琶记》①的媒人是在卖弄她的博学，向女子的父亲解释她的要求及为什么她带着斧头。

婚礼在年初，冰雪消融、春日变暖之前开始准备（《邶风·匏有苦叶》）；仪式在桃花盛开之时举行（《周南·桃夭》）。这一时期的说法可以参看《夏小正》②。这种欢乐的歌曲把婚姻比作桃花和杏花（《召南·何彼襛矣》）。

贵族家庭的新娘，要求她的丈夫驾驶用翟（根据评注，翟是鹈鹕的一种）羽装饰的马车。乐人和一批随从陪同（《召南·鹊巢》，《易经》第54节）。丈夫在门边等待他的未婚妻（《齐风·著》）。随行人员的到来是欢庆的开始（《周南·关雎》，文王的助婚诗）。

武王和他的兄弟召公对神圣婚姻有特别的规定（《召南·行露》）。这首诗谈论的是订婚礼仪和官员的介入。所有不被接受的联姻都被宣布是不合法的，违法的人要被惩罚。《召南·行露》就反映了这种规定，指出这个女子拒绝提亲而未完成礼仪。

一般说来，人们喜欢在自己的家乡完婚。卫国（河南）的公主抱怨在别国完婚（《邶风·泉水》）。《周南·汉广》就劝告年轻的汉人不

① 原注：老巴赞翻译：《琵琶记》，94页，7幅画。

② 原注：参看我上一月的翻译，《亚洲研究》1840年第三期，第十卷。

要去另一边蛮族境内的“汉”河和“江”河去找女人。在丈夫的家里居住一段时间之后，新婚妻子会回到她的父母家中住两到三个月。我们可以看到这一习俗的例子，写的是文王的妻子（《周南·葛覃》《周南·卷耳》）。现今的中国依然存在（这种习俗）。

除非特别严重的原因，合法的妻子才可以被离弃。《邶风·谷风》中，一位遭离弃的妇女痛苦地哀叹，她的丈夫另结新欢。无论任何托词，女人都无权与她的丈夫分开。在这一时期里，就如现在的中国一样，一般说来，妇女必须要屈从于收敛自己所有的情感：她们只能服侍她们的丈夫。拥有姘妇或除了法定的妻子外排行第二的女人，在首领中是很常见的。这些姘妇在《易经》第33、37节中都有提到。每一个法定的妻子都要求与丈夫同葬（《唐风·葛生》）。人们尊重那些拒绝再嫁的寡妇（《鄘风·柏舟》）。已婚的妇女，在哀痛期间，不允许进入已故父母的屋子（《鄘风·载驰》）；她不够洁净，不能出现在这样暂时神圣的地方。

古代的中国，与今天一样，对女孩子的抚养都表现得漠不关心：一个女孩儿的出生被视作是家庭的负担，然而对于儿子的出生，人们就会高兴，因为他能成为他父亲将来的依靠（《大雅·行苇》）。《小雅·斯干》中准确地呈现了帝王之家区别对待新生男孩和女孩的方式。

“乃生男子，载寝之床。载衣之裳，载弄之璋。其泣喤喤，朱芾斯皇，室家君王。

乃生女子，载寝之地。载衣之裼，载弄之瓦。无非无仪，唯酒食是议，无父母诒罹。”

中国人现在依然有这样的习俗，刚出生的女婴的襁褓中放着瓦片。他们跟她解释说这是以前妇女们用来织布的，同时人们把瓦放在孩子的旁边是一种象征，织布将成为她将来的主要工作。

家庭内部习俗

《诗经》第一部分的一些诗中提到，当女人的丈夫为了王事而不在家时，她们会抱怨（《召南·草虫》《召南·殷其雷》《邶风·终风》，《秦风·晨风》《陈风·泽陂》）；当他们归来时，她们就会满足（《小雅·隰桑》）。另一些诗，作于稍晚一些的周朝衰微之时，相反，是哀叹道德的衰微。男人酗酒，放浪形骸，女人不知廉耻（《邶风·凯风》《邶风·匏有苦叶》《鄘风·墙有茨》《鄘风·君子偕老》《鄘风·桑中》《鄘风·鹑之奔奔》《鄘风·定之方中》《鄘风·蝃蝀》《鄘风·相鼠》，《陈风·株林》）。

在《诗经》中我们找不到以奴隶自己的身份说话的任何痕迹，这种沉默也跟我之前提到的中国有很少的奴隶习俗有关。就如这两个术语“奴”“婢”，在家里则以“臣”“妾”两个字来指代。《周礼》所提到的阶级就找不到，其他的作者也证实一般在周朝时没有奴隶。[①]但是这一观点与《书经》是相悖的，周公的儿子伯禽宣布，如果奴才和妾逃跑的话要被归还给他们的主人，同样，在《周礼》中也说质人负责统管人口、牛马、兵器等。

惩　罚

毁伤（肢体）的酷刑在《诗经》中被提到。在《小雅·巷伯》中，一个罪犯被判处宫刑，变成太监，并且哀叹他成了“寺人”。这个名词意指宫廷里的男人，我们仍能在《小雅·巷伯》中读到，“寺人”指的是一直服务于宫廷的太监。《诗经》的注疏，《小雅·巷伯》中这个犯人的抱怨也证实他要遭受严酷的酷刑。[②]《书经》中也有提到这种（肢体的）毁伤在穆王颁布的惩罚中。

① 原注：参看《文献通考》中《户口考》的附录。

② 原注：在《周礼·礼官》一卷中可以看到“寺人”这个词。

谚语和前例

在《诗经》中我们能读到古代中国的一些谚语，它们非常简洁，与乡村生活习惯相联。看一看其中的一些：“毋教猱升木，如涂涂附。”（《小雅·角弓》）“靡哲不愚。”（《大雅·抑》）“谁能执热，逝不以濯？”“如彼溯风，亦孔之僾。”（《大雅·桑柔》）“德輶如毛，民鲜克举之。”（《大雅·烝民》）。

《诗经》中还有另外一些同样简单的谚语，这里我就不再列举，但是我再转述在这些诗歌中找到的两个熟语：一个是《小雅·小弁》中：“君子无易由言，耳属于垣”，这与我们语言中一个惯用熟语相关；一个人很高兴与他的朋友重逢，说（《小雅·菁菁者莪》）：“既见君子，锡我百朋。”同时我在这里说明一下，古代贝壳就相当于钱币，用钱币可以“评价快乐”。中国今天依然这样说，谈论一件幸福的事：“这是千分万分的高兴。”中国的小说有很多用这些俗语的例子。

我在《诗经》里收集选取的这些主要特点，为的是形成中国古代道德风俗的一幅缩略图。我认为在这本选集内容上加上历史材料的概况是有用的；这些材料比《书经》里陈述得更加有条理，是公元前一世纪著名的司马迁为撰写他关于中国古代历史的《史记》的基础（材料）。

历史材料

一些诗歌中提到了中国最初王朝的一些君主首领的名字：《小雅·信南山》中提到了大禹的工程，《大雅·韩奕》《大雅·文王有声》中说陕西丰水的水道是大禹建造的，《商颂·长发》说大禹积极拯救洪水泛滥的世界。《商颂·殷武》中提到了这位王子对帝国进行分封。《商颂·长发》中提到了夏朝的最后一任君王桀。我们发现这一章节所作的诗歌都是纪念第二个王朝的，即商朝，这些诗也是所有诗中最古老的。在《商颂·玄鸟》《商颂·长发》中找到了“舜”的大臣，叙述契的神奇降生，这是商朝在追溯他们的家谱；诗里提到的

“相土”，是契的孙子（《商颂·长发》）；同一首诗里还有对商朝第一任帝王成汤的赞颂；《商颂·玄鸟》和《商颂·殷武》写的是武丁——成汤后裔，他大约统治了四百年。《商颂·玄鸟》：“古帝命武汤，正域彼四方。”《书经·禹贡》一章里是新的地区；它囊括天下，或者说中国人所熟知的另外的世界。“肇域彼四海。”对大部分中国人而言，所有的地域依然归结于这一宏大的概念。

《商颂·长发》描绘了成汤以不同寻常的毅力鼓舞人心，遵照上天的旨意，攻打暴君桀：“武王载旆，有虔秉钺。如火烈烈，则莫我敢曷。苞有三蘖，莫遂莫达。九有有截，韦顾既伐，昆吾夏桀。”成汤首先斩断新萌发的三芽。桀被比作植物，其他归属他的党派的首领被认为是三芽。这种比喻非常独特。

《商颂·殷武》提到武丁远征攻打外族氐、羌、荆楚，《商颂·长发》中提到了伊尹，他是成汤的重要大臣。

第三部分《大雅》的第一、二章颂扬了周朝的起源和文王对商朝最后一位君主的重大胜利。《大雅·生民》追溯了弃的神奇诞生，他是这个家族的始祖，舜时的第一农官，自那时起，他的名字叫后稷，监管谷物，之后他成了被祈求的（神）。他的后代公刘在陕西，即黄河以西定居，在《大雅·公刘》中被颂赞，（此地）后来被赐给召公——武王的弟弟。根据这一首诗，公刘建立了城市，根据太阳的影子确定它的位置和走向，给游牧的民众建筑房屋，用船或桥横渡河流。另外，他开采铁矿、宝石，规定土地的捐税。这篇诗中没有指出税收的税率。《大雅·绵》，只追溯了亶父，或者称“古公”，文王的祖先，叙述了这位首领将他的部落迁移到岐山脚下；我之前解释过，公刘所建立的居住地被鞑靼部落驱逐，并被迅速摧毁了。亶父，也称为太王，是最高的王或者说君主（《大雅·皇矣》），这首诗提到了他的两个儿子，一个是王季或季礼，另一个是太伯，其中王季是最小的，被选定继承统帅。

《大雅·思齐》赞颂的是周姜、亶父的妻子大任和文王的妻子大姒。这位王子（即文王）和他的儿子武王在大量的诗中被赞颂，因此这里我将详细叙述。武王的兄弟是周公和召公，同时他们王国的名字也是“周”和“召”，由这两地的人民创作了《诗经》中大量礼仪的诗歌；他们两个也在一些诗中被颂扬。对周公的（赞颂），如《豳风·破斧》《鲁颂·閟宫》；对召公的（赞颂），如《召南·甘棠》《大雅·公刘》。

暴君纣的哥哥微子，成为宋国的王子而归顺于武王。他的后代，如同弃的王子，夏朝的后代，永远享有特权，与周朝的帝王一起，参加祭祀祖先的仪式（《周颂·振鹭》）。我们也在《中庸》第二十八章中找到这种记录。

武王的儿子成王是正义的君主，在《大雅·泂酌》《大雅·卷阿》中被赞颂。在《大雅·荡》中，他指挥攻打厉王，让人想起了商朝的命运。《大雅·桑柔》说世界到处是盗匪，影射由于厉王的疏忽而增加的混乱。《大雅·云汉》的内容是他的儿子和继任者宣王的祈祷，祈求上天结束干旱。在这个王子的统治下，《大雅·崧高》颂扬了宣王的母舅申伯，《大雅·烝民》颂扬“仲山甫”，以君主的名义（被派往）齐地的官员或者说是总建造师。《大雅·韩奕》描述了韩侯入朝觐见，赞扬韩地的富有，韩地之前是由蛮夷控制的。《大雅·江汉》颂扬的是宣王的将军召虎行军攻打南部的蛮族，在江和汉攻打占领淮流域的夷族，这首诗说这次远征至南海的地域都被平抚；如同《史记》中所记载的，秦始皇三十七年“并海上”，（根据）这种解释，“南海”仅仅指的浙江边，在越国境内，延伸至江口一带。

《大雅·常武》颂扬的是由宣王指挥的另一次远征，攻打在浦国和徐国的淮夷，这些名字指的是今天在淮河左岸的区域。宣王让所有的（叛军）都归顺于他。这首诗极尽铺排。对于这种战争的热情在《诗经》中只有三四首，这都是官方的诗歌。我刚刚提到的这些远征大约发生在公元前826年。

幽王统治的混乱在《小雅·十月之交》里被昭告天下，同时，该诗提及了公元前776年著名的日食，这是中国确切纪年的开始。《小雅·节南山》《小雅·正月》《小雅·十月之交》中哀叹让幽王“失足”的美人褒姒的荒唐行为让整个帝国动荡不安。《小雅·正月》《小雅·小弁》《大雅·常武》《大雅·瞻卬》都是写的同一主题。“匪教匪诲，时维妇寺。”这里的“寺”字，书面上的意思是宫里的官员；通过被核实的《小雅·巷伯》中评论家的讲解，一个男人在宫廷里被判刑成为“寺”是很绝望的，他因犯了大错而成为太监。幽王的儿子，软弱的平王，在都城恢复权力之后，我们看到“寺”或者称“太监”依附于秦国王子“襄公”。

第一部分《秦风》里包含了秦国的诗歌，第六首《黄鸟》就是哀悼公元前621年为穆公殉葬被杀死的三兄弟。《左传》记载，有一百七十七人被杀，为这位王子殉葬。这首诗以这种野蛮的殉葬而（使人）震惊，这种习俗是近来由蛮族带来的。

我之前提到过《诗经》里一些外族的名字。我们可以得知，北方和西北是玁狁和匈奴，在宣王统治时期侵占大原（《小雅·六月》）；南方是蛮和荆，安置在江、汉流域（《大雅·烝民》）；西部是未开化的Hoaï和Siu。这些野蛮的邻居前来掠夺佃户，直至黄河流域，也就是我们所知的中华帝国在这一时期的边界。最早的诸侯分封是武王进行的，总的来说疆域不大。《卫风·河广》讲述的是一位卫国的公主很遗憾不能到达她儿子——宋国的王子的身边：“谁谓河广？一苇杭之。谁谓宋远？跂予望之。”

周朝衰微时期，小国与小国之间的战争频繁发生，村庄荒芜，农场被毁，我们在不同的诗歌中都能读到。在《邶风·北风》中，卫国的居民为了避开战乱而纷纷逃亡。《鄘风·定之方中》中：公元前660年，北方蛮族入侵，卫国的王子渡过黄河，到黄河另一边，即今归德府属地安居。《王风·兔爰》《王风·葛藟》中哀叹幽王时的内乱。《王风·中谷有蓷》中，一位妇女被不能再养活她的丈夫遗弃。一些农户迁徙至平阳府附近（《魏风·硕鼠》），另一些迁徙者则在《小雅·鸿雁》《小雅·我行其野》中抱怨。《唐风·杕杜》中，一位孤儿抱怨他的孤独。《小雅·绵蛮》是一位穷人的哀叹。《小雅·苕之华》中，一位男人写道："知我如此，不如无生！"同样对生的后悔在《小雅·正月》里也能看到。《大雅·板》谴责老实人的软弱，就像是祭祀仪式上死者的幻影——"尸"一样保持沉默；此诗劝告他们（统治者）要听到穷苦劳作者樵夫（指从事艰辛劳动的人）的抱怨。《大雅·生民》悼念帝国宫廷曾经的威严。

这些就是《诗经》中所提供的古代中国的战争与动乱的材料。我们可以看到，这些大量的材料给我们提供了最早时期的道德风俗，也为《礼记》的详述提供了用以佐证的片段，就像其他的成为司马迁的论述基础一样。

为了完成我的工作，我曾经草拟了一个表，关于《诗经》中提到的四足动物、鸟、鱼、爬行动物和植物；我非常好奇地去研究在以前的东亚存在的动物和植物的种类，我也必须得说这一同样想法来自在我之前的一位中国作者，他就这一主题写了一本珍贵的专著①。儒莲先生很乐意为我从他的图书馆里摘录这部有插图装饰的著作，这部著作在裨治文（Elijah Coleman Bridgman，1801—1861）的文选里也有提及；另外我还参看了雷慕沙《日本百科全书》第十一卷手稿概述里的总表提供的辨认（方法），但是对《诗经》提到的所有名字中的其中一些，这些资料依然不能跟我们所认识的种类进行鉴别。一般说来，动物能够被辨认，因为他们的名字没有变化，《日本百科全书》的插图与我所提到的节选描述有效地结合，这种方法可指定一些种类，诸如老虎、豹子、犀牛、豺，在中国的北方和中部，随着开垦的扩展，被连续不断的捕杀。我找到了关于猴子的确定的描述，而且大象似乎也

① 译者按：［吴］陆玑曾著《毛诗草木鸟兽虫鱼疏》，是一部专门针对《诗经》中提到的动植物进行注解的著作，全书共记载草本植物80种，木本植物34种，鸟23种，兽9种，鱼10种，虫20种，共计动植物176种。后来明代毛晋在陆玑的基础上，又编著了《毛诗草木鸟兽虫鱼疏十要》。

存在，在中国的中部，纬度25度到28度之间。但是依然还有一些是不确定的，这些描述掺着神话。关于植物，《本草》的插图和《日本百科全书》和中文的节选都是非常不对的，描述也很模糊。节选的作者同时证明，通常一个甚至同样的名字在中国不同的地区指示的植物都是不同的，注疏者根据《本草》认识《诗经》中的植物，他们自己在辨认时也是经常变化不定。

因为如此不确定的因素，为了谨慎起见，我不再发表我之前准备的表格；我搁置孙璋神父翻译《诗经》附上的笔记，至此结束我对这一中国古代文化如此珍贵和真实的著作的研究。

第四节　德里文侯爵与朱迪特·戈蒂耶对《诗经》的译介和研究

德里文侯爵与朱迪特·戈蒂耶都曾翻译出版过中国诗歌，德里文于1862年出版了《唐诗》，戈蒂耶则于1867年出版了第一版的《玉书》，重点选译的是唐诗。两人皆在书中对《诗经》进行译介和研究：德里文未单辟章节翻译《诗经》，但在其序言中有论述；戈蒂耶则选译了《诗经》。然而就整本书的翻译风格而言，两人“一正一反”，德里文忠实于原文，戈蒂耶则是“创造性叛逆”的改写。

一、德里文的《诗经》译介

（一）德里文的生平及著作简介

德里文（Le Marquis d’Hervey de Saint Denys，1822—1892），原名Marie Jean Léon lecoq，1822年出生于巴黎，父亲（Pierre Marin Alexandre Lecoq d’Hervey）是一名男爵，母亲梅拉里（Mélanie Louise Joséphie Juchereau de Saint-Denys）是一名将军的女儿。1858年，他的父亲去世后，德

里文被过继给了叔父路易斯–阿梅代（Louis-Amédée Vincent de Juchereau de Saint-Denys）侯爵，并继承了“侯爵”的称号。德里文自幼在家接受来自家庭教师比较自由的教育，19岁时进入巴黎东方语言学校学习中文和满文，自此致力于中国研究。1859年，他出版了《欧洲面前的中国》（*La Chine devant l'Europe*），树立了人种学家的名声。1867年，在巴黎世界博览会上，他是中国展区的专员。1874年，他继任儒莲，成为法兰西学院汉学第三任主座教授，主讲中文和满文；接着被授予法国荣誉军团骑士勋章。1878年，他被选为法国铭文与美文学院（L'Académie des Inscriptions et Belles Lettres）的成员，1888年成为该学院的主席；1888年12月9日成为法国历史–语言学部的通讯员。1892年11月2日，德里文在巴黎逝世，葬于蒙巴纳斯（Montparnasse）公墓。

德里文的汉学成果主要在中国古典文学作品的翻译，主要有《唐诗》《离骚》（1870）、《三字经》（1873）、《中国异族人的人种学研究》（*Ethnographie des peuples étrangers de la Chine*，1876—1883）[①]、《孔教教义和其他学派教义论文》（*Mémoires sur les doctrines religieuses de Confucius et de l'école des lettres*，1887）以及《今古奇观》12篇故事的翻译（1885，1889，1892）。[②]

（二）德里文的《诗经》译介和研究

1862年，德里文在巴黎出版了《唐诗》，这是法国最早直接从中文翻译的唐诗法译集。他所参考的底本分别是《唐诗合解》《唐诗合选详解》《李太白文集》和《杜甫全集详注》。在这部诗集前面有一篇关于中国唐朝之前的古典诗歌的长篇序言，题为《中国的诗歌艺术和韵律》，该序言由两部分组成：第一部分介绍了中国诗歌的发展，由《诗经》叙至《离骚》、汉赋、六朝诗和唐诗，并对唐诗做了高度评价；第二部分主要论述了中国诗歌的内部规律，从汉字组合特点到诗律学，包括对赋比兴、诗的起承转合、对仗平仄等都作了细致探讨，并对中、西诗歌的韵律特点做了比较。

---

① 此书翻译的是马端临《文献通考》的“东南夷”和“西南夷”部分。

② 蒋向艳：《程抱一的唐诗翻译和唐诗研究》，华东师范大学出版社，2008年，第163–165页。

这篇序言体现了德里文对于中国古诗的看法，也是在此序言中有对《诗经》的译介和研究。

德里文主张以诗歌考察民风，在序言开篇即引用了毕欧于1838年发表在《北方杂志》的《〈诗经〉，即诗歌经典》一文的观点：

> 当人们在历史研究中想方设法探究某一民族在特定历史时期内的风俗习惯、社会生活以及文明发展的程度时，一般很难在充斥着大大小小战争纪实的正史里找到构成这一时期民俗画面的特征：人们反而会在保留他们时代特征的神话传说、故事、诗歌、民谣里得益更多。然而通常人们会在两个相距甚远的时期里，找到历史中似乎并没有的特殊风俗习惯的延续。①

他十分赞同毕欧的这一观点，他说："这个开场白最正确、最准确地表达了我的看法，这种看法使我着手完成了今天发表的这部著作。"②"从中国文学里寻找社会风貌最突出的特征"是一件十分有意义的事情。然而面对中国几千年的历史，当把注意力集中在何处呢？德里文选择了唐代，因为这是"伟大时代，几千年来所有的中国作家都异口同声赞誉这个时代"③。在着手研究这一久负盛名的时代之前，德里文认为，简要地分析一下《诗经》是很有必要且不无益处的。德里文再次引用毕欧的第二篇论著《根据〈诗经〉探讨中国古代的风俗民情》，对《诗经》的内容作了简要的介绍，德里文也跟毕欧一样："深信每一历史年代汇集的诗歌是反映一个民族风俗人情的最忠实的镜子。"④在德里文看来，

> 这部诗集展示了上古时代的中国，也可以说展示了一个不复存在

① Le Marquis d'Hervey de Saint Denys. *Poésies de l'époque des Thang*. Amyot, Paris, 1862. p. I.
② 同上书，第1页，第9页。
③ 同上书，第9–10页。
④ 同上书，第13页。

> 的古老社会。通过《诗经》，我们了解到当时的房屋是泥土建的，式样就像法国南方的干打垒构筑物。房屋大梁的材料是竹子或松柏。黄河下游广阔的大平原上已经采用灌溉来种植农作物。牛羊是有权势的家族的主要财富。从那个时代起，人们已经使用犁、铲、长柄镰刀和短柄镰刀。《诗经》使我们了解到当时家庭生活的一切细枝末节，从一日三餐到最常用食物的准备，可谓详细备至。[①]

他认为《郑风·女曰鸡鸣》最能质朴地、贴切地反映人类早期的情况；而《魏风·陟岵》则是最有特色的一首诗。德里文时常将中国历史、文化、诗歌和汉语跟欧洲的历史、文化、诗歌和语言进行比较，展现两者的异同。此处，他便将《魏风·陟岵》与《伊利亚特》做比较，评述不同条件下发展的两种文明。《伊利亚特》里战争频繁，围城攻城无休无止，战士作战的豪情在同等程度上感染了诗人及其笔下的英雄们；而《魏风·陟岵》则描绘了一个留恋家庭生活、思乡心切的年轻战士和一个召唤儿子弃军而归的母亲；不仅母亲在呼唤儿子归家，家里的其他成员——父亲和兄长也无一例外地呼唤和叮嘱儿子和弟弟不要顾念光宗耀祖，而要尽快返故里。德里文分析，之所以会出现这样截然不同的态度，跟古希腊与中国的历史遭遇有关。古希腊遭遇过多次征服，而中国则没有这样的遭遇，《诗经》以及《尚书》的《尧典》《舜典》都反映了上古时期中国人的主要性格特征：爱好和平、劳动和家庭，敬重王权，尊重年长者，性格温顺而又坚忍不拔，长于抵御。他将《诗经》与稍后时代的诗歌进行比较，还发现了一个重要现象：上古诗歌中，女性是丈夫的伴侣，丈夫会采纳妻子的建议，除了宫廷，民间并未出现一夫多妻的迹象。他以《郑风·女曰鸡鸣》《郑风·出其东门》《郑风·溱洧》作为例证进行说明，而《诗经》之后的诗歌中仅仅是以妇人之口来表述爱情，且在这种表述中，妇人总是深居闺中，哀叹夫君和主人常年不归，没有尊严。德里文列举了范云的《闺

① Le Marquis d'Hervey de Saint Denys. *Poésies de l'époque des Thang*. Amyot, Paris, 1862. p. 13.

思》和王僧孺的《春怨》，引用《邶风·静女》，两相对比，说明妇女在中国社会地位的变迁。他还提及了班昭的《女诫》。秦朝的焚书事件，德里文也在此述及，但他认为，相续七年的焚书是无法抹去千百万人熟记于心的作品的，诸如《诗经》这些著名的歌谣总是清清楚楚地铭刻在人们的心里。

德里文对《诗经》不再有专门的译介，虽然《诗经》是探究民俗的理想选择，但在德里文的时代，已出现了《诗经》的全译本以及毕欧的两篇专论，所以他选择了《诗经》之后的时代，将目标锁定千家诗人争鸣、万首诗齐放的唐代，成就了首次直接从中文翻译而来的唐诗译集。

附：德里文《唐诗》序言选译

> 当人们在历史研究中想方设法探究某一民族在特定历史时期内的风俗习惯、社会生活以及文明发展的程度时，一般很难在充斥着大大小小战争纪实的正史里找到构成这一时期民俗画面的特征：人们反而会在保留他们时代特征的神话传说、故事、诗歌、民谣里得益更多。然而通常人们会在两个相距甚远的时期里，找到历史中似乎并没有的特殊风俗习惯的延续。[①]

我逐字逐句引用毕欧先生于1838年发表的《〈诗经〉，即诗歌经典》一文的开场白，因为这个开场白最正确、最准确地表达了我的看法，这种看法使我着手完成了今天发表的这部译作。此外，我还要补充一点，如果说这类研究工作能够提供某方面强大的吸引力的话，必然是存在于中国文学的广阔天地里。拿欧洲作为比较的主题吧，或者，如果读者愿意的话，为缩小比较范围，拿欧洲最富有诗意的部分地区（希腊）进行比较，其诗歌源远流长、辉煌灿烂，曾经给历史提供了最丰富的诗歌作品。

……研究这个社会，从文学中寻找它特色的显著表达方式，不是很有

① 原注：《北方杂志》，第二期。

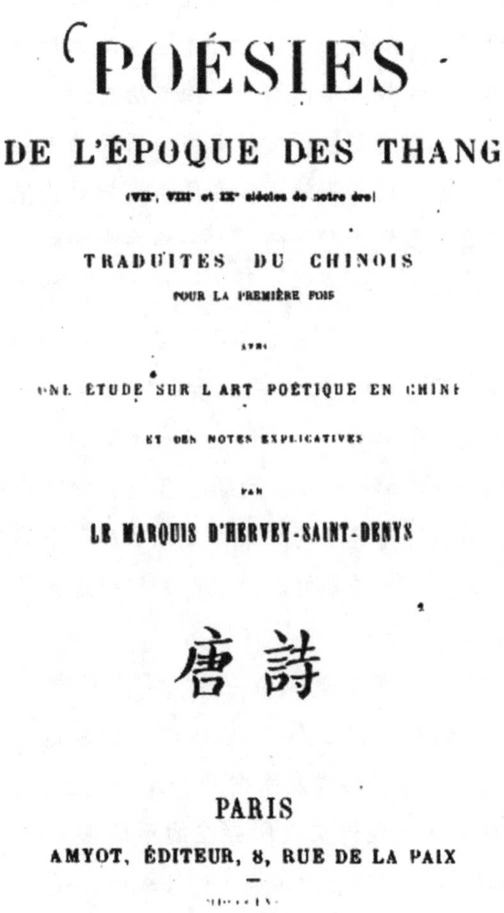
POÉSIES
DE L'ÉPOQUE DES THANG
(VIIe, VIIIe et IXe siècles de notre ère)
TRADUITES DU CHINOIS
POUR LA PREMIÈRE FOIS
AVEC
UNE ÉTUDE SUR L'ART POÉTIQUE EN CHINE
ET DES NOTES EXPLICATIVES
PAR
LE MARQUIS D'HERVEY-SAINT-DENYS
唐詩
PARIS
AMYOT, ÉDITEUR, 8, RUE DE LA PAIX
MDCCCLXII

德里文译《唐诗》扉页

意义吗？

但是将注意力聚集在哪一点呢？范围是广阔的。自《诗经》那个时代起，三十个世纪流逝了。这部上古时代的诗集曾由孙璋神父翻译成拉丁文，毕欧加以评注。中国在这三十个世纪里曾不断产生过许多诗人，他们都用同一种语言抒写诗词，这种语言固然经历了一代又一代变化，但这种变化却没有深入到现代（清朝），文人读不懂上古文人所作的文章。如果仅仅在中国的诗歌文献里寻找风俗民情的画面或历史遗训，那么在漫长的历史世纪里，实在难以选择将哪段历史时期作为研究的中心。假如你又想使你的研究工作具有文学价值，那就不容许你在选择时犹豫不决了，因为孔夫子故土的诗人们有着像恺撒时代的诗人一样伟大的时代。几千年来所有的中国作家都异口同声赞誉这个时代，这就是唐朝，就是杜甫、王维和李白生活的时代。这几位诗人享有的盛名可能超过贺拉斯和维吉尔。他们的诗是永远充满活力的语言的瑰宝，就是在古国的山村乡野里都声名赫赫。

在着手研究这些久负盛名的天才诗人各自不同的优点之前，尤其是在谈到本文纯粹研究诗律学的那个部分之前，我想，简明扼要地分析一下中国最古老的诗集，看看《诗经》的本来面貌，考察一下哪些主题特别启发了中国诗人的灵感，是不无益处的。总之，我们将探讨从《诗经》的时代到唐代的诗歌艺术，止于唐代。

就像这个和谐的民族的道德风俗一样，在文学中，一切都是相互联系、前后相续的，一切都是相互传承的。我们注意到这种始终如一的相似性，世代相传的民族观念、形式及意向是如此引人注意、恒久不变，《诗经》的古老章节与某些现代诗文之间存在的不同点无疑要少于《玫瑰传奇》（*Roman de la Rose*）与安德烈·谢尼叶（André Chénier）的哀诗之间的不同之处。这大概是我们的研究结果中突出的一点。

我在本文开头曾引用毕欧先生的一段评论。这段评论也是毕欧先生有关《诗经》的首篇论文（*Chi-king, ou livre des vers*）的开场白。现在我将再借用这位已故学者的第二篇关于《诗经》的论文中的一段话。这篇论文很有意义。毕欧先生写道：

《诗经》是最著名的作品之一，就像是东亚曾传递给我们的一幅风俗画，同时，对该著作真实性的争议可能也是最少的。“诗”(chi)这个字意思是“诗歌”(vers)，“经”是指构成天朝的信仰和道德典籍的五本神圣的书，这两个字连在一起意味着“神圣的诗书”。《诗经》并不是我们所认为的那样是单一的历史主题的诗，而是一本不是很有条理地汇集了公元七世纪之前的诗歌集。这些诗歌在中国的城市和乡村传诵，就如同我们欧洲早期的诗歌乐曲在古希腊传唱一样。这些诗歌的风格是朴质的，主题是变化的，它们为我们真实地呈现了中国早期的通俗歌谣。这种单一的叙述足够引起我们去阅读《诗经》以理解这一特殊的体裁，它没有任何雄伟壮丽的装饰，没有任何我们在大部分东方史诗中所常遇的夸张，而是在简单质朴中指引我们研究古代中国风俗。①

《诗经》分为四个部分。第一部分叫《国风》，即各诸侯国的风俗民情。《国风》由各帝王下令采集的民间歌谣组成，包括了帝王巡视领地时所作的诗歌及由诸侯在规定时期到朝廷觐见时带去的各诸侯国最流行的民歌。天子根据这些诗歌的性质，判断其治下的广阔疆土上各个地区的民情。这样便能给他的大臣以奖惩。这些大臣被认为对他统领下的子民负有伦理道德方面的责任。

一位被指派掌管音乐的大臣负责审查这些诗歌，并将它们细心保存起来。这个习俗似乎可以追溯到商朝。公元前十二世纪周朝的行政机构将这个做法规定为制度。但是随着周天子势力渐弱，威望渐衰，这些规定也就逐渐被弃置不用。公元前770年各诸侯国差不多已独立。周天子的巡礼也终止，与此同时，收集民间歌谣的工作也随之停止。

《诗经》的第二部分和第三部分包含一些节奏更为庄重的诗歌。其

① 原注：此段摘自毕欧发表于1843年的《根据〈诗经〉探讨中国古代的风俗民情》。译者按：经比对，该段是摘自毕欧于1838年发表在《北方杂志》的《诗经》一文。

中一些是对周王朝的创始人，他们的几位后裔以及功名显赫的大臣和将领的重大事件的颂歌。还有一些是诸侯王献给周天子的颂歌，以及他们在最重大、最庄严的场合所作的颂歌。我们也会在这些诗歌里偶尔发现对朝廷乃至天子行为的严厉指责。

《诗经》的第四部分收录的是颂歌，是在帝王举行祭祀或祭奠时诵唱的，声势浩大。我们可以发现第三章是商颂，追溯商朝的片段。商朝的开国君主创立功业比塞左斯特里斯（Sésostris）还早。

我们应该把这一珍贵文集的幸存与保留归功于孔子。那个时期的诗歌差不多有四千首，孔子担心可能会被遗忘殆尽，他自己从中选择了305首，就如我们今天所拥有的那样。[①]

就像我深信每一历史年代汇集的诗歌是反映一个民族风土人情的最忠实的镜子一样，毕欧先生亦曾求教于《诗经》来探究古代中国的秘密，但是他主要限于考古，用意并不在文学。用他自己的话说，他"犹如一个旅行者般挖掘《诗经》，探索公元前六世纪的孔子的故乡"，他让我们参观了上古时代的中国，（给我们）展现了一个不复存在的古老社会。通过他，我们了解到当时的房屋是泥土建的，式样就像法国南方的干打垒构筑物。房屋大梁的材料是竹子或松柏。黄河下游广阔的大平原上已经采用灌溉来种植农作物。牛羊是有权势的家族的主要财富。从那个时代起，人们已经使用犁、铲、长柄镰刀和短柄镰刀。我们与他参与了当时家庭生活的一切细枝末节，从一日三餐到最常用食物的准备，可谓详细备至。这是一个从坟墓里跑出来的被遗忘的世界，和尼尼微（Ninive）的考古发现颇为相似。与底格里斯河坚忍不拔的勘探者挖掘出来的一堆废墟所不同的是，我们通过《诗经》看到的是一个在学者的召唤下重新出现的生龙活虎的民族。

假如有人对上古时代的这些事实尚有怀疑的话，一番细心的考察很快就可以使他的疑团烟消云散。《诗经》里的一切，不论是文体、韵律还是选择的主题都是原始的。从《诗经》里看到的是一个处在文明初期的游牧民

---

① 原注：《诗经》最初是311篇，其中有六篇在"焚书"中消失。

族。还有比《诗经》第一部分（第七章）能更质朴地、贴切地反映人类历史的早期情况的诗歌吗？

郑风·女曰鸡鸣

女曰："鸡鸣。"士曰："昧旦。""子兴视夜，明星有烂。""将翱将翔，弋凫与雁。"

"弋言加之，与子宜之。宜言饮酒，与子偕老。琴瑟在御，莫不静好。"

这位要用箭射猎获取猎物以满足家庭需要的猎人，并不是像我们想象的那样，是个为生活所迫的穷苦山里人，相反，这位猎人是位富人，因为诗歌的末尾这样唱道：

知子之来之，杂佩以赠之。知子之顺之，杂佩以问之。知子之好之，杂佩以报之。

第九章第四首（《魏风·陟岵》）是最有特色的一首诗歌。也许在任何其他民族的诗文里都找不到类似的作品。诗中一位士卒说道：

陟彼岵兮，瞻望父兮。父曰："嗟！予子行役，夙夜无已。上慎旃哉，犹来无止！"

陟彼屺兮，瞻望母兮。母曰："嗟！予季行役，夙夜无寐。上慎旃哉，犹来无弃！"

陟彼冈兮，瞻望兄兮。兄曰："嗟！予弟行役，夙夜必偕。上慎旃哉，犹来无死！"

《伊利亚特》（*L'Iliade*）是西方最古老的诗，是我们唯一能用来与《诗经》作比较的诗歌，以评价位于有人口居住的陆地两端，在极为不同的条件下平行发展着的两种文明。一边是战争频繁，无休止的围攻，相互挑衅的斗士，战争胜利的荣誉感激励着诗人和他的英雄，人们感到自己置身于疆场之上；而另一边则是对家庭生活的怀恋，是一位怀乡的年轻士兵登山远眺以期一瞥远方父亲的房屋；是一位斯巴达人定会要扔出墙外的母亲和一位叮嘱离家人不要顾念光宗耀祖而首先要尽早返回故里的兄长。人们感到自己置身于另一个世界，置身于一种说不出的宁静的氛围和田园生活之中。理由很简单，我在前面已经指出，在荷马时代，希腊先后被征服过三四次，希腊人大概也变得同他们的入侵者一样好战，而中国人则是地球上最美好的那部分土地上的无可争议的主宰，他们像原始时期的垦荒者一样爱好和平。

如果将《尚书》的《尧典》和《舜典》里的诗歌，以及自上古时期就口头流传的诗歌与《诗经》算在一起，可以汇集约四百首诗，这些诗构成汉语诗最古老的文献。

热爱和平，热爱劳动，热爱家庭，敬畏君王，敬重长者，在生活的大小场合都很严肃，温顺而坚忍不拔，勇于自卫而不图寻衅，这些就是这段时期中国人最主要的性格特征。这种情感（在《诗经》中）用简练而单纯的语言质朴地表述，经常充满能量，与现代诗刻意雕琢的文体形成异常鲜明的对照。

中华民族的精神在我们所参照的历史中似乎并没有多大改变，但是诗人们向我们揭示，这个民族的风俗人情在不同的历史时期曾经发生过深刻的变化，应当承认这些变化有力地说明了中国人的尚古。

细心比较一下比孔夫子稍晚一点的诗人的作品与孔子这位名人保存下来的前辈人的诗作，已经可以使我们看出人们在观察和感受事物的方法上的显著不同。我特别指出给我留下强烈印象的两个重要方面：一个是宗教情感的变化，另一个是妇女地位的变化。

古诗中经常出现神的观念，往往以非常高贵的文笔表现出来。这里的神指的是唯一的主——上帝（至高无上的主）。上帝居住在天上，接纳在地上有德行的人到他身旁，他掌管人世的命运，主管人间的奖罚。没有半神半人，也没有其他神的影响，但十八世纪的传教士将中国古时如此淳朴的伟大祈灵比作原始希伯来人的宗教信仰是有失公允的。在商朝（统治时期为公元前十八世纪至公元前十二世纪）的历代帝王赞颂开国君王的诗歌里可以读到如下的诗章：

"帝命不违，至于汤齐。汤降不迟，圣敬日跻。昭假迟迟，上帝是祗，帝命式于九围。"（《商颂·长发》）

《诗经》的一首颂歌在谈到周朝的开国英雄时这样说："文王在上，於昭于天……文王陟降，在帝左右。"（《大雅·文王》）

一首古老的歌曲《离骚》里也包含了这样的思想："故劳苦倦极，未尝不呼天也；疾痛惨怛，未尝不呼父母也。"

随着时间的流逝，尤其是自孔子和老子的时代起，诗歌中真正的宗教情感变得越来越淡薄；我们在孔子这位著名哲人的门徒的文学作品中看到，宗教情感已被纯粹的伦理说教代替，在老子的神秘学说中，宗教情感则被模糊的憧憬代替。

…………

上古诗歌里的女性是丈夫的伴侣，丈夫采纳她的意见，从不以主人的身份同她讲话。妇女自由选择与命中注定姻缘的男子；婚姻没有剥夺她合理的自由；在写于公元前十二世纪至公元前八世纪的《国风》中，还没有一夫多妻制的迹象。如果传说里讲尧选择舜做继承人时，将自己的两个女儿许配给了他，如果《周礼》[①]中提到除王后之外，周天子还拥有众多的王妃，那么人们可以相信这只是宫廷独有的现象，与民间风俗是不同的。

我前面引证的《女曰鸡鸣》那首诗里女主人公对丈夫说："子兴视夜。……宜言饮酒，与子偕老。琴瑟在御，莫不静好。"

这首诗之后的一首诗歌（《郑风·出其东门》）里，一位丈夫唱道："出其东门，有女如云。虽则如云，匪我思存。缟衣綦巾，聊乐我员。出其闉阇，有女如荼。虽则如荼，匪我思且。缟衣茹藘，聊可与娱。"

---

① 原注：《周礼》（*Tcheou-li, ou Rites des Tchéou*），毕欧第一次翻译，第一卷，第154页。

我们再看一下这段天真的对话，它描述了夫妇之间心心相印的和谐关系：

“溱与洧，方涣涣兮。士与女，方秉蕳兮[1]。女曰：‘观乎？’士曰：‘既且。’‘且往观乎？’洧之外，洵讦且乐。维士与女，伊其相谑，赠之以勺药。

溱与洧，浏其清矣。士与女，殷其盈矣。女曰：‘观乎？’士曰：‘既且。’‘且往观乎？’洧之外，洵讦且乐。维士与女，伊其将谑，赠之以勺药。”（《郑风·溱洧》）

《诗经》之后（时代）的诗歌却给我们呈现了另一幅画面。爱情仅仅通过妇人之口表达出来。当妇人谈到爱情的时候，通常是悲叹，用没有尊严的言辞心不在焉地哀叹作为老爷和主人的丈夫久久在外不归，或者慨叹丈夫的傲慢和冷漠，或者在深闺埋怨日子凄愁漫长。

听听诗人范云的诗句。他表达了一位少妇心绪不安的思想：“春草醉春烟，深闺人独眠。积恨颜将老，相思心欲燃。”

诗人王僧孺的诗描绘了一位丈夫远游在外的少妇的情绪：“……月出夜镫吹。深心起百际，遥泪非一垂。徒劳妾辛苦，终言君不知。”

在别的诗里妻子还被比作一把丝绸扇子。当天气还炎热时，薄情的主人还会欣赏她的可爱之处。但是她呼喊到：“哎！我惧怕如此短暂的季节很快结束。扇子被撂在一边的日子很快就会到来！”

从这里可以看到中国丝毫没能逃脱的亚洲多妻制的影响。年轻女子未谙世事就离开了娘家。她自幼就和父母属意的男子订了婚。女人的个性被磨灭，她属于他人，不再有以身相许的权力。而《诗经》第一部分第二章第十七首颂歌（《邶风·静女》）与上述诗句相差甚远，它散发着一股优雅的芳香，与前面的诗形成强烈的对照。我还想在此引用一下《诗经》的这首诗：

“静女其姝，俟我于城隅。爱而不见，搔首踟蹰。

---

① 原注：这种植物的名字在中国诗歌经常会看到，出现的频率如同欧洲诗人笔下的百合或玫瑰，大部分的字典中翻译为epidendrum，但是事实上，它归属于兰科植物。

静女其娈，贻我彤管。彤管有炜，说怿女美。

自牧归荑，洵美且异。匪女之为美，美人之贻。”

前后这些诗歌的鲜明对比很有意义，充分说明妇女在中国社会中的地位已大相径庭。若想评价一下中国妇女究竟克己到了何种程度，只要浏览一下著名女作家班昭撰写的那部奇特的作品就行了。传教士们在其有关中国名人的回忆录中（《中国丛刊》）已将这部作品译成外文。

…………

二、朱迪特·戈蒂耶“创造性叛逆”的改写

（一）朱迪特·戈蒂耶生平及著作简介

朱迪特·戈蒂耶是法国的女作家、翻译家、评论家，1845年8月24日出生于巴黎，父亲是19世纪法国著名唯美主义诗人特奥菲尔·戈蒂耶（Theophile Gautier，1811—1872），母亲艾尔奈斯塔（Ernesta Grisi）是意大利歌剧女低音歌唱家，经常出国演出。由于父母很忙而无暇照顾孩子，小朱迪特·戈蒂耶被送到乡下抚养，她在乡下度过了无忧无虑的童年。回到巴黎后，她在父亲的社交圈子里结识了许多法国著名的文人和作家：福楼拜、贡吉尔、波德莱尔等。17岁时，她父亲收留了一个名叫丁敦龄[①]的中国人，让他教授两个女儿朱迪特和爱丝黛儿（Estelle）汉语和中国文化。在父亲的鼓励下，朱迪特热情高涨，从18岁开始向丁敦龄学习中文，并且很快就想阅读并翻译中国诗歌。“我刚能结结巴巴地说中国话，就开始进行最困难、最不可能的、令最有经验的汉学家们却步的工作：翻译不

① 丁敦龄，祖籍山西太原，出生于1830年，因与太平军有接触怕遭逮捕逃至澳门，为途经澳门的西人充任通事，后意大利人约瑟夫·马里·加勒里（Joseph Marie Callery）邀丁敦龄协助编写法汉词典，于1860年左右携丁敦龄自澳门返法。但加勒里抵法不久便病故，丁敦龄遂流落于巴黎街头。不久，戈蒂耶收留了贫困潦倒的丁敦龄，命两个女儿随其习汉语。丁敦龄曾帮助朱迪特翻译唐诗，但因有“悄悄拿东西”的恶习，终于离开戈蒂耶家。1872年，丁敦龄因重婚罪被捕入狱，1886年客死巴黎。参阅孟华:《中法文学关系研究》，上海：复旦大学出版社，2011年，第247页。

可译的中国诗歌。”[①]在丁敦龄的帮助下，朱迪特开始了翻译中国诗歌的工作。她在回忆录《第二串项链，文学回忆》（*Le Second rang du collier, Souvenir littéraire*）中曾自述了她选诗、译诗的过程，她说自己在丁敦龄的陪同下，几乎每天都到位于黎世留街（rue de Richelieu）的皇家图书馆去。他们在那里借阅各种原版的中国诗选，从中挑选适合她口味的诗歌，然后抄下来，带回家去研究。后来在她父亲的介入下，图书馆允许她将书借回家，从此大大方便了她的工作。1867年，《玉书》正式出版，获得了巨大成功。1869年，她出版了小说《皇龙》（*Le Dragon imperial*）；1893年，出版了《东方之花》（*Fleurs d'Orient*）；1911年，与洛蒂（Pierre Loti，1850—1923）合著剧本《天之女》（*La Fille du Ciel*）；同年，她还出版了《中国之旅》（*En Chine*）。1910年，朱迪特入选龚古尔学院（Académie de Gongourt），成为这个著名文学机构中的第一位女院士。1917年12月26日，朱迪特病逝于布列塔尼的圣-爱诺佳（Saint-Enogat）小镇。她的墓碑上，镌刻着用汉字书写的碑文。朱迪特一生著有50多部作品，涉及诗歌、戏剧、小说、游记、文艺批评、回忆录等各种文类，其中大多与中国、日本、印度等亚洲国家有关。[②]

（二）《玉书》

1864年1月，朱迪特·戈蒂耶以朱迪特·沃尔特（Judith Walter）的笔名在《艺术家》（*l'Artiste*）杂志上发表了9首散文式的小诗[③]，题为“根据李太白、杜甫、张若虚、王昌龄、王绩的诗而对中文题材的改写”（*Variations sur des thèmes chinois d'après les poesies de Li-taï-pé, Thou fou, Than-jo-su, Houan tchan-lin, Haon-ti*）；1865年6月，她又在同本杂志上发表了8首

---

① 孟华：《“不忠的美人”——略论朱迪特·戈蒂耶的汉诗“翻译”》，《东方翻译》2012年第4期。

② 朱迪特·戈蒂耶的详细生平及著作请参阅：蒋向艳：《程抱一的唐诗翻译和唐诗研究》，上海：华东师范大学出版社，2008年；孟华：《“不忠的美人”——略论朱迪特·戈蒂耶的汉诗“翻译”》，《东方翻译》2012年第4期。

③ 九首诗的标题为：“Par un temps tiède”“La flute mystérieuse”“La lune dans l'eau”“Pendant que je chantais la nature”“De la fenêtre occidentale”“Indifférence aux douceurs de l'été”“Pensées du septième mois”“La maison dans le coeur”“Le coeur triste au soleil”.

诗[1]，是根据Su-Tchou（在1902年版的《玉书》中改为“无名氏”）、苏东坡、李太白和王昌龄的诗改写而成。1867年，阿尔芳斯·乐美尔出版社（Alphonse Lemerre）出版了署名为朱迪特·沃尔特（实即朱迪特·戈蒂耶）的《玉书》，其中收入了发表在《艺术家》杂志上的16首诗（只有一首未收），另增加了55首，总共收入了24位中国诗人的71首诗，包括李白诗13首，杜甫诗14首，并以爱情（17首）、月亮（9首）、旅行（6首）、战争

白玉詩書

LE

LIVRE DE JADE

PAR

JUDITH WALTER

PARIS
ALPHONSE LEMERRE, EDITEUR
47, Passage Choiseul, 47

M.DCCC.LXVII

《玉书》1867年版扉页

① 八首题目分别为：“Un poète rit dans son bateall”“Louange à Li-Tai-pé”“Sur les balancements d'un navire, oude la province de l'ouest”“Pensée écrite sur la gelée blanche”“pensée d'automne”“Tristesse du laboureur”“Les sages dansent”“Les fleurs se moquent des graves sapins”.

（7首）、酒（8首）、秋（12首）、诗人（12首）七个主题将诗进行分类。在初版中，有朱迪特献给“中国诗人丁敦龄”的献辞。此书出版后不久，曾先后被翻译成德、意、葡、英、俄等多国文字，在当时的欧洲产生了很大的影响。1902年，第二版《玉书》问世，共收入110首诗歌，时间跨度从周朝至清朝，按主题分为八类，除了第一版的七个主题之外，增加了“宫廷”这一主题。其中爱情诗42首，咏月诗9首，行旅诗7首，宫廷诗6首，战争诗8首，饮酒诗8首，秋诗16首，诗人14首。这一版的书名多了一个副

LE

LIVRE DE JADE

POÉSIES TRADUITES DU CHINOIS

PAR

JUDITH GAUTIER

NOUVELLE ÉDITION CONSIDÉRABLEMENT AUGMENTÉE
ET ORNÉE DE VIGNETTES ET DE GRAVURES HORS TEXTE
D'APRÈS LES ARTISTES CHINOIS

玉書

PARIS
FÉLIX JUVEN, ÉDITEUR
122, RUE RÉAUMUR, 122

《玉书》1902年版扉页

标题——“由朱迪特·戈蒂耶译自中文”。《玉书》是朱迪特的成名作，此书出版后在法国大获好评，多次再版，且被译成了德、意、英、俄等多种文字在欧美世界广泛流传，影响了几代诗人与艺术家。[①]

（三）《玉书》中的《诗经》选译

朱迪特·戈蒂耶《玉书》的两版中都收录了《诗经》，第一版中收录了《魏风·硕鼠》（*Le gros rat*）等三首诗。戈蒂耶在翻译时并未遵循原文，而是进行了改写，且标注为《召南》（*Sao-Nan*），但所选诗歌并不仅出自《诗经·召南》，她以“召南”代指“国风”。

LE GROS RAT

Sao-Nan

Gros rat! énorme rat! ne ronge pas tout mon grain, rat cruel et dévorateur!

Depuis trois ans je subis la férocité de tes dents aiguës, et j'ai vainement tenté de t'adoucir par des supplications.

Mais enfin je partirai, et je te fuirai, et j'irai me batir une maison dans un pays lointain.

Dans un pays lointain et heureux, où les remords ne sont pas éternels!

译文：肥大的老鼠！巨大的老鼠！不要再啃我的谷物，残忍的、折磨人的老鼠！

三年来我忍受着你尖锐牙齿的凶残，徒劳地祈求你变得柔和。

我终于要离开，逃走，我将在远方建造房屋。

在一个幸福的远方，永远没有折磨的地方。

魏风·硕鼠

硕鼠硕鼠，无食我黍！三岁贯女，莫我肯顾。

---

① 参阅：蒋向艳：《程抱一的唐诗翻译和唐诗研究》，华东师范大学出版社，2008年，第186–205页。

逝将去女，适彼乐土。乐土乐土，爰得我所。
硕鼠硕鼠，无食我麦！三岁贯女，莫我肯德。
逝将去女，适彼乐国。乐国乐国，爰得我直。
硕鼠硕鼠，无食我苗！三岁贯女，莫我肯劳。
逝将去女，适彼乐郊。乐郊乐郊，谁之永号？

通过译文与原文进行比较，可以发现戈蒂耶对原文内容做了大量的改动，她去掉了三段中反复的部分，合编译为一段，完全改变了原诗的格式。然而，细读可以发现，虽然戈蒂耶放弃了原诗的结构和韵律，进行了删减，却是把握住了诗歌的主要思想感情，传达了诗歌内容的本质。

第二版《玉书》中多收入了《诗经》中的五首诗：《郑风·将仲子》（*Une jeune fille*，一个女孩）、《郑风·女曰鸡鸣》（*Vengeance*，报复）《齐风·南山》（*Criminel amour*，有罪的爱）《齐风·载驱》（*Retour dans le royaume de Tsi*，返回齐地）《卫风·伯兮》（*La Fleur d'oubli*，遗忘之花），这几首则明确地标注为《诗经》（*Le livre des Vers*），全放置在"爱情"一节里。第一版中的三首诗依然收录其中，依然标注为《召南》（*Sao-Nan*）。她在《外国人》中曾提到《诗经》：

《诗经》包括一部分原始诗歌。人们会感到奇怪和遗憾，为什么伟大的孔子在编订这些珍贵的诗章以免于被遗忘时，在他所拥有的三千首诗中只保留了305首？他为什么对大部分来自古代的声音保持沉默，不把他们保存下来给我们看？无疑，这位伟大的哲学家只想使那些具有道德含义和历史价值的诗永存，而毫不留情地将所有仅仅是描写性、抒情性或充满激情的诗全部打入深渊。[①]

正是带着这样的想法，她不再遵循于中国传统诗经学中注释家所赋予

① ［法］朱迪特·戈蒂耶：《外国人》，转引自蒋向艳：《程抱一的唐诗翻译和唐诗研究》，上海：华东师范大学出版社，2008年，第194页。

《诗经》的政治意义或历史含义，而是将其视为抒写爱情的篇章，将这几首诗都放在“爱情”一节，《硕鼠》则被放在“旅行”一节，新增的几首诗中，朱迪特完全重拟了标题，大多与《诗经》原题相去甚远，尤其是《女曰鸡鸣》是对原诗的节译、糅合甚至改写。

VENGEANCE

Inconnu

-Ah! voilà que le coq chante! dit-elle...

-Non, dit-il, la nuit est profonde, il ne chante pas encore...

-Lève-toi, lève-toi! soulève le store de la fenêtre, interroge le ciel.

-Hélas! l'étoile du matin déjà monte à l'horizon!

-Ah! c'est l'aurore! il est temps! il est temps! Mais avant de t'éloigner, venge-nous de celui qui nous sépare,

-Prends ton arc, et tue le coq.

报 复

轶名

–她说：“啊！鸡叫了。”

–“不是”，他说，“还是深夜，它还没叫……”

–“起床了，起床了！你掀起窗帘，看看天。”

–“啊！启明星已经升上地平线了！”

–“啊！是晨曦！时间到了！时间到了！但是在离开你之前，让我们报复一些这让我们分开的东西。”

–“带上你的弓，射杀这只鸡。”

女曰鸡鸣

女曰：“鸡鸣。”士曰：“昧旦。”“子兴视夜，明星有烂。”“将翱将翔，弋凫与雁。”

“弋言加之，与子宜之。宜言饮酒，与子偕老。琴瑟在御，莫不静好。”

“知子之来之，杂佩以赠之。知子之顺之，杂佩以问之。知子之好之，杂佩以报之。”

此诗据朱熹注：“言女曰鸡鸣，以警其夫。而士曰昧旦，则不止于鸡鸣矣。妇人又语其夫曰：若是，则子可以起而视夜之如何。意者明星已出而灿然，则当翱翔而往，弋取凫雁而归矣。”

从回译的中译文与原文对比，可以发现，朱迪特所译《女曰鸡鸣》只是原诗的第一节，再与注解相对照，因最后一句的理解有误，以致歪曲了全诗的主旨，而将题目自拟为《报复》。然而，如若仅看她所节选的内容，这个题目又恰如其分地体现了主旨。

就意义而言，除《女曰鸡鸣》外，其余几首大体把握住诗义。但就内容与结构而言，她打破了“忠实”的翻译标准，遵循自己的写作原则，对原文进行删减，她“把翻译变成借体寄生的、东鳞西爪的写作”[①]。

朱迪特·戈蒂耶《玉书》是一种“创造性叛逆”的翻译，虽然第二版序言有“由朱迪特·戈蒂耶译自中文”的副标题，然而与其说是翻译或是对原文的“误读”，不如说这是戈蒂耶对中国诗歌的改写。中文原诗不过是给她提供了蓝本，她用奇特的想象组织成新的意象，以“不破不立”的态度，实现了新的文本的诞生；她是把一种语言文字的意义用另一种语言文字表达出来，将一种话语插入另一种话语，形成了独具特色的风格。法国作家法朗士认为，《玉书》与其说是一部译作，不如说是朱迪特·戈蒂耶的一部创作，一部属于她自己的一种形式的创作。钱林森教授更有精辟的论断：朱迪特·戈蒂耶的《玉书》是“取一勺饮，浇胸中块垒，或取一意象，加以渲染，表达新的诗情，创造新的形象”[②]。“作为跨越19世纪、

① 罗新璋等：《翻译论集》（修订本），北京：商务印书馆，2009年，第783页。

② 钱林森：《光自东方来——法国作家与中国文化》，宁夏：宁夏人民出版社，2004年，第182页。

20世纪富有才情和独创的艺术家，她的‘东方情节’和异国情调，她为之而倾情的想象和创造，直接开启了20世纪东游的一代诗人，如谢阁兰、圣·琼佩斯、亨利·米修等对东方古国的文化探秘和精神探觅，成为法国作家对中国文化由艺术想象到实地探索承上启下的人物。”[①]

《玉书》中所选《诗经》篇目并不多，但却代表了一种新的视野，《诗经》在朱迪特·戈蒂耶的眼中不再作为挖掘民风民俗的宝库而存在，她开始真正关注到《诗经》作为文学作品的层面，是一次新的尝试与探究，在这一阶段的法国诗经学中亦可谓独树一帜的存在。

① 黄智倩:《创造性叛逆与文化传递——朱笛特·戈蒂耶〈玉书〉的翻译研究》，北京师范大学2010年硕士论文。

第三章　法国诗经学的繁荣

第一节　19世纪末法国对《诗经》的译介和研究

19世纪可谓法国诗经学发展的黄金时期。如前一章所述，上半叶出现了欧洲第一个《诗经》全译本；著名汉学家毕欧，从民俗学方面入手，写了两篇著名的专论，对《诗经》进行挖掘探索；德里文虽未有专论，却也在《唐诗》序言中对《诗经》做了探究；朱迪特从文学层面释译《诗经》篇目。19世纪后半叶法国汉学的进一步发展，亦推动了法国诗经学的繁荣。

1872年，法国诞生了法文的《诗经》全译本——法国汉学家鲍吉耶（Guillaume Pauthier，1801—1873）翻译的《诗经》[①]（*Chi-king, Bibiothèque Oreintale*）。该文本是直接译自汉语原典，正文译文之前，有首次被全文翻译成欧洲语言的《大序》（*Grande préface*），译自朱熹的《诗序辨说》。

1887年，法国诗人布雷蒙（Émile Blément，1839—1927）在《中国诗歌》（*Poèmes de Chine*）中翻译了《郑风·溱洧》和《郑风·出其东门》两首诗。布雷蒙依据鲍吉耶的译本进行了再创作，译文采取对唱形式的隔

---

① 欧洲最早拥有本民族语言的全译本是1833年德国汉学家吕克特根据孙璋拉丁译本转译的德文本，名为《〈诗经〉：出自孔夫子的中国诗集》（*Schi-king. Das chinesische Liederbuch aus Konfuzius,* Altona，1833）。第一本俄文全译本则是1855年由西维诺夫（Д. П. СиВилов，1789—1871）所译。第一本英文全译本是理雅各（James Leggle，1814—1897）于1871年在伦敦出版的《诗经》（*The She-King*）。

行押韵和每两句进行押韵的形式，优美而富有诗性，但其中不乏作者的想象。

1896年，法国传教士顾赛芬在河北河间府，即献县出版了中文、法文、拉丁文三种文字对照本的全译本《诗经》，是法国诗经学史上最流行的版本，至今已再版五次：第一版于1896年在河间府出版，第二、三、四、五版分别于1926年在河间府出版，1934年在河间府出版，1966年在台湾光启出版，2004年在台湾光启再版。2010年美国Kessinger（凯辛格）出版了影印公版。顾赛芬在《诗经》前言里说明了他翻译本书的目的和翻译《四书》的目的一样，都是"为了弄明白中国学校里教的是什么"。他认为："《诗经》可能是一本最能展现远古东方人民生活、道德习俗和信仰的书。它为道德家、历史学家提供了重要的信息，为传教士提供了帮助。"①顾赛芬翻译的《诗经》，全书分为五部分：序言，导论，地图，正文翻译，字典。②顾赛芬在出版序言里交代了他翻译《诗经》的目的和所用的底本。导论介绍了《诗经》的历史、艺术手法和道德寓意，分四十九个小标题论述了《诗经》中的民俗文化，而且在每一条文化知识的后面都作了注，以便查找原文。导论之后是十五国风的地图，该地图摘自《钦定诗经传说汇纂》。正文翻译部分体例如下：最上是《毛诗·诗经》原文；原文之下则是用拉丁拼音系统为汉字所注的音，这套拼音系统是上文所提及的顾赛芬自己创立的一套系统；每章翻译之前有对该篇主旨的讲解，然后是《诗经》正文的翻译；最下是拉丁语的译文，在拉丁语的译文中，掺杂了用法语对某些字、词所作的解释，这些解释亦是参照清朝推崇的文本释义进行节译的。文本之后附有按部首编排的《诗经》里所涉及的常用字小字典。

顾赛芬翻译的《诗经》采取了意译的翻译策略，严格按照底本译文进行阐释，为后来的法国《诗经》研究提供了很好的工具书。该译本语言优

---

① Séraphin Couvreur. *Cheu King*. 台湾：光启出版社，2004年，Préface.

② 笔者所用的是2004年台湾光启文化事业出版的文本。1966年版和2004年版还增加了第四次印刷出版的序言、按《诗经》篇目顺序排列的目录和按字母顺序排列的目录。

雅，风格“忠实”，多次再版，对后世法国诗经学产生了深远的影响。

第二节 法文全译本《诗经》问世

鲍吉耶，1801年10月4日出生于法国马米罗勒（Mamirolle），1873年3月11日在巴黎去世，是法国的东方学家和诗人。鲍吉耶是一位多产的东方学家，特别关注中国的儒家典籍，但其论著较为平庸，曾遭到儒莲的多次攻击，与儒莲之间有多次论战。[①]鲍吉耶的主要著作有《中华大帝国的历

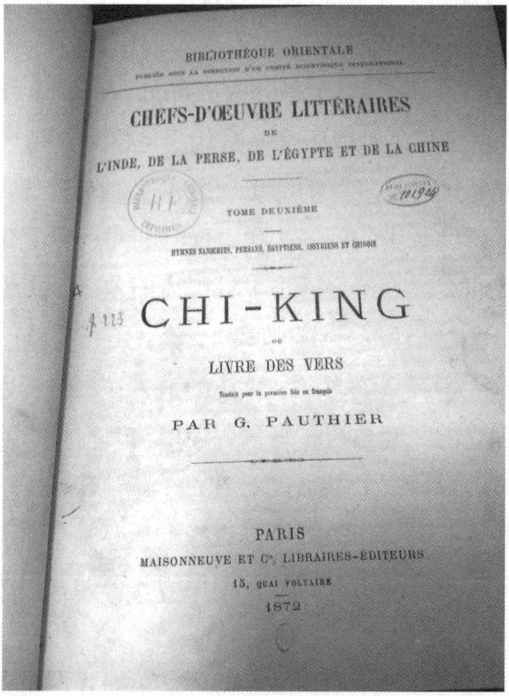
BIBLIOTHÈQUE ORIENTALE

CHEFS-D'ŒUVRE LITTÉRAIRES
DE
L'INDE, DE LA PERSE, DE L'ÉGYPTE ET DE LA CHINE

TOME DEUXIÈME

HYMNES SANSCRITS, PERSANS, ÉGYPTIENS, ASSYRIENS ET CHINOIS

CHI-KING
OU
LIVRE DES VERS
Traduit pour la première fois en français
PAR G. PAUTHIER

PARIS
MAISONNEUVE ET Cie, LIBRAIRES-ÉDITEURS
15, QUAI VOLTAIRE
1872

鲍吉耶翻译的《诗经》扉页

① 如：Stanislas Julien: *Exercices pratiques d'analyse de syntaxe et de lexigraphie chinoise*, paris, 1842. 此书中儒莲对鲍吉耶的多处翻译辟专章进行了批评，随后，鲍吉耶又对此进行回应，参阅 Guillaume Pauthier: “*vindiciae sinicae.*” *Dernière réponse à M. stanislas Julien, suivi d'un parallèle de sa nouvelle traduction de Lao-Tseu avec une traduction précédente*, Paris. 1842.

史、地理和文学及资料汇编》(*Chine ou description historique, géographique et littéraire de ce vaste empire, d'après des documents chinois*，1837)、《大学》(*Le Tá Hio, ou la grande étude*，1837)、《孔子与孟子，中国道德哲学与政治文选》(*Confucius et Mencius, Les Quatre Livres de philosophie morale et politique de la Chine*，1841)、《东方经典》(*Les livres Sacrés de l'Orient*，1843)、《孔子和孟子，四书》(*Confucius et Mencius, Les Quatre Livres*，1845)等。

1872年，法国东方图书馆(Bibliothèque Orientale)出版了一套丛书，鲍吉耶自愿为其翻译《诗经》，这是首个直接译自中文的法文全译本《诗经》。此书的序言中提到此译本包括首次全文译成欧洲语言的《大序》，并附有朱熹对《大序》的评论，这实则是朱熹的《诗序辨说》。为便于说明，特摘录部分译文如下：

GRANDE PRÉFACE

《大序》①

Les vers (chî) sont des pensées, des sentiments que l'on éprouve à l'intérieur et qui se produisent à l'extérieur. Ce qui existe dans le coeur, ce sont des pensées, des sentiments. Si on les produit au dehors par des paroles articulées (en mesure), ce sont alors des «vers».

诗者，志之所之也。在心为志，发言为诗。

(Commentaire de Tchoû-hî): Ce qui se produit dans le Coeur, ou dans l'âme, c'est ce que l'on nomme la pensée, le sentiment; et le vers c'est l'expression de cette pensée et de ce sentiment.

(朱熹注)："心之所之，谓之志，而诗所以言志也。"

Les passions de l'âme se produisent à l'intérieur, et prennent une

① 原注：此序言选自孔子编辑的《诗经》。

forme extérieure dans les paroles qui les expriment. La parole étant souvent insuffisante (pour exprimer les sentiments et les pensées) c'est pour cela qu'on les exprime alors par des exclamations de douleur ou de joie.

Ces exclamations ne suffisant pas encore, on a recours aux modulations de la voix, et ces chants ou modulations de la voix étant encore insuffisants, et ne sachant plus quels moyens employer, on les exprime par des gestes avec la main, par la danse, des mouvements de pieds et des sauts en frappant la terre.

情动于中而形于言，言之不足，故嗟叹之；嗟叹之不足，故永歌之；永歌之不足，不知手之舞之、足之蹈之也。

(Commentaire de Tchoû-hî): Les sentiments ou passions sont les impressions que chaque être éprouve des objets extérieurs et qui l'émeuvent. La joie, la colère, la douleur, la crainte, l'amour, la haine, les désirs: on les appelle les «sept passions», quand elles ont pris une forme extérieure, qu'elles se montrent au dehors et qu'elles sont durables

（朱熹注）："情者，性之感于物而动者也。喜、怒、哀、惧、爱、恶、欲，谓之七情。形，见。永，长也。"

Les passions se produisent à l'extérieur par des émissions de sons. Ces émissions de sons ayant reçu leur complément, leur forme définitive dans l'écriture, on les appelle alors des sons accentués, cadencés. Aux époques de bons gouvernements, de bonne administration, ces voix accentuées expriment le calme par des accents de joie; aux époques de troubles, ces voix expriment le mécontentement, l'indignation, par des accents de colère. Ce qui constitue le régime, l'administration de ces dernières époques, ce sont les (mouvements des) chars de guerre; le royaume étant tombé en ruines, les voix défaillent en accents de tristesse et de perplexité; et toute la population de ce royaume est accablée de douleur.

情发于声，声成文谓之音。治世之音安以乐，其政和；乱世之音怨以怒，其政乖；亡国之音哀以思，其民困。

C'est pour cette raison qu'à certaines époques, dans certaines circonstances, les sentiments de la droiture et de la justice sont conservés, ou sont oblitérés et perdus. Pour émouvoir le Ciel et la Terre; pour exercer une influence sur les Esprits et les Génies il n'est rien qui approche des vers.

故正得失，动天地，感鬼神，莫近于诗。

(Commentaire de Tchoû-hî): Les choses du monde subissent toutes les vicissitudes. Les vers, par cela même qu'ils les reflètent, en exprimant les réalités, et ces chants se conservent dans la mémoire des hommes. Ils leur fournissent des moyens de se corriger de leurs défauts. Ils élèvent les âmes; ils vont jusqu'à calmer les passions les plus extrêmes. Ils sont capables aussi de pénétrer dans le souffle vivifiant des deux premiers principes de la nature: le Yang et le Yîn (le principes male, et le principe femelle), et parviennent jusqu'à pronostiquer ou annoncer des calamités publiques. Or, cela ressort naturellement de l'inspiration du poète；et ce n'est pas une force, ou une faculté imaginaire de l'homme. C'est pourquoi, si (le poète) a pénétré dans les profondeurs du coeur de l'homme, et s'il en a reconnu les mérites et les défauts, il ne fait pas autre chose, dans ses vers, que de nous apprendre ce qu'il a découvert.

（朱熹注）:"事有得失，诗因其实而讽咏之，使人有所创艾兴起。至其和平怨怒之极，又足以达于阴阳之气，而致祥召灾。盖其出于自然，不假人力，是以入人深而见功速，非他教之所及也。"

…………

文本并未明确指出该译本译自何底本，但根据译文，加之《大序》的译文后备朱熹注，笔者以为鲍吉耶所参考的底本当有朱熹的注释。每首诗的前面有对整首诗主旨的简要概括，并给出每首诗所用的手法，是“兴”，是“比”，或是“赋”；而对于“赋、比、兴”手法的解释，鲍吉耶仅在序言中翻译了朱熹的注解，即《诗序辨说》所提到的“赋比兴，则所以制作《风》《雅》《颂》之体也。赋者，直称其事，如《葛覃》《卷耳》之类是也。比者，以彼状此，如《螽斯》《绿衣》之类是也。兴者，托物兴词，如《关雎》《兔置》之类是也。”此外并无其他解释。译文较为忠实于注本之义，且关注到了诗歌的韵脚，并试图保留诗歌的形式，但译文比较简洁，注释也较少。以《关雎》一诗为例：

Chant 1

*Kuan-thsêou*①, en trois strophes; l'une de quatre un à deux autres de huit vers. Genre élevé, hîng.

（《关雎》，三节；第一节四句，后两节各八句。文风高雅兴）

Argument. -épithalame, dans lequel sont célébrées les pietés et les vertus de la fiancée de Wên-Wàng

简介：助婚诗，歌颂文王未婚妻的虔敬和美德

1e Strophe (en quatre vers de quatre pieds chacun).

Les oiseaux Thsêou-kiêou, male et femelle, chantent en

se répondant l'un l'autre;

Ils se tiennent dans les îles que forment les divers cours d'eau.

Une belle et vertueuse jeune fille vit dans une retraite paisible;

Elle est recherchée avec amour par un prince sage et éclairé②.

第一节（四句，每句四个字）

---

① 原注：这个词，放在此处是作为标题；在中文的版本中选择每首诗的前几个字作为标题，用于区分，并没有其他的意思。

② 原注：根据评论家的注释，这位王子是指文王，他是周朝（公元前1134年）建立者的儿子，是中国统治者中最有教养、最著名的王子。

一对雄雌雎鸠，互相歌唱，彼此呼应；
它们站在河的水流（冲击）形成的小岛上。
一位美丽善良的女子生活在一个安静隐蔽的地方；
她被一位睿智、博学的王子爱慕，追求。

原文：

关雎

关关雎鸠，
在河之洲。
窈窕淑女，
君子好逑。

2e Strophe (en huit vers de quatre pieds chacun).
Il est une plante aquatique, nommée hing-thsàï, aux
feuilles inégales entrelacées;
Elle flotte à droite et à gauche sur le cours de l'eau.
Une belle et vertueuse jeune fille vit dans une retraite paisible.
Dans la veille et dan le sommeil elle est ardemment désirée;
Il la cherche, mais il ne peut la posséder;
Dans la veille et dans le sommeil elle occupe continuellement sa pensée.
Oh! quelle douleur incessante! quel chagrin il éprouve!
Il se tourne et se retourne sur sa couche sans pouvoir trouver de repos.

第二节（八句，每句四字）
这是一种水生的植物，叫“荇菜”，叶子交参差错；
它随着水流左右漂浮。

一位美丽善良的女子生活在一个安静隐蔽的地方；
她被强烈地思念着，不管是（思念者）醒着还是睡着。
他寻找她，却不能拥有她；
白天黑夜总是思念她。
啊！痛苦不间断！他所经历的多么悲伤!
翻来覆去都睡不着。

原文：

参差荇菜，
左右流之。
窈窕淑女，
寤寐求之。
求之不得，
寤寐思服。
悠哉悠哉，
辗转反侧。

3e Strophe (en huit vers de quatre pieds chacun).
Il est une plante aquatique nommée hing-thsàï, aux
feuilles inégales entrelacées.
Elle flotte de côté et d'autre sur le cours de l'eau.
Une belle et vertueuse jeune fille vit dans une retraite paisible.
Les (instruments de musique) Khîn et Szě[1] sont pour elle comme deux amis qui ne la quittent pas.
Il est une plante aquatique nommée hing-thsàï, aux feuilles inégales entrelacées.

① 原注：琴是一种五弦的乐器，有的作者说是七弦。瑟有二十五根弦。它们都是丝线。

Elle flottait de droit et de gauche; mais elle a été cueillie pour l'usage intérieur.

La belle et vertueuse jeune fille qui vivait dans une retraite paisible.

Se réjouit maintenant en écoutant les sons des cymbales et des tambours

(qui la conduisent à la demeure de son fiancé).①

第三节（八句，每句四字）

这是一种水生的植物，叫“荇菜”，叶子交参差错；

它随着水流两边漂浮。

一位生活在幽静住所的美丽善良的女子；

琴瑟对于彼此就像不会分离的两个朋友。

这是一种水生的植物，叫“荇菜”，叶子交参差错；

它左右漂浮，但按照本国的习俗，它已被采集。

这位生活在幽静住所的美丽善良的女子，

现在高兴地听着锣鼓声（将她引向未婚夫的家里）。

原文：

参差荇菜，
左右采之。
窈窕淑女，
琴瑟友之。
参差荇菜，
左右芼之。
窈窕淑女，
钟鼓乐之。

① 这首诗，每行四个字且有韵，表现手法为“兴”。这种表现手法是首先谈论事物或别的主题以引出人们想要表达的情感。

鲍古耶认为此诗是歌颂文王之德，此乃旧说，今人以为“此诗则是一个青年热恋采集荇菜女子的诗”[①]。通过上文的比较，也可知鲍吉耶的译文遵循原诗的结构，采取一句一句对译的方式，译文简洁，大体传达出《诗经》的体例与内容。但其中亦有理解并不准确之处，如“琴瑟友之”，朱熹注：“友者，亲爱之意也……乐，则和平之极也……此窈窕淑女，既得之，则当亲爱而娱乐之矣。”但鲍吉耶在译文中将其释为“朋友”，显然未得其原意。注释相对简单，对诗文主旨的概括也过于简单。就如《关雎》，因为没有其他的解释，读者很难从诗文中读出所给的主旨之意；对于“兴”的表现手法，文中并没有具体说明何处用了“兴”，虽在注释中进行了解释，但对首次接触全译本《诗经》的读者而言，很不易理解。鲍吉耶的《诗经》译本虽是第一个法文全译本，但并未引起多大反响。然而作为法国诗经学史上的首个全译本，终究占有一席之地。

第三节　顾赛芬《诗经》译介研究

一、顾赛芬生平及著作简介

顾赛芬，1835年1月14日出生于法国的瓦雷斯（Varennes），在亚眠神学院（Séminaire d’Amiens）修完学业之后，于1853年9月23日加入了耶稣会进行见习。1867年在瓦尔斯（Vals）和拉瓦尔（Laval）完成哲学和神学研究，并晋升神父。他在亚眠大学担任语法教授时，主动要求前往中国传教，于1870年4月30日来到中国，在河间府学习汉语，后到献县，在直隶省河间府直隶东南教区任传教士多年。在此期间，他还担任天文台的主管。1919年11月19日，顾赛芬在献县逝世，享年八十四岁。顾赛芬一生著作颇丰，成就显著，曾获得过三次（1886年、1891年、1895年）“儒莲奖”

① 程俊英：《诗经译注》，上海：上海古籍出版社，2012年，第3页。

（Prix Stanislas Julien）。

1877年，顾赛芬在河间府出版《汉拉字典》（*Dictionarium linguae Sinicae latinum, cum brevi interpretatione gallica, ex radicum ordine dispositum*）①，该字典按部首排列，并有法语的简注。

1884年出版《包括最常用的官话短语的法汉字典》（*Dictionnaire français-chinois contenant les expressions les plus usités de la langue mandarine*）。

1886年出版了《北方官话——法英汉会话指南》（*Langue mandarine du Nord-Guide de la conversation Français-Anglais-Chinois contenant un vocabulaire et des dialogues familiers*）。

1890年出版《汉法字典》（*Dictionnaire Chinois-Francais*）；1904年按笔画排列重新出版，改为《古代汉语词典》（*Dictionnaire classique de la langue chinoise*）；1911年又按拼音排列出版。该字典以《字学举隅》《佩文韵府》《康熙字典》等为底本，其中例证大部分源自顾赛芬翻译中国古籍时所做的一系列卡片，另一部分则来自中国当时一些著作和官方文书等。读音参考《剔弊五方元音》②，用他自己所创的拉丁化拼音系统进行注音③。这本字典是从事中国古籍研究十分珍贵的工具书，具有深远的影响，在西方汉学界好评不断。戴密微曾说："他的《古代汉语词典》始终是我们所拥有的一部最优秀的西文汉语古文词汇工具书。"④

1892年出版新的《汉拉字典》（*Dictionarium sinicum & latinum ex radicum ordine dispositum, selectis variorum scriptorum sententiis firmatum ac illustratum*），依然是按部首排列。与1877年不同的是，这部字典添加了很多文

① 顾赛芬所有著作初次出版印刷都在河间府。

② 樊腾凤（1601—1664），邢台隆尧县西良前村人，以创著《五方元音》闻名全国。该字典用的是反切法，用十二个韵母和二十个声母来拼音。十二个韵母是：一天、二人、三龙、四羊、五牛、六獒、七虎、八驼、九蛇、十马、十一豺、十二地。二十个声母是：梆、匏、木、风；斗、土、鸟、雷；竹、虫、石、日；剪、鹊、系、云、金、桥、火、蛙。

③ 顾赛芬在编写辞书过程中建立了自己的拉丁化拼音系统，1902年，法兰西远东学院开始使用这套拼音系统，沿用至20世纪中期。

④ Paul Demiéville. Aperçu historique des études sinologiques en France. *Choix d'études sinologiques*, Leiden, E. J. Brill, 1973, p. 465.

5

周南一之一
關雎
(1) 關關雎鳩.
在河之洲. 窈
窕淑女. 君子
好逑.
(2) 參差荇菜.
左右流之. 窈
窕淑女. 寤寐
求之. 求之不
得. 寤寐思服.
悠哉悠哉. 輾
轉反側.

KOUAN TS'IU. 1. Kouān kouān ts'iū kiōu, tsái hô tchéu tcheōu. Iaò tiaò chōu gniū, kiūn tzèu haò k'iôu.

2. Tch'ènn tch'éu hing ts'ái, tsouò iòu liôu tchêu. Iaò tiaò chōu gniū, óu méi k'iôu tchêu. K'iôu tchêu pôu tě, óu méi sēu fôu (p'é). Iôu tsāi, iôu tsāi, tchèn tchouèn fàn tchě !

LIVRE I. TCHEOU NAN.

1. CHANT I. KOUAN TS'IU.

Les femmes du palais chantent les vertus de 太姒 T'ài Séu, épouse de 文王 Wênn wâng.

1. Les *ts'iu kiou* (se répondant l'un à l'autre, crient) *kouan kouan* sur un ilot dans la rivière. Une fille vertueuse (T'ai Seu), qui vivait retirée et cachée (dans la maison maternelle), devient la digne compagne d'un prince sage (Wenn wang).

2. La plante aquatique *hing*, tantôt grande tantôt petite, a besoin d'être cherchée partout à droite et à gauche dans le sens du courant. Ainsi cette fille vertueuse, modeste et amie de la retraite a été l'objet de nos recherches et le jour et la nuit. Cherchant et ne trouvant pas, nos esprits n'avaient de repos ni le jour ni la nuit. Oh ! depuis combien de temps, nous tournant et nous retournant la nuit tantôt sur un côté tantôt sur l'autre, (avons-nous été privées de sommeil)!

TITRE DU LIVRE. 周南一之一 Tcheōu nân: i tchêu i. Tcheou (regni et) australium (regnorum cantica): (Cheu king partis) primæ (liber) primus.

La principauté de Tcheou était dans le 岐山縣 K'i chān hién actuel. Voy. page 2.

CHANT I. 1. (Invicem respondentes) *kouan kouan* (aves aquatiles) *ts'iu kiou* sunt in fluminis insula. *Segregata*, abdita, optima puella (facta est) principis sapientis eximia conjux.

Le 雎鳩 ts'iū kiōu est un oiseau aquatique. Il ressemble à la mouette ou au petit canard appelé 鳧 fôu. Il est le symbole de la fidélité conjugale. Plusieurs anciens auteurs prétendent que c'est une espèce d'aigle de mer.

T'ai Seu, c.-à-d. l'auguste Seu, était fille du prince de 莘 Chēnn, dont la famille se nommait Seu.

2. Inæquali altitudine *hing* olus, læva dextraque, i. e. hic illic, secundo flumine quærimus illud. Segregatam, abditam, optimam puellam, vigilantes ac dormientes (seu lecto cubantes)

顾赛芬翻译的《诗经》内页

学著作中的句子作为例句。

1903年出版《小汉法字典》(*Petit Dictionnaire Chinois-Francais*)。

顾赛芬还翻译了大量的著作，大多都以拉丁文、法文双语翻译，且首版大多都在河间府出版。

1894年，顾赛芬翻译出版《中国公函、诏令、奏议、觉书、碑文等文选》(*Choix de documents, lettres officielles, proclamations, édits, mémoriaux, inscriptions... texte chinois*)。

1895年，顾赛芬翻译出版《四书》(*Les quatre livres*)[《大学》*Livre I. la grande étude* (Ta hio, Daxue)、《中庸》*Livre II. L'invariable milieu* (Tchoung young, zhong yong)、《论语》Livre III. *Entretiens de Confucius et de ses disciples* (Louen yu, Lun yu)、《孟子》Livre IV. Œuvres de Meng Tzeu (Meng Tzeu)]。

1896年，顾赛芬翻译出版《诗经》(*Cheu King*)。

1897年，顾赛芬翻译出版《书经》[*Chou King (Shu jing), les Annales de la Chine*]。

1899年，顾赛芬翻译出版两卷本的《礼记》[*Li Ki (Li ji),* T. *II memoires sur les bienséances et les cérémonies*]。

1914年，顾赛芬翻译出版三卷本《〈春秋〉和〈左传〉》[*Tch'ouen Ts'iou et Tso Tc*houan (Chun qiu zuo zhuan)]。

1916年，顾赛芬翻译出版《仪礼》(*Cérémonial*)。

1917年，顾赛芬还在河间府出版了《古今中国地理》(*Géographique ancienne et moderne de la Chine*)。

顾赛芬的著作和译本很多都曾多次再版，为传教士和汉学界提供了优质的工具书和参考文献，产生了深远的影响。

二、顾赛芬《诗经》翻译风格与策略探究

（一）顾赛芬翻译使用的《诗经》底本简介

顾赛芬在序言里交代了他翻译《诗经》所用的最重要的底本是《诗经备旨》，同时参考了《钦定诗经传说汇纂》《十三注疏・毛诗正义》《诗经体注》[①]，还提及了当时具有重要影响的反宋学、重汉学的《皇清经解》[②]。

《诗经备旨》是清邹圣脉所辑。邹圣脉，字宜彦，别号梧冈，生于康熙三十年（1691年），卒于乾隆二十七年（1762年）。邹圣脉继承汉学新文学派“微言大义”和宋学讲求义理的方法，著《五经备旨》。《诗经备旨》

① 《诗经体注》，全名为《诗经体注图考大全》，是清高朝璎撰，沈世楷辑，最初于康熙五十年（1711年）刊行。

② 《皇清经解》，又名《学海堂经解》，是清代著名学者阮元（1764—1849，字伯元，一字梁伯，号云台，又号揅经老人等）在两广总督任内组织编纂的一部经学著作。

于1763年印刷出版，正文之前有邹圣脉亲题的序言。正文部分先是对朱熹部分字的解释，其下是每章的全旨和每一小节的旨，按原典章节注明大意，寻源溯流，条分缕析，疏其义理。《诗经备旨》的主旨多从朱熹《诗集传》之说，但若是朱子之说与前人旧说有异，或是有疑问，抑或是两者皆可存的情况，《诗经备旨》则摘录《钦定诗经传说汇纂》的“御案”。《诗经备旨》是私塾里通用的蒙学教本，通俗易懂，却难登大雅之堂，在正统诗经学史上地位不高。

《钦定诗经传说汇纂》是康熙末年圣祖玄烨命王鸿绪等人仿李光地《周易折中》的体例所编，全书共二十四卷（正文二十一卷，卷首一卷，诗序两卷），卷前有戴临书雍正五年《御制序》，王鸿绪、揆叙等三十位纂修官职名及目录。卷首上为凡例（共六条）、引用姓氏（自周荀况至明徐

CH. I. 1, 2.　THE CANON OF YAOU.　17

克明俊德、以親九族、九族既睦、平章百姓、百姓昭明、協和萬邦、黎民於變時雍。

2 earth to heaven. He was able to make the able and virtuous distinguished, and thence proceeded to the love of the nine classes of his kindred, who all became harmonious. He *also* regulated and polished the people *of his domain*, who all became brightly intelligent. *Finally*, he united and harmonized the myriad States *of the empire*; and lo! the black-haired people were transformed. The result was *universal* concord.

Ch'ing—慮深通敏, 'in cogitation profound, in penetration active.') 安安—欽, 'reverential,'—cherishing a constant feeling of responsibility. This, it is said, is the 'one word' in the Book, indicating the one virtue out of which all Yaou's other qualities grow. Gan-kwŏ takes 安 as a verb—'by those *four* virtues he gave repose to those to whom repose was due.' Much better to take the phrase as in the translation, with Choo He. Ch'ing read 宴宴. 光被 (3d tone,—及) 四表.—Gan-kwŏ expl. 光 by 充—'those virtues filled up and reached to,' &c. Fuh-shang's text seems to have read 橫 (see the 後案); but in the prefatory notice we read 光. 表—外, 'that which is outside.' Acc. to Ch'ing, 四表—四海之外, 'the remotest limits of the four seas.' 上下—天地, heaven above and earth beneath.

2. 克明俊德,—see the Great Learning, Comm. i. 4, where for 俊 we have 峻. There the 'great virtue' is that of Yaou himself; but the preceding has spoken sufficiently of that. Ch'ing and Gan-kwŏ both take the meaning as in the transl., which moreover agrees with Conf. teaching, Doct. of the Mean, xx. 12, 13, where 親親 follows 尊賢. The commentator in the Great Learning *accommodates* the text of the Classic. 九族—all of the same surname, all the relatives of consanguinity, from the great-great-grandfather to the great-great-grandson. Gow-yang (歐陽), and other interpreters of Fuh-shang's Books, understood the nine classes to be 4 on the *father's side*, 3 on the mother's, and 2 on the wife's (see Ying-tă *in loc.*). Ch'ing and Gan-kwŏ rightly prefer the former view; but we may say with Ts'ae Ch'in that the relatives by affinity should here be understood as included with the others. 平章百姓,—I have given 百姓, after Ts'ae Ch'in, as meaning 'the people of the imperial domain.' That the phrase must be restricted in signification is plain from the 萬邦 and 黎民 that follow. Gan-kwŏ, however, says that 百姓—百官, 'the various officers.' Ch'ing substantially agrees with him;—百姓—羣臣之父子兄弟. That 'the hundred surnames' was a designation of the great families of the State under the Chow dyn. is shown clearly by Ying-tă, *in loc.* But in the Shoo-king, where the phrase occurs some 14 times, much the more natural interpretation of it is as—民, 'the people.' Part V. x. 10; xvi. 9 are exceptions to this, but the ordinary usage is as I have said. For 平 the 'Historical Records' give 便, and Ch'ing interpreted by 辨, 'to distinguish, to separate.' Hence it has been contended that the original reading was 釆, the old form of which was liable to be mistaken for that of 平. [I cannot in these notes enter much into the question of various readings, and discuss the correctness of the text. The subject has been treated generally in the prolegg.] 萬邦—萬國 (so it is in the 史記), 'the myriad States,' *i.e.*, the States of all the princes beyond the imperial domain. 黎—'black,' *i.e.*, black haired. Some simply expl. it by 衆, 'all.' 於, an excl., read *woo*. 時—是. Gan-kwŏ brings out the concluding clauses thus:—天下衆民,皆變化從上,是以風俗大和, 'All the people under heaven were transformed, and followed the example of the sovereign, so that their manners became greatly harmonious.'

VOL. III.　2

James Legge: *The Sacred Books of the East,* Oxford University Press, 1879.

理雅各《东方圣书》内页

凤彩，凡二百六十人）和《诗传图》《诸图世次图》《作诗时世图》。卷首下为《纲领》三篇、《诗序》和朱熹的《诗集传序》。

从顾赛芬的导论及译文中可以发现，顾赛芬翻译时参照了前人的成果。其导论参考了毕欧的《根据〈诗经〉探讨中国古代的风俗民情》一文，引用了孙璋的译文。顾赛芬的《诗经》译本排版体例与理雅各《东方圣书》(*The Sacred Books of the East*)体例如出一辙。

（二）顾赛芬《诗经》翻译风格和翻译策略

1. 顾赛芬《诗经》翻译风格。

顾赛芬《诗经》全本法语译文呈现出忠实的风格。这里的"忠实"，只就其内容而言，而非就其形式而言。顾赛芬根据底本朱熹《诗集传》、邹圣脉《诗经备旨》的"讲解"，逐行对诗歌进行阐释，并添加主旨和注释，用词优雅，句式通顺，态度严谨，鲜有漏译，注释详细、准确。译文忠实地传达了朱熹注解下的《诗经》，但就形式与韵律而言，顾赛芬对此则选择了"背叛"，进行创造性的叛逆。译文不是诗体，而是散文体，只是对底本所诠释的《诗经》的译述，未曾讲究用韵。

2. 顾赛芬《诗经》翻译策略。

（1）翻译策略一——逐行对照的释译。

鉴于顾赛芬《诗经》翻译力求忠实，他主要是选择了逐行对照释译的方法。逐行对照（interlinear translation），是指译者逐行在原文下面写出译文，通过语言上紧贴原文以再现原文的实意，此方法属于逐句直译，而不是逐字死译[①]；而释译（paraphrase），则是用目的语中与原语意义对应的一组词语或词组代替原文本中的词来对源语文本进行阐释。[②]此种翻译具有一定的自由，一旦译者用阐释的方法，就可能在目的语文本中加入原语文本中没有的信息成分，但这种增译要受到意义（必须保留或再现的内涵意

① 谭载喜:《西方翻译简史》，北京：商务印书馆，2000年，第132页。

② 德利勒（Guillaume Delisle）、利扬克（Hannelore Lee-Jahnke）、科米尔（Monique C. Cormier）编著，孙艺风、仲伟合编译:《翻译研究关键词》，北京：外语教学与研究出版社，2004年，第103–104页。

义)、语篇流畅或产生文体效果的愿望制约。

①逐行对照释译(未添加注释)。

顾赛芬对“国风”和“小雅”的大部分诗，都采取的是逐行对照的释译，很少有添加信息的成分。如《周南·桃夭》:

“桃之夭夭，灼灼其华。之子于归，宜其室家。”

《诗经备旨》:

> 夭夭：少好之貌；灼灼：花之盛也；之子指嫁者而言也，妇人谓嫁曰归。

译文：Le pêcher est jeune et beau; ses fleurs sont brillantes. Ces jeunes filles vont célébrer leurs noces chez leurs fiancés; elles établiront l'ordre le plus parfait dans leur appartements et dans toute la maison.

> 桃树盛而美，它的花十分耀眼。这些年轻的女子将在她们未婚夫的家里举行婚礼；她们将建立秩序井然的室家。

将译文与原诗对比，我们可以看出顾赛芬是根据底本的注释一字一句逐行对照进行释译，但并非死译，句式通顺。顾赛芬逐行对照的是原文，而不是底本的“讲解”,底本只是便于顾赛芬更好地理解诗的意义，他只选择诗句对应的解释而译，其余的阐释都选择舍去。对于此类内涵不是很复杂且每句皆可单独成句译出的诗，顾赛芬直接以正文的形式将其意义译出，而没有额外添加括号注释。

②逐行对照且有所添加的释译。

对于那些内涵相对比较复杂，需要补充说明才能更好地诠释其意义的诗，顾赛芬则在正文的译文中加入括号，在括号里进行注释。“大雅”“三颂”的大部分诗他都是这样进行处理的,“国风”和“小雅”也有小部分的诗是如此，如《召南·行露》《小雅·正月》等。添加了注释的诗又分为两类：一类是撇开注释亦可单独成句，只是意义不甚清楚；另一类则是需要连着注释，方可成其完整的句子。

如《小雅·正月》第五章："谓山盖卑，为冈为陵。民之讹言，宁莫之惩。召彼故老，讯之占梦，具曰予圣，谁知乌之雌雄？"

《诗经备旨》：

> 山脊曰冈，广平曰陵。惩，正也。召，呼也。故老，旧臣也。讯，究问也。占梦，官名。具，俱也。乌，乌鸦，其雄雌相似而难辨。

译文：(Les calomniateurs) disent (et voudraient faire croire) que les montagnes sont basses, tandis qu'elles ont des crêtes et des plateaux. Pourquoi personne ne met-il un frein à la calomnie? L'empereur fait venir les vieillards, ses vieux serviteurs; il interroge les interprètes de songes. Chacun lui répond: «je suis sage.» Mais entre les corbeaux, qui peut distinguer le male de la femelle? (De même qui saurait discerner le vrai du faux dans les discours des hommes) ?

> （诽谤者）说（并让人相信）山是矮的，同时有脊有原……但是，谁能辨认出乌鸦的雄雌呢？（正如谁能辨别出言论的对与错呢？）

第一句，如果撇开括号里的注释是无法单独成句的，最后一句括号里的注释则是用来补充说明最后一句的。顾赛芬在译文中添加注释的情况大多是如例文中的第二种，《诗经》中赋、比、兴的手法对于异国读者而言有些不知所云：本是指责谗言之人，何以却言乌鸦之雄雌？为了更好地诠释，顾赛芬便选择添加注释。这是为了让读者更好地理解文章的意思，即看似是说乌鸦雌雄之难辨，实则是指谗言之难辨也。

③非严格逐行对照释译。

顾赛芬在翻译《诗经》的时候并不是死板的完全一字一句逐行对照进

行翻译，而是根据诗的意义进行处理。有的诗句无法单独翻译，或是两句的主语相同等，顾赛芬就把几句糅为一句进行翻译。

如《邶风·雄雉》：“雄雉于飞，泄泄其羽。我之怀矣，自诒伊阻。”

《诗经备旨》：

雉：野鸟。雄者有冠、长尾、身有文采，善斗。泄泄：飞之缓也。怀：思也。诒：遗也。阻：隔也。

译文：Le faisan dans son vol fend l’air avec lenteur. (De même) celui que je regrette (est calme au milieu des périls; mais il) me laisse dans l’inquiétude.

雉鸡在空中缓慢地飞。（同样地）我所怀念的（是煎熬中的平静），但他却让我焦虑不安。

抛开括号里的注释来看，此诗皆是把两句糅为一句进行翻译的。前两句的主语相同，后两句若加上注释亦可单独成句，但若无注释则译为一句为佳。此种情况尚可算作对照进行释译，只不过对照的不是一句，而是两句；还有一种情况，则是完全的释译了。

如《小雅·裳裳者华》第四章：“左之左之，君子宜之。右之右之，君子有之。维其有之，是以似之。”

《诗经备旨》：

宜者，纷纭交错，随时当可。左右二字，借用字，眼见非一处意。有者，千变万化、应用无穷。有之与上不同，上言有之于外，此言有之于内。

译文：Qu’on emploie ces princes ici ou là, partout leur capacité sera suffisante. Ils sont réellement capables, et ils le paraissent.

这些君子，不管授以何职，他们都能胜任。他们是真的很能干，他们如此表现。

顾赛芬在翻译此章时，打乱了本来的顺序，将几句糅为一句，根据意思进行翻译。此诗若照之前的译法，便会成为“四不像”，且抓不到诗文的核心意义。由此可见顾赛芬在翻译时并不是按部就班、不知变通地采取一种套路，而是根据诗文的特点及意义进行综合分析处理。

④对一词多义的处理。

《诗经》中有些意义十分丰富的词汇，在不同的语言环境中有着不同的含义，如“君子”一词在《诗经》中含义颇丰，在后面所附的小字典里，顾赛芬解释为：Prince，celui qui cultive la vertu，disciple de la sagesse，homme sage，homme respectable[①]。而在译文中，顾赛芬也并不是呆板的照字面意义译出，而是根据其注释，在不同的诗篇中选择不同的词汇进行对译。

君子指“王公、诸侯”：un prince sage。如《周南・关雎》“窈窕淑女，君子好逑”、《卫风・淇奥》“有匪君子，如切如磋”等。

君子指“后妃”：le sage princesse。如《周南・樛木》“乐只君子，福履绥之”等。

君子指“丈夫”：seigneur（mari），如《周南・汝坟》“未见君子，惄如调肌”、《召南・草虫》“未见君子，忧心忡忡”、《王风・君子于役》“君子于役”等。君子指“夫君”：mon noble époux，如《邶风・雄雌》“展矣君子，实劳我心”等。

君子指“智者”：un sage。如《郑风・风雨》“既见君子，云胡不喜”、《魏风・伐檀》“彼君子兮，不素餐兮”等。

① Séraphin Couvreur. *Cheu King*, Kuangchi Cultural Group, 2004, p. 481.

君子指“许国居民”: habitants des Hiu。如《鄘风・载驰》“大夫君子，无我有尤”等。

君子指“在位言，而含王者在其中”: des officiers。如《小雅・鹿鸣》“视民不恌，君子是则是效”等。

君子指“在位者”: les dignitaires。如《小雅・大东》“君子所履，小人所视”等。

君子指“群臣”grands dignitaires。如《小雅・巷伯》“凡百君子，敬而听之”。

君子指“将帅”: le chef de l’armée。如《小雅・采薇》“彼路斯何？君子之车”。

君子指“主人”le maître de la maison。如《小雅・南有嘉鱼》“君子有酒，嘉宾式燕以乐”。

君子指“宾客”: convives，如《小雅・南山有臺》“乐只君子，邦家之基”等。君子指“兄弟”: les homes distingués，如《小雅・頍弁》“未见君子，忧心奕奕”等。

君子指“王”: l’empereur，如《小雅・节南山》“弗问弗仕，勿罔君子”等。君子指“国王”: le souverain，如《小雅・斯干》“鸟鼠攸去，君子攸芋”等。

君子泛指“执政者”: nos gouvernants。如《小雅・节南山》“君子如届，俾民心阕”等。

君子言“自己”: je。如《小雅・四月》“君子作歌，维以告哀”。

同一个词在不同的语境之下拥有不同的含义，顾赛芬并不拘泥于字面的意义，而是根据不同的语境选择不同的词汇进行对译，以期更好地诠释出原文的意义。

⑤对特殊词汇的翻译。

利玛窦“合儒易佛”路线确立之后，《诗经》便成为传教士青睐的儒家典籍：首先是因为其在儒家学说中的地位，其次是《诗经》中有很多对传教士传教有利的内容。其中的“天”“神”“上帝”，成为天主教中最高主宰者的译名。译名之争就是这些特殊词汇是否等同于上帝（Deus）的争论。直到19世纪，“天”“神”“上帝”等的使用，不管是中译外，还是外译中，皆无定论。

综观各译本，法语译文中“天”“神”都用一样的词汇：天：le Ciel，神：l’esprit；但是“上帝”的译名却不尽相同，以下节取自法国《诗经》翻译研究史上有重要影响的几位译者的译文：

马若瑟：le suprême Seigneur/le Seigneur

韩国英：le Chang-ti

鲍吉耶：le Souverain suprême

毕欧：le Chang-ti/ le souverain Seigneur

顾赛芬在导论里采用音译：le Chang Ti，在具体的文章中，则根据语言环境选择了不一样的词汇。将《小雅·正月》中的“有皇上帝，伊谁云憎”译为“ce suprême dominateur”，这里是根据《诗经备旨》之解“上帝天神也”，因此译为“这位最高的主宰者”；在《小雅·菀柳》“上帝甚蹈”中，《诗集传》注释为“上帝指王也”，顾赛芬据此译成“ce maître suprême”（这个最高的主人）；在《大雅》中，顾赛芬则统一使用“le roi du ciel”，这是依据朱熹《诗集传》的注解：“上即天也”“帝，上帝”“上帝，天之主宰也”而译的。

（2）翻译策略二——添加副文本。

“副文本”（paratextualité paratexte）的概念是由法国文论家杰拉德·热奈特（Gérard Genette）于20世纪70年代在《广义文本导论》中提出的，后来又在《隐迹文本》和《副文本：阐释的门槛》等作品中不断完善，并区分了多种副文本类型，如内文本、外文本、文本副文本、图像副文本等，是指在正文本和读者之间起着协调作用的，用于展示作品的一切言语和非言语的材料，主要包括以标题、序、跋、题辞、图片、注释、附录等随书一同出现的内副文本和以访谈、对话、书信、日记、书评、书刊广告等为代表的外副文本。[①]顾赛芬在《诗经》译本中添加了大量的副文本，丰富了文本的内涵。

①添加主旨。

毛诗在流传过程中每一篇都有简明的序，说明该诗的主旨。《诗经》首篇《关雎》之前，有一段较长的序文，作《关雎》题解又概论全经。宋人把概论全经的这一段长序文，称为大序；把其余各篇的序文，称为小序。宋代掀起废序、尊序之争，朱熹《诗集传》废去《诗序》不录，但每篇诗皆有他自己所作的题解。邹圣脉《诗经备旨》以《诗集传》为蓝本，参照《钦定诗经传说汇纂》，每篇诗皆给出了主旨。顾赛芬翻译《诗经》时，也遵循中国经学家的惯例，在《国风》《雅》《颂》首篇之前有一篇统说，分别对风、雅、颂的内涵做出了解释，并就十五国风中每一国的历史、地理做了简要的说明。每首诗的正文译文之上也附有主旨，该主旨主要是依据《诗经备旨》各首诗的旨或各诗第一节"讲"中的第一句进行节译的。对于那些备用"御案"之说的诗，御案中留有两说的，认为两者皆可备也，则顾赛芬亦留有两说，如《郑风・风雨》；御案若以朱子之解为优或为正，顾赛芬则遵从朱子之解，如《周南・葛覃》；若御案有疑或倾向于前人的定论，顾赛芬则从其前人之旧说，如《郑风・有女同车》。

如《郑风・遵大路》：

御案：

---

① 关于副文本的理论可参阅：Genette, Gérand. *Introduction à l'architexte. Paris, 1979. Genette, Gérand. Architext: An Introduction.* Oakiand: *university of California Press, 1992.* Genette, Gérand. *Paratexts: Thresholds of Interpretation.* Translated of Jane E. Lewin. London. 1977. 国内有关副文本的研究多以翻译文本个案研究为主，综述类及理论本身的研究较新的成果可参阅：余小梅：《副文本与翻译研究的前沿——〈翻译与副文本〉述评》，《外语研究》2019年第3期；凯瑟琳・巴彻勒，余小梅：《副文本相关的翻译研究议题》，《翻译界》第七辑，2019年3月；耿强：《副文本与中国翻译话语的再考察（1949—1966）》，《天津外国语大学学报》，2019年5月；耿强：《翻译中的副文本及研究：理论、方法、议题与批评》，《外国语》，2016年9月；殷燕，刘军平：《国内副文本研究三十年（1986—2016）——基于CiteSpace的科学计量分析》，《上海翻译》2017年第4期；等等。

序思君子也。庄公失道，君子去之，国人思望焉。朱子初解云：君子去其国，国人思而望之，于其循大路而去也，揽持其袪以留之曰："子无恶我而不留，故旧不可遽绝也。"是亦尝从序义矣，后定为淫妇留其人之词。引宋玉赋有"遵大路兮揽子袪"之句以为证，刘瑾谓宋玉去古未远，其所引用当得诗人本旨。辨之者曰，小序首句，国史所题，尤去古未远也，况遵大路，见非私径。宋元明儒于此篇都从序说。故节存大意以俟考。

《诗集传》注：

淫妇为人所弃，故于其去也，揽其袪而留之曰：子无恶我而不留，故旧不可以遽绝也。

顾赛芬《诗经》: Efforts pour retenir un ami et conserver son amitié, ou pour retenir un sage qui veut quitter son pays troublé par la mauvaise administration du prince 庄 Tchouāng.

努力挽留一个恋人和他们的爱情，或者是挽留一个因为庄公治国不善而想要离开他动乱的国家的智者。

顾赛芬《诗经》里留有两说的诗，诗旨的节译不明显，但也能看出顾赛芬只取其底本主旨中的核心话语进行翻译；只有一说，或者没有备案的诗，多采取节译的方式，有的甚至只有一两个单词。如《郑风·东门之墠》：

《诗经备旨》：

首章思其人而叹其相远，次章思其人而冀其来就，有思之愈深而愈切意。

《诗集传》：

室迩人远者，思之而未得见之辞也。

译文：Affection refroidie

情感渐凉。

此诗之旨可以说是言简意赅，底本主旨之解重在“思”，而顾赛芬之旨却未见“思”字，只选择了主旨的前半部分进行翻译。

顾赛芬在节译主旨时多是参考底本主旨，结合全诗，再抛出自己的理解；但是这种介入并不是他自己的妄断，大体还是遵循着底本的主旨的。对于大部分的诗，顾赛芬都是如以上例子一般给予全旨，但少部分的诗也像《诗经备旨》一样一句一句以“首章”“次章”……分别予以说明，如《小雅·我行其野》。主旨的添加让读者进入诗的阅读之前便有大致的把握，便于读者更好地理解诗的意义。

②文图并存的注释。

除了附有主旨以便于对诗的理解有整体把握之外，顾赛芬还在其拉丁文的译文中添加了用法语所作的注释。这些注释并非全部字的注释，而是有选择性地进行注释。大体可以分为四类：

一是诗中无意义的字，如词头、虚词等的解释，如《周南·芣苢》“采采芣苢，薄言采之”，“言”就有注释：particule explétive（赘词）。

二是一些特殊的文化意象，如《郑风·子衿》“青青子衿”，对什么是“青衿”作了单独的说明：Les étudiants portaient le collet bleu. Encore à présent l’expression，青衿désigne un，秀才sióu ts’ai。不熟悉中国古代文学常识的读者，很难明白“青衿”指代的是什么，对于诸如此类特殊的文化意象，顾赛芬大多都附有单独的解释。

三是人物、器物、日历、地理、官名、丈量单位、风俗习惯等专有名词的一些注释，此类注释是顾赛芬《诗经》注释中最主要的一类，其中包含了大量的中国古代文化常识，对理解诗文大有帮助。关于器物的注释中还常配有图案，这些图源自《诗经体注图考大全》，如“佩玉”在《诗经》里出现的次数很多，但就单纯的文字解释很难让读者真正的明白，于是顾赛芬配以图案进行详细的描述，使之鲜活地呈现在读者面前。

瓊 K’iôung, pierre de prix de couleur rouge; beauté d’une pierre de prix。

红色的宝石，美丽的宝石。

琚 Kiū,[①] nom donné à deux des pierres de prix qu’on portait suspendues à la ceinture。

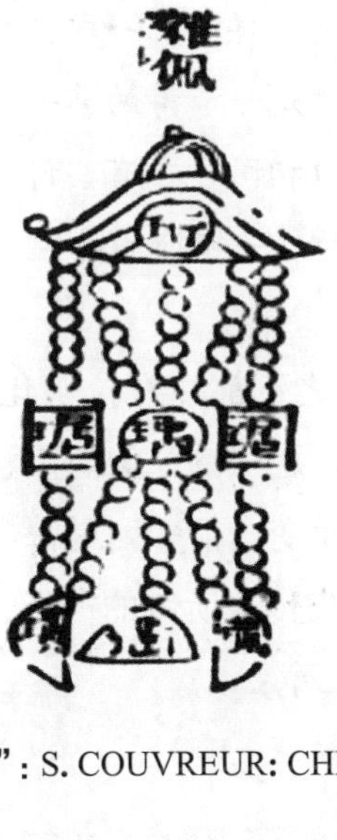

“佩玉”: S. COUVREUR: CHEU KING

① 当时贵族男女都在衣带上挂一装饰物，用好几种玉石组成，称为佩玉、玉佩或杂佩。风诗中，凡男女两性定情之后，男的多以佩玉赠女。琚：杂佩中的一种玉石。

La figure ci-contre représente les pierres de prix qu'on portait à la ceinture 佩玉 péi iŭ。

> 悬挂在腰带上的两种宝石之名。旁边是人们所带的佩玉的形状。

还有一类很特殊的注释，是底本中关于“天”“上帝”的一些阐释。如“不愧于人则以人为可欺也，天不可欺”（《诗集传》）、“天之明察无隐不彰，甚可畏也”（《诗经备旨》）、“上帝，天之主宰也”（《诗集传》）等诸如此类的句子；顾赛芬在注释里节译的句子大多是这种与“天”“神”“上帝”有关，底本中各种各样的注释十分丰富，但他却独选此类，这与他传教士的身份息息相关。

（3）注音：韵律缺失的一点补偿。

顾赛芬并没有完全忽略掉《诗经》的韵律，在导论里，他说：

> 在一节诗里，诗句有时是以同一韵脚结尾，有时是不同的韵脚。大多数情况下，韵脚都是一样的，一句紧接着一句；但是我们同样也会遇到交错的韵脚。有时是一节诗的第一句或是最后一句的韵与下一节的第一句或是最后一句相同。在有些诗节中，一句或几句诗之间互不押韵，有时，是两句两句一起押韵。①

顾赛芬在每首诗的原文之下都注有拉丁化的拼音，便于读者阅读原文，同时也算是他对《诗经》之“诗”的韵律、结构等“背叛”的一点补偿。因为“读音也随着时代而变，很多词尾曾经是押韵的，现在也不再押韵”，他便同时参照朱熹《诗集传》所考的古音，对有古音的字加注括号和古音。如《周南·汉广》第二章：

① Séraphin Couvreur. *Cheu King*. Kuangchi Cultural Group, 2004, Introduction, p. v.

翘翘错薪，言刈其楚。之子于归，言秣其马。汉之广矣，不可泳思。江之永矣，不可方思。

注音：K'iaô k'iaô ts'ouŏ sīn, iên i k'î tch'ŏu. Tchēu tzèu iû kouēi, iên mouŏ k'î mà (mòu). Hán tchēu kouàng (kouáng) i, pŏu k'ò ióung (iáng) sēu. Kiāng tchēu ióung (iáng) i, pŏu k'ò fāng (fáng) sēu.

给每个字的注音本是使文本便于阅读，却在一定程度上也弥补了韵律的缺失。韵律乃音节抑扬顿挫的和谐之音，而注音是以西方人熟悉的拉丁化的注音系统，这就让读者真真切切地感受到了中文古诗独特的韵律，尤其是古音的标注，使其韵律更加明显；原文加上注音，使诗的结构与韵律的失落得到了有效的补偿。较之于牵强附会的以词译词并押韵，此种方式也不失为上策。

（4）导论——翻译与研究并行。

顾赛芬不仅仅是在对《诗经》进行翻译，同时还对《诗经》进行研究。[①]其导论是顾赛芬对《诗经》研究的重要成果，他以民俗学的方法阐释了《诗经》中所蕴含的民俗文化。他从各种参考底本中搜集、整理、阐述《诗经》里的风俗文化。顾赛芬《诗经》导论分为两部分，第一部分是"《诗经》的历史"，介绍了《诗经》的传承、赋比兴的创作手法及"诗，可以兴，可以观，可以群，可以怨。迩之事父，远之事君；多识于鸟兽草木之名"的道德寓意。第二部分则分为四十九个小标题（"周王朝的疆域""大禹的工作""商朝""后稷的降生""周朝溯源""文王之治""周朝建立""武王后继者""皇帝是上天之子""统治""中国人的体格特征""服饰""建筑""农业""狩猎捕鱼""女人的工作""出游""箭术""战争""婚姻""宴会""音乐""唱姿""学校""天文（天），食""彩虹——凶兆""上天赐予人生命、聪明才智和道德法令""上天看着人的一举一动，人必须心存畏惧""上天是我们的父亲""上天是善良而慈悲的""上天给予

① 顾赛芬所译《五经》中，唯有《诗经》有他所著的研究性导论，其余皆只有短小的序言。

仁君权利，收回暴君的权利”“祭天与祈天”“上帝的权利”“上帝扬善惩恶”“上帝统治世界”“上帝赐予仁君帝国，收回暴君的帝国”“祭祀、祈祷以纪念上帝”“神灵无处不在”“神灵助善弃恶”“仁君死后升天”“死后灵魂升天”“已故祖先在天凝望着世间的子孙”“祭祀已故祖先的仪式”“已故祖先会光临祭祀仪式”“已故祖先在天保佑子孙”“为宾尸设宴”“庄严隆重的祭祀、祭言”“巫术、梦”“俗语”），详细论述《诗经》里不同地域、不同阶级的民俗文化和审美情趣，即中国古代人们的衣、食、住、行、工业制作、农牧生产等物质生产方面的民俗及社会组织、生活礼仪、神灵崇拜、巫术、禁忌、民间歌舞娱乐习俗、乐器种类等。

顾赛芬《诗经》导论是对《诗经》里所涉及的文化知识的提炼与总结，为读者正式进入诗歌译文阅读之前提供丰富的补充知识，让读者对《诗经》概貌有了大致的把握，很好地回应了序言里所作的言论：“《诗经》可能是一本最能展现远古东方人民生活道德、习俗、信仰的一本书。它为道德家、历史学家提供了重要的信息，为传教士提供了帮助。”[①]导论部分使整个《诗经》译本有了更高的价值和影响。

以上所述几种翻译策略，是根据顾赛芬《诗经》的导论、三百首译文、注释、注音等综合而来的，但并不等于顾赛芬就只是选用了这几种策略，对译本的选择、附录字典的添加也都是顾赛芬所选取的策略。每一个译本，不管选取怎样的策略，都不是一意孤行、临时起兴、胡乱作为的，创造性叛逆的背后有着复杂的原因和目的。

（二）顾赛芬翻译策略原因之浅析

1. 顾赛芬翻译《诗经》的目的和原因。

顾赛芬在《诗经》译本出版序言里清楚地交代了他翻译的目的：“跟《四书》翻译的目的一样，是为了了解中国学校里教的是什么。”[②]顾赛芬这一目的背后的原因是比较复杂的，笔者就有限的知识作如下浅析：

第一，耶稣会自身的传统。“耶稣会会士强调他们是学者……他们努力

---

① Séraphin Couvreur. *Cheu King,* Kuangchi Cultural Group. 2004, Préface.

② 同上。

地学习汉语并通过语言和文字——在本地学者的协助下——将自己的信息表达出来……当他们介绍他们的基督宗教信息时，他们强调基督宗教与绅士阶层现有的各种信仰有一些相似之处。他们指出，在传统经典中有一些好像提及上帝的章节。"①他们阅览群经以穷究符合基督教教义的言论。利玛窦就曾在《天主实义》一书中旁征博引中国古籍（《诗经》《礼记》《中庸》等）中含"上帝"的语句，以证实基督教的"天主"乃中国六经中的"上帝"；十八世纪，白晋、马若瑟等索隐派传教士将此种做法发挥至极致。《诗经》中，《小雅》《大雅》《颂》里存在很多与基督教教义相似的地方，《诗经》又是六经之首，所以历来便是耶稣会译介的重要典籍。

第二，耶稣会另一十分重要的传教手段，便是创办教会学校。无论是在西方还是在远东，耶稣会都创办了大量的学校。教会学校是耶稣会传教和培养本土教士的重要场所，第二次入华之后至中华人民共和国成立前，仅献县教区就设有大修道院一所，修女院五所，大学一所，法文学校三所，男传教学校六所，女传教学校四所，要理学校九所，中心公教学校五所，乡村教会学校七百三十九所，印刷厂一座，图书馆两座，气象台一座。②十九世纪教会学校的课程设置里，除了一些西学内容和教理教义的课程之外，还有中国的儒家典籍，四书五经，如此设置之目的是"使培养的人才能够顺利地踏上社会，或者步入仕途"，"因为中国传统的学问是政府科举考试所要求的，也是作为备受尊敬的学者所必需的"③。

第三，《诗经》本身所蕴含的丰富的文化知识也是传教士及专业汉学家孜孜不倦进行研究的重要原因。随着社会科学的发展和传教士对中国古籍的进一步深入了解，教会色彩逐渐褪色，传教士及汉学家开始关注到儒家典籍的文化层面的意义。正如上文所提到的那样，毕欧认为《诗经》是

---

① ［美］赖德烈（Kenneth Scott Latourette）：《基督教在华传教史》（*A History of Christian Missions in China*），雷立柏等译，香港：香港汉语基督教研究所道风书社，2009年，第157页。

② 河北省地方志编纂委员会编：《河北省志第68卷宗教志》，北京：中国书籍出版社，1995年，第213页。

③ 顾卫民：《基督教与近代中国社会》，上海：上海人民出版社，1996年，第245页。

“东亚传给我们的最出色的风俗画之一”，顾赛芬亦认为：“《诗经》可能是一本最能展现远古东方人民生活道德、习俗、信仰的一本书。它为道德家、历史学家提供了重要的信息，为传教士提供了帮助。”

第四，顾赛芬时代，法国尚无较好的《诗经》全译本。第一个法文全译本译文简单，注释贫乏，对于想要真正读懂《诗经》这样一部蕴含了广博、浩瀚的文化知识的古书，作用有限，因此影响甚小。而对于《诗经》这样一本被认为“最具有可靠性”且“比其他中国古书更容易挖掘古文化知识的矿产”[①]的经典，对它的详细译注是十分必要的。

另外，顾赛芬本人对中国传统文化的喜爱，也是促使他翻译大量儒家典籍的重要原因。“他是中国文化的极大爱好者，无论谁胆敢诋毁这一文化，他就必然会挺身而出为之辩护。”[②]

2. 翻译策略背后的原因。

翻译是一种跨越语言、文化的实践活动，是一种抉择的过程，任何策略都不是随心所欲、凭空臆测的，其背后有着复杂的原因。翻译的动机、翻译的发起者和组织者、接受文化系统的需求状况、译者的个人因素及语言的因素等都决定着译者选取的翻译策略。

德国译论家弗美尔（Hans Vermeer）曾提出：“翻译也是一种行动，所以译者也会在翻译目的的指引下，尽量考虑一切有关的因素，换言之，翻译行动的目的决定达到预期目标的策略；同时，译文的目的可以甚至不同于原文的目的，决定译文面貌的不是原文，而是翻译的目的。”[③]传教士的终极目的固然是传教，然而每一部著作的背后还有其他更为复杂的目的和原因。就顾赛芬译《诗经》而言，他认为“中国私塾先生们并没有把诗选中的所有诗歌都解释给孩子们听，但官方的说法是诗无‘邪’”[④]。因此，

---

① Édouard Constant Biot. Recherches sur les mæurs anciennes des Chinois, d’après le Chi-king. *Journal Asiatique*, p. 308.

② Paul Demiéville. *Choix d’études sinologiques*, p. 465.

③ 何绍斌：《越界与想象：晚清新教传教士译介史论》，上海：上海三联书店，2008年，第101页。

④ Séraphin Couvreur. *Cheu King*, Kuangchi Cultural Group, 2004, p. II.

他想弄明白中国传统的私塾究竟是如何教授《诗经》的。这一目的一开始便决定了顾赛芬选择何种底本为主要的参考底本——不是正统诗经学史上的名著，而是私塾学校的教本：《诗经备旨》。“如何教授”即如何传达、阐释《诗经》的内容和意义，因此对于各诗的主旨、内容、意义的解读便成了顾赛芬首先考虑的事。另外，《诗经》所蕴含的文化知识也是顾赛芬进行翻译研究的重要原因，他把《诗经》作为文化读本而非文学读本来对待，看重的不是它的形式，而是它实实在在包含的文化知识，准确、真实地传达其内容中文化的点滴便成了他所追求的最大目标，“诗”的结构与韵律则无关痛痒。所以，顾赛芬对正文的译文选择的是逐行对照释译的策略，不考虑韵律，只是尽可能地遵循底本传达出中国官方所尊崇的释义。同时，为了让读者对每首诗都有一个整体的了解和把握，在每首诗之上都附有主旨。

翻译的接受与否与接受文化的需求状况息息相关，接受文化的需求状况在很大程度上决定了翻译的具体策略。顾赛芬之前的第一个法文全译本也是无韵译本，其影响不大的重要原因在于译文不甚准确，无主旨，注释简单；而《诗经》这样一本几千年来被无数经学家注疏的古代典籍，简单的注解是无法满足人们的需求的，这也决定着后来者必须要有更为忠实的阐释，详细的注解。于是顾赛芬除了正文的译文之外，还加上了对诗文主旨的阐述及相当多的注释等副文本。这些注释也都不是随意添加的个人见解，而是根据底本注释所译。同时，顾赛芬《诗经》的受众群体，不管是传教士还是专业汉学家，汉文水平大多算不上精通，对于各个汉字的注音和解释也就十分必要。因此，顾赛芬在汉文原文之下，对每个汉字用拉丁化的拼音系统注音，便于读者阅读。在文本的最后，附上了《诗经》里所涉及字的小字典，也是便于读者查阅生字，并有助于读者了解、使用中文字典。

翻译出版的赞助者在很大程度上也影响着译者的翻译策略。传教士一般都隶属于某个修道或传教团体，所属团体自然是他们的赞助者，团体整体传教的路线、方针、政策、意识形态包括经济都影响着译者。顾赛芬隶属于耶稣会，该会二次入华之后，主要通过“慕道者培训”“对基督徒的照顾”“开设学校”“科研与著作”等方式进行传教。[①]顾赛芬《诗经》前三次出版都是由献县教区印书馆印刷出版的，无论是教会的赞助与干预，还是顾赛芬本人的传教士身份，都决定了译本的终极目标是为传教服务，因此，顾赛芬在导论里对古代中国的信仰习俗着墨甚多，在注释里也选择性地节译与“天”“上帝”有关的字句。

译者的身份、知识结构也制约着翻译策略的选择。这主要表现在原文本的选择、翻译的准确度等方面。顾赛芬选择以私塾教本为主要底本，除了上文提及的原因之外，《诗经备旨》作为蒙学读物，更易于理解和阅读。而顾赛芬本身作为传教士，接受的教育背景，圣经阐释学一贯要求的“忠实”风格，这一根深蒂固的“前见”，也促使他以内容的忠实为前提。

此外，语言文字之间本身的问题亦决定着翻译策略的选择。林语堂在《论翻译》一文便曾言：

> 其实，翻译上的问题，仍不外乎译者的心理及所译文字的两样关系，所以翻译的问题，就可以说是语言文字及心理的问题。倘是我们要于此问题得比较客观的解决，自当以语言文字心理的剖析为立论根基。[②]

任何语言之间都不可能有绝对的对等，也没有绝对的不可替换。《诗经》里也有很多字句是无法字对字、句对句地对照翻译，顾赛芬也并非一成不变地逐行对照翻译，而是以意义的忠实为前提，进行必要的糅合与改写，在“忠实”的名义之下进行“创造性地叛逆”。韵律的缺失本身也跟两种不同语言之间的差异有关，中文里字词组合便可成句，句法结构较为松散，随意，而法语却是以严谨的语法系统而出名，中文诗的韵脚，法文中很难准确的呼应。若一定要勉力而为，其结果往往是以内容的“失准”为

① ［美］赖德烈：《基督教在华传教史》，雷立柏等译，第283–293页。

② 刘靖之：《翻译论集》，香港：生活·读书·新知三联书店，1981年，第34页。

代价。对此，在“忠实”的前提之下，顾赛芬选择了“背叛”诗的结构与韵律，仅以注音作为补偿。

每一个译本的翻译策略不会单一，译介策略背后的原因也甚是复杂，对于“忠实”于形式还是内容，顾赛芬虽力求选择“中立”，然而理性思考的结果是，他依然选择了“背叛”形式，“忠实”于内容，同时在“忠实”的旗号之下进行着有意或无意的创造性叛逆。

顾赛芬《诗经》问世至今，已多次重新出版，其间亦有别的译本，均难出其右。“顾赛芬的译文准确地反映了我们这个时代对《诗经》的解释，就此而言，它也是有价值的。”① “顾赛芬神父的法文和拉丁文都具有无可挑剔的准确和优雅。其诠释始终严格忠实于朱熹学派的疏注，因为朱熹学派在当时的中国是正统，译者没有标新立异的解释或个人的评论，没有像理雅各于其英译本中所作的那种过分轻率的尝试。”②顾赛芬还继承和发展了毕欧对《诗经》文化意义的探索。此后的著名学者葛兰言以顾赛芬《诗经》译本为重要的参考底本，继承和发展顾赛芬导论中对《诗经》文化意义探索，将人类学引入《诗经》研究，成就了具有重大影响的《古代中国的节庆与歌谣》(*Fêtes et Chansons anciennes de la Chine*，1920)。

虽然顾赛芬的译文很少有漏译之处，相对忠实地根据底本注释进行释译，并未试图任意添加个人注解，其注释都是根据底本而译，但是他的译文也引起了争议。

第一，顾赛芬的“忠实”，忠实的是朱熹注解下的《诗经》。虽然朱熹废序重注，考证文字训诂，注意韵读，注疏简明扼要，肯定了《国风》中一些诗歌的民俗歌谣性质，在一定程度上还原了《诗经》中一些情诗的本来面貌，但是他又认为《诗》之为经，所以“人事浃于下，天道备于上，

---

① ［法］葛兰言：《中国古代的节庆与歌谣》，赵丙祥、张宏明译，南宁：广西师范大学出版社，2005年，第5页。

② Paul Demiéville. Aperçu historique des études sinologiques en France. *Choix d'études sinologiques,* 1973, p. 465.

而无一理之不具也”[①]。如《关雎》，朱熹的论点也不离“纲纪”“王教”。《诗经》又被套上了人伦、道德的枷锁，终不能越过封建礼教的樊篱，清姚际恒就批评他“时复阳违《序》而阴从之”[②]。诗的解读有“诗无达诂”之说，朱熹注解尚无达诂，顾赛芬遵从朱熹注解而译，即便是力求“忠实”，又如何能达诂？

第二，顾赛芬译文“背叛”了诗的形式，不再为诗。整个译文完全就是对《诗经》内容的解释，缺失了诗的结构，隐没了诗的韵律，“得意而妄言”，无法传达出诗的韵味与意境。

第三，注释并不全备，造成理解的困惑。顾赛芬虽然对特定文化意象大多作了注解，但并不全备，对某些意象或者是特定的称谓没有做具体的说明，只在正文译文中根据底本将意义译出，由此就会让读者产生困惑。

如《小雅·常棣》：“脊令在原，兄弟急难。”

《诗经备旨》：“脊令飞则鸣，行则摇，有急难意。”[③]

译文：La bergeronnette s'agite dans la plaine; de même, les frères sont parfois agités par le sort.[④]

脊令在平原上摆动；同样的，兄弟有时也会遭受命运的摇摆。

顾赛芬对脊令的这一特征并未作出解释，只看译文，如果对“脊令”这一兴象没有特别了解的读者，对此译文便会产生困惑，无法理解“何以脊令摆动，却言至兄弟遭难？”诸如此类的情况，在顾赛芬译文中不在少数，而《诗经》中的文化意象举不胜举，注释的并不完备增加了读者阅读

---

① （宋）朱熹：《诗集传》，北京：中华书局，1958年，序言。

② 姚际恒：《诗经通论》，北京：中华书局，1958年，自序，第8页。

③ （清）邹圣脉纂辑：《诗经備旨》，上海：上海文汇书局，1912年，第4卷，第10页。

④ Séraphin Couvreur. *Cheu King*, Kuangchi Cultural Group. 2004, p. 179.

的困难，也在一定程度上造成了《诗经》文化意象的丢失。

译者总是有着自己独有的“期待视域”，对原文本的理解也受着“前见”的支配。虽然译者总是力求让自己“隐形”，但是译者既是原文的接受者与读者，又是原文的阐释者即再创造者，个人的见解与观点总会有意无意地渗透进译文中，每一个译本都不可能达到绝对的“忠实”，译亦无达诂。然而每一个译本都有其独特的意义与价值，每一个译本也都不可能十全十美，顾赛芬翻译的《诗经》还有诸多值得深入挖掘的东西。

附一：“导论”译文

第一节　概述

《诗经》的历史

《诗经》分为四个部分：国风、小雅、大雅、颂。一共有305篇，另有6篇只有标题或者说是只有曲调，内容已不存在。

《诗经》的最后一部分是商颂，是颂扬商朝的。其他的篇目都是周朝的作品。

有关文王的那些诗篇，归功于他的儿子“旦”，其更为人知的名字是“周公”。

这些诗歌是王朝派出的采诗官在各个地方的节日和仪式上所采集的歌谣。孔子将其整理、编订，并传与他其中的一个弟子——子夏，子夏增添了简短的《序》。

《诗经》与其他大部分的上古文学作品一样，都未逃脱秦始皇（前246—前209）焚书的命运。但是因为它是有韵而且是用来传唱的，相比其他书而言，更容易被博士官记住。汉初，也就是公元前2世纪，出现了四家诗：鲁国申培的鲁诗，齐国陈元方的齐诗，燕国韩婴的韩诗和赵国毛苌的毛诗。

有学者曾对四家诗进行过比较，发现内容是相似的。不同的主要是在书写上，一些读音相同的字符经常被混用，跟大多数古书一样。

四家诗的意义也差不多，由此证明了四位作者记忆的准确性，并保证了传给子孙后代的诗集的真实性。

但是有三家诗已经不存在，现存的唯有毛诗，毛苌对子夏《序》进行了发展，这就是毛诗序。

徐整说："子夏授高行子，高行子授薛仓子，薛仓予授帛妙子，帛妙子授河间大毛公，为《故训传》，授赵人小毛公。"

毛苌是河间献王博士。他在《六艺论》曾言："河间献王好学，其博士毛公善说《诗》，献王号曰毛《诗》。是献王始加'毛'也。"

献王是刘德的谥号，德是汉景帝（前156—前140）的儿子，汉武帝（前140—前86）的哥哥。在公元前155年，刘德河间封地，河间省包括现在河间府的三个分县和直隶州的深州。

他修学好古，豢养门客，派人到处搜寻古书，找到了许多秦朝之后消失的旧书，其中包括老子的《道德经》和《孟子》。他把《诗经》献给武帝，于公元前129年逝世。

如今，在距离献县东边10里的地方，我们依然可以看到献王墓，旁边有一座名为献王庙的塔。在塔东北方两公里处便是毛公塚。

文学创作与《诗经》表现手法

《诗经》中有三种表现手法：赋、比、兴。

兴的手法有两种，一种可以称为兴意、借映、宾意或客意；另一种是对前者的运用，称为正意或转正，与主旨直接相关；主意就是主旨本身。

比是不实际表达的比喻，好比通过一种寓言、寓意让读者自己体会的手法。这种用法也使得评论家们在解读时难免遇到困难。有很多地方，即便是推测出了主旨，但仍会有疑惑或障碍。

同一首诗歌的章节有时候也不一样长。一般说来，一句通常是四字，有的时候只有三字，有时又是五字或六字。诗歌（句式）具有很大的灵活性。

在一节诗里，诗句有时是以同一韵脚结尾，有时是不同的韵脚。大多数情况下，韵脚都是一样的，一句紧接着一句；但是我们同样也会遇到交错的韵脚。有时是一节诗的第一句或是最后一句的韵与下一节的第一句或是最后一句相同。在有些诗节中，一句或几句诗之间互不押韵，有时，两句两句一起分开押韵。

读音也随着时代而变，很多词尾曾经是押韵的，现在却不再押韵。必要时，朱熹和其他的诗经学家们都努力地寻出古音以求保留原韵。学校里，老师要求学生学习并背诵《诗经》。但他们只要求用现在的读音来读，以免用两种不同的发音读造成思想和记忆的混乱。

本书中我们会附加上它古时候的读音，我们发现有的字在汉语官话里已经彻底消失了，比如天tīn，田tìn，甸tīn，的tiǒ。

《诗经》的道德寓意

《论语》十七《阳货》第九篇，子曰："小子何莫学诗。诗，可以兴，可以观，可以群，可以怨。迩之事父，远之事君；多识于鸟兽草木之名。"

《论语》第二章第二节说："《诗》三百，一言以蔽之，曰：思无邪。"关于这一章，朱熹说："凡诗之言，善者可以感发人知善心，恶者可以惩创人知逸志，其用归于使人得其情性之正也。"

所有的诗经学家都不愿意相信圣人在订正《诗经》时会宽容那些有伤风化的诗篇。他们说，为了施行"善"，好的东西要强调；为了避免"恶"，不好的东西要禁止。一切都是为了扬善抑恶。康熙曾组织编纂了《钦定诗经传说》。他们援引最权威的评注。但是第一部分《国风》里还是包含了很多教师们不愿意为学生讲解的有伤风化的篇章。

第二节　《诗经》中的文化点滴

周王朝的疆域

周朝，建立于公元前12世纪，结束于公元前7世纪，领土相比今天的中国只是很小的一部分。

中国周边的民族，北边是猃狁，西边是戎，南方是蛮荆。中原人民须时常抵御蛮族的入侵。(《小雅·采薇》《小雅·出车》《小雅·六月》《小雅·采芑》《大雅·抑》《大雅·韩奕》《鲁颂·闷宫》《商颂·殷武》[①])

大禹治水

大禹（前2205—前2197）是夏王朝的建立者，他治理被水淹没的地区，开凿运河，疏通河流，恢复农耕。(《小雅·无羊》《大雅·文王有声》《大雅·韩奕》《商颂·长发》)

商朝

契的母亲吞食鸟卵而生契。(《商颂·玄鸟》)舜命契为司徒，并赐封地"商"。他以五伦教化人民，在他死后，他的孙子相土将其发扬光大。(《商颂·长发》)

汤或叫成汤（前1766—前1753）遵从上帝之命，建立商朝。"武王载旆，有虔秉钺。如火烈烈，则莫我敢曷。苞有三蘖，莫遂莫达。九有有截，韦顾既伐，昆吾夏桀。"(《商颂·长发》)"方命厥后，奄有九有。商之先后，受命不殆，在武丁孙子。"(《商颂·玄鸟》)

武丁或叫高宗（前1324—前1265），是成汤的后代，军功显赫。他征服了长江以北的部落。(《商颂·玄鸟》《商颂·长发》)

后稷的降生

"生民如何？克禋克祀，以弗无子。履帝武敏歆，攸介攸止。载震载夙，载生载育，时维后稷。

诞弥厥月，先生如达。不坼不副，无菑无害，以赫厥灵。上帝不宁，不康禋祀，居然生子。

诞寘之隘巷，牛羊腓字之。诞寘之平林，会伐平林。诞寘之寒

---

① 译者按：原作者给出的是章节目录，即此处原文为II. I. 7 et 8，II. III. 3 et 4，III. III. 2 et 7，IV. 4，IV. V. 5，具体篇目名称由译者所附。此文下同。

冰，鸟覆翼之。鸟乃去矣，后稷呱矣。实覃实讦，厥声载路。”（《大雅·生民》）

“然巨迹之说，先儒或颇疑之。而张子曰：‘天地之始，固未尝先有人也，则人固有耳生者矣，盍天地之气之也。’苏氏亦曰：‘凡物之异于常物者，其取天地之妻常多，故其生也或异。麒麟之生，异于犬羊；蛟龙之生，异于龟鳖。物故有然者矣。神人之生，而有以异于人，何足怪哉？’斯言得之矣。”（朱熹《诗集传》）

“无人道而生子，或者以为不祥，故弃之。而有此异者也，方是始收而养之。”（朱熹《诗集传》）

“赫赫姜嫄，其德不回。上帝是依，无灾无害。弥月不迟，是生后稷。降之百福：黍稷重穋，稙稚菽麦。”（《鲁颂·闷宫》）

周朝溯源

公刘是后稷的后代，与他的族人生活在西戎的中部，也就是现在的甘肃。因被游牧民族不停地骚扰，最终决定迁移。公元前1796年，他带领着族人迁到豳州，今天陕西分州府三水的西部。

公刘通过视察山阴选定住址，开辟水源，分配土地，修订捐税，横渡渭水，开采石料和铁矿。（《大雅·公刘》）在公刘的统治下，人们都有自己不同的分工。（《豳风·七月》）

上帝威严地注视着人间的一切，决定赐予人民不被蛮夷侵犯的疆域，收回商朝暴君不再值得拥有的权利。他凝视四方，思量诸国，寻找富足的地方建立新的政权，寻找新的能执行他（上帝）的神意的天子。最后选择了公刘的后代，古公亶父，后称为“周太王”。上帝把目光转向西方，在那儿为他的“意中人”选定安住的地方。（《大雅·皇矣》）

公元前1325年，一个清早，亶父离开豳地，离开他遮风挡雨的洞窑，沿着渭水向西快马加鞭，来到岐山脚下。亶父与他的妻子太姜一起勘察地址，与大伙计划商量，刻龟占卜，最后决定在此定居，就是

现在的岐山县。(《大雅·绵》)

拔除枯树，清理灌木丛，修剪桑树。西戎四处逃窜(《大雅·皇矣》)，亶父召来司空、司徒，吩咐他们带领百姓修建房屋……首先建成了漂亮雄伟的宗庙。(《大雅·绵》)

上帝选择亶父的小儿子——王季继承太王的王位，亶父的大儿子是泰伯。王季得到人们的臣服和爱戴。(《大雅·皇矣》)

文王之治

文王是太王的孙子和继任者（前1231—前1135），永远是无可非议的。他享受上帝的福禄并将其及于子孙。(《大雅·皇矣》)

“文王初载，天作之合。……大邦有子，伣天之妹。”文王想与她结婚，给她父母送去聘礼。然后他亲自去迎接。为了渡过渭水，他联舟以成浮桥(《大雅·大明》)。文王的妻子是太姒，莘国的长女。

密人反抗文王，文王勃然大怒，整顿军队，平定叛乱。他在岐山的西边建立了新的都城，申，在岐山的西部。然后，文王又顺应上帝的旨意，再次举兵，伐崇。

“帝谓文王，予怀明德，不大声以色，不长夏以革；不识不知，顺帝之则。帝谓文王：询尔仇方（崇墉），同尔弟兄。”(《大雅·皇矣》)

文王以冲车和钩援围攻崇墉，攻打城墙守卫，抓住战俘审判并割下他们的左耳。祭祀上帝和军队的首创者，以梯子登上城墙，将这座城市夷为平地，结束了商朝的统治。(《大雅·皇矣》)

颂歌传唱，文王建造灵台，游览灵园，游览灵沼，在辟廱赏钟鼓之乐。(《大雅·灵台》)

文王重新在丰水边建都丰，在今天西安府的西边，从此定居于此。(《大雅·文王有声》)

他把周或叫周岐原来的地方分为两部分，东边的给他的二儿子旦，就是周公；西边的给他的太保康，就是召公，《书经》里称为君奭。

周公曾全力辅佐他的弟弟武王和他的侄子成王。《诗经》里也有很多赞扬他的诗。赞扬召公的诗出现在不同的地方，主要是在《诗经·召南》里。《大雅·思齐》《大雅·皇矣》《大雅·灵台》有他对成王的训导。

周朝建立

太姒是文王的妻子，她生的其中一个儿子就是武王。“保佑命尔，燮伐大商。”(《大雅·大明》)

殷商的军队人数众多，密密麻麻像树林。他们在牧野集结会战。军队充满了激情，他们对武王说：“上帝临女，无贰尔心。”三军统帅尚父，就像雄鹰一样，协助武王带军。武王激起战士的豪情，击败殷商大军。随后，帝国清理商纣所致的污垢。(《大雅·大明》)

顺应上天的旨意，殷商臣服于新的王朝。他们仍穿着殷时的服装，参加武王灌祭仪式。(《大雅·文王》)

武王后继者

武王之后，成王（前1042—前1021）和康王（前1020—前996）继承王位。他们因自己的睿智而耀眼(《周颂·执竞》)。成王大兴农业。他死后，耕者都献上祭品祭祀成王，然后上天赐予他们丰收。(《周颂·臣工》《周颂·噫嘻》)

西周的暴君是周厉王（前877—前841），他实行暴政，引起动乱。上天大怒，对其实行严厉的审判。周朝都害怕会像商朝一样被消灭。(《大雅·荡》《大雅·桑柔》)

宣王，是周厉王的儿子，祈求上帝结束干旱(《大雅·云汉》)。申伯是宣王的母舅，宣王给予他最大的优待，赐给他南方的封地。(《大雅·崧高》)

上天把视线放在周大子（宣王）的身上。为了给予天子强大的防卫，生下仲山甫以辅佐君王。(《大雅·烝民》)虎，召国的王子，征

服了江汉的部落。(《大雅・江汉》)

宣王亲征淮浦。所到之地，声势浩大，如闪电雷鸣。军队吼声犹如猛虎。王师行军速度犹如飞燕，就像长了翅膀一样。他们抓了很多俘虏。百姓看到皇帝要求士兵善待他们，都高兴地接受他的统治，永远臣服于他。(《大雅・常武》)

内乱开始于幽王（前781—前770）统治时期，他宠幸褒姒，斥逐贤良。上天虽然善良而慈悲，仍使其遭受了严厉的惩罚。(《大雅・瞻卬》)

《国风・秦风》中有一首哀歌讲述一个显贵家庭的三个著名的人的死亡。秦穆公死，秦康公（前620—前608）杀了他们，给他的父亲陪葬。左丘明在他的书中记载，此次共177人为此陪葬。诗人悲叹如此暴虐的行为。公元前209年，他们的大英雄秦始皇死时，秦朝又为其陪葬。

小国都要承受频繁的战乱，或是内乱，或是外侵，尤其是周朝衰弱之时。如：在卫懿公（前668—前660）统治时，北方的蛮族曾入侵卫国。(《邶风・击鼓》《邶风・谷风》)

帝王是上天之子

上天赐予他的儿子（汤）一位卿士（伊尹），以辅佐他和平衡政权，是商朝建立者中第二号强大的人物。(《商颂・长发》)

成王曰："时迈其邦，昊天其子之，实右序有周。薄言震之，莫不震叠。怀柔百神，及河乔岳。允王维后！"(《周颂・时迈》)

"王子是天之子。子之内兼天命，为人神之主。"(《诗经备旨》)

政府

王朝分封而治。帝王直接管理方千里的畿地。(《商颂・玄鸟》)其他的地方由封地的王分而治之。帝王也有他自己的封地。所有的诸侯都由帝王授予封地。他们定期向帝王报告封地的情况，请求命令。帝王也定期去各封地视察。

帝王和诸侯有卿和大夫。帝王有三公，在其他职位之上：太师，太傅和太保。

诸侯分为五个等级：公、侯、伯、子、男。他们都有皇帝授予的玉牌，以示身份。公、侯、伯的玉牌是椭圆形的，子、男的玉牌则是环形的。(《卫风·淇奥》)

中国人的体格特征

君子有着红润的脸色。(《秦风·终南》)

我们所能看到的典型美人便是宣姜。“鬒发如云，不屑髢也。……子之清扬，扬且之颜也。”(《鄘风·君子偕老》)

庄姜也是很引人注目的。“手如柔荑，肤如凝脂，领如蝤蛴，齿如瓠犀，螓首蛾眉。巧笑倩兮，美目盼兮。”(《卫风·硕人》)

在镐京，贵族女子的头发都是密而直的。卷发是自然卷翘，就像蝎子的尾巴一样。(《小雅·都人士》)

《诗经》里没有关于中国人身高的信息。《孟子》第六书第二章第二节有提道：“交问文王十尺（2米）汤九尺今交九尺四寸（1.8米）以长。”周朝一尺大约相当于20厘米。

服饰

男人和女人的衣服主要有两部分，其中一种是罩衫，称为裳，用于遮住从腰到脚跟的下肢；另一部分是衣，用来遮住身体的上部。衣有领。(《魏风·葛屦》)腰部系有腰带。(《鄘风·君子偕老》)

夏天的衣服用丝绸或大麻制成，有的有衬里，有的没有。冬天则备有棉衣或裘皮。(《秦风·无衣》《郑风·羔裘》)在陕西，古人们冬天的衣服用粗羊毛制成。(《豳风·七月》)

女人的衣服一般都是白色丝绸或是天然的淡绿色大麻做的，佩巾是灰色或是茜草色。(《郑风·出其东门》)郑国的一个年轻女子穿的是一件上衣，一件简单的丝绸绣花的下裳。(《郑风·东门之墠》)

公主的祭服绘有翟雉之形的彩画。宣姜会客穿的是白色的丝绸

衣，下裳由精致的细纱所制。(《鄘风·君子偕老》)

君王和公侯穿的是九章衮衣；五章绣在衣上，有龙、山、华蟲、火和宗彝；四章绣在裳上，是藻、粉米，黼和黻。(《豳风·九罭》)

侯爵和伯爵的裳上绣有四章，跟君王和公爵的一样，但是衣上只有三章：华蟲，火和宗彝。(《唐风·无衣》)

子爵和男爵的衣上也绣了三章，是藻，粉米和宗彝。他们的裳上只绣有两章：黼和黻。这种衣服称为毳衣，也是帝国的大夫所穿的衣服。(《王风·大车》)

冬天，诸侯被召见的时候都穿羔裘，他们拜见天子的时候穿狐裘。(《桧风·羔裘》)卿和大夫都穿羔皮做的衣服，用豹皮做袖饰。(《郑风·羔裘》《唐风·羔裘》)

秦国的王子到达镐京的时候，穿的是丝绸绣花的锦衣狐裘和一件绣有花边的下裳。(《秦风·终南》)

卿大夫上朝时是穿黑色的衣服（缁衣）。(《郑风·缁衣》)

诸侯参加祭祖仪式的时候是穿白色的绸衣，领是红色的。(《唐风·扬之水》)

白色是丧服的颜色。(《桧风·素冠》)

文人穿的衣服的领是青色的，称为青衿。现在用来指代秀才。(《郑风·子衿》)

皇帝、王子和官员穿的鞋叫芾或叫韍，有三尺（60cm）长，上部分一尺（20cm）宽，下部分有两尺（40cm）宽。皇帝的芾或叫韍是深红色，伯、子、男及以下官员的则是浅红色。

公侯召见官员的时候是穿深红色的韍，面见皇帝的时候是穿浅红色的韍。(《小雅·采芑》《小雅·车攻》《小雅·庭燎》)

夏天常穿的鞋是葛屦。(《齐风·南山》)仪式上穿的舄是红色的，鞋底很厚，饰物是金色或镀金的。(《豳风·狼跋》《小雅·车攻》)

人们射箭的时候会在右手大拇指套上象骨做的指套；会佩戴用来

解衣带结的解结锥，用象牙做的簪子别住头发。(《卫风·芄兰》《魏风·葛屦》)女子的腰带上都系有丝巾。(《召南·野有死麇》)

优雅杰出的男人和女人在腰上佩戴细绳串起的宝石佩玉。这些佩饰的形状都是一样的，但是质量和颜色各不相同。配饰的主体叫珩，下面悬挂有三组。中间的一组是瑀和衡牙；另外的两组，一组是琚，另一组是璜。(《卫风·木瓜》)当人们走路的时候，这些佩玉相互碰撞会发出有节奏的声响。(《卫风·竹竿》)人们会把它作为礼物互赠。(《卫风·木瓜》《郑风·女曰鸡鸣》《秦风·渭阳》)

在乡野，人们夏天会穿蓑衣，带笠帽以防雨。(《小雅·无羊》)在京城，官员们夏天带草笠黑布帽，帽子上垂有很长的冠带。(《小雅·都人士》)帽子由两根细绳固定住，末端打结玄在颏下。(《齐风·南山》)

帽侧用细绳悬挂着宝石或象牙饰，用以塞耳，称为“充耳”。(《卫风·淇奥》《齐风·著》《小雅·都人士》)卫国的王子，带有晶莹的宝石做的充耳，帽上的宝石就像星星一样闪亮。(《卫风·淇奥》)

当一个妇人帮助丈夫做祭礼的时候，她会在头上戴“副”，用两笄让头发蓬起显出雌鸡的形状，带上用六珈装饰的“紞”，垂在耳边。揥插在发间。(《鄘风·君子偕老》)

文王时，妇女要准备祭礼或是养蚕，头上戴着用头发编成的假髻——“被”。(《召南·采蘩》)

不管是男孩还是女孩，出生三个月后，都要给他剪头发，但是会留下两绺，随着时间的推移，会形成号角的形状。这两角不时地提醒着他该进的孝道。在父亲死时，剪掉左边的一绺，母亲死时，再剪掉另一绺。(《鄘风·柏舟》《卫风·氓》《齐风·甫田》)

建筑

公元前十四世纪，在亶父那个时代，豳地的人们住的是茅房或是

洞窖。(《大雅·绵》)

房屋主要是朝南的。人们主要是靠观察日出日落和日晷的影子来测定方位。

十一月定星或是营室到达中天时，开始划定地基，填土造房。(《鄘风·定之方中》)

大部分房屋都是用土造的。打好地基以后，工人需要先筑起一面墙，钉桢，在地基的每一面都要放置“榦”。在这个木框架里，填土，筑紧。当木框被填满，第一层，或称模型定型后，他们就把木板撤掉，放高一点，以便在第一层之上再做新的木框架，然后筑第二层。他们就这样重复，直到墙的厚度达到他们所期望的为止。(《小雅·斯干》)

这种建筑方式称为黏土造建筑，欧洲的许多部落也建过。

在乡野，屋顶都是茅草。每年冬季之前都会重新修补。(《豳风·七月》)

农业

土地被分成方块，一块有一里，每边有三百步长，有九百亩，一步的长度是六尺，一尺大约是20厘米。所以，一步大约是1.2米，一里是360米，一方里就是129600平方米，一亩就是144平方米或者说差不多是一公亩半。

这些四方形土地被分为大小相等的九块，称为“井”，因为他们看起来就像这个字的形状。

在君王的特殊管辖范围之外，一井分给八家种植。每一家都有属于自己的一百亩。他们一起在中间那块儿或叫公田种植，收获的粮食上交给国家的首领。(《大雅·公刘》)

在君王自己管理的范围内，没有普通的田地，只有一些特殊的田地。所收获的粮食的十分之一上交给国家。

每个劳动者劳动时，在他的田的附近都有自己的住所，冬天在乡下或是城里又有另外的住宅。(《豳风·七月》《小雅·信南山》)田畯负责监督他们的劳动。(《小雅·甫田》)视察田地是由成王(1115—1078)首创的。(《周颂·噫嘻》)

女人和孩子给在田里劳作的男人送饭。(《小雅·甫田》《周颂·良耜》)

家禽有马、牛、羊、猪、母鸡、狗。

人们主要种植黍,另一种作物是稷。(《豳风·七月》《大雅·生民》)其他谷物主要有小麦、豌豆、菜豆、大麻、大麦、米、大黍或是蜀黍。(《唐风·鸨羽》《大雅·生民》《周颂·思文》)

有几种瓜交叉种在田边和菜园里。(《豳风·七月》)葫芦用于渡水。(《邶风·匏有苦叶》)葫芦的一半是最初的瓢,也用于王子的宴会上。(《大雅·公刘》)韭菜也有提到。(《豳风·七月》)

果树有桃、红枣、木瓜、梨和葡萄。(《召南·何彼秾矣》《卫风·木瓜》《豳风·七月》)

在收获前,部分菜园需要被改成打谷场。(《豳风·七月》《小雅·白驹》)

收割的人把穗、条堆留给拾穗者。(《小雅·大田》)

农夫的儿子,如果生得聪明,也可以成为田官。(《小雅·甫田》)

狩猎、捕鱼

王子、官员驾的猎车是前面有四匹马拉的田车。(《小雅·车攻》)轻快的田车追赶猎物、放出猎狗。(《秦风·驷驖》)

需要驱使猎车才能击中左边的猎物。(《秦风·驷驖》)

沼泽地里,人们放火烧草。(《郑风·大叔于田》)

冬天猎狼,夏天射麋,春天和秋天一般是猎鹿和野猪。(《秦风·驷驖》)人们也猎狐、獾、野牛。(《魏风·伐檀》《豳风·七月》《小雅·吉日》)一个王子赤手捕捉老虎。(《郑风·大叔于田》)猎人

用网捕兔。(《周南·兔罝》)在韩国，人们可以猎到鹿、两种熊、老虎、野猫。(《大雅·韩奕》)

捕鱼的工具主要有线、网、笱或罶，还有一种罩。(《召南·何彼襛矣》《邶风·谷风》《卫风·竹竿》《小雅·皇皇者华》《小雅·伐木》)

人们用石头在水里筑鱼坝，中间开口处放置鱼篓。(《邶风·谷风》)鱼塘并不罕见。(《小雅·我行其野》)文王就有自己的鱼塘。(《大雅·灵台》)

人们捕的鱼主要有鲟鱼、鲤鱼、冬穴鱼、鳊鱼、白鱼……

女人的工作

家务活主要是由女人承担，即便是王妃，也一样要采可作纺织的植物，养蚕，织网，织布和做衣服。女子小的时候都有瓦锤作为玩耍的物品，因为纺纱工将其用作压呢板，我们现在已不知道如何使用。(《小雅·斯干》)

文王的妻子割下葛藤，用它们做两种布，然后用来做衣服，并自己洗衣服。(《周南·葛覃》)

春天，妇女采桑叶和白色的艾蒿用来养蚕。(《豳风·七月》)

可用作纺织的植物主要有葛藤、荨麻和大麻。(《陈风·东门之池》)

织布的织轴和梭子也有被提到。(《小雅·大东》)

花布是仿的贝锦。(《小雅·巷伯》)

女孩不能介入她上级的事务。女人的美德就是顺从，首先是顺从父母，然后是丈夫。(《小雅·斯干》)

出游

出行一般是步行或是坐车。据中国作者说，出行没有提到骑马，军队打仗也没有骑马，那个时候，骑马还没有被引进。

为了使腿更有力，人们用布条缠住小腿，一直到脚跟。称为“邪

幅”，因为它形成斜的褶皱。(《小雅·采菽》)

王子和官员们坐前面有四匹马或是五匹甚至六匹马拉的马车。(《鄘风·载驰》)铃铛固定在车身的前面和马嚼子末端。(《大雅·卷阿》)书中有对二轮战车的描述。(《秦风·小戎》)

为了表示对出游者的敬重，人们会陪伴他走一段路，在临行前，会向神祭献，并举办宴席。(《邶风·泉水》)

射

射是六艺之一，是学校教学的一部分。人们会在公众场合进行练习和比赛，尤其是在欢乐的日子。(《小雅·宾之初筵》)

射击者在右手拇指上带上象牙或兽骨做的扳指，能帮助他们拉弦，在左臂上套上用皮制成的“拾”。(《小雅·车攻》)

射击者分成两两，两三进行射击。每一次射出四箭。(《齐风·猗嗟》《大雅·行苇》)胜利者会得到庆贺。比赛者往来敬酒。(《小雅·宾之初筵》)胜利者对于他们的胜利，都会或多或少地谦虚一下。(《大雅·行苇》)然后就是参加宴会，宴会中饮酒的节制与礼仪并没有一直被遵守。(《小雅·宾之初筵》)

战争

二轮战车是军队的主力。每一辆战车都由四匹穿薄青铜甲的马在前面拉着，车上载有三个同样穿着护甲的士兵，战车之后是由97个步兵组成的护卫队。(《秦风·小戎》《小雅·采芑》)

骑兵部队是不可能存在的。根据中国文人们的说法，在公元前三世纪，骑马还没有被引进。

天子有六师，被分为五个步兵大队，每队有五百人；他共有七万五千人军队。(《小雅·瞻彼洛矣》《小雅·黍苗》)

战鼓给予士兵信号。(《邶风·击鼓》)缓慢地击鼓是让士兵出击，大力击鼓是让士兵撤退的信号。(《小雅·采芑》)

两个宿营地之间一般是三十里（大约20千米）。(《小雅·六月》)

士兵之间禁止闲聊。(《豳风·东山》)

军旗上画有鹰、龙，或是由龟围起来的蛇。(《小雅·出车》)

武器一般有弓箭、戈、矛、殳（形如竿，竹制）、战斧和军刀。(《卫风·伯兮》《郑风·清人》《秦风·小戎》)“象弭鱼服”。(《小雅·采薇》)

弓箭手的一个弓袋里有两张弓。(《鲁颂·閟宫》)天子有彤弓，他把它作为奖赏赏赐给他的功臣。(《小雅·彤弓》)把弓放入弓袋之前，需要先卸下弓弦，以防它变形，把它紧紧地捆在竹架上。(《小雅·彤弓》)

士兵准备作战时，戴头盔，穿兽皮做的上衣。(《小雅·六月》)鲁国王子的步兵戴的是镶贝的头盔，用红线缝制。(《鲁颂·閟宫》)皇帝戴着红色的皮纸蔽膝。(《小雅·瞻彼洛矣》)

服军役是强制的。士兵都是田里的农夫。在《诗经》的很多地方，我们都能听到很多长久服役远离家人的士兵怨言，服役令人疲惫而又危险，他们既不能种地也不能照顾家人。父母也悲叹儿子的命运。(《邶风·击鼓》《唐风·鸨羽》《豳风·东山》《豳风·破斧》《小雅·采薇》)

如果年老的父母只有一个儿子，儿子可免除军役。(《小雅·祈父》)

婚姻

年轻人想要结婚，必须告知他的父母。为了与未婚妻联系，媒人是必不可少的。(《齐风·南山》)未婚夫的家里要给未婚妻送聘礼。(《大雅·大明》)聘礼中要有雁。(《邶风·匏有苦叶》)

婚礼一般在冰雪消融，桃花盛开的时节举行。(《邶风·匏有苦叶》)母亲亲自为女儿结缡。(《豳风·东山》)

未婚夫要亲自去接未婚妻以举行婚礼。(《齐风·著》)年轻的王子以百辆车去接他的未婚妻。公主的父亲也派出百辆车护送她。(《召

南·鹊巢》)婚礼在黄昏时举行。(《陈风·东门之杨》)

五十岁左右的寡妇，如果没有儿子，会充当年轻女子出嫁前后的保姆。(《周南·葛覃》)在婚礼之后的三个月里，新娘可以休息。这段时间过了以后，就去寺庙里祭祀夫家的祖先，然后就开始操持家务。(《邶风·谷风》)

王子夫人的父母健在的时候，可以自由地回家探望父母。在父母死后，她只需要派大夫去问候他的兄弟。(《邶风·泉水》《鄘风·载驰》)

一个寡妇没有再婚是美好的。(《鄘风·柏舟》《唐风·葛生》)《礼记》里说，男人应该在30岁以前结婚，女人要在20岁以前结婚。

宴会

宴会提供的菜肴不是摆在桌上，而是放在铺有席子的地上。(《小雅·宾之初筵》)客人坐在铺有双层席子的地上，背靠矮凳。(《大雅·行苇》)

公元前1796年，公刘在新的领地（陕西豳地）定居建邦后，举行了一次大的宴会。宾客席地而坐，背靠着几，吃猪肉，喝葫芦瓢儿斟的酒。(《大雅·公刘》)

文王或是他的子孙备了八盘菜。(《小雅·伐木》)君王对宾客说："不醉无归。"宾客回答："不醉无归。"(《小雅·湛露》)。宴会席间，有奏乐，有歌舞表演。(《小雅·伐木》)

显父，是周宣王（827—781）时的卿士，受王之命，为韩侯及其同行者在路上（屠城）设宴。宴席上有鲜鱼羹，清蒸大鳖和竹笋丁，香蒲烧汤等菜肴，还有百壶清醇美酒。(《大雅·韩奕》)

吉甫北伐猃狁获胜归来，与朋友相聚于宴。他以蒸鳖脍鲤款待他们。(《小雅·六月》)

尽管人们只能提供瓠叶、野兔和一杯美酒，也是可以合乎礼仪地邀请和招待朋友的。如果人们谨遵礼仪，即便是粗茶淡饭，宾客也是

很高兴的。(《小雅·瓠叶》)

在吃饭开始时，是由主人先敬酒。然后，宾客喝酒，回敬主人。随后再由主人重新斟酒；但立刻放在一边而不是马上喝掉。(《小雅·瓠叶》《大雅·行苇》)

有时候，监察官、辅助监察官，让那些饮酒无度、忽视礼仪的人去谨遵礼仪，这是很艰难的。(《小雅·宾之初筵》)

米和黍可以用于酿酒。(《豳风·七月》)

君王的父母受君王邀请参加宴会时，需要戴弁。(《小雅·頍弁》)

音乐

音乐在仪式和节日庆祝中占有很重要的位置。乐官通常是盲人。(《周颂·有瞽》)

主要的乐器有钟、镛、钲、鼓、田、鼍鼓、土鼓、应（综合应和与田的声音）、鞉（一种有柄有二耳的摇鼓）、磬、琴、瑟、管、箫、笙、籥、篪和壎。(《周南·关雎》《邶风·简兮》《小雅·鹿鸣》《小雅·何人斯》《小雅·谷风》《大雅·灵台》《周颂·有瞽》)

人们也击缶。(《陈风·宛丘》)

人们给出信号，在奏乐开始的时候击柷，在结束的时候击圉，其形如伏虎（《周颂·有瞽》）。鼓声开启交响曲。(《大雅·灵台》)

钟、磬和几种不同的鼓是悬挂固定着的。(《大雅·灵台》)

随歌而舞

舞者随着音乐在舞台上移动，当他们跳武舞的时候，手里拿着盾和板斧；当他们跳文舞的时候，手里拿的是籥和翟或翲。(《邶风·简兮》《王风·君子阳阳》)

学校

天子和王子在他们的都城都办有公共的学校。皇家学校叫辟廱或璧廱，因为四面环水，看起来就像一块璧一样。(《大雅·灵台》)

诸侯建立的学校叫泮宫、泮水或是泮林，因为南面邻接半环形的湖。(《鲁颂·泮水》)

在学校里，年轻人需要学习六艺，就是礼、乐、射、御、书、数。战争结束之后，在学校里宣布和平恢复。胜者割下敌人的左耳献给王子，并审判囚徒。(《鲁颂·泮水》)

天文，(天)食

月份是根据星座在一年里升入中天的不同时刻而定的。(《鄘风·定之方中》《豳风·七月》)

当月亮靠近毕星边，就预示着大雨将要来临。(《小雅·渐渐之石》)

食，尤其是日食，被认为是凶兆。根据自然秩序，至少在道德秩序上，食是动荡的。阴从来不强占阳。当政府统治有道时，月亮会准确地避开太阳，或是在太阳的对面。对于这一点，如果有必要，它会背离天文律法所规定的道路，所以就不会出现食。(朱熹《诗集传·十月之交》)

彩虹——凶兆

彩虹是自然界(秩序)混乱的结果，出现在雨后的早晨。它是无视规则和习俗的征兆。(《鄘风·蝃蝀》)

古人认为，乌鸦、狐狸和四季的恶劣天气都预示着灾难。(《邶风·北风》)

闪电、雷声、洪水、山崩、高山变深谷、深谷变丘陵等都是上天的警告和惩罚的预兆。(《小雅·十月之交》)

孙璋(Le P. de la Charme)曾就这一点加了一段评注：中国历史上各个朝代的末年，都会出现类似的预言，人们相信这些预示着该朝业已倾颓。[1]

① 此段原文为拉丁语，北京外国语大学海外汉学研究中心副教授罗莹译。

上天赐予人生命、聪明才智和道德法令

“天生烝民，有物有则。民之秉彝，好是懿德。”（《大雅·烝民》）“天之牖民”。（《大雅·板》）

上天看着人的一举一动，人必须心存畏惧

“天维显思，命不易哉。无曰高高在上，陟降厥士，日监在兹。”（《周颂·敬之》）朱熹在这一节也说：“无谓其高而不吾察，当知其聪明明畏、常若陟降于吾之所为、而无日不临监于此者，不可以不敬也。”

“不愧于人？不畏于天？”（《小雅·何人斯》）“不愧于人，则以人为可欺也。天不可欺。”（朱熹）“天之明察，无隐不彰，甚可畏也。”（《诗经备旨》）

“敬天之怒……昊天曰明，及尔出王。昊天曰旦，及尔游衍。”（《大雅·板》）

“昊天孔昭。”《大雅·抑》“孔昭，指鉴别善恶，不爽言。”（《诗经备旨》）

“明明上天，照临下土。”《小雅·小明》“夫明明上天，照临下土，是宜无所不察也……何天不我察哉？”（《诗经备旨》）

上天是我们的父亲

“悠悠昊天，曰父母且。无罪无辜，乱如此幠。”（《小雅·巧言》）“昊天其子之。”（《周颂·时迈》）

上天是善良而慈悲的

“思文后稷，克配彼天。立我烝民，莫菲尔极。贻我来牟，帝命率育。”（《周颂·思文》）

“昊天疾威，天笃降丧。”（《大雅·召旻》）

“天降丧乱。”《大雅·云汉》“宣王曰：‘灾异之来，乃天心仁爱人君。’”（《诗经备旨》）

上天扬善惩恶

“天保定尔，俾尔戬穀。罄无不宜，受天百禄。”(《小雅·天保》)

“天监有周，昭假于下。保兹天子，生仲山甫。”(《大雅·烝民》)

“我其夙夜，畏天之威，于时保之。”(《周颂·我将》)

“天方荐瘥……昊天不佣，降此鞠讻。昊天不惠，降此大戾。”(《小雅·节南山》)

“投畀有昊！”(《小雅·巷伯》)“投畀昊天，使制其罪。”(朱熹)

“天之降罔，维其优矣。人之云亡，心之忧矣。……藐藐昊天，无不克巩。无忝皇祖，式救尔后。”(《大雅·瞻卬》)

“诚藐藐上天，虽若无意于物，其功出神明，不测苟有感之；虽危乱之极，无不能巩固之者。人苟能改过自新，修德以任贤去谗而远色，无忝於皇祖之忱行焉，则人事之修，可以子回天變。”(《诗经备旨》)

上天给予仁君权利，收回暴君的权利

“明明在下，赫赫在上。天难忱斯，不易维王。天位殷適，使不挟四方。”(《大雅·大明》)

“天监在下，有命既集。文王初载，天作之合。……大邦有子，伣天之妹。……长子维行，笃生武王。保右命尔，燮伐大商。”(《大雅·大明》)

“我周之业，成于武王。而武王之生，又岂偶然哉？”(《诗经体注》)

“至于文武，缵大王之绪。致天之届，于牧之野。”(《鲁颂·闷宫)》

“天命匪解。桓桓武王，保有厥士，于以四方，克定厥家。於昭

于天，皇以间之。”（《周颂·桓》）“由是安民之德，有以慰上天求莫之心，而其德上昭於天矣。”（《诗经备旨》）

“命之不易，无遏尔躬。宣昭义问，有虞殷自天。上天之载，无声无臭。仪刑文王，万邦作孚。”（《大雅·文王》）

“法文王，即所以法天。如此，则在天之灵可慰，而靡常之命可保矣。”（《诗经备旨》）

“天命多辟，设都于禹之绩。”（《商颂·殷武》）

“天之抓我，如不我克。彼求我则，如不我得。执我仇仇，亦不我力。”（《小雅·正月》）“天心本至仁，反不爱人，非理之难明者乎？”（《诗经备旨》）

“昊天上帝，宁俾我遯！”（《大雅·云汉》）“昊天上帝，乃司祸福趋避之权者也。”（《诗经体注》）

祭天与祈天

“维天其右之。”（《周颂·我将》）。“奉其牛羊以享上帝、而曰天庶其降、而在此牛羊之右乎。盖不敢必也。”（朱熹）

皇帝祭神祈天，是为了求雨。（《大雅·云汉》）“瞻卬昊天，则不我惠。”（《大雅·瞻卬》）

上帝的权利

“后稷不克？上帝不临？”（《大雅·云汉》）“宫之神，莫尊於后稷。未尝不吾享也，而力又不足以胜。災郊之神，莫尊於上帝。力固足以胜災也，而又不吾享。”（《诗经备旨》）

上帝扬善惩恶

“有皇上帝，伊谁云憎？”（《小雅·正月》）“上帝，天神也。”（《诗经备旨》）“夫天岂有所憎而祸之乎。福善祸淫亦自然之理而已。”（朱熹）

“荡荡上帝，下民之辟。疾威上帝，其命多辟。天生烝民，其命匪谌。靡不有初，鲜克有终。”（《大雅·荡》）

“诗人刺文王之将之也。曰天下之乱不自，生必有所以致之者。彼荡荡上帝，其广大之量，无所不覆，乃下民之君也。既为君，以主平民宜其畀之，以善矣。今此疾威，上帝其命之赋於人者，多邪僻而不正，如此恶在其为下。民之君耶，天生下民，本皆有善而无恶，今其命多僻而不可信，岂其初则然哉？方禀命之初，厥赋惟均，初时靡不有善矣。但有生之后，气拘物蔽，故淫僻匪彝，遂失欺武畀之重，而鲜克以善道自终焉耳。然则致此大乱，使天命多僻者，乃人所为也，岂可归咎於天哉？”（《诗经备旨》）

上帝统治世界

“皇矣上帝，临下有赫。监观四方，求民之莫。维此二国，其政不获。维彼四国，爰究爰度？上帝耆之，憎其式廓。乃眷西顾，此维于宅！”（《大雅·皇矣》）

“上帝，天帝也。”“上帝虽曰高高在上，意岂有他哉？惟欲求民之安定，而已然安民者，固上天之心，而择君者实安民之要。”（《诗经备旨》）

“帝作邦作对，自大伯王季。……维此王季，帝度其心。”（《大雅·皇矣》）

“帝谓文王：无然畔援……诞先登于岸。”“帝谓文王：予怀明德……顺帝之则。”“帝谓文王……以伐崇墉……是类是祃，是致是附，四方以无侮。”（《大雅·皇矣》）

上帝赐予仁君帝国，收回暴君的帝国

“帝命不违，至于汤齐。汤降不迟，圣敬日跻。昭假迟迟，上帝是祗，帝命式于九围。”（《商颂·长发》）

“古帝命武汤，正域彼四方。”（《商颂·玄鸟）》

“商之孙子，其丽不亿。上帝既命，侯于周服。”“天明靡常。”“永言配命，自求多福。殷之未丧师，克配上帝。宜鉴于殷，骏命不易。”（《大雅·文王》）

“上帝，天之主宰也。”（朱熹）

“维此文王，小心翼翼。昭事上帝，聿怀多福。厥德不回，以受方国。”（《大雅·大明》）

“宣哲维人，文武维后。燕及皇天，克昌厥后。”（《周颂·雍》）

“故能安民以慰上天求莫之心，由是天心用眷，而余休所被有，以克昌於厥後焉。”（《诗经备旨》）

“不显成康，上帝是皇。”（《周颂·执竞》）。“上帝是天之主宰皇，是君”“上帝是皇，岂偶然哉？”（《诗经备旨》）

祭祀、祈祷以纪念上帝

文王在远征崇墉之前祭祀上帝和军队的创立者。（《大雅·皇矣》）

“皇皇后帝，皇祖后稷。享以骍牺，是飨是宜。降福既多……”（《鲁颂·閟宫》）

“祈年孔夙。”（《大雅·云汉》）“孟春祈穀于上帝，孟冬祈来年于天宗。”（朱熹）

“於皇来牟，将受厥明。明昭上帝，迄用康年。”（《周颂·臣工》）“厥明，上帝之明赐也。”（朱熹）

神灵无处不在

在屋里，即便是在密室，也必须谨慎，端正行为，就像在圣人的注视之下，要避免一切祸事，尊敬神明。

“无曰不显，莫予云觏。”（《大雅·抑》）神明来去无以预测，必须尊重他们的存在。

神灵助善弃恶

“嗟而君子，无恒安处！靖共尔位，正直是与。神之听之，式穀以女。”（《小雅·小明》）“若然，则一念忠敬之心孚之於神明，而无欺矣。神之听之，隆其降监，甚明之机，锡之以莫大之慶，而景福之介，无所吝焉。宁不可以长处其逸哉，向使弃而职而不修，疏正直而

不与，则神其吐之，欲式穀景福其可得乎？”（《诗经备旨》）

仁君死后升天

“顾予烝尝，汤孙之将。”（《商颂·烈祖》）“烈祖在天之灵，犹未敢必其我顾也，尚且顾予之烝尝。”（《诗经备旨》）

“三后在天”。（《大雅·下武》）“三后：太王、王季、文王也。在天既没，而其精神上与天合也。”（《诗经备旨》）

“文王在上，於昭于天。……文王陟降，在帝左右。”（《大雅·文王》）

“此章言文王既没，而其神在上，昭明于天。是以周邦虽自后稷始封，千有余年，而其受天命，则自今始也。……盖以文王之神在天，一升一降，无时不在上帝之左右，是以子孙蒙其福泽，而君有天下也。”（朱熹《诗经集传》卷六）

“无时不在上帝之左右，与天合德同运而竝行者也。”（《诗经备旨》）

“骏惠我文王，曾孙笃之。”（《周颂·维天之命》）“文王之德，愈久不忘，而在天之灵可少慰矣。”（《诗经备旨》）

死后灵魂升天

“祭以清酒，从以骍牡，享于祖考。执其鸾刀，以启其毛，取其血膋。”（《小雅·信南山》）

祭司执刀割开牲口的毛肉，并宣布这是人们希望的颜色——纯色的。然后取出牲口的血，表示是新杀的。然后又取出它的油，加上黄米、高粱放在艾蒿上烧，使香气四溢。

“周人尚臭，灌用鬯臭，郁合鬯，臭阴达于渊泉，灌以圭璋，用玉气也。既灌然后迎牲致阴气也。萧合黍稷，臭阳达于墙尾，故既奠然后焫，萧合膻芗。凡祭慎诸此。魂气归于天，形魄归于地，故祭求诸侯阴阳之义也。”（《诗经体注》）

已故祖先在天凝望着世间的子孙

“穆穆鲁侯，敬明其德。敬慎威仪，维民之则。允文允武，昭假烈祖。靡有不孝，自求伊祜。”(《鲁颂·泮水》)

“大命近止，靡瞻靡顾。群公先正，则不我助。父母先祖，胡宁忍予！”(《大雅·云汉》)

“吾尝雩祭之以祈穀，固欲其为吾助也。今则坐视而不吾助，犹曰与我疏也。若父母先祖与我至亲而通乎一气之感者，亦胡宁忍予遭祸而不见救也哉？”(《诗经备旨》)

“先祖匪人，胡宁忍予？”(《小雅·四月》)

祭祀已故父母的仪式

在祖先开垦的地里，人们种植高粱和小米，用来酿酒和做饭，祭祀已故的父母。

一个家庭里会选择一个人作为“宾尸”，代表死者的灵魂。屋主让他坐下，然后在他面前跪拜，招待他吃饭喝酒，让他回报所有祖先赐予的荣誉。

人们会选择很好的牲口，如牛和羊。仆人剥掉它们的皮，烹肉，烤肝，把肉放在碗盏上，将它们献给亡灵。主妇有很多的祭器，用来装调味品、调味汁等。

不管是大的还是小的祭祀仪式上，说话、微笑都得遵循规定。

太祝负责说祷词，向祖先寻求保护，接受并传递他们的答复。他在宗庙门口等待他们的来临。

亡灵的代表来了以后，自己很庄严地进门。

太祝传下祖宗的话：“徂赉子孙。苾芬孝祀，神嗜饮食，卜尔百福……”孝孙回到自己的位置，太祝说：“神具醉止。”(《小雅·楚茨》)

然后，庄严的亡灵代表起身。钟鼓重新响起送尸神，祖宗神灵踏上归程。主妇和所有的仆人稍后撤去所有的祭品。

伯叔兄弟齐聚在庙堂之后，吃掉献给亡灵的祭品。

乐队一起进庙齐奏乐曲。

当宾客都吃饱喝足以后，全家老小叩头一起致辞：“神嗜饮食，使君寿考。孔惠孔时，维其尽之。子子孙孙，勿替引之！”（《小雅·楚茨》）

已故祖先会光临祭祀仪式

成汤受乐歌的吸引，来到寺庙，赐予他的子孙欢乐与福祉。（《商颂·那》《商颂·烈祖》）

“伊嘏文王，既右飨之。”（《周颂·我将》）

“喤喤厥声，肃雍和鸣，先祖是听。”（《周颂·有瞽》）

“禴祠烝尝，于公先王。君曰卜尔，万寿无疆。”（《小雅·天保》）

已故祖先在天保佑子孙

“中田有庐，疆埸有瓜，是剥是菹，献之皇祖。曾孙寿考，受天之祜。”“是烝是享，苾苾芬芬。祀事孔明，先祖是皇。报以介福，万寿无疆！”（《小雅·信南山》）

“福在天，此皇祖何能赐之，只是使之寿考以永受之也。”（《诗经备旨》）

“以享以祀，以介景福。”（《周颂·潜》）“享祀是荐，不以祭言。”（《诗经备旨》）。“徐氏常吉曰：享祀是荐，非祭。所谓备四时之异物，顺孝子之诚心也。”（《钦定诗经传说汇纂》）

为宾尸设宴

在祭祖仪式的第二天，剩下的祭品用于酬谢宾尸。神主赴宴是很幸福的事，就像水滨的野鸭或是鸥鸟。（《大雅·凫鹥》）

庄严隆重的祭祀、祭言

“是类是祃。”（《大雅·皇矣》）

人们祭祀土神、四方神和田祖神农。(《小雅·甫田》)以黄牛祭祀南方的神，以黑猪祭祀北方的神。(《小雅·大田》)

神农，或是称为炎帝，在他统治之下，他用火烧死害虫。(《小雅·大田》)

春天，在狩猎之前，人们会祭祀伯或马神。(《小雅·吉日》)远行者会祭祀路神。(《邶风·泉水》)

庄严的誓言被应验到一个受害者的身体上。(《小雅·巧言》)"出此三物，以诅尔斯。"(《小雅·何人斯》)

巫术、梦

龟和蓍草用于占卜。(《卫风·氓》)人们用火烤龟甲，看龟甲的裂缝来断吉凶。(《大雅·绵》)

梦见熊，预示着要生男孩；梦见蛇，则预示着生女孩。(《小雅·斯干》)梦见蝗虫变成鱼，预示着丰年；梦见龟蛇旗变鹰隼旗，预示着人丁兴旺。(《小雅·无羊》)

俗语

"君子无易由言，耳属于垣。(就是我们所说的：隔墙有耳)"(《小雅·小弁》)

"既见君子，锡我百朋。"(《小雅·菁菁者莪》)

"柔则茹之，刚则吐之。"(《大雅·烝民》)

"毋教猱升木，如涂涂附。君子有徽猷，小人与属。"(《小雅·角弓》)

"老马反为驹，不顾其后。如食宜饇，如酌孔取。"(《小雅·角弓》)

"颠沛之揭，枝叶未有害，本实先拨。"(《大雅·荡》)

"谁能执热，逝不以濯？"(《大雅·桑柔》)

"德辅如毛，民鲜克举之。"(《大雅·烝民》)

"我言维服，勿以为笑。先民有言，询于刍荛。"(《大雅·板》)

“哲夫成城，哲妇倾城。懿厥哲妇，为枭为鸱。妇有长舌，维厉之阶。乱匪降自天，生自妇人。匪教匪诲，时维妇寺。”(《大雅·瞻卬》)

附二:《国风》序、《雅》序

《国风》序

对于第一部分的标题，解释比翻译更容易一些。这一部分是诸侯国风俗的体现。列国的教育，诸国的流行歌曲，只能以“国风”这两个不能完美诠释其意义的字来表达。

毛苌作了如下解释:“《风》，风也，教也。风以动之，教以化之。”

朱熹:“国者，诸侯所封之域；而风者，民俗歌谣之诗也。谓之风者，以其被上之化以有言，而其言又足以感人，如物因风之动以有声，而其声又足以动物也。”

“旧说二南为正风，所以用之闺门乡党邦国而化天下也。十三国为变风，则亦领在乐官，以时存肄，备观省而垂监戒迩。合之凡十五国云。”分为十五本书。

十五国分别为周、召、邶、鄘、卫、王、郑、齐、魏、唐、秦、陈、桧、曹、豳。

周国在《书经》中所提到的九州之一——禹贡雍州，岐山的南面，后稷十三世孙古公亶父始居其地。传子季历，他死后封为王季。

周朝始于棄，稷是舜时的农官，死后被农民尊为神，称为“后稷”。后稷的封地在邰，今天陕西乾州的武功县。公刘是后稷的子孙，到达豳地并建城，豳在今天陕西邠州三水城。亶父，后称“太王”，定居岐，在今天陕西凤翔岐山的东北部。平原延伸至岐山之南，称为“周”或“岐周”。

太王孙文王昌诞生。他不断扩展壮大领地，涉渭水，建都丰，在今天陕西西安府西南部的鄠县。他将岐周故地分为两部分，东边的赐给他的儿子周公旦，西边的给他的大臣召公奭。

他让周公为政于国，让召公在其他的诸侯领地宣布、实施政令。于是，习俗得到革新，美德在周地开花。南方诸侯之国：江、沱、汝、汉，莫不从化。三分之二的天下都从于文王。

他的儿子发，武王，将住地向东迁移25里。定居在镐，在今天西安市西南部的咸阳市。公元前1046年，他推翻了商朝的最后一个帝王纣，成为帝国的主人。武王于公元前1043年逝世，谥号诵，成王继位。

周公辅助成王制礼作乐。采文王之世，风化所及民俗之诗，以筦弦伴奏为宫廷之乐。然后又推之以及乡党邦国。

这些歌是在周的南部采集的，所以称为“周南”。在召国南部采集的，就称为“召南”。

邶，在今天河南卫辉府的北部。

鄘，在今天河南卫辉府的南部。人们认为此地是武王赐给纣的儿子武庚的。

卫，在今天河南卫辉府的东部。它的都城在今天的濬县，是武王赐给他的弟弟康叔的。

王，在今天河南的洛阳城。武王曾建都镐。他的儿子成王定居在丰。他让召公在今天河南府的西部建洛邑，为会见诸侯的地方。称宗周开始的都城镐或丰为西都，称洛阳为王城，是东都。

郑国是公元前806年宣王所建，赐予其弟友，在今天陕西同州府华州。友，谥号为桓公，公元前773年为中国西部的戎所杀。公元前770年，西戎占据都城，幽王逝。为了躲避他们的攻击，幽王的儿子平王迁往洛阳。桓公的儿子掘突追随平王，因其巨大的贡献，赐予他洛阳东部为封地。这片封地称为新郑。今天的新郑市，属于开封府。《诗经》里郑国的歌谣采自新郑。

齐国在今天的山东，包括青州府、济南府、潍县……他是武王赐给他的大臣尚父的，广为人知的称呼为太公望。西至黄河，东至大海。都城营邱，在今天的临淄县。

魏国在今天山西的解州。它很小，历史也不甚清楚。

唐国或称晋，在今天山西的太原府。它曾经是唐国王子，后来的尧帝统治的地方。成王时，赐予其弟叔虞。叔虞之子燮改国号为晋。

秦国最开始的都城在今天甘肃秦州。是孝王（前908—前894）赐予非子的，非子负责养马；最早是舜和禹的大臣伯益的。它逐渐地占据了很大的疆域。秦国的王子最终推翻周朝，统治帝国。

陈国在今天河南的陈州府。它是武王赐予阏父的儿子满的，阏父是周朝的陶正，是舜的后代。满的谥号是胡公，他的都城在淮宁县。

桧或郐在今天河南的郑州。王族的名字为妘，是高辛帝的大臣祝融之后。

曹国在今天山东曹县，是武王赐予其弟振铎的。

豳国在今天陕西邠州三水区。唐玄宗（713—742）时，“豳”改为“邠”。豳风的第一首诗叙述了公刘时人们的劳作和习俗，是周公的作品。其他同一时期关于现实主题的作品，有可能也是周公所作。

《雅》序

雅是正确的、得体的、合乎礼仪的意思。小雅适用于一般的场合，大雅则适合于大的场合。小雅是《诗经》的第二部分，大雅是《诗经》的第三部分。

这些诗歌占据了《诗经》的两部分，是在宫廷演奏的，第一部分，小雅，是一般的宴会所奏的；第二部分，大雅，是诸侯会晤和祭祀祖先时所奏的。这两部分由皇帝保存。诸侯和大臣有时候也可以使用；但是周朝衰微时，就开始篡权、滥用。

小雅分八“什”，每“什”十篇，一共八“什”，以每一“什”第一首诗的前几个字标明。

大雅的前二十二篇是纪念文王、武王和成王时的事，人们认为是周公所作。

第四章　法国诗经学的鼎盛与衰微

第一节　20世纪法国对《诗经》的译介

20世纪上半叶，法国汉学依然占据领先地位，汉学研究领域逐渐拓展，对中国传统文学的研究依然是法国汉学的重要领域。随着顾赛芬《诗经》译本的出现，法国诗经学已至臻成熟，越来越多的汉学家将视线转向其他的中国传统文学读本。然而法国诗经学并未停滞不前，学科的逐渐丰富、研究方法的创新与多样化，反而促使了法国诗经学的再次蓬勃发展。法国的《诗经》研究越来越贴近《诗经》的本貌，新的研究视角、研究方法使得法国诗经学的研究更加深刻和丰富。

1903年，拉卢瓦出版了《中国音乐》(*La Musique chinoise*)，其中译介了《诗经》数首，主要在“宗教音乐”(musique religieuse)和“民间音乐”(musique populaire)两节中，将《诗经》作为歌谣研究，还原了《诗经》的本色。

1907年，于贝尔·奥托在香港出版了《炉边几小时，〈诗经〉——中国古典诗歌的书》(*Quelques heures au coin du feu, Cheu-king ou le livre des vers, un des Classiques Chinois*)。

1919年，葛兰言出版的《古代中国的节庆与歌谣》，是法国《诗经》研究史上的经典之作。葛兰言通过对《诗经》中情歌的分析，考察了上古时期朴野的习俗是如何转化了“文明的秩序”，利用人类学的方法，借助中国古典文献，分析中国古代的宗教习俗和民族信仰。该书对人类学的发展产生了重大影响，为《诗经》研究提供新的阐释方法，为比较文学跨文化研究提供了新的范式，在一定程度上还原了中国上古时期的面貌。

20世纪初期，在这一特殊的时代，不少有着不同背景的中国学者赴法留学，如曾仲鸣、梁宗岱（1903—1983）、徐仲年、罗大冈（1909—1998）等。留法的中国人完成了不少博士论文，在当时的中国诗经学研究中占据了很大的比例。这些论文以中国文学研究为主，其中不乏对《诗经》的译介，如曾仲鸣于1922年在里昂完成的博士论文《中国诗史论》，其中第一章便是对《诗经》的介绍。徐仲年于1933年出版的《古今中国文学选集：诗歌、小说、戏剧、哲学、历史》，在介绍先秦诗歌时也有对《诗经》的译介。

葛兰言之后，法译《诗经》研究中还有华籍耶稣会士张正明于1937年同时在上海（土山湾印书馆）和巴黎（Librairie Orientaliste P. GEUTHNER）出版的《诗经中之对偶律》。此书归属于“汉学丛书”（Variétés Sinologiques）第65本。该书从《诗经》语言文字的韵律入手，详细论证了《诗经》中的韵律，不再如前人对《诗经》笼统地介绍或选译，这意味着法国汉学界对《诗经》的研究更为深入、细致。

20世纪中叶以后，随着葛兰言、马伯乐、伯希和等汉学大师的相继离世，加之二战后西方国家对中华人民共和国采取了孤立主义政策，法国传统汉学研究日渐衰微，虽然20世纪六七十年代，因戴密微的努力，获得复苏和新生，法国对《诗经》亦有译介和研究，如多米尼克·霍伊泽（Dominique Hoizey）的《诗经》选译（1994），许渊冲先生的《诗经》选译，朱利安的《影射的价值：论中国传统诗歌诠释的原创范畴》，雷米·马修（Rémi Mathieu）最新出版的《〈诗经〉译本》（*Le classique des poémes: Shi Jing*，2019），等等，但总体而言，《诗经》等传统汉学研究不再是法国汉学的主流。

第二节　拉卢瓦眼中的《诗经》乐曲

一、拉卢瓦的生平及著作简介

拉卢瓦（Louis Laloy），1874年2月18日出生，1944年3月4日逝世，是一位音乐学家、作家和汉学家。拉卢瓦会多种语言：英语、德语、意大利语、拉丁语、希腊和中文。他获得文学博士学位之后，成了一位杰出的音乐家和音乐批评家，《音乐墨丘利》（*Mercure musical*）杂志的创始人。1906年他开始在索邦大学教授音乐史，随后，成为巴黎音乐学院（Conservatoire de Paris）的教授。1913年至1940年间，拉卢瓦担任了巴黎国家剧院的秘书长。拉卢瓦在音乐学、音乐理论、音乐批评、戏剧、翻译、艺术管理、汉学研究等都有很高的建树。著名的法国作家罗曼·罗兰（Romain Rolland，1866—1944）称他是"一流的学者、艺术家、作家、音乐学家"和"一流的汉学家"[①]。拉卢瓦主要的汉学著作有《中国音乐》（La Musique Chinoise）、《〈淮南子〉与音乐》（*Hoaî-nàn Tzè et la musique*，1914）、《马致远〈汉宫秋〉》（*Le chagrin dans le palais de Han: drame chinois*，1921）、《中国作者笔下的仙人传奇》（*Légende des Immortels, d'après les auteurs chinois*，1922）、《蒲松龄〈聊斋志异〉选》（*Contes magiques: d'après l'ancien texte chinois de P'ou Sounglin*，1925）、《中国诗》（*Poésies chinoises*，1944）等。

二、《中国音乐》及散见其中的《诗经》译介

《中国音乐》是拉卢瓦有关中国音乐的著述中最早出版，也最有

① Priest Debrah, *Louis Laloy* (1874—1944) on *Debussy, Ravel and Stravinsky*. Aldershot: Ashgate, 1999. 转引自宫宏宇、温永红：《西方人"了解中国音乐最好的入门书——谈路易·拉卢瓦的〈中国音乐〉》，中央音乐学院学报2013年第3期，第46–57页。

影响的一部著作。此书共有13章：“溯源”（Les Sources）、“理论”（La Doctrine）、“命运”（Les Destins）、“律制”（Le Système）、“音阶”（La Gamme）、“新音阶”（Les Gammes Nouvelles）、“乐器”（Les Instruments）、“记谱”（La Notation）、“宗教音乐”（Musique Religieuse）、“室内音乐”（Musique de chambre）、“民间音乐”（Musique Populaire）、“戏剧音乐”（Musique de théatre）、“希望”（Espoir）；另有13幅插图，11个谱例。首章论述了中国的文化、音乐对东亚及东南亚各国的深远影响，并简述了其书中所用的中文典籍、乐书、乐谱、史料及西方相关研究资料；“理论”一章详细讨论了以《乐记》为代表的中国古代乐论；第三章“命运”叙述了

LES MUSICIENS CÉLÈBRES

LA

Musique Chinoise

PAR

LOUIS LALOY

ÉTUDE CRITIQUE

ILLUSTRÉE DE DOUZE REPRODUCTIONS HORS TEXTE

PARIS

LIBRAIRIE RENOUARD

HENRI LAURENS, ÉDITEUR

6, RUE DE TOURNON (VIe)

Tous droits de traduction, de reproduction réservés pour tous pays

拉卢瓦《中国音乐》扉页

包括《乐记》在内的先秦典籍的命运；从“律制”到“新音阶”则讨论了中国古代律制，中国古代的几种音阶，同时讨论了中国古代的“变徵”和“变宫”，简单提及忽必烈引入的七声音阶；“乐器”和“记谱”部分介绍了中国古代的乐器，讨论律吕字谱、琴瑟谱、工尺谱、中国人常用的节拍以及节奏节拍的记录方式。第九章虽以“宗教音乐”为题，但事实上讨论的是祭孔仪式及在仪式上唱颂的乐曲。“室内音乐”一章则以孔子操琴及《琵琶记》中男主人公蔡邕为例，点出琴在中国古代文人生活中的重要性。“民间音乐”则选取《诗经·国风》《粤讴》及阿里嗣《中国音乐》[①]一书中所收的几首节日欢宴、婚丧嫁娶类的歌曲，并附有谱例。“戏剧音乐”中提到了唐玄宗创立的“梨园”、草台班子等。

书中关于《诗经》的论述散见于多个章节里，但主要集中在“宗教音乐”“民间音乐”“戏剧音乐”中。“宗教音乐”一章开篇引述《小雅·甫田》，拉卢瓦认为，“古时，所有的仪式上都有音乐。它伴随着祭祀，唱诵向上天、大地、山川、河流、风与四季的祷告。琴、瑟、鼓回报耕作者神圣的神农的保佑”，而在“宗庙前，人们放置鼓、磬、萧、管”，拉卢瓦选用《周颂·有瞽》作为例证：“喤喤厥声，肃雍和鸣，先祖是听。我客戾止，永观厥成。”[②]而这样的祭祀仪式后来逐渐演变，不再对自然，转而对圣人，如对孔子的祭祀，此章后文则主要转向了对祭孔仪式的叙述。“民间音乐”是此书中译介《诗经》最多的一章。他认为：“古时，音乐就已渗入民众的私人生活中，宴席上都有琴瑟相伴，如《小雅·伐木》《小雅·天保》。”拉卢瓦紧接着翻译了“征得未婚妻同意的欢乐的助婚诗”《周南·关雎》，“没有如此盛大场面的，得偿所愿归来的”《王风·君子阳阳》，“年轻的人们在城墙外、广场跳舞”的《陈风·东门之枌》。[③]“戏

① 阿里嗣（J. A. Uan Aalst）为比利时人，曾于1884年在上海出版了一本以英文写的《中国音乐》（*Chinese music*）

② Louis Laloy. *La Musique Chinoise*. Collection «Les musiciens célèbres», Henri Laurens, éditeur, Paris, 1903, p. 85.

③ 同上书，第97–103页。

剧音乐”中，拉卢瓦则译介了《邶风·简兮》。[1]

关于拉卢瓦对《诗经》的译介，相对于意义而言，他更在意原诗的结构，注重诗歌的韵律，译文也都是以韵诗呈现，这与作者的译介目的与期待视域有关。在拉卢瓦的眼中，《诗经》不是道德家教化的工具，亦不是毕欧眼中的风俗宝库，而是几千年前的歌谣。因此，他虽然参照顾赛芬译本所给的主旨与意义，仍从其旧说，但他更看重的是《诗经》作为上古音乐的存在，在尽可能地保留其形式及韵律的同时，无可避免地“偏离”了原诗的意义。（例子请参照后文的附录）。虽然他并未到过中国，所用文献亦皆是前人的汉学译本及论著，《中国音乐》一书一共只有128页，《诗经》中的乐曲译介在书中所占比例并不算重，但文中多处提到了《诗经》，且与前人相比，拉卢瓦独特的研究视角，试图还原《诗经》的最初含义，将《诗经》不作为文学读本，而是作为乐曲来研究，可谓在整个法国诗经学史上独树一帜。

附：第十一章　民间音乐

古时，音乐就已渗入民众的私人生活中：宴席上都有琴瑟相伴[2]；征得未婚妻同意的欢乐的乐曲，此首助婚诗则是证明：

C’est le cri, le cri des mouettes
Par les îlots de la rivière.
Celle qui vit pure et secrète,
Bonne compagne pour le prince.
关关雎鸠，
在河之洲。
窈窕淑女，
君子好逑。

---

① Louis Laloy. *La Musique Chinoise*. Collection «Les musiciens célèbres», Henri Laurens, éditeur, Paris, 1903, p. 111.

② 原注：《诗经·小雅》第五首，第六首。

Diverses, les lentilles d’eau,
A droite, à gauche, sont flottantes.
Celle qui vit pure et secrète,
Nuit et jour nous avons pensé,
Si longuement, si longuement
Nous tournant et nous retournant.
参差荇菜，
左右流之。
窈窕淑女，
寤寐求之。求之不得，寤寐思服。
悠哉悠哉，
辗转反侧。

Diverses, les lentilles d’eau,
A droite, à gauche, sont cueillies.
Celle qui vit pure et secrète,
Cithare et luth lui font cortège.
Diverses, les lentilles d’eau,
A droite, à gauche, sont servies.
Celle qui vit pure et secrète, Tambours et cloches lui font fête.
参差荇菜，
左右采之。
窈窕淑女，
琴瑟友之。
参差荇菜，
左右芼之。
窈窕淑女，钟鼓乐之。

在不那么盛大的场合，同样伴随着音乐：这首诗以得偿所愿归来而著名[①]：

Mon seigneur est souriant,
Une flûte en sa main gauche,
De la droite il m'invite à sortir.
O joie, ô quelle joie!
君子阳阳，
左执簧，
右招我由房。
其乐只且。

Mon seigneur est radieux,
L'éventail en sa main gauche,
De la droite il m'invite à venir.
O joie, ô quelle joie!
君子陶陶，
左执翿，
右招我由敖。
其乐只且。

而年轻的人们相聚在一起，在城墙外，广场上跳舞[②]：

① 原注：《诗经·国风》第六章，第三首。译者按：这首诗是《王风·君子阳阳》，"此诗疑亦前篇妇人所作（前篇是指《王风·君子于役》）。盖其夫既归，不以行役为劳，而安于贫贱以自乐"。（参阅朱熹注《诗集传》，第57页。）拉卢瓦时期法国已有顾赛芬译本，顾赛芬所遵从的乃是朱熹注本，拉卢瓦在此亦是遵循此说。今则认为该篇当是描写东周舞师与乐工共同歌舞的诗（参阅程俊英撰：《诗经译注》，第105页）。

② 原注：《诗经·国风》，第十二章，第二首。

A la porte de l’est des ormes,
Et des chênes sur la colline.
La fille de Tzèu-tchoung, la belle,
Dessous les arbres va dansante.
东门之枌，
宛丘之栩。
子仲之子，
婆娑其下。

On choisit belle matinée,
Au sud est une aire élevée,
Elle ne file pas le chanvre,
Mais sur la place va dansante.
榖旦于差，
南方之原。
不绩其麻，
市也婆娑。

On sort par belle matinée,
Et l’on marche en grande assemblée.
Belle à voir comme fleur de mauve,
Des grains de poivre en ma main pose.
榖旦于逝，
越以鬷迈。
视尔如荍，
贻我握椒。

第三节　法国诗经学的经典之作
——葛兰言《古代中国的节庆与歌谣》

一、葛兰言生平及著作简介

1884年2月29日，葛兰言出生于法国东南部德罗姆（Drôme）省的一个小镇。葛兰言起初就读于艾克斯普罗旺斯中学（Lycée d'Aix-en-Provence），然后进入著名的巴黎路易大帝中学（Louis-le-Grand）。1904年，葛兰言考入巴黎高等师范学校，主修历史学。在此期间，他成为涂尔干

葛兰言（Marcel Granet，1884—1940）

（Émile Durkheim，1858—1917）[①]的得意门生，并深受莫斯（Marcel Mauss，1872—1950）的影响。1904至1905年，也就是葛兰言在巴黎高师的第一年，涂尔干首次在此开设了关于教育学的课程。1905年，葛兰言加入了社会主义研究小组，小组成员包括莫斯、热尔内（Louis Gernet，1882—1962）和哈布瓦赫（Maurice Halbwachs，1877—1945）。这段经历对他未来的学术生涯产生了重大影响。1907年，葛兰言参加中学教师资格考试并获得高中历史教师证书。1908年，他被批准加入梯也尔基金会（Fondation Thiers）。在受梯也尔基金会资助的三年里（1908—1911），葛兰言的研究从欧洲封建制度研究转向了远东研究。于是，他开始在沙畹门下学习汉语，并在后者的影响下将研究兴趣从日本转向了中国。1911年，葛兰言到中国做实地调查。当时他与铎尔孟（André d'Hormon，1881—1965）成为莫逆之交。1912年，葛兰言写了《中国古代婚俗》一文，经沙畹推荐在《通报》上发表。1913年，葛兰言回到法国，在巴黎高等研究院（École pratique des Hautes Études）继沙畹任"远东宗教"（L'Études pour les religions d'Extrême-Orient）讲座的教授。1914年，葛兰言去服兵役。1918年9月，葛兰言被派往西伯利亚，以东方学者的身份成为尚南将军（General Jeannin）的幕僚。同年，葛兰言奉法国外交部之命再次到中国。1919年，葛兰言从西伯利亚退伍。在回国途中，葛兰言在中国停留了数月，等待回欧洲的轮船。葛兰言并没有想到，这是他最后一次中国之行。当时，他在铎尔孟家里住了两三个月，等待回法国的轮船。时任北京大学校长的蔡元培与葛兰言数次见面，邀请他留京任教，但是长期在异乡的葛兰言选择了回巴黎。1919年6月，葛兰言回国之后与玛丽·黛丽安结

① 又译为迪尔凯姆、杜尔凯姆·杜尔干等，法国社会学家、人类学家，《社会学年鉴》（*Année sociologique*）创刊人，与卡尔·马克思及马克思·韦伯并列为社会学的三大奠基人，主要著作有《社会劳动分工论》（*Deladivision du travail social*，1893）、《社会学研究方法论》（*Les règles de la méthode sociologique*，1895）、《自杀论》（*Le Suicide*，1897），等等。

婚。然后，他又恢复了巴黎高等实践研究院的课程。[1]1920年，葛兰言通过了博士答辩，在巴黎大学文学院获博士学位。同年，他被聘任为巴黎大学文学院讲师，主讲“中国文化”课。1925年，葛兰言任巴黎东方语言学校“远东史地”讲座教授。1926年，葛兰言被选为国立东方语言学校历史地理学院院长，他还获得了当年的汉学儒莲奖。1930年他还曾担任法国社会学研究所所长和副所长。1936年他曾到奥斯陆长途旅行，在那发表了一系列演讲，这些演讲在他死后以《中国的封建制度》（1952）为题出版。1937年，葛兰言访问剑桥，并为当年的“简・哈里森纪念讲座”（Jane Harrison Memorial Lecture）发表演讲，主题是“中国习俗中的礼物之战”（La bataille des cadeaux dans les usages chinois）。1940年，在莫斯的坚持下，葛兰言接过高等研究实践学院第五研究部主任的职务。1940年11月25日，他被一个自己痛恨的政府官员召见进行面谈。这次遭遇肯定是令人不快的，当天回家之后他就因愤怒而去世了。

葛兰言率先将社会学引入汉学研究，用社会学理论和社会学分析方法来考察中国古代社会、文化、宗教和礼俗，佐以实地调查与田野研究，并用了对比研究的方法，突破了前辈和同时代汉学家的局限，具有了一种综合性的不局限于文本的视野。主要著作有《古代中国的节庆和歌谣》（*Fêtes et Chansons anciennes de la Chine*）、《中国古代之媵制》（*La Polygynie sororale et le sororat dans la Chine féodale*）、《生命与死亡，中国古代的信仰和教义》（*La Vie et la mort: croyances et doctrines de l'Antiquité chinoise*）、《中国人的宗教》（*La Religion des Chinois*）、《中国古代的舞蹈与传说》（*Danses et Légendes de la Chine ancienne*）、《中国上古文明论》（*La*

---

① 葛兰言在高等实践学院的课程主要是讲授《仪礼》中的习俗，1926—1927年间转向《庄子》与古代历法，1927—1928年间讲授《淮南子》与古历法，1928—1929年间及1938—1939年，讲授道家和道教，1939—1940年间做系列《山海经》昆仑山讲座。

Civilisation Chinoise: la vie publique et la vie privée)。[①]

二、葛兰言《古代中国的节庆与歌谣》

《古代中国的节庆与歌谣》是葛兰言的博士论文，1919年出版了法文版，1932年在美国、英国同时出版英文版，1942年又译为日文在东京出版。此书从诞生之日起，就引起轰动，但也备受争议。中文译本至今为止有张铭远于1989年在上海文艺出版社翻译出版的《中国古代的祭礼与歌谣》，2005年赵丙祥、张宏明又重新合译此书，译名为《古代中国的节庆与歌谣》，广西师范大学出版社出版。[②]

葛兰言在书中交代了选择《诗经》作为研究的对象的原因，其目的是想要了解和研究古代中国的习俗与信仰。

> 我的愿望是想表明这样一个事实——了解古代中国的习俗与信仰并非是不可能的。文献的选择是非常重要的问题。我们为什么要选择《诗经》中的情歌作为研究对象呢？《诗经》是一部古典著作，通过

① 国内很早就展开了对葛兰言及其论著的研究，尤以《古代中国的节庆与歌谣》为甚，有着较为丰硕的成果。民国时期，丁文江、李安宅、郑师许、杨堃等都曾发表过有关葛兰言著作研究的论文，后人李孝迁曾对民国时期的葛兰言研究有专论（2010）。新中国成立之后，相关研究一度沉寂；20世纪八九十年代至今三十多年来，国内对葛兰言及其论著的研究成果越来越多，研究越来越深入。主要集中在以下几个方面：一是对欧洲诗经学的论述，葛兰言的《古代中国的节庆与歌谣》作为其中一个必不可缺的部分被进行论述，如周发祥（1993）、王丽娜（1996）、夏传才（1997）、吴结评（2006）、刘国敏（2012）等；二是对葛兰言《诗经》研究的方法论的研究，如夏传才（1997）、吴结评（2007）、林在勇（2005）、朱丁（2002）、赵晓杨（2007）等；三是对葛兰言著作的比较研究，如杨秀明（2014）、萧盈盈（2017）等；四是对葛兰言《中国古代的媵制》《中国人的宗教》等其他著作的研究，如吴银玲（2011）、许书峰（2018、2019）等；五是对葛兰言的综合研究，参见卢梦雅的多篇论文及其专著《葛兰言的汉学发生研究》(2018）等。总体而言，国内学术界对葛兰言的研究多集中在葛兰言对《诗经》的研究上，对其他著作的研究相对较少，尤其是葛兰言对中国的上古文明、文化的研究上，有待深入研究。

② 赵丙祥、张宏明译本是根据法文本全部译出，除了原著中一个对照所引歌谣在顾赛芬译本和理雅各译本中不同页码的表格未附之外，正文未做其他删节。因国内已对本书有过深入的研究和丰硕的成果（参照前注），本文只是根据赵丙祥、张宏明译本，结合原文对葛兰言这本书的内容简介，未做深入研究。

它我们可以了解中国人的宗教形式。《诗经》的文献价值，或更确切地说，诗集中那些情歌的文献价值，是可以相当准确地判定的。这是我选择《诗经》的首要原因。同时，这种价值与上古中国社会的最高秩序有着直接的关系：这才是选择的主要原因。①

面对这一经典古籍，前人已有众多成果，选取何种方式进行研究呢？葛兰言则认为："以往的《诗经》研究者往往出于实际的目的，或者是从历史的角度，或者是从文学的角度。虽然也曾偶然收到一些成果，然而却没有发现《诗经》的原始意义。""我试图表明，我们可以超越简单的文学解释与象征主义解释，去发现这些诗歌的原始含义。"②由此，葛兰言选择以社会学、人类学的视角，将《诗经》中的全部歌谣看作是古代正常习俗的描写。

葛兰言的《古代中国的节庆与歌谣》，全书除引言和结论外，分为两部分："《诗经》中的情歌"和"古代的节庆"。第一编为"《诗经》中的情歌"，葛兰言首先分析的是"如何阅读古代经典"，他用社会学和人类学的方法对《诗经》中的"风"诗做了解读，分析了中国历来的诠释和传教士们所做的一些研究，提出了在阅读《诗经》尤其是《国风》时应遵循的原则。他认为《诗经》是孔子编选的，孔子及其弟子确立了《诗经》文本的注释系统。多个世纪以来，《诗经》一直服从于道德灌输的目的，这些传统的注释也成为不可动摇的一部分。但是人们在使用这些注释的时候，通常会被这些解释左右、束缚。他提出在阅读《诗经》尤其是《国风》时，应

① Marcel Granet. *Fêtes et chansons anciennes de la Chine.* Editions Albin Michel, Paris, 1982, Introduction.

② Marcel Granet. *Fêtes et chansons anciennes de la Chine.* Editions Albin Michel, Paris, 1982, Introduction. 葛兰言在书中第一编里阐述"乡村爱情"时，对《序》和朱熹的注解进行了考察，对传统的说法进行了分析。他认为中国传统的阐释既复杂又令人困惑，《诗经》一方面作为教材教育子弟，注释家配备了道德的解释；但对于《诗经》中一些似乎太过淫邪的诗，就被认为是用"恶"的办法来唤起道德。为了将这些诗歌与《诗经》主旨相协调，注释家们认为这些诗歌是忠实的臣子为劝谏诸侯改进而作的讽刺诗，对于个别诗歌，则采取快速略过的策略。

该遵循十六条规则[①]。葛兰言在这一部分中选译了大概七十首爱情诗，大部分都是选自《国风》，少数章节选自《小雅》，他为了使这些诗歌能够相互诠释，特意编排了顺序；按特定的主题归类并把它们分成三组："田园主题""乡村爱情""山川歌谣"，在每组的后面都附上相应评述。

"田园主题"的歌谣："都简短地描述自然界主题。在古代历法中，我们也能找到类似的描述。对这些田园主题的研究会证明：这些歌谣的诗意是和季节习俗密切相关的。"[②]葛兰言在选取时，并非全是选取整首诗，有许多诗歌都只选取了其中的部分章节，选译章节之后是对这首诗的解读，同时，葛兰言还对所选取章节的部分字词做了注释。以下诗歌章节都被选入"田园主题"中：

《小雅·隰桑》："隰桑有阿，其叶有难。既见君子，其乐如何。隰桑有阿，其叶有沃。既见君子，云何不乐。　　隰桑有阿，其

① 即：（1）无须关注经典的解释及其各种残留变体；（2）忽略那些彰善诗歌与瘅恶诗歌之间的公认差别；（3）编入《诗经》不同部分的诗歌可以毫无顾忌地进行比较；（4）摒弃所有象征解释或暗示诗人"微言大义"的解释；（5）仔细收集所有可能有助于证明象征解释之正确性的有关历史或习俗的信息，但只能看作是与象征解释毫不相干的资料；（6）要注意对词语或句法的注释，但要区分那些竭力追求训诂精确性的注释和那些仅被拿出来证明其理论解释之正确性的注释；（7）对诗歌的韵律给予最大关注；（8）与类似的诗歌相比较，以确定每首诗的含义，或者确定一系列诗歌主题。（9）要尽量以《诗经》解《诗经》，与其冒险将事实直接同那些与《诗经》既无渊源又无关联的观念或规则联系起来，还不如下决心只知道事实的原貌；（10）如果有必要求助于外在依据，那么，与其选择古典文本，还不如求助于那些包含着民俗事实的东西，当然时代越早越好，但在必要时亦可选择现代的；（11）应该关注《诗经》的地方性差别和创作年代的先后差别；（12）即使主题保留着最初的编排方式，但诗歌本身可能已经重新编排加工过了；（13）原初主题必然与当时的情感状态联结在一起，而这些主题可能会出现在表达类似情感的诗歌之中，出于这种原因，后来诗歌和原初主题所起源的事实之间没有任何关联；（14）在某个特定的时候，虽然某些主题甚至整首诗都没有遭到任何更改，或者只经过略微的修改，却可以获得全新的仪式性运用或实践，这些运用和实践反过来赋予它们或多或少是新的价值观念或意义；（15）情歌及其主题尤其可能被赋予新的含义；（16）某个主题或某首诗，即使没有经过重大的修改，也可能会用作忠告或暗讽。——［法］葛兰言：《古代中国的节庆与歌谣》，赵丙祥、张宏明译，南宁：广西师范大学出版社，2005年，第13–16页。

② ［法］葛兰言：《古代中国的节庆与歌谣》，赵丙祥、张宏明译，南宁：广西师范大学出版社，2005年，第32页。

FÊTES
ET
CHANSONS ANCIENNES
DE LA CHINE

Thèse pour le Doctorat ès lettres
présentée à la Faculté des Lettres de l'Université de Paris

PAR
MARCEL GRANET
Ancien élève de l'École normale supérieure,
Directeur d'études à l'École des Hautes-Études

L'eau coule, le ciel est clair,
Nos chansons, au vent semées,
Se croisent, comme dans l'air
Les flèches de deux armées.
V. H. (*Cantique de Bethphagé.*)

PARIS
ÉDITIONS ERNEST LEROUX
28, RUE BONAPARTE (VIe), 28
1919

《古代中国的节庆与歌谣》扉页

叶有幽。既见君子，德音孔胶。　　心乎爱矣，遐不谓矣？中心藏之，何日忘之！”

《陈风·东门之杨》：“东门之杨，其叶牂牂。昏以为期，明星煌煌。”

《召南·何彼襛矣》：“何彼襛矣？唐棣之华。曷不肃雍？王姬之车。”

《周南·螽斯》：“螽斯羽，诜诜兮。宜尔子孙，振振兮。”

《鄘风·鹑之奔奔》：“鹑之奔奔，鹊之彊彊。人之无良，我以为兄。鹊之彊彊，鹑之奔奔。人之无良，我以为君！”

《豳风·东山》：“仓庚于飞，熠耀其羽。之子于归，皇驳其马。”

《召南·鹊巢》："维鹊有巢，维鸠居之。之子于归，百两御之。维鹊有巢，维鸠方之。之子于归，百两将之。　　维鹊有巢，维鸠盈之。之子于归，百两成之。"

《郑风·野有蔓草》："野有蔓草，零露抟兮。有美一人，清扬婉兮。邂逅相遇，适我愿兮。　　野有蔓草，零露瀼瀼。有美一人，婉如清扬。邂逅相遇，与子偕臧。"

《召南·行露》："厌浥行露，岂不夙夜？谓行多露。"

《邶风·北风》："北风其凉，雨雪其雱。惠而好我，携手同行。其虚其邪？既亟只且！　　北风其喈，雨雪其霏。惠而好我，携手同归。其虚其邪？既亟只且！　　莫赤匪狐，莫黑匪乌。惠而好我，携手同车。其虚其邪？既亟只且。"

《郑风·风雨》："风雨凄凄，鸡鸣喈喈。既见君子，云胡不夷？"

《召南·殷其靁》："殷其靁，在南山之阳。何斯违斯，莫敢或遑？振振君子，归哉归哉！"

《郑风·萚兮》："萚兮萚兮，风其吹女。叔兮伯兮，倡予和女。萚兮萚兮，风其漂女。叔兮伯兮，倡予要女。"

《鄘风·蝃蝀》："蝃蝀在东，莫之敢指。女子有行，远父母兄弟。　　朝隮于西，崇朝其雨。女子有行，远兄弟父母。　　乃如之人也，怀昏姻也。大无信也，不知命也。"

《曹风·候人》："荟兮蔚兮，南山朝隮。婉兮娈兮，季女斯饥。"

《王风·采葛》："彼采葛兮，一日不见，如三月兮！　　彼采萧兮，一日不见，如三秋兮！彼采艾兮，一日不见，如三岁兮！"

《周南·芣苢》："采采芣苢，薄言采之。采采芣苢，薄言有之。"

《小雅·采绿》："终朝采绿，不盈一匊。予发曲局，薄言归沐。

终朝采蓝，不盈一襜。五日为期，六日不詹。　　之子于狩，言棘其弓。之子于钓，言纶之绳。其钓维何？维鲂及鲊。维鲂及鲊，薄言观者。”

《卫风·伯兮》：“伯兮朅兮，邦之桀兮。伯也执殳，为王前驱。自伯之东，首如飞蓬。岂无膏沐？谁适为容？　　其雨其雨，杲杲出日。愿言思伯，甘心首疾。　　焉得谖草？言树之背。愿言思伯，使我心痗。”

《豳风·七月》：“春日载阳，有鸣仓庚。女执懿筐，遵彼微行，爰求柔桑。春日迟迟，采蘩祁祁。女心伤悲，殆及公子同归。”

葛兰言认为，《诗经》歌谣中常常包含一些从自然界借来的主题，它们有时候展现在我们面前的是一棵生机盎然的树，并把植物的生长与人类心灵的觉醒相联系；有时候，我们看到，田野间动物呼朋唤友，并聚集在一起，动物之爱与人类之爱相对应。诗人在描写自己的情感时，往往借助自然界的景象。以爱情为主题时，基本上都用风景作背景。葛兰言在此探析为何《诗经》的诗人们将这些田园主题包含在诗歌里面。根据中国学者的意见，这些主题是“比”或“兴”，是诗歌表意的文学手法。葛兰言提出，如果仅此而已，那些诗人是多么的缺乏想象力啊！且自然界的美好事物那么多，为什么仅仅选择那些树木而不选择那些更具美好意味的花朵作为“比”和“兴”呢？他认为，中国学者所说的“比”和“兴”，与其说是文学家使用的创作手法，不如说是注释家们所代言的“卫道士”运用的一个体系。田园景象的运用并不仅仅是简单地表达观念，或使之更能吸引人们的注意，其自身就具有道德价值。文学家把田园主题视为历法时谚，葛兰言认同这一观点，他对现存的古历进行了介绍。他在本章的最后一段总结道：“至少我们确定了这样一个事实：田园主题在《诗经》中的重要性以及对于《诗经》注释者们的重要性，明确显示了在古代中国人的生活和思想中，季节习俗的重要地位。”①

---

① ［法］葛兰言：《古代中国的节庆与歌谣》，赵丙祥、张宏明译，南宁：广西师范大学出版社，2005年，第33–58页。

“田园主题”之后是“乡村爱情”，以下诗篇被归为此类：

《郑风·出其东门》：“出其东门，有女如云。虽则如云，匪我思存。缟衣綦巾，聊乐我员。　出其闉阇，有女如荼。虽则如荼，匪我思且。缟衣茹藘，聊可与娱。”

《郑风·东门之墠》：“东门之墠，茹藘在阪。其室则迩，其人甚远。东门之栗，有践家室。岂不尔思？子不我即。”

《陈风·衡门》：“衡门之下，可以栖迟。泌之洋洋，可以乐饥。　岂其食鱼，必河之鲂？岂其取妻，必齐之姜？　岂其食鱼，必河之鲤？岂其取妻，必宋之子？”

《曹风·蜉蝣》：“蜉蝣之羽，衣裳楚楚。心之忧矣，於我归处。　蜉蝣之翼，采采衣服。心之忧矣，於我归息。　蜉蝣掘阅，麻衣如雪。心之忧矣，於我归说。”

《唐风·有杕之杜》：“有杕之杜，生于道左。彼君子兮，噬肯适我？中心好之，曷饮食之。　有杕之杜，生于道周。彼君子兮，噬肯来游？中心好之，曷饮食之。”

《王风·丘中有麻》：“丘中有麻，彼留子嗟。彼留子嗟，将其来施施。　丘中有麦，彼留子国。彼留子国，将其来食。　丘中有李，彼留之子。彼留之子，贻我佩玖。”

《卫风·木瓜》：“投我以木瓜，报之以琼琚。匪报也，永以为好也！　投我以木桃，报之以琼瑶。匪报也，永以为好也！　投我以木李，报之以琼玖。匪报也，永以为好也！”

《陈风·东门之池》：“东门之池，可以沤麻。彼美淑姬，可与晤歌。　东门之池，可以沤纻。彼美淑姬，可与晤语。　东门之池，可以沤菅。彼美淑姬，可与晤言。”

《郑风·狡童》：“彼狡童兮，不与我言兮。维子之故，使我不能餐兮。　彼狡童兮，不与我食兮。维子之故，使我不能息兮。”

《郑风·山有扶苏》：“山有扶苏，隰有荷华。不见子都，乃见狂且！　　山有乔松，隰有游龙。不见子充，乃见狡童。”

《郑风·遵大路》：“遵大路兮，掺执子之袪兮，无我恶兮，不寁故也。　　遵大路兮，掺执子之手兮。无我魗兮，不寁好也！”

《郑风·扬之水》：“扬之水，不流束楚。终鲜兄弟，维予与女。无信人之言，人实迋女。　　扬之水，不流束薪。终鲜兄弟，维予二人。无信人之言，人实不信。”

《陈风·防有鹊巢》：“防有鹊巢，邛有旨苕。谁侜予美？心焉忉忉。”

《郑风·丰》：“子之丰兮，俟我乎巷兮。悔予不送兮。　　子之昌兮，俟我乎堂兮。悔予不将兮。衣锦褧衣，裳锦褧裳。叔兮伯兮，驾予与行！裳锦褧裳，衣锦褧衣。叔兮伯兮，驾予与归。”

《郑风·有女同车》：“有女同车，颜如舜华。将翱将翔，佩玉琼琚。彼美孟姜，洵美且都。　　有女同行，颜如舜英。将翱将翔，佩玉将将。彼美孟姜，德音不忘。”

《唐风·葛生》：“葛生蒙楚，蔹蔓于野。予美亡此，谁与？独处。　　葛生蒙棘，蔹蔓于域。予美亡此，谁与？独息。　　角枕粲兮，锦衾烂兮。予美亡此，谁与？独旦。　　夏之日，冬之夜。百岁之后，归于其居。　　冬之夜，夏之日。百岁之后，归於其室。”

《郑风·子衿》：“青青子衿，悠悠我心。纵我不往，子宁不嗣音？　　青青子佩，悠悠我思。纵我不往，子宁不来？　　挑兮达兮，在城阙兮。一日不见，如三月兮。”

《邶风·静女》：“静女其姝，俟我於城隅。爱而不见，搔首踟蹰。　　静女其娈，贻我彤管。彤管有炜，说怿女美。　　自牧归荑，洵美且异。匪女之为美，美人之贻。”

《郑风·将仲子》：“将仲子兮，无踰我里，无折我树杞。岂敢爱之？畏我父母。仲可怀也，父母之言，亦可畏也。　　将仲子兮，无踰我墙，无折我树桑。岂敢爱之？畏我诸兄。仲可怀也，诸兄之言，亦可畏也。将仲子兮，无踰我园，无折我树檀。岂敢爱之？畏人之多言。仲可怀也，人之多言，亦可畏也。”

《齐风·东方之日》：“东方之日兮，彼姝者子，在我室兮。在我室兮，履我即兮。　　东方之月兮，彼姝者子，在我闼兮。在我闼兮，履我发兮。”

《郑风·女曰鸡鸣》：“女曰：‘鸡鸣。’士曰：‘昧旦。’‘子兴视夜，明星有烂。’‘将翱将翔，弋凫与雁。’　　‘弋言加之，与子宜之。宜言饮酒，与子偕老。琴瑟在御，莫不静好。’　　‘知子之来之，杂佩以赠之。知子之顺之，杂佩以问之。知子之好之，杂佩以报之。’”

《王风·大车》：“大车槛槛，毳衣如菼。岂不尔思？畏子不敢。大车哼哼，毳衣如璊。岂不尔思？畏子不奔。　　榖则异室，死则同穴。谓予不信，有如皦日。”

葛兰言将以上诗歌归之为“乡村爱情”，他在此提出：“如果仅仅对田园主题进行研究还不足以确定《诗经》里的诗歌是田园诗的话，那么，上面所列举的诗歌，现在看来可以证实这个假设是能够成立的。如果诗歌描写的不是乡村爱情的话，那又是什么呢？”葛兰言认为，《诗经》中的这些诗篇可以选用田园风格作为装饰，也可以是受古代谚语的启发，它同时也能为爱情的场景选择一身乡村的外衣和一种田园的背景。在葛兰言看来，诗歌的田园主题以及它们所表现出来的朴素风貌，都表明了《诗经》中的歌谣产生于乡村，诗歌对乡村的爱情做了十分朴实的描绘。这些上古的歌谣是合乎那个时代的道德的，它们描绘了一个上古的道德体系。这些诗歌不含任何个人情感。所有的恋人都是一副面孔，都以同样的方式表达她们的情感。实际上，与其说歌谣表达情感，不如说是表达了情感主题。诗歌也没有显示出任何标志作者创作技巧的文学手法，其技巧完全是自然而然的，没有任何花哨的语言。葛兰言在最后总结道：“根据《诗经》中表现的田园主题和乡村景物，个人情感的缺乏，简单直白的艺术手法，对称的形式，进行曲的步调，以及似乎适合于轮流对歌和需要借助手势补充语言表达的特点，我认为，《诗经》中的歌谣是在乡村的即兴对歌中产生的。”[①]

第三部分诗歌都以到山丘或河边远足为主题。葛兰言列举了以下几首诗歌：

《鄘风·桑中》：“爰采唐矣？沬之乡矣。云谁之思？美孟姜矣。期我乎桑中，要我乎上宫，送我乎淇之上矣。　爰采麦矣？沬之北矣。云谁之思？美孟弋矣。期我……爰采葑矣？沬之东矣。云谁之思？美孟庸矣。期我……”

《卫风·有狐》：“有狐绥绥，在彼淇梁。心之忧矣，之子无裳。”

《卫风·竹竿》：“籊籊竹竿，以钓于淇。岂不尔思？远莫致之。泉源在左，淇水在右。女子有行，远兄弟父母。　淇水在右，泉源在左。巧笑之瑳，佩玉之傩。　淇水滺滺，桧楫松舟。驾言出游，以写我忧。”

《周南·汉广》：“南有乔木，不可休思。汉有游女，不可求思。汉之广矣，不可泳思。江之永矣，不可方思。　翘翘错薪，言刈其楚。之子于归，言秣其马。汉……翘翘错薪，言刈其蒌。之子于归，言秣其驹。汉……”

《周南·汝坟》：“遵彼汝坟，伐其条枚。未见君子，惄如调饥。”

《卫风·河广》：“谁谓河广？一苇杭之。谁谓宋远？跂予望之。谁谓河广？曾不容刀。谁谓宋远？曾不崇朝。”

《邶风·谷风》：“就其深矣，方之舟之。就其浅矣，泳之游之。”

《邶风·匏有苦叶》：“匏有苦叶，济有深涉。深则厉，浅则揭。有瀰济盈，有鷕雉鸣。济盈不濡轨，雉鸣求其牡。　雍雍鸣雁，旭日始旦。士如归妻，迨冰未泮。　招招舟子，人涉卬否。人涉卬否，卬须我友。”

《郑风·褰裳》：“子惠思我，褰裳涉溱。子不我思，岂无他人？狂

---

① ［法］葛兰言：《古代中国的节庆与歌谣》，赵丙祥、张宏明译，南宁：广西师范大学出版社，2005年，第95页。

童之狂也且！　　子惠思我，褰裳涉洧。子不我思，岂无他士？狂童之狂也且！”

《郑风·溱洧》：“溱与洧，方涣涣兮。士与女，方秉蕑兮。女曰：‘观乎？’士曰：‘既且。’‘且往观乎？’洧之外，洵訏且乐。维士与女，伊其相谑，赠之以勺药。　　溱与洧，浏其清矣。士与女，殷其盈兮。女曰……”

之后是《小雅·菁菁者莪》《秦风·蒹葭》《唐风·扬之水》《陈风·泽陂》《周南·关雎》《秦风·晨风》《周南·卷耳》《召南·草虫》《小雅·车舝》《唐风·绸缪》《陈风·宛丘》《陈风·东门之枌》《召南·野有死麕》，这些篇目皆选取的是整首诗。

《豳风·伐柯》：“伐柯如何？匪斧不克。取妻如何？匪媒不得。”

《齐风·南山》：“艺麻如之何？衡从其亩。取妻如之何？必告父母。”“析薪如之何？匪斧不克。取妻如之何？匪媒不得。”

还有《卫风·氓》全首。

这些诗歌让我们看到，情歌、爱情和诗意是如何从季节性节日的仪式中产生的。葛兰言认为，从《诗经》歌谣反映的情况看，在特定的场合与特定的时间，中国古代一定有大规模乡村集会的习俗。这些集会都在河岸或山上举行。田园主题表明了出游的时间，一般是在春秋两季。葛兰言对各个季节的节庆及其仪式进行了分析。同时，他还将中国古代的习俗与古代日本、越南等地方存在的习俗进行比较，得出了以下结论：一、歌谣起源于青年男女间的轮流合唱；二、合唱随即兴歌谣的改变而改变，男女青年以此相互挑战和表白爱情；三、赛歌和其他的种种竞争方式一起出现在大规模的季节节庆场合中；四、赛歌在不同村落的男女之间进行；五、这些歌谣阐明了隐藏在经典正统之后的古代习俗。“这些诗歌的价值绝不仅仅限制在文学史研究上。这些歌谣同时让我们确定农业节庆的意义和季节仪式的功能，并由此理解社会事实本身是如何向前发展的。”[①]

第二编为“古代的节庆”，分为“地方节庆”“事实与阐释”“季节的节律”“圣地”和“竞赛”五个章节，以《国风》及相近时期的历史典籍，考察古代民众在春秋两季节庆举行的仪式、以对歌确定联姻的礼俗，以及这样的会盟活动如何在进入王朝时代后蜕变为贵族与官员为显示王权神圣而举行的祭祀活动。葛兰言从上古的仪式集会入手，首先列出中国古代的四个季节性祭礼：郑国的春季祭礼、鲁国的春季祭礼、陈国的祭礼与春天的王祭，他对这四个祭礼进行了阐述与分析。葛兰言认为，要想理解这些节庆，必须运用以下原则：“一是不能根据表现和信仰来解释事实，表现有臆测之嫌，而信仰可能是后来衍生形态的结果；二是不能用部分来解释整体。”[②]这些节庆通行于所有的诸侯国中，都是季节节庆。在这些节庆的时代，农业已成为中国人的主要职业。葛兰言对这些节庆与季节的关联进行了详细的分析。他认为，这些节庆与婚姻仪式之间存在关联，与这些重大时期相对应的节庆可能标志着农民生活的节律时间，并列举“八蜡节”进行阐释。中国古人依照他们自身生活的原则来想象自然的法则，人们只有遵循自然的规则，不违反自然界的规律，才会求得和谐。他们自身的生活节奏决定着季节的交替，并推想自然的习惯与人类的习惯相同，因此，一切的行事都要遵从季节的规律。同时他认为祭礼是在山川、河边这些圣地举行的，并说明了理由：山川自远古时期起，就是中国人崇拜的对象。山川在自然秩序中的地位，与统治者在人类社会中的地位一样，它们拥有王侯的地位和与其力量相当的头衔。山川是国家统治力量得以施行的代理者。王侯失德，山川便会发布威力惩戒人间，而若君主圣明，山川河流便会给人类以荫庇。这种王族山川崇拜信仰与季节节庆有关的信仰相辅相成。王侯负有维持社会与宇宙的良好秩序的双重责任，季节节庆则将地方共同体的人民会集到山川附近，人们通过这些节庆祈求免遭疫病、风调雨

---

① ［法］葛兰言：《古代中国的节庆与歌谣》，赵丙祥、张宏明译，南宁：广西师范大学出版社，2005年，第154–155页。

② 同上书，第175页。

顺、子孙昌盛。中国人相信，河流、山岳和森林是同一个秩序中的神圣力量，并将它们一起祭祀。人们在节庆中，并不只有情歌竞赛，还有许多其他的竞赛，葛兰言对仪式活动亦进行了阐述。他认为："《诗经》中所记载的上古节庆是作为结合的节庆出现的，在中国农民有条不紊的生活中，它们标志着地方集团和性别集团的集会时期。它们显示契约……它们组织着社会生活的进程。"①

全书的结论部分，从《诗经》反映的社会形态变迁的角度论述了由部族到封建邦国的发展过程中，"对应""对称"的观念是中国人宇宙观发展的关键。最后，葛兰言得出结论："在中国人的思维中，那些制约着世界进程的原则都起源于社会的结构，或者说得更确切一些，起源于这种结构的表现，而这种表现是由古代节庆的行为提供的。"②

《古代中国的节庆和歌谣》是葛兰言研究中国"异文化"的代表作，作者基于欧美人类学方法进行反思，试图借助中国古典文献《诗经》和在其他文献中的歌谣和节庆，甚至在现代中国地方和基层人们的生活中仍然有所保留的歌谣、节庆等，来了解中国古代的宗教习俗和民族信仰。葛兰言通过对《诗经·国风》进行人类学、神话学等方面的分析，研究了中国远古时代原始祭祀的宗教学意义，书中大量引用了中国西南部少数民族的祭祀和恋爱时的歌舞作为证据。他在书中还批判了古代中国文献学和训诂学的研究方法，认为那些方法和著作中隐藏了历史的真相。葛兰言的《诗经》研究，是《诗经》文化人类学研究的滥觞，随之而生的是各种从民俗角度切入的《诗经》研究，如日本的赤冢忠、白川静等，中国亦有许多学者受惠良深。

金无足赤，葛兰言《诗经》研究从诞生之日起就备受争议，丁文江曾于1931年在英文版《中国社会及政治学报》（*The chinese Social and Political Science Review*）第15卷第2期发表长篇"Professor Granet's 'La Civilization

---

① ［法］葛兰言：《古代中国的节庆与歌谣》，赵丙祥、张宏明译，南宁：广西师范大学出版社，2005年，第221页。

② 同上书，第245页。

Chinoise'."（葛兰言的《中国文明论》），对葛兰言及其著作进行了严厉批评："（葛兰言）先入为主地曲意取证，尤其认为《诗经》尽属农民青年男女唱和。事实一错，立论根据全失，用以发现事实的方法自然无效。"[①]20世纪30年代在《美国东方社会杂志》（*Journal of the American Oriental Society*）以及《美国民俗学杂志》（*The journal of the American Folkore*）出现过这本书的两篇书评。一是魏鲁男（James R. Ware，1901—1977）指出葛兰著作存在某些错误。二是李安宅认为葛兰言虽然声称会忠于文献，但是葛兰言关心的实际是社会学理论，而非历史事实。他认为此书的贡献在于激发人们系统地研究中国文化，而自身的内容因为缺乏了考古学的材料，加上提供的事实薄弱，目标和所得出的结果是脱节的。[②]

然而，总体而言，葛兰言虽然不加区分地将不同时代、地域的民歌比较研究，作为其论述的依据，对诗的翻译、文献的使用存在错译和误释，但"葛兰言的研究，以跨文化和异文化的观点、多文化比较的方法，系统地探索了《诗经》的深层底蕴，开拓了《诗经》研究广阔的新领域。他运用的方法论，在实践中确能在认识上有所发现、有所前进，其意义并不仅仅在于为某些诗篇增添一两种说解，而是开始了向认识的深层次开掘，去探索隐蔽在《诗经》中的本质性内容。因此，从研究成果到方法论，都值得我们借鉴"。[③]对日本汉学界如赤塚忠、松本雅明、白川静等的《诗经》研究亦有重要的影响。[④]

---

① 转引自桑兵：《国学与汉学——近代中外学界交往录》，杭州：浙江人民出版社，1999年，第21页。

② James R. Ware, Review (Festivals and Songs of Ancient China). *Journal of the American Oriental Society*, Vol. 54, No. 1 (Mar. 1934), p. 100–103. Li an-che, Review *(Festivals and Songs of Ancient China), The journal of the American Folklore,* Vol. 51, No. 202 (Oct-Dec. 1938), p. 449–451. 李孝迁：《葛兰言在民国学界的反响》，华东师范大学学报（哲学社会科学版），2010年第4期。

③ 夏传才：《国外〈诗经〉研究新方法论的得失》，《文化遗产》2000年第6期，第12–13页。

④ 参阅王晓平：《诗经文化人类学阐释的得与失》，天津师大学报，1994年第6期；夏传才：《国外〈诗经〉研究新方法论的得失》等。

第四节　留法中国学生的《诗经》译介

20世纪初期，中国掀起了赴国外学习的热潮。[①]除少量的官费留法学生外，最早提倡远赴法国留学的是以李石曾为代表的中国民间人士，他们极力提议并倡导赴法勤工俭学。[②]这一时期赴法留学潮大致分为前后两个时期，分别采取了两种不同的方式。1912至1921年间，中国人赴法留学主要以民间人士组织的赴法勤工俭学运动为主；1921年10月，里昂中法大学

---

① 一是与“庚子赔款”相联系的留美运动热潮；二是留法勤工俭学运动热潮；三是早期留苏热潮。

② 留法勤工俭学运动，开始于1912年。它经历了留法俭学会、勤工俭学会、留法勤工俭学会等若干阶段的发展，直至五四运动以后，才形成了一个空前规模的热潮。1912年，李石曾等人在北京发起成立了留法俭学会。该会的宗旨是：“以节俭费用，为推广留学之方法；以劳动朴素，养成勤洁之性质。”1912年4月，留法俭学会在北京创建了一所留法预备学校，开始招收留法俭学生。在一年多的时间里，先后组织了两批共八十人赴法俭学。1913秋，蔡元培、吴玉章等人因遭到袁世凯反动政权的迫害，被迫流亡国外，北京留法预备学校被迫停办。1914年，第一次世界大战爆发，法国政府在征得北洋军阀政府的同意后，用“以工代兵”的办法，从中国招募华工。当时，蔡元培、吴玉章等也正在法国，他们于1915年6月，在巴黎成立了勤工俭学会。1916年，蔡元培、李石曾等人在巴黎成立了华法教育会。1917年初，蔡元培、吴玉章等人从巴黎回到北京，并成立了北京华法教育会和留法勤工俭学会，作为经办全国赴法勤工俭学的总机关。各地纷纷成立分会，开办留法预备学校和各种形式的留法预备班。1919年至1920年间，形成了留法勤工俭学运动的高潮，赴法勤工俭学学生近两千人。随着勤工俭学运动达到高潮的同时，也暴露出了各种各样的问题。学生大多都很难找到工作，只好向华法教育会借贷，每日五法郎，艰难度日。1921年，华法教育会解除对勤工俭学会的领导关系，并不在给予任何经济上的援助；结果酿成了著名的“二二八”事件。1925年前后，轰轰烈烈的留法勤工俭学运动接近尾声，最后很大一部分勤工俭学生转入寻求革命救国的道路。

（Institut franco-chinois）[①]创建，之后中国人赴法留学主要以此为阵地，借助法国教育资源来培养中国高等教育人才。在此阶段，法国汉学研究中的一部分（特别是一些博士论文）是由留法的中国学生完成的。“如果说，20世纪前二十年间，完成答辩的博士论文绝大多数是由偏好政治、外交、法律主题的非中国人撰写的，那么，最初一批中国留学生的抵达和里昂中法大学的创建则掀起了留法中国人完成大学论文的热潮。”[②]学生主要在里昂和巴黎，但也见于其他大学，20世纪二三十年代，中国留学生的博士论文成为中国研究成果的主要组成部分。留法中国学生的研究以中国文学为主，其中不乏对《诗经》的论述，如曾仲鸣的《中国诗史论》、徐仲年的《古今中国文学选集：诗歌、小说、戏剧、哲学、历史》等。

一、曾仲鸣与其《诗经》译介

（一）曾仲鸣生平及著作简介

曾仲鸣（1896—1939），1896年生于福建闽县，为家中幼子，幼年丧父，由母亲和长兄抚养成人。1912年随其三姐曾醒留学法国，住在巴黎以南的蒙塔日城（Montargis），寄读当地中学。中学毕业后，曾仲鸣在法国上大学，先在波尔多大学获化学学士学位，后在里昂大学获文学博士学位。1922年，曾仲鸣与方君璧结为夫妇。1925年，夫妇俩一起回国，双双任教于广州中山大学。7月1日，国民政府成立，汪精卫担任行政院院长，曾仲鸣随汪从政，担任行政院秘书。此后曾仲鸣在政治上一直跟随汪

① 里昂中法大学于1921年10月正式创立，其创办得益于勤工俭学运动的领导人蔡元培、李石曾等的倡议。里昂中法大学是中国近代在海外设立的唯一一所大学类机构，其开办的动机在于争取法国庚子赔款的退还，性质属于中法两国政府的合作办学，它并没有自己的师资、独立的课程安排，而是根据中法双方达成的协议，里昂中法大学与法国国立里昂大学合作，由后者来辅助其完成课程等，而里昂中法大学的学生们在此注册后便可根据自己所选专业进入以里昂地区为主（少部分通过申请进入巴黎地区）的大学学习。1950年停办。这期间共招收473名中国学生，不少人后来成为中国科学、教育、文化、艺术界中坚力量。1980年一度复办，2010年再次停办。

② ［法］安必诺、［法］何碧玉、刘国敏、张明明编著：《20世纪中国古代文化经典在法国的传播编年》，郑州：大象出版社，2018年7月，导言，第2页。

精卫，先后担任行政院秘书长、铁道部次长等职。1937年日本侵华，汪精卫走上叛国道路。1938年12月，汪精卫逃离重庆，飞往河内，打算在曾仲鸣的陪同下赴欧。1939年3月21日，国民党特务派枪手冲入汪精卫寓所刺杀汪，结果误伤曾仲鸣、方君璧夫妇。曾仲鸣因伤势过重不治身亡，年仅43岁。曾仲鸣在政治上跟随汪精卫，犯下重大过错，但他在西方传播中国文化事业上所做出的贡献不容轻视，他还是在中国介绍法国文学的先驱之一。主要著作和译作有《法国的歌谣》《法国文学丛谈》《法国的浪漫主义》《中国与法国》《三湖游记》《法国文学论集》《中国诗史论》《中国文学史》《唐诗三百首》等。

（二）《中国诗史论》

《中国诗史论》是曾仲鸣的博士论文，于1922年在里昂出版（édition Jean Deprelle, Lyon）。全书160页，除序言和导论外，共十二章，按中国历史朝代的先后顺序，对中国诗歌进行了梳理。首章题为“中国诗歌的起源”，讲述伏羲、神农、尧舜时期的上古歌谣。第二章论及中国的古典诗歌——《诗经》。第三章讲述“诗意的描绘和哀歌：屈原《离骚》”。第四章简要概述秦代的诗歌发展，专列项羽的《垓下歌》进行分析。第五章“汉代诗歌”，首先对汉代诗歌的发展概况进行说明，然后分小节具体阐述，分别是“高祖的《大风歌》”“抒情诗”“武帝《秋风歌》”“五言新诗”“苏武和李陵的诗”“古诗十九首”及“古诗为焦仲卿妻作”（即《孔雀东南飞》）。第六章题为“小朝代的诗歌”，即魏晋南北朝时期的诗，介绍概况之后，分别介绍了曹植、嵇康、阮籍、陶潜、谢灵运和谢朓。第七章是“中国诗歌的黄金时期——唐代诗歌”，首先依然是唐代诗歌的概况，然后分四个阶段，选取各个阶段的代表诗人及其著作进行阐述。第一个阶段列举了初唐四杰：王勃、杨炯、卢照邻、骆宾王及其诗作，第二个阶段介绍了李白、杜甫、王维、孟浩然及其诗作，第三个阶段则列举了韦应物、白居易、张籍及其诗作，第四个阶段则介绍了李商隐及其诗作。第八章进入宋朝诗歌，列举了苏东坡和陆游及其诗作。第九章是元朝诗歌，首先叙述了元朝的戏曲发展，选译了王实甫的《西厢记》。第十章是明朝诗歌，

第一节以“诗歌的衰微”为题，介绍明朝诗歌发展的概况，随后介绍了刘基、高启、杨基及其诗作。第十一章的清朝诗歌里，介绍了吴伟业、王士祯和袁枚及其诗作。最后一章题为现代诗歌，时间即是“民国”初期的诗歌复兴，列举了胡适和汪精卫的诗。正文之后，附有中文和西文的参考文献及中法文的人名索引。此书从上古时期起，至曾仲鸣的时代止，对中国的诗歌发展史进行了较为详细的梳理，在当时的汉学界，鲜少有专门研究中国文学的某一体裁的发展史，对并不熟知中国诗歌发展的外国学者而言，此书无疑是一本重要的参考文献。

（三）《中国诗史论》中的《诗经》介绍

《中国诗史论》第二章专门介绍《诗经》，曾仲鸣开篇对《诗经》的定义作了简要的介绍，点明《诗经》是十三经中的一本诗集，然后对古往今来的《诗经》版本进行了说明。他把众多的版本分成四类：一是“古籍”（Édition classique），二是博士官版本或毛诗版（Édition savante ou édition de Mao），三是教材版（Édition scolaire），四是康熙版（Édition de Khang-hi）等。曾仲鸣阐释了《诗经》的“大序”和“小序”，“根据郑玄注，第一部分（大序）是孔子的学生子夏的作品，第二部分（小序）给出了历史的、道德的和象征性的解释，是子夏和公元前2世纪毛苌的作品”[①]。然后，他介绍了《诗经》的四个部分，即国风、小雅、大雅和颂。他认为，《诗经》是孔子在近四千篇章中删减、编辑而成，并委托子夏作注，“我们应当保存好孔子幸存的这一珍贵的典籍”。“《诗经》原本包含有311篇，但其中六篇在秦始皇焚书中烧毁。诗歌的韵律和唱诵相比其他书籍更容易保存在人们的记忆中。”[②]同时，曾仲鸣对汉朝初期的“三家诗”，即今文经，也作了说明，并指出“三家诗已散佚。仅存毛诗及子夏的大序”。文中阐释了《诗经》的主要表现手法，即赋（fou, littéralement exposition claire）、比（pi, comparer）、兴（hing, verve）。他选取了《论语》中的片段：“小子何莫学夫诗？诗可以兴，可以观，可以群，可以怨。迩之事父，

---

① Tsen Tsonming. *Essai historique sur la poésie chinoise*. édition Jean Deprelle, Lyon, 1922, p. 30.

② 同上书，第33页。

远之事君；多识于鸟、兽、草、木之名。”“《诗》三百，一言以蔽之，曰：‘思无邪。’”以此论证“孔子希望人们学习《诗经》或《诗》”。同时引用了司马迁《史记》中对《诗经》的描述，引述了毕欧发表的两篇关于《诗经》研究的论文中对《诗经》的评价，以说明因《诗经》显著的教化功用，所以被列为十三经之首。他还对《诗经》中的句式进行了分析：“一般是四言，有时候也有五言和六言的句子出现；每一节诗的长度有时也是变化的。有些诗没有押韵，有一些韵并不完整，还有一些则是完整的韵律。”①

在对《诗经》的简要介绍之后，曾仲鸣选取《周南·桃夭》《小雅·鹿鸣》《大雅·凫鷖》《周颂·闵予小子》四首诗进行了分析，但诗文的翻译并不是他自己所译的，首选的《周南·桃夭》引用的是葛兰言的翻译②和分析：

> 读这一首诗，人们首先想到是结婚的年龄，年纪应该不大：人们以一棵年轻的而且正蓬勃发展的桃树做比。在细节上可以放得更远一点，认为以一棵年轻的桃树来象征年轻的女孩，她在十四至十九岁之间。但是既然涉及比喻，为什么要停止？花象征着年轻女孩的美貌；果实象征妻子的美德；树叶象征着她完美的体态。结婚不仅限定了年龄，而且还是在固定的季节里；这一时节，有的作者认为是春天，桃花在春天开放也有可能是一种象征。确实，是在花朵之后才提到果实的。可是，难道到桃子成熟之时还要庆祝结婚吗？这一问题我们最好还是不要再提，就让我们简单地为文王让女孩们在美好的年龄和季节结婚而高兴吧。③

后面这几首诗均引用的是顾赛芬的译文。

---

① Tsen Tsonming. *Essai historique sur la poésie chinoise*. édition Jean Deprelle, Lyon, 1922, p. 36.

② 葛兰言的译文事实上是参照顾赛芬的译文。

③ Tsen Tsonming. *Essai historique sur la poésie chinoise*. édition Jean Deprelle. Lyon, 1922, p. 37–38.

曾仲鸣对《诗经》的译介，重点在“介”，因为在当时法国汉学界已有完整的《诗经》法译本，且对曾仲鸣而言，《诗经》只是作为中国诗歌史中一个不可分割的部分而存在。他虽然没有对《诗经》进行翻译，但是他对《诗经》作了较为全面的介绍。

二、徐仲年的《诗经》译介

（一）徐仲年生平及著作简介

徐仲年，原名家鹤，字颂年，笔名丹歌。清光绪三十年（1904年）正月二十一日生，锡山区东亭镇人。七岁起先后就读于当地私塾和小学、无锡第三师范附小、上海同济大学德文班和基督教青年会中学。1919年即发表评论和小说。1921年赴法国勤工俭学，1926年入里昂大学文学院学习。1930年1月以最优成绩获得里昂大学文学博士学位，其博士论文《李太白的时代、生平和著作》以及早期译作《子夜歌》15首诗，一度风靡巴黎文坛，继而又进巴黎大学文科进修。1930年11月回国，任上海国立劳动大学教授，兼图书馆馆长与出版科科长。1931年，在上海参加法文协会和中法联谊会，任理事直至1936年。1932年至1949年，任中央大学教授，曾被选为中大教授会主席，又在上海震旦大学、复旦大学、中国公学、中法通惠工专兼任教授。1936年被推举为联谊会“翻译奖”总评判员，还与汪亚坐、孙福熙等人发起星期文艺茶话会，编辑《文艺茶话》月刊、《弥罗》周刊。1937年“八一三”战事爆发，他投入了抗日救亡的洪流，参加了上海市各界抗敌后援会，负责国际宣传委员会的法语广播工作。1939年成立中、法、比、瑞文化协会，任理事，曾担任主任秘书和学术股长，主编《科学、艺术、文学》法语周刊和《法国文学》汉语双月刊。1949年，他拒绝同外祖父吴稚晖去台湾。中华人民共和国成立后任南京大学教授，西语系法国文学教研室主任，兼南大图书馆副馆长，并继续从事法文写作及翻译。1956年至1976年，他任上海外国语学院法语专业筹备委员、德法语系法语教授，兼院图书馆委员会主任委员，同时担任中国农工民主党上海外国语学院支部主任、上海外文协会理事。1979年9月，徐仲年任中国农工民主党上海市委联络委员。1981年12月9日病逝。

徐仲年旅居法国期间，曾发表不少法文学术著作，如《诗人杜甫》《红楼梦简介》《白居易研究》等，并译过《杜甫诗选》《中国诗十五首》。他是第一个把鲁迅《呐喊》译成法文的人。1931年，他为巴黎《新法兰西杂志》开辟并主持“中国文学”专栏。[①]1933年在巴黎出版《古今中国文学选集：诗歌、小说、戏剧、哲学、历史》。抗战期间，他以现实为题材，创作了不少具有批判性的小说、散文、诗歌和戏剧。主要有短篇小说和散文集《沙坪集》《流离集》《鬻儿记》《双尾蝎》，长诗《逝波》，剧本《大青山》等。他还曾在《上海月报》《北京新闻报》上发表郭沫若的《春》《子夜新歌》《唐人小说》《徐文长》《杜甫的师承》等法文译作及论文，编过《法国文学ABC》《四十年来的法国文学》，其他著作有《彼美人兮》《留法生活》《曼侬传》《歌德小传》《赫里欧》《歌德之认识》《虞赛的情诗》。法译中译作主要有《鹁鸽姑娘》《三剑客》《阿笃儿夫》《法国文学的主要思潮》《大学基本法文文法》等。1957年，他主编了中华人民共和国成立后出版的第一部《简明法汉词典》。退休后，他编写了一部60多万字的《法语动词变位词典》；与黄杲炘合译了《拉芳丹纳》寓言诗；校订了儒勒·凡尔纳的《一个十五岁的船长》；帮助李治华在法国出版了《红楼梦》法译本。

（二）《古今中国文学选集：诗歌、小说、戏剧、哲学、历史》

1933年，徐仲年在巴黎出版了《古今中国文学选集：诗歌、小说、戏剧、哲学、历史》，全书共445页，分别从诗歌、小说、戏剧、哲学几个方面，选译了一些代表性的篇目。正文之前有一篇长篇导论，导论以历史朝代为序，分四个部分进行介绍：周朝和秦朝，汉朝至隋朝（分成三节：汉

① 1934年，徐仲年亦曾在法文《上海日报》（*Le Journal de Shanghai*）中开辟“当今中国文学”专栏，译介了鲁迅、郭沫若、丁玲、王独清、庐隐、柔石等11名作家的作品。可参阅：赵怡：《研究上海法租界史不可或缺的史料宝库——〈法文上海日报〉》，《上海法租界史研究》第二辑，上海：上海社会科学院出版社，2017年。

朝，三国两晋，小朝代及隋），唐朝至明朝（分成五节：唐朝，唐之后的五代，宋朝，元朝，明朝），清朝至今[①]分成两节：清朝，民国）；每个部分亦同样从诗歌、小说、戏剧、哲学四个方面进行梳理，概述了中国古代文学史。

正文的四个部分里，诗歌所占的比重最大。包括《诗经》《离骚》，司马相如、曹操、阮籍、嵇康、陆玑、陶潜、谢灵运、鲍照、谢朓、王勃、杨炯、卢照邻、陈子昂、王昌龄、王维、王之涣、李白、杜甫、韦应物、孟郊、韩愈、白居易、李商隐、温庭筠、范仲淹、陆游等直至清末民初的著名诗人的诗作共两百首。小说包括列御寇《列子》、干宝《搜神记》、元稹《莺莺传》、罗贯中《三国演义》、吴承恩《水浒传》、蒲松龄《聊斋志异》、鲁迅《孔乙己》等共选有二十部，每部皆选译部分章节。戏剧部分分三章，第一章选译早期戏曲，后两章分别从南戏、北戏中选译。哲学则分成三个部分：第一部分是古典时期，选译孔丘、孟子、荀况、李耳（老子）、庄周、墨翟、杨朱、惠施八人论述；第二部分则是中世纪哲学，包括董仲舒、扬雄、王充、葛洪等五人学说；第三部分则选译包括朱熹、程颢、程颐等七人的近代哲学。历史部分所占比重相对较小，只选译了《春秋》及《春秋三传》、司马迁《史记》、班固《汉书》等几部史书的章节，每部均只选译一节。

正如徐仲年自己在导论里所说的那样，因为书的篇幅限制等，没有办法把所有的著作全部翻译，但是所选译的皆是大众所熟知的，都是经典的文本；尤其是诗歌，两百首诗中，有许多诗是前人尚未翻译过的；导论对西方学者了解中国文学史概况也有很大的帮助。

（三）《诗经》译文

徐仲年的《古今中国文学选集：诗歌、小说、戏剧、哲学、历史》一书导论第一节“秦朝和周朝文学”中有对《诗经》的简要介绍，正文部分共译介《诗经》八首，皆出自“国风”，分别是《周南 · 关雎》《周

① “至今”是至徐仲年此书出版的时代。

南·卷耳》《周南·汉广》《邶风·燕燕》《卫风·氓》《郑风·将仲子》《唐风·绸缪》《魏风·陟岵》。至于何以只选译"风"诗，徐仲年并没有进行说明。他保留了原诗的结构，采取的是对诗文的逐字逐句的翻译，没有主旨的说明，不再遵循之前的译本所遵从的旧说，相比之前的法译本，尽管徐仲年在此只选译了八首，注释也较简洁，但却更贴近了《诗经》的本貌。此处摘录《关雎》译文，可供读者窥视一二：

Kouan tsiu①

«Kouan! kouan!» les aigles pêcheurs se répondent
sur les flots de la rivière;
la belle, sereine et vertueuse jeune fille
serait la parfaite épouse d'un gentilhomme.

中译文：

"关！关！"水鸟相互和鸣，
在河流上。
美丽、安静、善良的年轻女子，
是绅士完美的伴侣。

原文：

关关雎鸠，
在河之洲。
窈窕淑女，
君子好逑。

Touffues, les tiges de hing ts'ai②
flottent à droite et à gauche;
pendant la veille ou dans son rêve, le gentilhomme cherche

---

① 原注：《诗经》雎鸠或叫水鸟，我们认为，它们一旦交配，就再也不会离开也不会背叛。

② 原注：顾赛芬认为"荇菜"可能是一种浮萍。

la belle, sereine et vertueuse jeune fille.

中译文：

　　荇菜梗茎杂乱，

　　左右漂浮；

　　绅士白天和梦中都在寻找，

　　美丽的、安静的、善良的年轻女子。

原文：

　　参差荇菜，

　　左右流之。

　　窈窕淑女，

　　寤寐求之。

Il la cherche, mais ne la trouve pas;

Pendant la veille ou dans son rêve, il pense;

Plongé dans ses pensées,

il se tourne et se retourne dans son lit.

中译文：

　　他寻她，却没找到；

　　他白天和梦中都在想她。

　　深入思绪，

　　他在床上翻来覆去。

原文：

　　求之不得，

　　寤寐思服。

　　悠哉悠哉，

　　辗转反侧。

A droite et à gauche, nous cueillons

les tiges touffues de hing ts'ai;
aux sons du k'in et du che, il devient ami
de la belle, sereine et vertueuse jeune fille.

中译文：

人们左右采集
荇菜杂乱的梗茎。
琴瑟之音相伴，他成为
美丽的、安静的、善良的年轻女子的朋友。

原文：

参差荇菜，
左右采之。
窈窕淑女，
琴瑟友之。

A droite et à gauche, nous cueillons
Les tiges touffues de hing ts'ai;
pour divertir la belle, sereine et vertueuse jeune fille,
il joue des clochettes et du tambour.

中译文：

人们左右采集
荇菜杂乱的梗茎。
为了取悦美丽的、安静的、善良的年轻女子，
他敲钟打鼓。

原文：

参差荇菜，
左右芼之。
窈窕淑女，
钟鼓乐之。

从上面给出的译文，我们可以发现，徐仲年的《诗经》中不再如以往鲍吉耶、顾赛芬等译本一样，遵从旧说，删去了传统经学所给的小序，尽量保持了原诗的结构和韵律诗文的意义更接近于现今的诠释，将《关雎》一诗从道德家的所谓赞"后妃之德"的"绑架"下解脱出来，呈现了青年男女爱情诗篇的原貌。曾仲鸣和徐仲年的《诗经》译介都只是一本书中的一小部分章节，曾仲鸣重点在于"诗史"的介绍，徐仲年则重在对文本的翻译，他们在整个法国诗经学史上的地位也并不凸显，但却代表了一种新的潮流——中国人自己主动向外传播中国文化。在当时的中国，绝大部分进步青年都在积极接受西方科学文化的这一时代背景下，曾仲鸣、徐仲年等人在接受西方科学文化的同时，不忘传播本国优秀的传统文学文化，且他们所掌握的可谓是当时国内学界的前沿思想，他们所传达的也更贴近原文本的本貌，对法国汉学的发展做出了一定的贡献，就此而言，我们亦不可忽视他们的功绩。

第五节　张正明《诗经中之对偶律》

1937年，张正明同时在上海和巴黎出版了《诗经中之对偶律》（*Le Parallélisme dans les vers du Cheu king*）。此书归属于系列丛书"汉学丛书"①第65本。在书的扉页之后有一行献辞："献给法兰西学院的伯希和教授，他十分愿意指导这一工作。"全书除导论和正文三章外，还有参考书目。导

① "汉学丛书"是夏鸣雷（P. Henri Havret, S. J.）神父计划出版的一套丛书，作为从十八世纪末至十九世纪出版的《北京传教士关于中国的历史、科学、艺术、风格、习惯的见闻录》（《中国杂纂》）这套在华耶稣会士论文集的续作。"汉学丛书"第一卷出版于1892年，最后一卷出版于1938年，出版时间跨度达46年，共出版了66卷。从丛书的内容来看，"汉学丛书"涉及历史、中国古代哲学、传统信仰、地方志等多个主题。该丛书中的多卷的作者获得了法国的儒莲汉学奖。张正明在同年还出版了《中国文字与人体动作》（*L'écriture chinoise et le geste humain*）。此套丛书的详细情况可参阅任东雨：《土山湾印书馆出版书籍研究》，上海师范大学硕士论文，2012年。

论分为四节：张正明首先论述了《诗经》的韵律与中国文学的关系，认为《诗经》的韵律是中国文学的源泉。其次，张正明分别从文学、心理学及人类学视角来阐述对偶律的产生，认为韵律是抒情诗的自然而然的形式，同时韵律还是人文的，更确定的，是人类学的。再次，导论第三小节中，张正明把中文韵律分成两种：一种是本能的、不经雕琢的对偶律（parallélisme spontané），另一种则是调节的对偶律（parallélisme régularisé）。最后，张正明在导论中对本书所探讨的问题进行了说明："我们所提出的问题是文体学的问题，不是批评的、文学的或历史的。""并不是要去界定这一古老文集的美学价值，亦不是去试图复活使这些诗歌中的每一首所生成的历史背景，""只是试图触及有关韵律的结构，在中国思想中找到抑扬的表达方式。""但也不会就此放弃《诗经》的风格问题。……"[①]正文部分即分为三章："用数表示的对偶律"（Le Parallélisme numérique）、"语音的对偶律"（Le Parallélisme phonétique）、"语义的对偶律"（Le Parallélisme sémantique），分别从语义学、语音学和数字方面进行阐释。

第一章，"用数表示的对偶律"，实际上是阐述《诗经》的组织结构，张正明分成两个部分进行论述：一是用数字表示的诗句的组成，张正明对《诗经》中一句诗的长度进行了统计，总体而言是四言为主。《诗经》中共7277句诗，其中6603句是四言，382句是五言，159句是三言，87句是六言，26句是七言，10句是两言，6句是一言，4句是八言。二是用数字表示的诗节的组成，即每一节诗由几句诗组成。张正明亦做了统计：《诗经》共1142节，有6节由2句组成，28节由3句组成，389节由4句组成，63节由5句组成，228节由6句组成，54节由7句组成，217节由8句组成，20节由9句组成，58节由10句组成，10节由11句组成，47节由12句组成，2节由13句组成，7节由14句组成，2节由15句组成，2节由16句组成，4节由17句组成，3节由22句组成，1节由23句组成，1节由31句组成。张正明同时对诗节的组合进行了分析，《诗经》中的诗节组合分成两类，一类是相等的，即

① Tchang Tcheng-Ming. *Le Parallélisme dans les vers du Cheu king*. ChangHai: Imprimerie et Librairie de T'ou-SÉ-WÉ, 1937, Introduction.

一首诗分成几节，每节的长度和每句诗的字数都相同；另一类则是不相等的，每节的长度不尽相同，每句诗的字数也有变化。

如果说第一章是眼睛可直观的，那么第二章则从听觉方面入手，即“语音上的对偶律”。张正明对中国古文和《诗经》的同音组成进行了分析。他分成两类阐述，一种是不完全相同的谐音，此类又分两类，一类是辅音相同的韵，即相同的头韵和辅音韵脚，另一类是元音相同的韵，即相同的尾韵和元音韵脚；另一种则是完全相同的韵：此类韵一种情况完全是相同字的重复，另一种则是完全一致的韵。张正明在分析阐述时皆有列举实例进行说明。

第三章，张正明则从语义学上对《诗经》的对偶律进行分析。此章亦分成两部分。第一部分，从同义的对偶律入手，首先分析字、词、句重复的情况，《诗经》中有很多对偶律都是相同的字或词甚至整个句子的重复，如张正明在书中所列举的《周南·芣苢》。其次对同义对偶律的类型进行分析，一种是分离的韵，即我们常说的交叉韵，如《邶风·柏舟》：“我心匪石，不可转也。我心匪席，不可卷也。”[①]另一种则是连续的韵，如《小雅·天保》：“如月之恒，如日之升。”此章第二部分，张正明则从语义上相反的对偶律进行分析。张正明亦分成三类阐述：一是完全相反的，如《小雅·小旻》：“谋之其臧，则具是违；谋之不臧，则具是依。”（其臧——不臧）另一种则是意义相对的，如《小雅·谷风》：“忘我大德，思我小怨。”（大——小）还有一种则是相应的，如《小雅·小明》：“明明上天，照临下土。”（上——下）。张正明同时也对反义韵的类型进行了分析，跟同义韵一样的两种类型，并列举实例进行说明。

张正明《诗经中之对偶律》分别从以上三个方面进行了深入的阐述，在前人已有完整的翻译和介绍的基础上，张正明没有再赘述《诗经》的概况，而是选择其中“对偶律”这一角度进行深入的分析。遗憾的是，由于种种原因，此书影响并不大。

---

① 此节中所举例子皆是张正明书中所列举的。

参考文献

外文著作：

[1] Cordier, Henri. *Bibliotheca Sinica* . Paris: P. Geuthner, 1924.

[2] Hsu, Sung-nien. *Anthologie de la littérature chinoise des origines à nos jours: la poésie-le roman-le théâtre-la philosophie-l'histoire*. Paris: Delagrave, 1933.

[3] Du Halde, Jean-Baptiste. *Description géographique, historique, chronologique, et physique de l'Empire de la Chine et de la Tartarie chinoise*. Paris: P. G. Le Mercier, 1735.

[4] Biot, Jean-Baptiste. *Études sur l'astronomie indienne et sur l'astronomie chinoise*. Paris: Lévy frères, 1862.

[5] Pauthier, Jean-Pierre Guillaume. *Chi-king ou livre des vers*. Paris: Maisonneuve et Cie, 1872.

[6] Dehergne, Joseph. *Répertoire de Jésuites de Chine de 1552 à 1800*. Rome: Institutuum Historicum Societatis Iesu, 1973.

[7] Gautier, Judith. *Le Livre de Jade*. Paris: Félix Juven, 1902.

[8] Walter, Judith *Le Livre de Jade*. Paris: Al. Phonse Lemerre, 1867.

[9] Lacharme interpretatione, Julius Mohl édidit. *Confucii Chi-King sive liber carminum*. Stuttgartiae et Tübingæ: Sumtibus J. G. Cottae, 1830.

[10] Le Marquis d'Hervey de Saint-Denys. *Poésies de l'époque des T'ang*. Paris: Amyot, 1862.

[11] Laloy, Louis. *La Musique Chinoise*. CollectionLes musiciens célèbres, Paris: Henri Laurens, éditeur, 1903.

[12] Pfister, Louis. *Notice Biographiques et Bibliographiques sur les Jésuites de l'ancienne mission en Chine, 1552—1773*. Shang-Hai: Imprimerie de la Mission Catholique, 1932.

[13] Brosset, Marie-Félicité. *Essai sur le Chi-king et sur l'ancienne poésie chinoise*. Paris: Imprimerie de Firmin Didot, 1828.

[14] Demiéville, Paul. *Choix d'études sinologiques*. Leiden: E. J. Brill, 1973.

[15] Couvreur, Séraphin. *Cheu King*. Ho Kien Fou, 1896.

[16] Couvreur, Séraphin. *Cheu King*. Tai-Bei: Kuangchi Cultural Group, 2004.

[17] Couvreur, Séraphin. *Dictionnaire classique de la langue Chinoise*. Tai-Bei: Kuangchi Cultural Group, 1987.

[18] Tchang, Tcheng-ming. *Le Parallélisme dans les Vers du Cheu King*. Shanghai: Imprimerie et Librairie de TOU-SÉ-WÉ, Zi-ka-wei, 1937.

[19] Tsen, Tsonming. *Essai historique sur la poésie chinoise*. Lyon: Édition Jean Deprelle, 1922.

[20] Genette, Gérard. *Architext: An Introduction.* Oakland: University of california Press, 1992.

外文论文

[1] Nivison, David S. On translating Mencius. *Philosophy East and West*, University Press of Hawaï, 1980.

[2] Biot, Édouard. Recherches sur les moeurs anciennes des Chinois, d'après le Chi-king. *Journal Asiatique*, Paris, 1843.

[3] Biot, Édouard Constant. Le Chi-king ou le livre des vers, *Revue du Nord,* Lille, 1838.

[4] Cordier, Henri. Bulletin critique. *T'oung Pao,* Leiden, 1900.

[5] Cordier, Henri. Les études chinoises. *T'oung Pao*, Leiden, 1894.

[6] Cordier, Henri. Les études chinoises. *T'oung Pao*, Leiden, 1902.

[7] Lansdell, Henry. Nécrologie. *T'oung Pao*, Leiden, 1919.

[8] Cibot, Pierre Martial. Doctrine ancienne et nouvelle des Chinois, sur la piété filiale. *Mémoires concernant l'Histoire, les Sciences, les Arts, les Moeurs, les Usages des Chinois par les Missionnaires de Pékin*, Tome IV, Paris, 1779.

[9] Cibot, Pierre Martial. Doctrine des Chinois sur la Piété Filiale. *Mémoires concernant l'Histoire, les Sciences, les Arts, les Moeurs, les Usages des Chinois par les Missionnaires de Pékin*, Tome IV, Paris, 1779.

[10] Cibot, Pierre Martial. Essai sur l'antiquité des Chinois. *Mémoires concernant l'Histoire, les Sciences, les Arts, les Moeurs, les Usages des Chinois par les Missionnaires de Pékin*, Tome I, Paris, 1776.

[11] Joseph-Marie Amiot. L'Antiquité des Chinois, prouvée par les monuments avertisements. *Mémoires concernant l'Histoire, les Sciences, les Arts, les Moeurs, les Usages des Chinois par les Missionnaires de Pékin*, Tome II, Paris, 1777.

[12] Cibot, Pierre Martial. Essai sur la langue et les caractères des Chinois. *Mémoires concernant l'Histoire, les Sciences, les Arts, les Moeurs, les Usages des Chinois par les Missionnaires de Pékin*. Tome VIII, Paris, 1783.

[13] Cibot, Pierre Martial. Essai sur la langue et les caractères des Chinois. *Mémoires concernant l'Histoire, les Sciences, les Arts, les Moeurs, les Usages des Chinois par les Missionnaires de Pékin*. TomeIX, Paris, 1784.

[14] Ware, James R. Review (Festivals and songs of Ancient china), in *Journal of the American Oriental Society,* Vol. 54, Boston, 1934.

中文专著：

[1] [法] 安田朴. 中国文化西传欧洲史. 北京：商务印书馆，2000.

[2] [法] 安必诺、何碧玉、刘国敏、张明明编. 20世纪中国古代文化经典

在法国的传播编年. 郑州：大象出版社，2018.
[3] 陈光林、朱仁夫、邱绍雄编著. 儒学走向世界文献索引. 济南：齐鲁书社，2003.
[4] 程俊英. 诗经译注. 上海：上海古籍出版社，2004.
[5] 戴仁著. 法国当代中国学. 耿昇译. 北京：社会科学出版社，1998.
[6] 范如国、韩民春编著. 博弈论. 武汉：武汉大学出版社，2006.
[7] [法] 费赖之著. 在华耶稣会士列传及书目. 冯承钧译. 北京：中华书局，1995.
[8] [法] 费赖之著. 明清间在华耶稣会士列传（1552—1773）. 梅乘骐、美乘骏译. 上海：上海光启出版社，1997.
[9]（清）高朝璎撰. 沈世楷辑. 诗经体注图考大全. 清光绪三年1877.
[10] 葛夫平. 中法关系史话. 北京：社会科学文献出版社，2011.
[11] [法] 葛兰言著. 古代中国的节庆与歌谣. 赵丙祥、张宏明译. 桂林：广西师范大学出版社，2005.
[12] 顾卫民. 基督教与近代中国社会. 上海：上海人民出版社，1996.
[13] 海岸选编. 中西诗歌翻译百年论集. 上海：上海外语教育出版社，2007.
[14] 河北省地方志编纂委员会编. 河北省志第68卷宗教志. 北京：中国书籍出版社，1995.
[15] 何其莘、仲伟合、许钧主编，谢天振等著. 中西翻译简史. 北京：外语教育与研究出版社，2009.
[16] 何绍斌. 晚清新教传教士译介史论. 上海：上海三联书店，2008.
[17] 洪汉鼎. 诠释学：它的历史和当代发展. 北京：人民出版社，2001.
[18] 蒋向艳. 程抱一的唐诗翻译和唐诗研究. 上海：华东师范大学出版社，2008.
[19] Jean Delisle，Hannclore Lee-Jahnke，Monique C. Cormier编著，孙艺风、仲伟合编译. 翻译研究关键词. 北京：外语教育与研究出版社，2004.

[20]［美］赖德烈著. 基督教在华传教史. 雷立柏译. 香港：香港汉语基督教研究所道风书社，2009.
[21]［法］蓝莉著. 请中国作证：杜赫德的《中华帝国全志》. 许明龙译. 北京：商务印书馆，2015.
[22] 李奭学. 中国晚明与欧洲文学：明末耶稣会古典型证道故事考诠. 北京：生活·读书·新知三联书店，2010.
[23] 李新德. 明清时期西方传教士中国儒道释典籍之翻译与诠释. 北京：商务印书馆，2015.
[24] 刘耘华. 诠释的圆环——明末清初传教士对儒家经典的解释及其本土回应. 北京：北京大学出版社，2005.
[25] 刘靖之主编. 翻译论集. 香港：生活·读书·新知三联书店香港分店. 1981.
[26] 卢梦雅. 葛兰言的汉学发生研究. 济南：山东大学出版社，2018.
[27] 孟华. 中法文学关系研究. 上海：复旦出版社，2011.
[28]［德］彼得·克劳斯·哈特曼著. 耶稣会简史. 谷裕译. 北京：宗教文化出版社，2003.
[29]［法］皮埃尔·米盖尔著. 法国史. 桂裕芳、郭华榕等译. 北京：中国社会科学出版社，2010.
[30] 钱林森. 牧女与蚕娘——法国汉学家论中国古诗. 上海：上海古籍出版社，1990.
[31] 钱林森. 中国文学在法国. 广州：花城出版社，1990.
[32] 钱林森.《光自东方来——法国作家与中国文化》. 宁夏：宁夏人民出版社，2004.
[33] 钱林森. 中外文学交流史：中国—法国卷，济南：山东教育出版社，2015.
[34] 荣新江. 学术训练与学术规范——中国古代史研究入门. 北京：北京大学出版社，2011.
[35]《十三经注疏》整理委员会整理. 毛诗正义. 北京：北京大学出版

社，1999.
[36] 桑兵. 国学与汉学——近代中外学界交往录. 杭州：浙江人民出版社，1999.
[37] 宋伯年. 中国古典文学在外国. 北京：北京语言学院出版社，1994.
[38] 孙艺凤. 视角 阐释 文化——文学翻译与翻译理论. 北京：清华大学出版社，2004.
[39] 谭载喜. 西方翻译简史（增订版）. 北京：商务印书馆，2009.
[40]（清）王鸿绪等撰. 钦定诗经传说汇纂. 清雍正五年内府刻本，1727.
[41] 王宏志. 翻译与文学之间. 南京：南京大学出版社，2011.
[42] 王宏志. 翻译史研究. 上海：复旦大学出版社，2011.
[43] 王娟. 中国民俗文化. 北京：中央广播电视大学出版社，2006.
[44] 王秀美、段琦、文庸、乐峰等著. 基督教史. 南京：江苏人民出版社，2006.
[45] 王铭铭. 西方与非西方. 北京：华夏出版社. 2003.
[46] 王巍. 诗经民俗文化阐释. 北京：商务印书馆，2004.
[47] 王力. 中国古代文化常识. 南京：江苏人民出版社，2018.
[48] 夏传才. 诗经研究史概要. 北京：清华大学出版社，2007.
[49] 许光华. 法国汉学史. 北京：学苑出版社，2009.
[50] 张南峰. 中西译学批评. 北京：清华大学出版社，2004.
[51] 张西平. 儒学西传欧洲研究导论. 北京：北京大学出版社，2016.
[52] 张西平. 欧洲早期汉学史. 北京：中华书局，2009.
[53] 张西平. 20世纪中国古代文化经典在域外的传播与影响研究导论. 郑州：大象出版社，2015.
[54] 钟敬文. 钟敬文民俗学论集. 上海：上海文艺出版社，1998.
[55] 周仪、罗平著. 翻译与批评. 武汉：湖北教育出版社，1998.
[56]（宋）朱熹. 诗集传. 北京：中华书局，1958.
[57]（清）邹圣脉纂辑. 诗经備旨. 上海：文汇书局，1912.

学术论文

［1］［法］彼埃·卡赛. 中国古代文学在法国——法国彼埃·卡赛教授访谈录. 刘婷译. 国际汉学，2016（3）.

［2］［丹麦］龙伯格著. 韩国英——中国最后的索隐派. 高建惠译. 国际汉学，2005（2）.

［3］陈友冰. 二十世纪中国古典文学在法国的流播及学术特征. 人文与社会学报第一卷第十期，2007（7）.

［4］［瑞士］费乐仁. 现代基督教传教士学者与欧洲汉学及北美中国研究的多元化发展. 世界汉学，2011.

［5］［瑞士］费东仁著. 传教士汉学家的中国经典出版的比较：理雅各、顾赛芬、卫礼贤、衷鑫恣译. 国际汉学，2013（1）.

［6］耿强. 翻译中的副文本及研究：理论、方法、议题与批评. 外国语，2016.

［7］谷小溪. 康熙时期《诗经》文献研究. 沈阳师范大学硕士学位论文，2011.

［8］宫宏宇、温永红. 法国奇人拉卢瓦和他的《淮南子与音乐》. 南京艺术学院学报，2011（3）.

［9］宫宏宇、温永红. 西方人“了解中国音乐最好的入门书”——谈路易·拉卢瓦的《中国音乐》. 中央音乐学院学报，2013（3）.

［10］耿强. 副文本与中国翻译话语的再考察（1949—1966）. 天津外国语大学学报，2019（5）.

［11］黄智倩. 创造性叛逆与文化传递——朱迪特·戈蒂耶《玉书》的翻译研究. 北京师范大学硕士论文，2010.

［12］凯瑟琳·巴彻勒、余小梅. 副文本相关的翻译研究议题. 翻译界第七辑，2019（3）.

［13］江帆. 他乡的石头记：《红楼梦》百年英译史研究. 复旦大学博士学位论文，2007.

［14］蒋向艳. 法国的诗经学溯源. 古典诗文的经纬——古代文学理论研究

（第四十七辑），2018（12）
[15] 李丹华. 19世纪至20世纪初法、英、德《诗经》研究的特点. 丽水学院学报，2007（6）.
[16] 蒋向艳. 法国汉学家德理文及其唐诗法译. 中文自学指导，2008（3）.
[17] 李孝迁. 葛兰言在民国学界的反响，华东师范大学学报（哲学社会科学版），2010（4）.
[18] 林在勇. 汉学家葛兰言的诗经研究及其与贵州田野资料的比照考察. 华东师范大学硕士论文，2005.
[19] 刘国敏.《诗经》在法国. 光明日报（文史哲周刊），2018（4）.
[20] 刘琳娟. 视域选择与审美转向——18、19世纪《诗经》在法国的早期译本简述. 中国文学传播与接受国际学术研讨会，2010.
[21] 刘婷. 来华耶稣会士韩国英与中国文化的西传. 北京外国语大学硕士论文，2015.
[22] 卢国琪. 论二十世纪初期中国赴国外学习的三大热潮及其对中国社会的影响. 长江师范学院学报，2009（9）.
[23] 卢梦雅. 早期法国来华耶稣会士对中国民俗的辑录和研究. 民俗研究，2014（3）.
[24] 卢梦雅. 葛兰言与法国《诗经》学史. 国际汉学，2018（6）.
[25] 罗顺江、丁欣. 从解构主义看朱迪特·戈蒂耶在《玉书》中的创造性翻译. 法国研究，2014（3）.
[26] 孟华. “不忠的美人”——略论朱迪特·戈蒂耶的汉诗“翻译”. 东方翻译，2012（4）.
[27] 钱林森. 18世纪法国传教士汉学家对《诗经》的译介与研究——以马若瑟、白晋、韩国英为例. 华文文学，2015（5）.
[28] 全慧. “索隐派”的集大成者— 白晋未刊作品考释. 国际汉学，2014（1）.
[29] 市川桃子.《诗经》评价在十九世纪的法译唐诗集中的体现. 中国诗

学，2002（7）.
[30] 覃慧宁. 葛兰言《古代中国的节庆与歌谣》的学术意义. 西北民族研究，2006（4）.
[31] 王璁. 作为传教士和经学家的顾赛芬——由顾赛芬的〈中庸〉法译本小议其经学成就. 北京大学硕士学位论文，2010.
[32] 王丽娜. 西方诗经学的形成与发展. 河北师院学报（社会科学版）. 1996（4）.
[33] 王晓平.《诗经》文化人类学阐释的得与失. 天津师大学报，1994（6）.
[34] 王永均. 留法勤工俭学运动概况. 历史教学，1984（6）.
[35] 吴结评. 文化人类学在西方诗经学中的运用. 广西民族研究，2007（1）.
[36] 吴结评. 西方诗经学的形成及其特征. 宜宾学院学报，2006（6）.
[37] 吴银玲. 葛兰言《中国人的宗教》研究. 中央民族大学硕士论文，2011.
[38] 夏传才. 国外《诗经》研究新方法的得失. 文学遗产，2000（6）.
[39] 夏传才. 略述国外《诗经》研究的发展. 河北师院学报（社会科学版），1997（2）.
[40] 许卢峰. 周代婚礼中礼物的流动——法国汉学家葛兰言对中国婚俗的研究. 国际汉学，2019（9）.
[41] 谢江飞. 蒙学大家邹圣脉考论. 龙岩学院学报，2006（5）.
[42] 许卢峰. 在“封建”与“家国”之间——葛兰言的周代媵妾制研究. 民族学刊，2018（7）.
[43] 杨忠儒. 民国赴法留学变迁研究——从勤工俭学到里昂中法大学. 河北师范大学硕士论文，2011.
[44] 余小梅. 副文本与翻译研究的前沿——《翻译与副文本》述评. 外语研究，2019（3）.
[45] 张桂琴、刘碧霞. 追寻文化的魅力——法国汉学发展史研究. 河北大

学学报：哲学社会科学版，2008（5）.
[46] 张思齐. 欧美各国的诗经研究概说. 诗经研究丛刊，2010（18）.
[47] 张万民. 欧美诗经论著提要. 诗经研究丛刊，2010.
[48] 赵晓杨. 葛兰言《古代中国的节庆与歌谣》对《诗经》的“人类学”“异文化”解读. 南方论刊，2007（12）.
[49] 周发祥.《诗经》在西方的传播与研究. 文化评论，1993（6）.
[50] 朱丁. 试论葛兰言《诗经》研究方法的得失. 重庆社会科学，2002（1）

后　记

2011年，我在北京外国语大学海外汉学研究中心读研之时，本着“初生牛犊不怕虎”的心态，给时任“诗经学会”秘书的曹建芬老师发了一篇拙文《法国〈诗经〉研究书目钩沉》，曹老师将文章转给时任“诗经学会”会长夏传才老先生，并向我转达了夏老先生的意见与建议。此文后来刊载于《诗经研究丛刊》第二十一辑。大体就是这一次莽撞的投稿，让先生对我有了些许的印象，后来得到了撰写本拙著的机会。

2014年4月，我十分惊喜地收到夏老先生的来信，先生问我是否愿意承担“世界汉学诗经学”系列丛书的法国卷。我一时游移不定，很期待能参与这一重大项目却又担心才疏学浅无法胜任。于是我怀着忐忑而激动的心情致电我的硕士导师张西平教授，张老师鼓励我接下这一重任，叮嘱我努力学习并认真完成，且在我随后的写作中给予我诸多指导与帮助。

《诗经》在法国的译介不仅有法语译本，更有拉丁文译本。我虽有接触拉丁语，却完全不能识读文本。同门师姐李慧当时正在罗马大学攻读博士，在罗马慈幼宗座大学攻读基督教与古典文学系学士，能熟练使用拉丁语、法语、意大利语等多种语言，我便请求师姐加入这一项目，幸得师姐帮助，我们共同完成了书稿的撰写与多次修订。

2016年，夏老先生身患重病，仍不忘丛书的出版工作，先生曾说这套丛书是他此生的最后一项工作，写完一本便出一本，他很期待看到书稿的出版。对此，我深觉愧疚而有负先生期望，因各种原因，在先生的多番敦促下，我们的书稿于2016年9月才发给夏老。然而，尚未等到丛书出版事

宜的近一步安排，却于2017年2月愕然惊闻先生仙世的沉痛消息。

2018年3月，我收到河北教育出版社的来信，得悉“世界汉学诗经学”丛书出版事宜。在接下来的两年多时间里，我和李慧师姐对书稿进行了4次修订，并就其中的相关问题与编辑老师进行了多次探讨。特别感谢编辑对书稿出版工作的辛勤付出。

我十分荣幸能参与此书的写作，衷心感激夏老先生生前给予的宝贵机会、信任、谅解与包容。特别感谢我的两位导师张西平老师、陈宝良老师一直以来对我学业和学术研究的指导。书稿的部分文献由法国汉学家何碧玉教授、北京外国语大学张明明老师提供，在书稿的修订过程中，我亦曾就翻译问题咨询山东大学卢梦雅老师，一并衷心感谢何教授、卢老师、张老师的帮助。同时，此书若无李慧师姐的加入，我无法独立完成，十分感谢李慧师姐对拉丁文本的解读与翻译以及全书的审校。

书稿虽经多次修订，但我们深知自身的不足，缺乏对某些文本深入地研究，未对《诗经》在法国的接受史进行阐述，在信息的丰富度与准确度上都难免漏误。我们真诚希望得到方家指导，从而得以对自己的知识不断修正。

刘国敏

2020年11月9日